PETER RICHTER

GRAN VIA

GOLDMANN
Lesen erleben

Buch

Die Musik erzählt von bitterem Begehren und bösem Betrug. Frauen mit dunklen Stimmen pusten Rauch in fremde Gesichter. Komplimente klingen wie Beleidigungen, Beleidigungen wie Liebesschwüre. Und gespielt wird ausschließlich mit gezinkten Karten … Was, wenn man ein Spezialist für solche Szenen ist – auf barocken Gemälden!

Und was, wenn man sich aber plötzlich mittendrin wiederfindet? Daß an den Wänden prachtvolle Schinken hängen, ist ja nicht das Einzige, was den Prado mit den Bars jenseits der Gran Vía verbindet. Madrid in den Neunzigern, das ist ein Moloch voll finsterer Verlockungen und greller Existenzen. Verlockender und greller als das gut sein kann für einen jungen Deutschen mit romantischen Neigungen. Er will sich hier ein Jahr lang dem Studium der spanischen Kunst hingeben und kommt sich schon nach wenigen Tagen vor wie im Inneren eines frühen Almodóvarfilms. Das ist erst erschreckend, dann aber auch sehr unterhaltsam, dann wiederum eher traurig, und oft alles zusammen.

Peter Richter, der damals selbst in Madrid studiert hat, schickt seinen Helden auf eine spanische Reise, deren Wendungen immer dramatischer werden. Denn jenseits der berühmten Prachtstraße Gran Vía verlaufen Pfade, die die Desillusïonierung schon in ihrem Namen tragen.

Autor

Peter Richter wurde 1973 in Dresden geboren. Er studierte Kunstgeschichte in Hamburg und Madrid und arbeitet als Redakteur im Feuilleton der »Frankfurter Allgemeine Sonntagszeitung«. Peter Richter lebt in Berlin. Nach »Blühende Landschaften« und »Deutsches Haus« ist dies sein drittes Sachbuch. Einem größeren Publikum ist Peter Richter auch bekannt durch seine Videokolumnen in der »Harald Schmidt Show« und auf faz.net.

Außerdem von Peter Richter bei Goldmann lieferbar:

Blühende Landschaften (54220)
Deutsches Haus.
Von einem, der auszog das Wohnen zu lernen (15475)

Peter Richter

GRAN VIA

Mein Jahr in Madrid

GOLDMANN

Alle hier beschriebenen Personen und alle Begebenheiten sind, von einigen Personen des öffentlichen Lebens und von einigen zeitgeschichtlichen Ereignissen abgesehen, frei erfunden. Jede Ähnlichkeit mit lebenden Personen oder tatsächlichen Ereignissen ist unbeabsichtigt.

Die im Text zitierten Passagen stammen aus:
Julius Meier-Graefe: Spanische Reise
Ernst Rowohlt Verlag, 2. Auflage, Berlin 1923.

MIX
Papier aus verantwortungsvollen Quellen
FSC® C014496
FSC www.fsc.org

Verlagsgruppe Random House FSC-DEU-0100
Das FSC®-zertifizierte Papier *München Super* für dieses Buch liefert Arctic Paper Mochenwangen GmbH.

1. Auflage
Taschenbuchausgabe Mai 2011

Umschlaggestaltung: Uno Werbeagentur München
Umschlagmotiv: © Getty Images/Hola Images;
© Getty Images/Ravi Tahilramani, Kollektion Photodisk
CN · Herstellung: Str.
Druck und Bindung: GGP Media GmbH, Pößneck
Printed in Germany
ISBN 978-3-442-47553-7

www.goldmann-verlag.de

ERSTE KRISIS
Palast ohne Pforten

Wenige Wochen nach seinem dreiundzwanzigsten Geburtstag erlitt ein Student aus Deutschland vor dem Hochaltar des Escorial einen Schwächeanfall.

Nach sechs Stunden Stehen taten die Beine ihren Dienst nicht mehr, die Kniegelenke wurden weich, und in einer schraubenden Bewegung sackte sein Körper in sich zusammen.

Ich falle, dachte er, und noch im Fallen sah er Engel kreisen, er sah Marienerscheinungen, und er sah Heilige, sehr viele Heilige.

Er sah den heiligen Hieronymus im Gehäus, umgeben von Schädeln, Löwen und Folianten, er sah den heiligen Laurentius sich auf seinem Grillrost räkeln, und er sah achtundachtzig weitere Heilige aus ihren Nischen treten und vorwurfsvoll mit den Palmwedeln winken: Eine Armee von Märtyrern, aufgezogen, um ihm ihre Martern unter die Nase zu reiben, ihre Folterungen, die Folterwerkzeuge und ihre dem Glaubensbekenntnis geopferten Körperteile. Er sah die heilige Agathe ihre abgeschnittenen Brüste auf einem Silbertablett vor sich hertragen wie einen Pudding zum Nachtisch, und auf dem Silbertablett der heiligen Lucía rollten die Murmeln ihrer ausgestochenen Augen: Das war das letzte, was er sah; dann ging vor seinen eigenen Augen das Licht aus.

Er hörte noch, wie der Professor rief: »Was machen Sie denn da?«

»Der wird ohnmächtig«, erklärte jemand.
Und der Professor beschied: »Lassen Sie den Unsinn!«

Es ist mir bis heute unangenehm, daß dieser Student ich war.

Aber das ist lange her, mehr als zehn Jahre inzwischen, und ich kann nur hoffen, daß diese Peinlichkeit mit der Zeit verblassen wird, so wie Madrid schließlich auch nicht mehr das gleiche ist wie damals. Als es noch ungehemmt laut, schlaflos und günstig war. Als die Deutschen noch nicht einmal ahnten, daß die Spanier eines Tages wohlhabender sein könnten als sie. Als Spanien auch noch nicht jeden sportlichen Wettbewerb gegen Deutschland gewann. Als der Bundeskanzler noch Khol hieß, jedenfalls in den spanischen Zeitungen. Als noch nicht jeder Depp im Internet unterwegs war, aber als nur Deppen schon Mobiltelefone mit sich herumtrugen.

Und als noch keine Metro rausfuhr zum Flughafen von Barajas.

Man mußte einen Bus nehmen, der an der Plaza de Colón unterhalb der Kolumbussäule in einer zugigen Tiefgarage abfuhr. Es war ein Ort, an dem sich Abschiede kurz und unsentimental gestalteten. Wer hier war, wollte so schnell wie möglich fort. Alle hatten es eilig einzusteigen, nur der Professor drückte mir noch lange die Hand und überreichte mir dann einen Beutel mit Büchern.

Wenn der Finger auf den Mond zeigt, schaut der Dumme auf den Finger, heißt es, und ich konnte nicht aufhören, das nun noch kleiner gewordene Gepäck des Professors anzustarren. Alle anderen hatten ein oder zwei Koffer mit für die vierzehn Tage, der Professor kam mit einer kleinen Reisetasche aus. Ich bewunderte ihn dafür nun noch mehr als ohnehin schon. Das machte ihn ungeduldig, und er schüttelte den Bücherbeutel: Dies seien ein paar Lektüren aus seiner Zeit damals in Spanien, vielleicht könne ich die gebrauchen. Vom Bus her natürlich Neugier. Meier-Graefe und Pfandl waren zu erkennen, viel Goldschnitt, Antiquarisches, sicher wertvoll. Ich sagte, das könne ich unmöglich annehmen. Der Professor sagte: Dochdoch. Und dann stieg er ein.

Ich sehe noch, wie aus der Gruppe eine Frau, die Sabine hieß oder Bärbel, wer soll das heute noch wissen, durch die Fensterscheibe bösäugig zu mir herunterguckte, dann schloß der Bus die Türen, hob unter befremdlichen Flatulenzen seinen Rumpf von der Straße und ließ mich, tatsächlich ein- oder zweimal winkend, mit meinem Bücherbündel als einzigen an der Haltestelle zurück.

Damit war die große Exkursion des kunstgeschichtlichen Seminars zu Ende. Es war natürlich großartig gewesen, aber auch eine Tortur: Diese Leute wußten immer so viel, und diese Leute wollten auch immer alles wissen. Man kam ja keine fünf Zentimeter vorwärts in der Stunde. Jeder Stein mußte erklärt, hergeleitet und gedeutet werden. Es bedeutete auch alles immer gleich irgendetwas. Das königliche Schloß, sämtliche Kirchen, alle wichtigen Bauten im Zentrum und die meisten in den Vorstädten, außerdem die Museen, vom Thyssen-Bornemisza bis zur Reina Sofia, und der Prado, der Prado und nochmals der Prado.

Und zum Schluß eben auch noch der Escorial: das Kloster San Lorenzo de El Escorial, dem heiligen Laurentius geweiht und dem Orden des heiligen Hieronymus überantwortet, granitene Totenburg Philipps II., Mausoleum der spanischen Könige, Wartesaal auf das Himmelreich der Habsburger, fünfzehndreiundsechzig bis vierundachtzig: Ich hätte nicht geglaubt, daß mich jemals ein Bauwerk dermaßen fertigmachen würde. Womöglich lag das daran, daß ich evangelisch getauft worden bin; ich wußte ja, wogegen das Ding sich richtet. ITE MALEDICTI IN IGNEM ÆTERNUM stand irgendwo im Kreuzgang. Gehet, Verdammte, ins ewige Feuer. Gottogott, dachte ich: Gerne! Ich glaube, ich habe noch nie irgendwo so gefroren in einem August.

Der Escorial, das katholischste Bauwerk der Erde, war ein Kühlschrank aus Granit, in dem die gemalten Köpfe fast aller Heiligen konserviert wurden, die jemals enthauptet worden sind, und das waren mehr, als man verkraften kann. Bei der Anzahl der Enthauptungen mußte man für Zusammenfassungen wie bei der heiligen Ursula und ihren elftausend Jungfrauen direkt dankbar sein. Und immer schlug der Henker, um mal in der Terminologie des Tennis zu sprechen, mit der Rückhand. Das fand ich beinahe noch empörender als die Sache selbst: Man kann doch nicht einfach jemandem den Kopf abschlagen, und dann noch mit der Rückhand, so wie man einen Krümel vom Tisch wischt. Hier wurden Minderjährige ermordet, und wir kritisierten die Farbgebung!

Der Professor war unermüdlich. Der einzige Aufrechte unter lauter Krummrücken. Ein gotischer Pfeiler zwischen salomonisch in sich selbst verdrehten Säulchen. Jeder Außenstehende hätte ihn für jünger halten müssen als seine Studenten, die da mit toten Augen hinter ihm herschlurften in der Hoffnung, noch ihren Magister bei ihm machen zu dürfen oder vielleicht sogar den Doktor, bevor er demnächst emeritiert werden würde.

Besser angezogen war er sowieso, wobei manche meinten, daß die Fliege, die er sich jeden Morgen um den Hals band, wo sie bis in die Nacht hinein unter seinem Adamsapfel auf und nieder hüpfte, in Wahrheit als drosselnde Manschette diente, als ein Ventil, das nötig war, damit einen der unablässige Ausstoß an Verweisen und Wissen nicht hinwegschwemmte. Dauernd rief er begeistert: »Sehen Sie mal dort!«, oder: »Schauen Sie mal da!« Er zeigte mit beiden Armen in verschiedene Richtungen und versuchte, unter den verwirrt und kraftlos hinter ihm Herstolpernden letzte leidenschaftliche Debatten anzufachen: »Verteidigen Sie Ihre Thesen! Knicken Sie jetzt nicht ein!«

Vielleicht war es diese Formulierung, die mir am Ende die Knochen aus den Knien zog.

Als ich wieder zu mir kam, schaute ich in das Gesicht der Kommilitonin Charlotte von Ziesar, die mich offenbar aufgefangen hatte. Ob es jetzt wieder gehe, wollte sie wissen; und auch der Professor war ungeduldig und verärgert: Wir mußten wertvolle Sekunden verloren haben – und es gab noch so viel zu betrachten.

Nun wurde jedoch offen gegen den Professor gemeutert. Keiner wollte mehr. Keiner konnte mehr. Und diese Frau, die entweder Sabine oder Bärbel hieß und von der ich immer den Eindruck hatte, daß sie eigentlich Postbeamtin war, irgendwo tief in Bayern, wo sich die Leute ihrer Herkunft aus den Wäldern nicht schämen, und in einem früheren Leben vielleicht Marketenderin bei den Bauernkriegen, dieser matronenhafte, durch einen grausamen Zufall im Preziosenkabinett der Geisteswissenschaften fehlabgestellte Elefant machte sich zur Wortführerin. Irgendwann sei es auch einmal gut, erklärte sie maulig. Seit zwei Wochen habe sie die Sonne nicht mehr gesehen.

Der Professor schaute vollkommen verständnislos: »Sie sollen nicht in der Sonne liegen, Sie sind Kunsthistoriker«, sagte er, »Ihre Farbe sei grau.«

Danach wurde es laut in der Gruppe. Die Postbotin bekam Rückendeckung, und die Stimmen klangen jetzt alle ein bißchen schriller. Schließlich griff das Wachpersonal ein, sagte

¡por favor! und machte nachdrücklich Gesten zum Ausgang hin. Der Professor protestierte auf spanisch, verbat sich auf deutsch noch dieses und jenes und gab dann klein bei: »Bitte, dann lassen wir es eben gut sein«, sagte er.

Ob das nicht verfrüht sei, wollte ein Kommilitone mit dem Namen Eugen wissen, ein beflissen hinter dicken Brillengläsern herlaufender Anorektiker aus dem zwölften Semester; er habe doch noch seinen schönen Vortrag über die Fresken in der Bibliothek in der Tasche, was aus dem denn jetzt bloß werden sollte.

Der Professor überlegte kurz, sagte aber dann: »Ach was, hat man eins davon gesehen, hat man alle gesehen. Wir gehen.« Darauf verstummte Eugen bedrückt.

Als wir in den Patio de los Reyes hinaustraten, war es tatsächlich so, als hätten wir Jahre in einem Verlies verbracht; das Licht des Nachmittags stach frontal in die Augen, die Sonne beleckte zerfrorene Gesichter und Glieder. Einige blieben mit ausgebreiteten Armen stehen, und andere rannten orientierungslos in sie hinein – zum Beispiel ein Student, der bereits in der Kirche ohnmächtig geworden war, in eine Kommilitonin, die Charlotte von Ziesar hieß und ihn fragte, ob er vorhabe, sich schon wieder tragen zu lassen.

Von rechts drang Kindergelächter aus der Klosterschule, und insgesamt muß befürchtet werden, daß die akademische Kunstgeschichte, wie sie da aus der Kirche des Escorial getorkelt kam, den Blinden von Coypel aus dem Louvre glich: Alle streckten wir die Hände aus, und unsere Gesten oszillierten im Leeren – zwischen Greifen, Begreifen, Bitten und Flehen.

ZWEITE KRISIS

Wissenschaft und Tapferkeit

Es wurde dann aber doch noch ein ganz vergnüglicher letzter Abend für die Gruppe in Madrid.

Ein von vornherein etwas aufgekratzter Haufen zog schließlich durch die südlichen Teile der Innenstadt zur Calle del Ángel, wo Herr Buber – ein ehemaliger Rechtsanwalt, der sich nach dem Rückzug aus dem Geschäftsleben noch ein Studium der schönen Dinge verordnet hatte und aufgrund seiner Zuwendungen an das Seminar von Exkursionen schlecht ausgeschlossen werden konnte – in einem Restaurant vorbestellt hatte, »traditionell asturisch diesmal«. Dagegen hatte niemand etwas einzuwenden gewußt, zumal es, wie unter anderem die Postfrau meinte, ohnehin überall gleich schmeckte.

Das Restaurant entsprach nicht mehr ganz den Erinnerungen von Herrn Buber, der dies auch wortreich beklagte; wahrscheinlich war seit 1950 schon einmal renoviert worden. Aber die Tische waren nun einmal reserviert. Und dann muß man ja auch immer sehen, wer neben wem zu sitzen kommt bei solchen Gruppen, und so standen erst einmal alle schwatzend den Kellnern im Weg: Nicht zu früh festlegen, zusehen, daß man nicht neben Buber landet, denn sonst mußte man sich den ganzen Abend dessen Jugenderinnerungen anhören und kam nicht mehr weg. Wie bei der Reise nach Jerusalem lauerten daher alle hinter den Stühlen und taten unschlüssig. Ich ließ mich einfach irgendwo nieder, spürte aber schon, während ich mich setzte, daß das einen Augenblick zu früh war und daß ich zum »Aufrutschen« aufgefordert werden würde. Und tatsächlich fand ich mich ein paar Rochaden später an der Seite des fröhlich glühenden Herrn Buber wieder, und da war es auch fast schon egal, daß gegenüber niemand anderes als die Kommilitonin von Ziesar zu sitzen kam. Auch sie lächelte etwas gequält über diesen Zufall und schien für den Abend Schlimmstes zu befürchten. Immerhin Buber freute sich sehr über die Gesellschaft und fing, um die Sache voranzutreiben, unaufgefordert an, uns die Speisekarte zu erläutern. Ich entschied mich für Fisch, *merluza*. Da hat man sichtbar mit den Gräten zu tun und mußte nicht viel sagen. Charlotte von Ziesar schien zu glauben, daß, wenn sie lange genug in die Karte hineinstarrte, vielleicht doch noch ein paar andere Gerichte auftauchen würden. Herr Buber schnupperte und freute sich. »Die spanische Küche ist eine Bauernküche«, erklärte er uns.

»Die spanische Küche ist ein Tankerunglück«, erwiderte Charlotte von Ziesar, »wenn ich jetzt Geflügel bestelle, werde ich nachher das Altöl aus dem Gefieder pulen müssen.«

Darauf reagierte Herr Buber mit einem völlig unirritierten Gesichtsausdruck und erzählte dann, ohne irgendeine Überleitung, daß ein Eichhörnchen früher von Baumwipfel zu Baumwipfel hüpfend das Land durchqueren konnte: »So bewaldet war Spanien.«

»Da möchte man heute aber kein Eichhörnchen mehr sein«, antwortete Charlotte von Ziesar. Ihre Laune wurde nicht besser, als der Kellner ihr schließlich eine kleine braune Steingutschale hinstellte. Skeptisch stocherte sie darin herum, so als wollte sie das Essen mit der Gabel lieber auf Abstand halten. Es schwammen dort ein paar Hühnerbeine, die eben aufgetauchten Wasserleichen glichen. Der Kellner mußte wiederkommen und wurde befragt, ob das, was da vor ihr stand, ein Hähnchen-Confit sein sollte.

Der Kellner zuckte mit den Schultern: Ja, klar, warum nicht.

»Das ist aber WARM!« beanstandete Charlotte von Ziesar.

Na und? Der Kellner begriff nicht …

»Das ist erst eingelegt gewesen und dann noch einmal gekocht worden?«

Der Kellner bejahte ungeduldig.

»Das ist doch ein Skandal!« sagte Charlotte von Ziesar: »Das sind zwei Zubereitungsarten, die sich ausschließen! In Frankreich …«

Der Kellner ließ sie nicht ausreden. Er sagte: »Frankreich, pah …!« Und dann sprach er noch ein paar Wörter auf spanisch, die sehr rauh klangen und von keinem am Tisch verstanden wurden, nicht einmal von Herrn Buber. Anschließend ging er mit dramatischer Gebärde fort.

»Achja: Frankreich …«, warf nun, alarmiert von dem Zwischenfall mit dem Kellner, von der anderen Seite des Tisches her der Kommilitone Robert Borgmüller ein. Er legte dabei ein wehmütiges Timbre in die Stimme und schaute Charlotte von Ziesar auf eine Art in die Augen, die, wie mir schien, Sehnsucht und Kennerschaft vermitteln sollte.

Robert wäre gern auf der letzten Silbe betont worden.

Er sagte etwas auf französisch, das alle am Tisch verstanden, nur ich nicht. Und Charlotte von Ziesar erwiderte, das habe er aber hübsch gesagt, sie hingegen habe es jedoch eher mit Italien, sie wolle nach Rom gehen und über Bernini arbeiten. »Bernini«, rief daraufhin Robert, und es klang, als sei damit der Name eines wundervollen Weins gefallen, denn das R rollte dabei in seinem Mund wie bei einer Verkostung. »Der große Bernini«, deklamierte er noch einmal: Der habe aber auch ganz schön über die Spanier gelästert, als er endlich in Frankreich bei Ludwig dem Vierzehnten habe weilen dürfen, dozierte Robert; und dann rezitierte er aus dem Stegreif einige Stellen aus dem Tagebuch des Herrn de Chantelou, die mir, gerade in ihrer boshaften Spanierfeindlichkeit, vollkommen ausgedacht vorkamen, aber was sollte ich machen.

»Wußten Sie das? Daß Spanien einmal so bewaldet war?« wandte sich Buber nun an mich. Ich machte »Hmm« und forschte in meinen Teller herum.

In kürzer werdenden Abständen kam nun der Kellner an den Tisch, hielt das Glas unter seinen Schritt, hob mit bedeutsamer Miene die Flasche, so hoch er konnte, über den Kopf und ließ aus dieser Höhe einen dürren Strahl auf den Glasrand prasseln, daß es spritzte, und zwar sowohl ins Glas hinein als auch recht reichhaltig aus dem Glas heraus auf die Umsitzenden. »Sidra, asturischer Apfelwein«, erklärte Buber dann Mal ums Mal, wobei er vor Vergnügen mit den flachen Händen auf den Tisch schlug, und Charlotte bestellte mit gefrorenem Gesicht lieber noch einen Rotwein, obwohl sie schon den ersten als »Säurefaß« bezeichnet hatte.

»Sorbonne …«, rief Robert ihr zu: Das stand alles schon fest, das war alles schon geregelt, mit einer Option auf Museologie an der École du Louvre.

Charlotte klopfte eine Gauloises aus ihrer Packung und schob sie sich, Herrn Bubers empörtem Gehuste zum Trotz, in den Mund. Es handelte sich bei Charlotte von Ziesar um eine von denjenigen Frauen, die ihre Zigarette nach dem Anzünden in einem weiten Halbkreis nach rechts außen schwenken und dabei mit geschürzten Lippen den Rauch auspusten.

Dann sprachen sie über Frankreich, Italien … Bei ihnen klang es wie ein einziges Wort: Frankreichitalien. Das war ernst zu nehmen. Spanien nicht. Spanien war hinterher. Derb.

Das Gegenteil von *sophistication*. Spanien war schlechtes Öl – auf den Tellern wie übrigens auch auf den Leinwänden. Gut, der Prado ... Mit Geld könne man alles kaufen, nicht wahr, auch Tizians, ziemlich viele zweitrangige Tizians *by the way*, nicht aber zum Beispiel Tizian selber oder irgendeinen anderen wirklich großen Künstler; schon damals habe ja niemand, der bei Trost war, nach Spanien gewollt, schon damals wollten alle lieber nach Frankreichitalien.

Scheu stammelte ich die Namen El Greco, Velázquez, Goya, Picasso ...

Charlotte schnaubte, als hätte ich etwas unglaublich Dummes gesagt.

»Und dazwischen?« fauchte sie: »Nichts! Leere, gähnende!«

Im übrigen, fügte Robert hinzu, sei Picasso »in der Hauptsache doch Franzose, nein«?

»Wie man an seinen Stierkampfbildern sehen kann«, murmelte ich ein wenig hilflos, und es war schwer zu sagen, was mir mehr zu schaffen machte: die Leugnung von Picassos Hispanität oder das nachgestellte »nein«, dieses affektiert abgespreizte kleine Fingerchen am Ende seines Satzes.

Stierkampf sei überhaupt das allerletzte, mischte sich auf einmal von einer ganz unerwarteten Seite des Tisches her die Frau ein, der Trampel von der Post, dessen Namen ich mir nicht merken konnte: Das nehme sie dem Picasso richtig übel, »wie der sich so daran hat aufgeilen können, wie die armen Tiere getötet werden, zum Spaß. Und dem Goya genauso«.

Diese Ansichten minderten allerdings nicht ihren Appetit, und so schaufelte sie sich ein Ochsenbäckchen nach dem andern in ihren dicken Hals hinein, während sie nicht aufhören wollte, den Stierkampf zu verdammen.

Oje, dachte ich, jetzt war auch dieses Faß noch offen. Und daraufhin machte das Thema natürlich sofort am Tisch die

Runde. Einer wußte von einem Dorf, wo sie an bestimmten Feiertagen lebendige Ziegen vom Kirchturm werfen. Ein anderer von Hühnern, denen im Vorbeireiten der Kopf abgerissen wird. Nachgespielte Schlachten von Christen gegen die Mauren sowie Feuerwerkskörper in den Köpfen von weiblichen Mohammed-Puppen: Das sei auch nicht gerade im Sinne des interkulturellen Dialogs. Und so ging das in einem fort.

Ich ließ den Kopf über meinem Fisch hängen, trank in gemessenen Schlucken und sagte zu alldem lieber nichts. Denn wenn ich etwas gesagt hätte, dann hätte ich ein paar Gesprächszüge weiter auch für die Inquisition und die Sache mit den Indianern geradestehen müssen. Die Stimmung war danach. Die Tage waren anstrengend gewesen, der Professor hatte die Leute überfordert. Aber das änderte nichts daran, daß es sich über mir entlud: Ich galt als der Hispanophile in der Runde, als einer, der sich das hier nicht nur antat, weil er mußte.

Vielleicht trugen aber auch die Sidra und der Wein und das Bier und die Longdrinks eine Mitschuld, es war nämlich auch wiederum nicht zu verkennen, daß die Leute eine bodenlose Befriedigung daraus zogen, sich ein bißchen über die Sitten des Landes zu erregen, in welchem sie sich gerade vollaufen ließen, so daß die beiden großen Nationalstereotypen – die romantische Abartigkeit der Spanier auf der einen Seite und auf der anderen der teutonische Hang zum Pokulieren – sich gegenseitig emporschaukelten und ins Recht setzten.

Eine Gruselgeschichte ergab die nächste, und jedesmal glühten die Wangen noch eine Spur röter.

Als kurz nach Mitternacht der Heimweg angetreten wurde, sangen einige, immerhin Akademiker, ungehemmt »… Rom und Madrid / Nahmen wir mit …« Es wurde sogar der Vorschlag gemacht, noch auf einen sogenannten Absacker in den Brindis Pub einzukehren, eine üble Plüschhölle neben dem Hotel.

Bevor ich protestieren konnte, hatte sich Charlotte von Ziesar untergehakt – »bevor du wieder hinfällst« –, und ich sang ihr, gleichzeitig von Rechtfertigungszwängen und von diesem Robert getrieben, ein Hohelied auf das Land und die Kultur Baltasar Graciáns, denn sie hatte erwähnt, daß sie Nietzsche gut fand, und wer Nietzsche gut fand, dachte ich, der fand auch Schopenhauer gut, und der hatte wiederum Gracián gut gefunden und immerhin ja sogar dessen »Handorakel« ins Deutsche übersetzt, dieses Lehrbuch der Lebenskunst, das ich jetzt gerne bei mir gehabt hätte, denn sicher stand darin auch ein Paragraph darüber, wie man Nebenbuhler aus dem Weg räumt, frankophile zumal.

Robert versuchte währenddessen, mit der rechten Hand alles Gesagte aus der Luft zu wischen: Der einzige spanische Denker, den man ernst nehmen könne, sei Ortega y Gasset, so Robert, der Gasset französisch aussprach und Ortega für den Vornamen hielt: Dieser Gassé habe sich wenigstens Gedanken darüber gemacht, warum Spanien in allem so viel kümmerlicher sei als Frankreich. Wieder zitierte er aus dem Gedächtnis: »Wegen der Westgoten, einem wurmstichtigen Volk, das Raum und Zeit durchtaumelte, bis es nach Spanien kam.«

Ich erwiderte, daß die Westgoten vorher auch durch Frankreich hindurchgemußt hätten, dabei werde bis heute jeder, der nach Spanien will, wurmstichig und ramdösig – und der Raum, den wir dabei durchtaumelten, war die Puerta del Sol und die Zeit im Grunde schon viel zu fortgeschritten, um hier noch solche Dinge zu erörtern. Aber noch als wir längst tief in die roten Polster des Brindis Pub gesunken waren, so tief, daß wir die Gin Tonics und die Schale mit den Nüßchen in monumentaler Untersicht vor uns aufragen sahen wie kleine Mahnmale, sprach ich erregt von den Schönheiten der spanischen Sprache, vom Zauber des Wortes »y«, von der nach Meer und Sonne riechenden kleinen Welle über dem »ñ« und von der wilden Einzigartigkeit der umgedrehten Frage- und Ausrufezeichen an den Satzanfängen. Charlotte von Ziesar lächelte betrunken und ließ dann und wann kleine Kringel aus Rauch aus ihrem Kringel von Mund aufsteigen, während Robert die Niedlichkeit und den Wohlklang sowie die gerade für deutsche Augen hübsche Schreibweise eines französischen Frage-Anhängsels in schillernden Farben rühmte, das mir wiederum vorkam wie der Name eines friesischen Leuchtturmwärters: »hein«.

Das Publikum unserer Ausführungen, die Frau zwischen den Ohren, in die wir abwechselnd und manchmal auch gleichzeitig hineinsprachen, lachte viel, sagte selber nur noch wenig und sog an ihren Zigaretten. Irgendwann, mitten in einem Satz von entweder mir oder Robert, verlangte sie, ins Hotel gebracht zu werden. Sie verabschiedete sich vor ihrem Zimmer mit einem kleinen Knicks von uns beiden. Und als sich ihre Tür hinter ihr geschlossen hatte, salutierten wir, Robert und ich, uns tatsächlich kurz zu, bevor wir mit steifen Beinen den Korridor in entgegengesetzten Richtungen nach unseren eigenen Zimmern absuchten.

DRITTE KRISIS

Eintritt in die Welt

So war das gewesen, und ich war ganz froh darüber, daß das jetzt vorbei war, bevor die Schullandheimhaftigkeit der Stimmung am Ende noch zu Dingen geführt hätte, über die nüchtern noch zu reden gewesen wäre. Ich war froh – und gleichzeitig fehlte mir das Geschnatter.

Als der Bus weg war, war Ruhe. Ich konnte die winkende Hand jetzt herunternehmen und in meiner Tasche verstauen. Am anderen Arm baumelte nun ein Bündel Bücher, aber ansonsten fühlte ich mich leicht und frei und berechtigt, drei Stufen auf einmal zu nehmen, auf der Treppe, die hinausführte aus der Neonfinsternis der Tiefgarage. Oben angekommen, im hellen, wärmenden Nachmittag, stand ich mitten in etwas, das in den Stadtplänen als »Gärten der Entdeckungen« bezeichnet wird, wobei das Wort »Gärten« sich zu der damit bezeichneten Betonplatte nicht anders verhielt als das Wort »Entdeckungen« zu den Eroberungen, die hier, auf dem Kolumbusplatz, gewürdigt werden sollten. Aber ein erster Panoramablick, ohne daß dauernd Kommilitonen im Weg standen, war im Ergebnis dermaßen euphorisierend, daß ich am liebsten die große Fahnenstange umarmt hätte vor Glück: Hinter mir glühten die Schaufenster der feinen Calle Serrano in der Sonne. Ich spiegelte mich in Sonnenbrillen. Menschen mit großen viereckigen Einkaufstaschen kamen von dort hinten auf den Kolumbus zu, der sich da oben auf der Säule schon seit hundert Jahren an seiner Fahne festhielt und ängstlich in den Verkehr starrte. Hekatomben von Automobilen wurden hupend um den Springbrunnen herumgeprügelt, nach Norden in die Castellana hinein oder nach Westen in die Calle de Génova, und das Wasser, das aus den Springbrunnen kam, sah von hier oben aus wie überkochende Milch. Es sah so aus, wie ich mir die Stimmung vorstellte, die hier geherrscht haben mußte, Ende der Siebziger, Anfang der Achtziger, nach dem Tod von Franco.

Und hinter diesem Bild, hinter diesem Bühnenbild, ging es ja erst los: Die Stadt. Madrid. Madriz, wie sie hier sagten. Madrizzzzz.

Ich hatte kurz Lust, in die Luft zu hüpfen. Ich stand auf einer gewaltigen Betonplatte, die vorn eine Ponyfrisur aus Wasser trug, und schaute auf die Stadt, die ich ab sofort meinen Wohnort nennen würde.

Der Wasserpony war ein weiterer Springbrunnen, der sein Wasser über die gesamte Breite der Plaza Colón in ein Becken am Straßenrand spuckte, und unter, jawohl: *unter* diesem zweihundert Meter breiten Wasserfall befand sich der Eingang zum Kulturzentrum der Stadt. Man konnte darunter hindurchgehen. Sogar der Bodenbelag formte hier Wellen und wollte Wasser sein oder zumindest Fata Morgana in der Hitze des zentralspanischen Sommers. Um nichts in der Welt hätte ich das jetzt gegen die Seine oder den Tiber oder den Arno oder die Themse mit ihren Muschelbänken aus Pauschaltouristen eingetauscht.

Wie angenehm klanglos dagegen der Name des Rio Manzanares. Keine einzige Sehnsucht wird dadurch im Norden Europas zum Schwingen gebracht. Die meisten werden nicht einmal wissen, daß Madrid überhaupt an einem Fluß liegt. Und schon das spricht unbedingt für die Qualität der Stadt, durch die er fließt, fand ich: Eine Stadt, die wirklich etwas taugt, taugt aus sich selbst heraus und hat es nicht nötig, ihr Gewässer vor sich herzutragen; sie schafft sich, wenn sie Lust hat, künstliche Katarakte.

Nachdem mich der Tunnel aus Wasser und Beton wieder freigegeben hatte, stand ich vor der Nationalbibliothek. Mächtige Eisengitter. Respekteinflößende Tore. Der Eingang eine Tempelfront, wie sich das gehört, mit vielen Treppen. Bildungsstufen. Zugangsbarrieren. Aufstiegschancen. Von Kronen bekrönte Reichsäpfel, die wiederum die Speerspitzen der Gitter bekrönten. Mir gefielen auch die kleinen Wappen auf den Gittern: aufgeschlagene Bücher mit den Initialen BN und wiederum einer Krone darüber. Das hatte eine andere Wucht und Würde als meine Universitätsbibliothek, der nur vom Regen mit ein paar schmutzigen Schlieren ornamentierte Waschbetonwürfel am Rande des Campus. Ich vermaß mit den Augen die Achsen des Baus bis hoch zu den mächtigen Mansarden und stellte mir vor, wie ich hier morgens herkommen würde: Meinen Ausweis müßte ich gar nicht mehr vorzeigen, weil mich das Personal längst kumpelhaft grüßte.

Ich hätte meinen festen Platz, einen besonders schönen, ruhig, aber doch mit Überblick – und unter dem grünen Bibliothekslämpchen lägen selten angeforderte Bände, die beim Aufschlagen den Staub der Jahrhunderte aufwirbeln und Fährten offenbaren würden, von denen ich meinen Bekanntschaften aus der Cafetería (anderen, konkurrierenden Forschern, die sich ebenfalls nicht in die Karten blicken ließen) kein Wort erzählen dürfte, weil sie mich am Ende doch noch in die königlichen Archive von Simancas führen würden, und von dort frühreif auf die Podien von Symposien und in die Autorenverzeichnisse des Burlington Magazine, des

Arquivo Español de Arte oder zumindest doch der Zeitschrift für Kunstgeschichte.

Wenn es auf dieser Welt überhaupt irgendetwas gab, das den Glanz dieser Zukunftsaussichten eintrüben konnte, dann war das ganz entschieden der scharfe Uringeruch, der von den Wänden in der Unterführung zum Mittelstreifen des Paseo de Recoletos her dünstete. Ich hielt die Luft an, stolperte im Halbdunkel über einen Obdachlosen und zwang mich, während ich, unter den staubblauen Platanen wieder durchatmend, den Paseo herunterschlenderte, mir die Archiventdeckung auszumalen, die zu machen geradezu den Imperativ dieses einjährigen Studienaufenthaltes darstellen müßte. Grundsatzartikel würden zu verfassen sein. Die Velázquezforschung würde nach dem Erscheinen dieser Artikel nicht mehr weitermachen können wie zuvor. Vielleicht wäre es auch nur die verschollene erste Ausgabe des Handorakels von Gracián, die aus Huesca, die mir in die Hände fallen würde, gleichsam als Zufallsfund sozusagen. Denn in den Kreisen, die sich mit so etwas beschäftigen, schreibt und denkt man tatsächlich das Wort »gleichsam«; und ich ließ mir, als ich mir meine akademische Zukunft ausmalte, auch die entsprechenden Formulierungen, den dazugehörigen Jargon in allen seinen Aggregatzuständen, als Odeur, als flüssige Prosa oder in festen Wendungen, durch das Gehirn gehen. Also dachte ich Wörter wie »freilich«, »obzwar«, »indes« und »Desiderat«. Ich dachte sogar darüber nach, ob man das Akademische dieser Wörter durch Zusammenführung nicht noch steigern könnte: »Indesiderat« oder: »obgleichsam«. Das ging bis zum Habituellen, bis zu der Art und der Mimik, in der gegen Ende des Vortrags ein von Panofsky überliefertes Bonmot an den Mann gebracht werden müßte oder unter Umständen sogar ein eigenes verhaltenes Witzchen.

Titel wissenschaftlicher Publikationen zogen an mir vorüber: »Mythos Steinsichtigkeit: War der Escorial im Ursprung knallbunt?«

Wir sagen nicht »bunt«, hätte Charlotte von Ziesar eingewendet, wir sagen »farbig gefaßt«.

Eine Bettlerin riß mich aus meinen Gedanken, ein gebeugtes Mütterchen, das vor dem Pabellón de Espejos an das Mitleid der frisierten Damen appellierte, die dort über ihren Tees und Infusionen thronten. Sie hielt mir ihr Körbchen hin und schüttelte es mit stummem Flehen. Ich ließ ein Hundertpesetenstück hineinfallen: »*Do ut des:* Zur Heilsökonomie in den Armutsdarstellungen von Ribera bis Murillo.«

Und sollte ich mir daraufhin vielleicht auch einen Tee oder einen Kaffee im Pabellón de Espejos genehmigen? Oder vielleicht, nach Landessitte, ein erstes klitzekleines Bier?

Der gußeiserne Pavillon, er gehörte zum berühmten Café de Espejos auf der anderen Straßenseite, hätte auch im Jardin de Luxembourg stehen können. Manet zum Beispiel, Edouard Manet, hätte unter Garantie eine Zeichnung gemacht von der Bettlerin damals, auf seiner Madridreise. Solche Bettlerinnen und solche Bettler gab es woanders ja gar nicht. Solche Typen. So etwas gab es überhaupt nur hier in Spanien, soviel Grind und Elend, na gut, vielleicht in Neapel noch, aber das gehörte ja zu Spanien, damals, oder etwa nicht? Andererseits erinnerte ich mich, in irgendeiner Sozialgeschichte (bei Geremek? In der »Geschichte der Armut«?) die Anmerkung aufgelesen zu haben, daß die meisten spanischen Bettler ursprünglich aus Frankreich kamen oder sogar aus Nordeuropa, weil sich in Spanien mehr verdienen ließ ...

Danach kam ich an der Terrasse des Gran Café de Gijón nicht vorbei. Wenn schon nicht im Cafés de los Espejos, dann hier, fand ich. Der Professor hatte das Gijón erwähnt. Ein Intellektuellentreff. Das Romanische Café von Madrid. So in etwa. Schon aus dienstlichen Gründen mußte ich hier also ein Kaffeechen … oder ein Bierchen … ein Bierchen also, auf der Terrasse – warum eigentlich nicht?

Als ich dann saß, als sich mein Rücken gegen die gußeisernen Schnörkel eines grün bemalten Jugendstil-Gartensesselchens drücken durfte und meine Handinnenflächen den kühlenden schwarzen Marmor der Tischplatte befühlten: Da merkte ich erst einmal, wie kaputt ich tatsächlich war, körperlich, nach diesen vierzehn Tagen. Wie meine Beine schmerzten, vor allem aber mein Rücken, der untere, der mittlere und ganz besonders der Nacken, vom dauernden Hochschauen zu Kirchtürmen und Fresken. Da merkte ich erst einmal, wie wenig Schlaf das doch gewesen war. Und wie aberwitzig viel Wein jeden Abend.

Jetzt war es schon soweit, daß mein ausgedörrter Körper am hellen Nachmittag nach einem Bier schrie wie der von einem Säufer. Andererseits war ich mir sicher, das würde ein Geräusch geben wie beim Aufguß in der Sauna, und weg wäre es. Ein Bierchen. Eine *cervecita*. Eine *caña de cerveza. Una caña.* Ein Rohr. Ein Röhrchen. *Una cañita.* Wer hier ab sofort ein Jahr Madrilene sein wollte, brauchte das jetzt.

Der Ober nahm die Bestellung auf wie eine Traueranzeige. Er seufzte schmerzlich und schlurfte, die Hände hinter dem Rücken ineinandergelegt, von dannen: weiße, leicht bekleckerte Jacke, rote Epauletten, fünf große flache Knöpfe wie aufgenähte Silbermünzen – einer aus den Veteranenverbänden der Gastronomie. Seit ich in Spanien war und mit der spanischen Gastronomie zu tun hatte, und das war in den letzten beiden Wochen mehrmals täglich der Fall gewesen, seitdem war ich nicht ein einziges Mal von einer Person in Zivil bedient worden. Die mauligen Studentinnen, die in jedem Restaurant und in jedem Café Deutschlands unterwegs die

Bestellungen vergessen, und die vielen kurz vor dem Nervenzusammenbruch stehenden Schauspieler, die in den Bars und in den Kneipen Deutschlands beleidigt mit den Augen rollen, wenn sie den Pflichten ihrer lästigen Nebenjobs nachzukommen haben: Die gab es hier überhaupt nicht. Offensichtlich war es so, daß in der spanischen Gastronomie ausschließlich reife, vom Leben gezeichnete Señores ihren verantwortungsvollen Dienst verrichten durften, und genauso offensichtlich herrschte dabei, wie überall, wo aussichtslose Kämpfe gefochten werden, Uniformzwang. Spaniens Kellner und Barmänner waren Angehörige einer Armee, die sich trotz allem nicht geschlagen geben wollte, und ich war voller Ehrfurcht vor diesen Leuten und diesen Zuständen. Nie wieder würde ich ein Getränk aus der Hand einer jobbenden Studentin annehmen können, ohne mir der Würdelosigkeit des deutschen Gastgewerbes bewußt sein zu müssen.

Als der Kellner aber wiederkam, stellte er eine wulstige Biertulpe auf einer Untertasse hin, sorgfältig postierte er ein Schälchen Kartoffelchips daneben und kassierte sofort.

Ich hätte heulen können: Das Bier sah aus wie ein Eiskaffee. Ich hatte ausdrücklich und wie ein Einheimischer eine »caña« bestellt, ich hatte versucht, das umgedrehte Ausrufezeichen am Satzanfang mitzusprechen, ich hatte mich darauf gefreut, ein klatschnasses Wasserglas Bier ohne Schaum hingeknallt zu kriegen, und was hatte ich bekommen? Die Touristenportion.

Der Kellner konnte nichts dafür, und jeder vernünftige Mensch hätte sich sogar gefreut, wenn er mehr bekam, als er erwartet hätte. Aber es half nichts, eine hartnäckige Verstimmung lag da nun quer in meinem Brustkorb und ließ das Bier nicht unkommentiert durch. Wo normalerweise bei großer Hitze und nach langem Durst die Flüssigkeit auf breiter Front wie eine Welle durch den Rumpf rollt, war jetzt ein alberner Widerwille. Ich aß einen Kartoffelchip, trank wieder, und mir wurde ein bißchen übel. Erst verschluckte ich mich, dann mußte ich auch noch niesen – mit halbzerkauten Kartoffelchips im Rachen.

Es ging mir schlechter, als ich dachte. Die Exkursion saß mir deutlich in den Knochen, vom Vegetativum ganz zu schweigen. Vielleicht müßte ich mich erst einmal kurz ausruhen, bevor es losging. Eine klitzekleine Ruhe vor dem Sturm. Die Dinge klären, den Schreibtisch aufräumen, die Stifte zurechtlegen – und dann.

Ich kam an Wasserbecken mit Springbrunnen vorbei, flankiert von Säulen, die nichts trugen. Hunde wurden ausgeführt, die die Größe von Mäusen hatten. Mäuse, die wie Hunde kläfften. Das Licht kam in scharfen Strahlen von rechts durch die Baumkronen genadelt, der Verkehr warf schmerzhaften Lärm unter die Schädeldecke, und als ich an der Plaza de Cibeles auf das Grün der Fußgängerampel wartete, war mir etwas schwindlig. Die Hochstimmung, die mich von der Bushaltestelle bis hierher getragen hatte, schlug nun endgültig um in Gereiztheit. Ich fühlte mich klein, stand am Zebrastreifen und beschimpfte Autos.

Wenn die Ampeln endlich umschalten, beginnen sie zu zwitschern wie herzinfarktgefährdete Vögelchen, damit auch die Blinden oder die Eingeschlafenen unter den Fußgängern die Gelegenheit nicht versäumen. Und so wie das Wasser, mit dem man sich verbrüht, im ersten Moment als eisig empfunden werden kann, klingt die Plaza de Cibeles dann mitunter wie ein Urwald in den Tropen.

VIERTE KRISIS

Enge, Trieb und Wegelagerei

Dort, wo die Gran Vía abzweigt, unter dem Haus mit der Leuchtschrift »Metropolis«, von der keiner sagen kann, ob es eine Drohung sein soll oder ein Versprechen, gab es dann auch noch einen Stau. Die Autos und Taxis und Busse hupten so erbost und ausdauernd, daß es klang wie Neue Musik. Der Grund war eine Demonstration, die aus den besseren Vierteln hier herübergekommen sein mußte. Die Leute waren ganz gut angezogen, viele Frauen mit Haaren in der Farbe und Form von Karamelbonbons. Auffällig viele Kinderwagen. Den Schildern war zu entnehmen, daß es um Abtreibungen ging, dem Habitus der Leute nach waren sie eher dagegen. Die Polizei hatte den Demonstranten nur einen schmalen Streifen der Fahrbahn freigeräumt. Sie konnten froh sein, daß sie nicht den Bürgersteig benutzen mußten. Der Verkehr kroch feindselig an dem Leuten vorbei, und die Leute schauten anklagend in die Autofenster zurück: Eine Prozession im Abgasnebel.

Kinderwagen für Kinderwagen schob ich mich allmählich an dem Zug vorbei die Gran Vía hoch, den ältesten, prachtvollsten und trotzdem unwirtlichsten Teil von ihr, vorbei an dem LOEWE-Laden und an der Perfumeria Rosi, vorbei am Museo Chicote, wo die Leute wie seit hundert Jahren von grünen Lampen beschienen über den ersten Drinks des Abends brüteten, dann rüber auf die andere Seite, über die Montera hinweg, wo die drogensüchtigen Frauen auf den

Lüftungsgittern der Metro Marilyn Monroe spielten und ihre zerstochenen Krampfadern mit warmer Luft verwöhnten, bis ich kurz hinter der Red de San Luís endlich, endlich, endlich mein Hotel erreichte.

Dort trommelten unbeherrscht meine Finger auf den Tresen vor der Rezeptionistin.

»Ich kann es nicht ändern, es tut mir leid«, sagte die Frau.

»Das Zimmer kann doch nicht plötzlich doppelt so teuer sein wie bisher«, protestierte ich.

»Doch«, sagte sie. »Sehen Sie: Sie hatten Sonderkonditionen, einen Gruppentarif über ein Reisebüro. Jetzt ist Ihre Gruppe weg. Sie sind allein, Sie sind hier, es gibt keinen Sondertarif, und es ist Wochenende. *Lo siento mucho.*«

Mit dramatischer, strafend gemeinter Geste wandte ich mich von ihr ab, dem Ausgang zu. Mit reumütiger Gebärde kam ich kurz darauf zurück: Ich wolle das Zimmer eventuell doch. Die Rezeptionistin sah aus, als hätte sie genau beobachtet, wie ich in der Zwischenzeit da draußen auf der Straße gestanden und mich elend gefühlt hatte. Sie wußte genau, daß ich keine Lust hatte, jetzt loszugehen und etwas anderes zu suchen. Sie genoß den Moment. Nun sei es leider zu spät. Die Rezeptionistin lächelte kalt. Mit ihrem sorgfältig manikürten Zeigefinger wies sie auf einen khakihosigen Mann, vermutlich Amerikaner, der mit meinem Zimmerschlüssel in der Hand zum Lift schaukelte. Und, wie es der Zufall so wolle, mehr freie Zimmer gebe es nicht, ausgebucht, *mala suerte.*

In der Hosentasche zerknüllte meine Hand den Gepäckschein vor Wut. Ich ließ meine Koffer trotzdem erst einmal dort. Wo sollte ich auch hin damit jetzt. Es war zum Verzweifeln. Und die Verzweiflung über diese Verzweiflung war noch mehr zum Verzweifeln, denn eigentlich hatte das ein Tag zum Frohlocken werden sollen, und es half auch nichts, sich zu sagen, daß man sich von der albernen Enttäuschung über ein zu großes Bier nicht aus der Bahn werfen lassen dürfe, aber der Umstand, daß das offenbar geschehen war, machte mich gleich noch etwas unleidlicher mit mir selber. Und das Schlimmste ist: Man weiß in solchen Momenten überhaupt nicht, wohin mit sich. Man möchte sich selbst wegwerfen, klebt aber hintendran.

Als ich, dann eben ohne mein Gepäck und weiterhin mit dem Bücherbündel, aus dem Hotel wieder auf die Gran Vía trat, hatte der Marsch der Abtreibungsgegner bereits aufgeholt und traf nun, direkt vor meinen Augen, auf schätzungsweise zweihundert Freunde des sogenannten Heavy Metal. In den Schaufenstern des Plattenladens neben dem Hotel hingen Plakate mit Totenköpfen, Ritterburgen, Streitäxten, Höllenschlünden. Eine Ankündigung besagte, daß die Rockgruppe Manowar hier eine Stunde lang Autogramme geben werde.

Die Straße sah aus wie ein Brettspiel: auf der einen Seite die schwarzen Figuren, auf der anderen Seite die weißen oder zumindest in Beige oder Champagnerfarben gekleideten Bewahrer des Lebens. Die Heerscharen des Himmels und die der Hölle, und nur ein Gitter am Fahrbahnrand hielt beide auseinander. Eine Mutter aus den Reihen der Rechtschaffenen entdeckte ihren Sohn im Lager der Satanisten. Der tat, als höre er sie nicht. Die Frau rief, er solle zusehen, daß er zum Abendbrot zu Hause ist, sonst gebe es SEHR SCHLECHTE MILCH, oder so ähnlich. Es war mir schleierhaft, was sich hinter dieser Drohung verbergen könnte, aber die Freunde des jungen Satanisten lachten herzlich und hauten ihm auf die Schulter, und er selbst versuchte, gleich noch ein bißchen satanischer dreinzuschauen. Eine ordentliche Stilgeschichte des Heavy-Metal-T-Shirts, ging es mir durch den Kopf: Das war auch so ein Desiderat der Forschung.

Ein weiteres wären übrigens die Gründe, die mich daraufhin auf die andere Straßenseite trieben. Ich kenne sie nicht. Es gab vielleicht keine. Ich weiß nur, daß sicherlich alles anders gekommen wäre, wenn diese Geschichte ihren Fortgang auf der südlichen Seite der Gran Vía genommen hätte. Und vielleicht war der Mann mit dem rosa Mohairpullover, in den ich beim Überqueren der Gran Vía aus Versehen hineinstieß, von höheren Mächten als rettender Engel dort aufgestellt gewesen. Der Mann sah aus wie eine Portion Zuckerwatte. Bei dem Zusammenstoß gab es ein Geräusch, als sei in seinem Inneren ein Buch umgefallen. Ich murmelte Entschuldigungen. Der Mann knurrte böse. Taxis mit roten Bauchbinden scharrten vor dem Zebrastreifen mit den Hufen. Und schließlich wurde ich von den Menschen einfach mitgespült, bis ich auf der anderen Straßenseite war. Auf dieser Seite waren die Häuser beinahe noch höher und prachtvoller. Endlich einmal eine Stadt, die kein Dorf sein will, dachte ich, und beinahe wäre die gute Laune wieder da gewesen.

Es war jetzt später Nachmittag. Von der Schweppes-Werbung an der Plaza de Callao her blendete eine cholerische Abendsonne in die westwärtigen Gesichter. Ich suchte Schutz hinter den Flügeln eines der Zeitungskioske, die nachts als unscheinbare Blechhaufen an den Straßenrändern stehen, nicht größer als bei uns eine Litfaßsäule, bis sie morgens wieder den Mantel öffnen und ihr papiernes Gefieder spreizen.

Die »Süddeutsche« war da und die »Frankfurter Allgemeine«, die Schlagzeilen betrafen Deutschlandpolitisches; ich vergaß sie schon, während ich sie überflog. Die Verkäuferin räumte gerade Heftchen ein, von denen nicht zu sagen war, ob es sich um Pornographie handelte oder ob es um Tiere ging. Der Fall war leider, wie sich beim näheren Hinsehen herausstellte, beides: Nackte Frauen im Verkehr mit Hunden und Pferden. Daß es in Spanien sexuell unbefangener zugeht, als man annimmt, hätte ich rückblickend gern weniger drastisch vor Augen geführt bekommen.

Ich nahm mir eine El Pais und fragte die Frau nach dem »Guía del Ocío«, einem Stadtplan und einer Anzeigenzeitung: *Revista de anuncios*. Ich war nicht sicher, ob man das so sagte, aber die »Segundamano«, die ich hingelegt bekam, war genau das, was ich brauchte: Es waren auch Wohnungsanzeigen darin. Der Stadtplan war aber eindeutig zu dünn für das Bild, das ich von der Stadt hatte, Hamburg war dicker, sogar Köln war dicker als Madrid; ich erwog kurz, auch diesem Problem wissenschaftlich einmal auf den Grund zu gehen. Die Sonne schien jetzt wirklich als Verhörlampe durch die Gran Vía, und ich war beinahe noch orientierungsloser als gestern nachmittag im Hof des Escorial.

Der Rempler von dem Nordafrikaner wäre mir bei dem Gedränge und Geschiebe auf dem Bürgersteig gar nicht weiter aufgefallen, wenn der Mann nicht gleichzeitig angefangen hätte, mir mit arabischen Klageflüchen die Ohren vollzubrüllen. Der Mann krähte und gestikulierte, und er rollte mit den Augen wie der wahnsinnige Knabe auf Raffaels Verklärung Christi, von der im Prado übrigens eine ganz passable Kopie hängt, und vielleicht hätte ich ihn weniger dumm angeschaut, wenn er mir währenddessen nicht auch noch an den Hosen herumgezerrt hätte. »Was soll denn das?« stammelte ich sinnlos, nämlich auf deutsch, und: »Jetzt ist auch mal wieder gut, ja?«

Ich wußte überhaupt nicht, was los war; ich war vollkommen überfordert: Die Betriebsamkeit machte mich schwindlig. Um mich herum waren plötzlich nur noch Nordafrikaner, mindestens zehn, möglicherweise aber noch mehr, und alle brüllten mir kehlige Lautketten ins Gesicht, zeigten nach oben und nach unten und zerrten und knufften an mir herum. Ich stand kurz davor, einen weiteren Schwächeanfall zu erleiden, als ich bemerkte, daß mir jemand die Hand in die Gesäßtasche geschoben hatte und nun, jedenfalls zusammen mit dem Portemonnaie, nicht mehr herausbekam. Bis zu diesem Moment hatte ich es als großes Unglück empfunden, daß meine letzte saubere Hose beim Waschen so sehr eingelaufen war, daß man auf den Verdacht kommen konnte, ich hätte zugenommen.

Jetzt ärgerte sich eher der Nordafrikaner darüber.

Ein tonloser Schrei entwich mir, ich fuhr herum, stieß die Rolle aus Zeitungen, die ich in meiner Rechten hielt, dem Mann, dem die Hand gehörte, die in meiner Tasche feststeckte, frontal, wie eine Stanze, ins Gesicht und fing an, mit dem Bücherbeutel, der immer noch schwer an meiner Linken baumelte, um mich zu schlagen. Ich drehte mich wie ein Karussell um die eigene Achse, zog den Meier-Graefe und den Pfandl und wer weiß, wen sonst noch, einmal durch die Gesichter der mich umringenden Araber, wobei ich augenblicklich ein schlechtes Gewissen hatte, weil es sicher Gründe gab, warum diese Männer es nötig hatten, mir in die Tasche zu greifen, und auch weil ich eigentlich immer geglaubt hatte, daß ich, wenn es je notwendig sein würde, körperliche Gewalt eher gegen die anwenden würde, die zum Beispiel arabische Einwanderer schlagen; ich hätte diesen Leuten gern gesagt, daß es mir leid tue und daß ich Verständnis für sie habe und so weiter – aber dann rannte ich trotzdem lieber los.

Ich rannte, stürzte, fiel über Menschen, rannte weiter. Hinter mir brüllte und fauchte es, vor mir war das Nichts, die reine Helligkeit, der Sonnenball. Ich schlug mich in den Schatten einer Seitenstraße, bog gleich wieder ab, schaffte noch ungefähr fünfzig Meter und drückte mich in einen Hauseingang. Die Straße hinter mir war leer. Es kam auch niemand um die Ecke. Nur zwei dicke, sehr bunt angemalte Frauen standen da vorn und glotzten herüber. Ich horchte. Was ich hörte, klang wie ein Solo von Scott Colombo, dem Schlagzeuger von Manowar. Das war mein Herz. Oder meine Lunge?

Dann rutschte ich langsam mit dem Rücken an der Tür herunter, vorbei an einem Schild mit den Worten »Pension La Zamorana«.

FÜNFTE KRISIS

Die Stiefmütter des Lebens

Ja, an sich hätten sie schon noch ein Zimmer frei. Die Zamorana, die Frau aus Zamora, war in Wirklichkeit zwei Frauen aus Zamora: Zwillingsschwestern. Sie trugen identische Dauerwellen, baugleiche Wollröcke, einander sehr ähnliche Blusen und gewaltige Kruzifixe darüber. Ihr Alter hatte sich irgendwo zwischen fünfzig und achtzig eingependelt. Beide schauten skeptisch auf den verschwitzten jungen Mann, der da vor ihnen in der Tür stand, und auf sein dürres Gepäck.

Ich zahlte im voraus und durfte mich dann auf ein durchgelegenes Bett sinken lassen. Über mir eine nackte Glühbirne. Wände aus Blauschimmelkäse. Roquefortwände. Grünblau mit weißen Schaumstoffknubbeln, meine rechte Hand pulte unkontrolliert daran herum. Der Fußboden gefliest, in der Farbe von orthopädischen Strümpfen. Das Furnier der Türen und des Schrankes hochglänzend. Ich fror schon wieder. In keiner Stadt kann man gleichzeitig so schlimm schwitzen und frieren wie im Sommer in Madrid. Durch das Fenster zum Hof kamen der Geruch von angebratenem Knoblauch und die Vorwürfe einer sehr, sehr heftig erbosten Frau gegenüber ihrem Ehemann.

Ich zog mir den Beutel mit den Büchern heran und schaute nach, was überhaupt da drin war.

Es war erstaunlich:

Meier-Graefes Antwort auf Justis »Velázquez und sein Jahrhundert«, die »Spanische Reise« – ich hatte schon davon gehört, das Buch aber nie gelesen – war eine Ausgabe von 1923.

Dann ein sehr alter Band Lope de Vega. Ein Prosaband Quevedo, der auf dünneres Papier gedruckt war als eine Bibel. Ich blätterte wahllos darin, übersetzte mir eine Überschrift mit »Gunst und Mißgeschick des Auges des Arsches« – und schlug das Buch erschrocken wieder zu, schlug es wieder auf, las abermals das Wort »*ojo del culo*«, Arschauge, und schlug es zum zweiten Mal zu. So etwas hatte ich von einem Klassiker der spanischen Dichtung nicht erwartet.

Pfandls »Spanische Nationalliteratur – Blütezeit« war von 1929. Jemand hatte oben auf das Vorsatzblatt eine Art Widmung geschrieben: »*The common notion that Spain is another Italy is false and misleading ...*« Der Rest war schwer zu entziffern, ein ziemlich langes Zitat. Die unbekannte Hand hatte sogar dazugesetzt, woraus es stammte: »Ellis. The Soul of Spain«.

Mir wurde ganz historisch zumute: Ich besaß jetzt eine Ausgabe von Pfandls »Spanischer Nationalliteratur« von 1929. Und von deren unterer rechter Ecke tropfte nun Blut, maurisches Blut!

Draußen brüllte jemand: »*¡Cállate, vieja loca!*« – halt den Mund, du irre Alte.

Daraufhin legte die Frau noch einmal zehn, zwanzig Dezibel zu und beschimpfte zusätzlich zu ihrem Ehemann auch den Nachbarn.

Etwas Keramisches schlug irgendwo auf.

Dann gab sie Ruhe.

Als er die Augen wieder aufschlug, stand die Zamorana, er wußte nicht, welche von beiden, vor seinem Bett und musterte ihn. Während er zur Decke griff, wurde ihm klar, daß er nach der Decke griff, weil er ausgezogen dalag, und dann fragte er sich, warum er sich gar nicht entsinnen konnte, die Hose abgelegt zu haben, und wenn er es nicht war, wer dann, und daraufhin erschrak er direkt nach dem Erschrecken noch einmal. Und dann war ich wach.

»Was tun Sie hier?« schrie ich, während ich mich panisch in meine Laken wickelte.

»Ich vermiete Zimmer«, entgegnete sachlich die Alte.

Das Zimmer sei nur bis zwölf Uhr bezahlt, sagte die Frau und hörte nicht auf, mich zu mustern.

Meine Uhr zeigte zwanzig nach elf.

Lassen Sie mich allein, bat ich sie, oder ich versuchte es jedenfalls. Was ich in Wirklichkeit sagte, war, wie mir ungefähr eine halbe Stunde später auf der Gran Vía aufgehen sollte: »Lassen Sie mich bitte Junggeselle.«

Mein Spanisch ließ gerade in Situationen, in denen es drauf ankam, offensichtlich noch deutlich zu wünschen übrig.

Ich hatte der Zamorana abermals 2000 Peseten in die Hand gedrückt, war die Treppe heruntergerannt und auf den stellenweise zu einer glatten Rampe heruntergetrampelten Stufen ausgerutscht. Dann war ich aus dem Haus auf die Straße getreten, hatte mir die Nummer des Hauses eingeprägt, es war die Vierzehn, und anschließend hatte ich zum ersten Mal die Gegend genauer in den Augenschein genommen.

Es handelte sich um die Dreckecken im Rücken der Gran Vía, um ihre Kehrseite; es handelte sich um eine Parallelstraße, die wie ein gammliger Versorgungstrakt für die Küchenangestellten neben der Prachtstraße herlief, welche ihre besten Zeiten ja ebenfalls schon eine Weile hinter sich hatte. Ich stand vor den Lieferanteneingängen der Straße, die in ihrem ersten Bauabschnitt Paris überbieten wollte, in ihrem zweiten New York und insgesamt alles, was sonst noch großartig war oder zumindest groß. Diese kleine, schmutzige Straße hier lag so wörtlich im Schatten der Gran Vía, daß es sogar jetzt, in der Mittagshitze, kühl war. Die Straße endete am Seiteneingang des Telefónica-Gebäudes. Erster Wolkenkratzer Madrids, ehemals höchstes Haus Europas. Ein Kommilitone hatte darüber referiert und auch die Kanonen erwähnt, mit denen die Verteidiger Madrids aus dem dreizehnten Stockwerk heraus die Truppen Francos am Rande der Stadt beschossen hatten. Es war das höchste, das Madrid zu bieten hatte. Und direkt daneben lag offenbar das niedrigste.

Gegenüber standen schon wieder die dicken angemalten Frauen von gestern abend und glotzten. Auf meiner Straßenseite waren noch mehr von ihnen. Frisuren in der Form und der Farbe von Ananas, zerlaufene Schminke, unklare Verteilung der verschiedenen Rollen unter dem Kunstfaserpullover; manche saßen auf den Pollern, die die Fahrbahn vom Bürgersteig trennten. Eine beugte sich zu einem Autorückspiegel und malte sich mit kreiselnden Bewegungen den Mund rot an. Ich schätzte sie zwischen fünfzig und siebzig.

Die Winde hinter den Hochhäusern trieben blutiges Papier über das Pflaster. Es lag Unrat in den Ecken. Alte, vor sich hinhustende Säcke mit Schiebermützen auf den Glatzen hatten hinter ihren Bäuchen Aufstellung genommen. Mal schauen, was so passiert. Hände hinter dem Rücken, Hände in den Hosentaschen, gelegentlich auch Hände im Schritt. Die Dinge des Lebens ein bißchen richten. Ein bißchen vorwärts in den Straßen stehen. Ein bißchen gucken, ein bißchen spucken. Die Frauen anglotzen, die mich anglotzten.

Das Schild, das den Namen dieser müden Gasse verriet, mußte unter diesen Umständen wie ein Scherz wirken: Calle del Desengaño. Denn wenn ich richtig im Taschenwörterbuch nachgeschlagen hatte, hieß das: »Straße der Enttäuschung.«

Ich hätte also gewarnt sein können.

In der traurigen Bar an der Ecke Calle Espoz y Mina ließ ich das lederne Croissant unauffällig in den Papierkorb gleiten und blätterte beim zweiten *café solo* ein wenig in der Segundamano. Eine eigene Wohnung, das wurde schnell deutlich, war mit dem Stipendium nicht zu finanzieren und im Sinne von Spracherwerb und Alltagsteilhabe vielleicht auch gar nicht erstrebenswert. Das Rubrum, unter dem zu suchen war, lautete *»pisos compartidos«*, abgekürzt *»p/c«*, und das Angebot war üppig.

Nachdem das Gepäck aus dem Hotel geholt war, ging ich ins Telefónica-Gebäude und setzte mich ans Telefon.

Gleich die zweite Nummer war ein Erfolg. Bei der ersten hatte ein Mädchen mit französischem Akzent behauptet, das Zimmer sei leider schon weg, was ich ihr nicht glaubte und auch schade fand, denn die Lage – *»zona Antón Martín, entre Prado y Rastro«* – war mir geradezu ideal vorgekommen. Ich hatte mich schon den ganzen Tag lang durch die Vorstädte irren sehen, Treppen steigen in Neubaublöcken, die unter halbgeschlossenen Rolläden hindurch in die Welt schauten, was ihnen einen garfieldhaften Zug ins Schläfrige verlieh. Ich kannte diese Gegenden ja von der Exkursion her, und ich fürchtete sie wegen ihrer gelbrot verklinkerten Tristesse und Abgelegenheit. Ich wollte im Zentrum wohnen, das mindestens. Und gleich die zweite Anzeige, die ich mir vornahm, versprach: *»¡Muy céntrico! Zona Gran Vía. Habitación tranquila y amplia en p/c, c. calef., tel. e hilo musical, lavadora. 30 000 Ptas/m. Se busca gente divertida y agradable.«*

Nicht daß ich alles verstanden hätte, was da aufgeführt war, aber was ich verstand, sagte mir zu: ruhig, groß, sehr zentral, leider nicht ganz billig, aber auch mit einem Stipendium machbar.

Ich steckte die Telefonkarte in den Schlitz, wartete auf das

Freizeichen und wählte. In der Leitung ein Fiepen. Dann eine Männerstimme: »Sprich!«

Noch nie in meinem Leben war ich so unhöflich an einem Telefon begrüßt worden. Ich hatte bis dahin allerdings auch noch nie in Spanien telefoniert.

»Sprich!« bellte die Stimme. Also sprach ich, aber das Gespräch gestaltete sich nicht ganz einfach. Aus dem Hörer drang häufig nur ein rätselhaftes Schmatzen, und ich mußte mehrfach nachfragen.

Es kann sein, daß ich ein wenig zusammengezuckt bin, als ich am Ende las, was ich mir notiert hatte: »Desengaño« stand auf dem Zettel, und die Hausnummer 14.

Wiederholt der jetzt, was ich gerade gesagt habe? Habe ich dem gerade gesagt, wo ich wohne? Auf meinem Rücken lag die kalte Hand, die den Menschen zu streicheln beginnt, wenn ein Fremder ihm seine Anschrift als die eigene nennt.

Auf der anderen Seite schmatzte es ungeduldig. Der Mann fuhr fort »*segundo derecha*«, zweite rechts. Wie ein Hypnotisierter schob ich mir den Zettel in die Hosentasche, machte mich auf den Weg und ließ dabei eine beinahe noch volle Telefonkarte im Wert von 2000 Pesten stecken; die erste von vielen, die noch folgen sollten.

SECHSTE KRISIS

Goldene Kerker und Silberverliese

Die Pension befand sich *primero izquierda*, erster Stock links. Dann noch eine Treppe höher. Und wenn es einen Moment gab, in dem die Kugel, wie man so sagt, unwiderruflich im Lauf war, dann war das der Moment, in dem mein Daumen an der rechten der beiden zur Verfügung stehenden Türen auf die Klingel drückte.

Die Klingel klang auf eine besondere Weise. Sie sollte auch an allen folgenden Abenden auf eine besondere Weise klingen, aber an jenem Tag machte sie die Besonderheit ihres Klangs noch fühlbarer. Die Klingel verriet das Zaudern, den Zweifel dessen, der sie drückte ... zuerst eine kleine, kaum hörbare Vibration, und dann auch schon das kurze, klägliche Klingelzeichen. Das war's, jetzt hatte es geklingelt, jetzt mußte gewartet werden. Schritte schlurften heran. Ich machte mich gerade und hoffte.

Der Mann, der die Tür öffnete, lächelte, als habe er oben und unten jeweils doppelt so viele Zähne wie normale Menschen. Er hieß José María, und ich durfte näher treten.

Wieder war da dieses Schmatzen, das konnte von den vielen prachtvollen Zähnen kommen. Auf seinem Kopf befand sich ein hoher Helm aus Haaren, vor zwanzig Jahren wäre der Mann damit als Schlagersänger durchgegangen, vor zehn Jahren noch als Fußballer. Abgesehen von dem Stückchen Flur unmittelbar hinter der Wohnungstür war bis jetzt noch nicht viel zu sehen von der Wohnung. Der Mann schien zu glauben, daß ich gekommen war, um mir seine Haare anzusehen. »Gut«, sprach ich, damit es weiterging, und wippte unternehmungslustig auf den Füßen. »Gut«, sagte auch mein Gegenüber – und starrte und grinste und rührte sich nicht von der Stelle. Es wurde ein bißchen unheimlich. Hinter einer gläsernen Tür sprachen währenddessen Menschen, ein Mann und eine Frau. Es klang nach Worten, die durch die Zähne gepreßt werden. Dann wurde es laut. Dann still. Dann wieder sehr laut; vor allem die Frau.

Das sei das Büro, erklärte José María, und was er weiter erklärte, war wieder nur sehr schwer zu verstehen. Beim besten Willen und sosehr ich mich anstrengte, es war, als hätte ich die Sprache nie gelernt. Kaum daß mal ein Wort mitschwamm, das ich erkannte, da war es meistens auch schon wieder weggespült, ohne irgendeinen Zusammenhang erkennen zu lassen. Als José Marías Stimme irgendwann, am Ende eines Wortes, nach oben ging, nutzte ich die Gelegenheit und sagte ins Blaue hinein: »Gute Idee.« Dann bekam ich tatsächlich die Wohnung gezeigt.

Wenn mir aus der Fachliteratur zwar bekannt war, daß der Wohnungsbau des neunzehnten Jahrhunderts generell seine Schwierigkeiten damit hatte, alle Zimmer, die zwischen Vorderhaus und Seitenflügel unterzubringen waren, ordnungsgemäß mit Fenstern und Tageslicht zu versorgen, was in Deutschland unter anderem zu schwer möblierbaren Phänomenen wie dem sogenannten Berliner Zimmer geführt hatte: So konnte man hier lernen, daß es Länder gab, die das Problem wesentlich unbekümmerter angegangen waren. Hinter dem großen Salon, der in der Breite der Wohnung auf die Straße hinausging und über zwei bis zum Boden reichende Fenster mit jeweils einem blumenkastengroßen Balkon davor verfügte, hinter diesem insgesamt noch recht repräsentativen Salon also lagen zum Flur hin zwei komplett fensterlose Zimmerschläuche, von denen eines jenes »Büro« war, in dem sich hinter Milchglasscheiben die gepreßten Stimmen angifteten.

Daneben lag ein fensterloses Durchgangszimmer, in dem dunkel, wie ein mißmutiges Tier, eine große alte Nähmaschine thronte. Und danach kam der kleine Flur mit der Eingangstür, bog jenseits des »Büros« um die Ecke und bohrte sich endlos weit in den Seitentrakt des Hauses hinein. Nach rechts gingen in regelmäßigen Abständen Türen ab wie in einer Behörde. Die erste führte in ein Klo, das auch als Abstellraum diente, die zweite in ein Bad mit Dusche, die dritte Tür in ein kleines Zimmer mit Fenster zum Hof, Bett, kleinem Fernseher, Häkeldecken auf Bett und Fernseher. Alles sehr säuberlich. Hier wohne ein gewisser Aurelio, ein Kolumbianer. Hinter der vierten Tür lag die Küche. Eine fünfte Tür führte in ein weiteres kleines Zimmer mit Fenster zum Hof und eine sechste, an der Stirnseite des Flurs, in ein sehr großes Zimmer, das sich schon deshalb so enorm strecken mußte, um sein bißchen Licht aus einem Fenster zu beziehen, welches bereits von hinten auf den Hof schaute und damit über Eck zu den anderen stand.

Zu vermieten war das kleinere der beiden.

José María erklärte die Vorzüge, und soviel ich mitbekam, versuchte er mir zu vermitteln, daß dieses Zimmer sehr schön sei, sehr sauber und sehr zentral. Außerdem gebe es eine Heizung, betonte er und klopfte auf die Heizkörper, zum Beweis. Darauf hob er den Zeigefinger, setzte eine bedeutsame Miene auf und betätigte neben der Tür einen Schalter. Dann wieder Grinsen. Und siehe: aus einem Lautsprecher an der Decke tropfte Musik. Klänge, wie ich sie zuvor nur in den Praxisräumen einer auf ganzheitliche Gesundung orientierten Physiotherapeutin gehört hatte, die mir vor Jahren nach einer Meniskus-OP das Bein behandeln sollte. Mit dieser Art von Musik verband sich für mich seitdem die Erinnerung daran, wie krumm geschnittene Fingernägel ungeschickt und schmerzhaft in mein Beinfleisch schneiden, und an die heftigen Heuschnupfenanfälle, die durch die Duftkerzen und Öle in der Praxis bei mir ausgelöst wurden. Trotzdem reckte ich begeistert den Daumen. Was soll man auch tun, wenn einen vierundsechzig Zähne einzeln anlächeln. »*Hilo musical*«, sagte José María. Musikalischer Faden.

Aha, sagte ich.

Das haben sonst nur Arztpraxen oder Friseursalons, erklärte José María, wir haben sechs Programme abonniert.

Ich sagte noch einmal: Aha.

Das Zimmer war kleiner, als ich gedacht hatte, aber es verfügte über ein gußeisernes Bett, einen Schrank, eine Kommode, einen Sessel und einen kleinen Schreibtisch. Der Boden war auch hier gefliest, aber nicht schlüpferfarben, sondern weiß. Vom Fenster aus konnte man schräg über den Hof in mein Pensionszimmer schauen. Es erfüllte mich mit Unbehagen, daß schon wieder eine der Zamoranas darin ihr Unwesen trieb. Was mir gestern abend gar nicht aufgefallen war, war die Menge der Bettlaken und Unterhosen, die an quer durch den Schacht gespannten Wäscheleinen hingen und ihr Restwasser in die Tiefe tropften, von wo es als modriger Geruch wieder hinaufkam.

Schön ruhig der Hof, sagte José María.

Ich weiß, antwortete ich.

Schließlich gingen wir wieder nach vorn.

Im sogenannten Büro stand die Glastür inzwischen offen und gab den Blick auf einen gläsernen Schreibtisch frei. Man sah einen Mann die Lehne eines Stuhls reparieren, und er schien trotz allem bester Dinge. Die erboste Frau war offensichtlich fort.

Das nun sei Jesús, sagte José María feierlich, der eigentliche Inhaber der Wohnung, Vermieter des Zimmers, außerdem Rechtsanwalt, ob er vorstellen dürfe.

Ich schüttelte einem Mann die Hand, von dem ich nicht hätte sagen können, ob er eine üppige Frisur hatte oder eine Glatze. Das sparsam, aber drahtartig aus dem Kopf herauswachsende Haar gab ihm die Erscheinung eines Vexierbildes. Deshalb war es auch so schwer zu sagen, wie alt der Mann war. Ich schätzte ihn auf Mitte Dreißig, wie im Grunde jeden, bei dem ich mir nicht sicher bin. Jesús war etwas kleiner als ich, wohl auch ein bißchen korpulenter, aber wo ich in mir nur Schwere, Verwirrung und Schlappheit spürte, gingen von Jesús die Energiewellen einer rastlosen Geschäftigkeit aus.

Das Schütteln der Hände glich dem von Staatsmännern vor Kameras. Er freue sich sehr, sagte Jesús, er freue sich sogar außerordentlich. Er wollte wissen, ob José María mir das Zimmer gezeigt habe. Und ob José María auch alles erklärt habe? Daß das Zimmer sehr schön und ruhig sei und absolut zentral? Ja, man habe mich davon unterrichtet, nickte ich.

Sogar Heizung gebe es, sagte Jesús. Und *hilo musical*, den musikalischen Faden, ob ich den auch schon gesehen hätte. Er zeigte auf einen Blechkasten im Flur neben dem Eingang. Sechs Kanäle seien einstellbar. Jesús zählte einen nach dem anderen auf:

Kanal 1 – Disco house

Kanal 2 – Atmósfera, música ambiental más sofisticada, con estilos como new age, jazz, bossanova o el chill out, entre otros.

Kanal 3 –Música ambiental

Kanal 4 – Novedades pop

Kanal 5 – Romántico, pop anglosajón con baladas y temas románticos

Kanal 6 – Clásico popular. Música clásica de calidad.

Er selbst bevorzuge »*atmósfera*«, erklärte Jesús, und »*música ambiental*«, ganz wunderbar entspannend wirke das auf ihn. In jedem Raum, auch auf der Toilette, sei diese herrliche Musik zu empfangen. Ob ich das Zimmer nun wolle oder etwa nicht.

»Für 15 000«, sagte ich.

Daraufhin war die Stimmung schlagartig so, als hätte ich versucht, mir seinen Füllfederhalter in die Tasche zu schieben.

»Schmeiß den Kerl raus, José María! Ich laß mich doch hier nicht beleidigen, in meinen eigenen vier Wänden.«

»20 000?« Ich hatte tatsächlich ein schlechtes Gewissen.

»25 000!« Das klang nun wie ein Gnadenerlaß.

Und zu meiner eigenen Verwunderung hörte ich mich wie von fern her »Ja«, »Sehr gerne« und sogar »Danke schön« sagen.

Zwei Antagonisten zerrten an meinen Entscheidungen. Der eine davon war die gute alte Leitfrage meiner Generation, nämlich die, ob sich nicht womöglich doch noch etwas Besseres finden würde. Und ihr Gegenspieler waren die Kräfte der Trägheit. Für heute ging das Ringen so aus, daß die Trägheit gewann. 25 000 waren nicht wenig für so ein Zimmer, aber es war weniger als bei den Zamoranas, und weitersehen konnte man dann immer noch. So sah ich das.

Jesús bestand auf Hinterlegung der Personalien und auf Vorkasse. Ich solle das nicht persönlich nehmen, aber er habe seine Erfahrungen. Außerdem gab es ein paar Regeln zu beherzigen. Das Wohnzimmer war für die Mieter tabu, genauso das Büro. Und was das Telefon betraf: Anrufe entgegennehmen war erlaubt, Anrufe tätigen hingegen nicht, hiergegen habe er technische Vorkehrungen treffen müssen, auch dies möge ich bitte nicht persönlich nehmen, so sei das nur eben. Anschließend erhielt ich meine Schlüssel: lange, gewichtslose Dinger aus buntem Aluminium, einer hellblau, einer pink. Ich bewahre sie bis heute, und wann immer jemand fragt, wie man die Pforten des Himmels und der Hölle öffnet, zeige ich sie gerne vor.

Erkenntnisse wachsen einem nicht langsam zu, es fallen einem grundsätzlich immer nur Schleier von den Augen, und von einem Moment auf den anderen weiß man, was los ist, und hält die Person, die man bis eben noch war, für einen peinlichen Idioten. In der Tür, bei der vorläufigen Verabschiedung, als ich die beiden so nebeneinanderstehen sah, schwante mir plötzlich und so, als hätte ich die ganze Zeit auf einem Gartenschlauch gestanden, der jetzt mit um so größerem Geprassel seine Ladung ausspuckte, welcher Art das Verhältnis war, in dem Jesús und José María zueinander standen.

»Willkommen in der heiligen Familie«, flöteten sie, als hätten sie meine Gedanken erraten, und dann grinsten beide so wie vorher José María nur alleine.

Mir toste es in den Ohren, als ich die glatte Treppe heruntersteig. Unten in der Pension legte ich mich für den Rest des Nachmittags auf das Bett und überlegte, ob das klug war, was ich jetzt tat. Graciáns »Handorakel«, in dem ich ein bißchen blätterte, sagte: »Ein Gran Kühnheit bei allem ist eine wichtige Klugheit.«

Als die Zamorana, ich wußte nicht, welche von beiden, als also die diensthabende Zamorana hörte, wohin ich wollte, weiteten sich ihre alten, bösen Augen. »Zu diesen Leuten da oben?« entfuhr es ihr: »Heilige Mutter Gottes, tun Sie das, bitte, nicht!« Und dann stimmte sie ein Klagegeschrei an, das mich durch das Treppenhaus nach oben bis in mein neues Zuhause begleiteten sollte, wo es, über den Hof akustisch verstärkt, sogar noch anschwoll und, wie mir schien, nie wieder so ganz verebbte.

SIEBTE KRISIS

Schaubühne der Abartigkeiten

Deutschland, sagte Jesús und schüttelte sorgenvoll den Kopf. Dann zog er Luft durch die Zähne, als plage ihn ein heftiger Nervenschmerz. In Deutschland sei die Miete das eine, und das andere seien die Heizkosten. Deutschland sei bitterkalt, erklärte mir mein Vermieter. Wer in einem deutschen Hotelzimmer nicht erfrieren wolle, der müsse jede halbe Stunde fünfzig Pfennig in einen dafür vorgesehenen Schlitz an der Heizung werfen.

»*Síí, claro*«, krähte er beleidigt, als ich einwandte, davon hätte ich noch nie etwas gehört, ob er sich da wirklich sicher sei. Und als ich wissen wollte, wo genau in Deutschland es diese Hotels denn gebe, in denen man Geld in die Heizung werfen muß, schrie Jesús: »Dussärdúf« und »Vúpataâ« und daß ich von meinem eigenen Heimatland offenbar keine Ahnung hätte.

Daraufhin legte er seine Karten auf den Tisch und hatte schon wieder gewonnen.

Es war ein Spiel, das entweder zu banal oder zu hoch für mich war, das konnte ich noch nicht sicher sagen, eine Art Domino mit Rommékarten, ich hatte den Haken an der Sache noch nicht erkannt. Aber das wollte nicht viel heißen. Ich hatte auch geglaubt, wenn mir unter Androhung schlimmster Strafen eingeschärft wird, daß das Wohnzimmer tabu ist, dann ist das Wohnzimmer auch tabu. Aber dann hatte ich mich schon am ersten Abend an dem kniehohen Wohnzimmertisch wiedergefunden und um mich herum alle, die zum Haus gehörten.

Es war nicht das erste Mal, daß mich mein neuer Vermieter an diesem Tag erstaunte, und wie sich zeigen sollte, waren unter seinen vielen Vorzügen und Eigenschaften die Allwissenheit und die Inkonsequenz nur die unmittelbar auffälligsten.

Jesús stammte aus Galizien – derselben Region, aus der auch Franco kam und deren Menschen man nachsagt, daß man, wenn man einen von ihnen auf der Treppe treffe, nie sagen könne, ob er gerade hoch- oder runtergeht. Er wurde nicht müde, die Eigenarten seiner Heimatregion zu rühmen: die schroffe Küste, den vielen Regen und die sagenhafte Armut. Jesús pries auch oft die Nähe zu Portugal und die Schönheiten des Nachbarlandes, von denen er allerdings die Menschen ausdrücklich ausnahm. Nirgends trügen Frauen längere Bärte.

Man durfte das nicht in Zweifel ziehen, sonst krähte Jesús wieder »*Síií, claro*« und tat eingeschnappt, denn obwohl er in Galizien zur Welt gekommen war, ging ihm die eingeregnete Wesensart der Galizier weitgehend ab. Das mochte daran gelegen haben, daß seine Eltern zum einen Teil aus Andalusien und zum anderen Teil aus der Extremadura kamen und gewissermaßen erst die eine strukturschwache Region gegen eine andere eingetauscht hatten, bevor sie Ende der sechziger Jahre nach Madrid gezogen und in Getafe untergekommen waren, einer der Satellitenstädte im Süden. Im Schatten des Cerro de los Ángeles, dem, wie er immer wieder hervorhob, »geographischen Mittelpunkt der iberischen Halbinsel«, war Jesús aufgewachsen, bis seine Eltern das Rentenalter erreicht hatten und zurück in den Süden gegangen waren. Jesús behielt die Wohnung, studierte Jura und trieb sein Comingout voran. Inzwischen war er zugelassener Rechtsanwalt. Aber sein Geld verdiente er, wie sich herausstellte, damals noch vor allem als Fahrer von Krankenwagen, »unter anderem«.

Anfallende Kleinausgaben bestritt er ohnehin weitgehend aus dem Portemonnaie von José María. Die beiden hatten sich bereits in der Grundschule von Getafe kennengelernt und waren seit der neunten Klasse fest zusammen, so lautete jedenfalls die Interpretation von José María. Mehr oder weniger lose zusammen, nannte es Jesús.

José María hatte einen klug verwalteten Lottogewinn seiner Eltern geerbt und war trotzdem, wie man so sagt, auf dem Boden geblieben. Der einzige Luxus, den er sich leistete, war Jesús. Da er nicht arbeiten gehen mußte, spekulierte er tagsüber ein bißchen mit Eigentumswohnungen und belegte hin und wieder vollkommen folgenlos Englischkurse an der Volkshochschule. Wenn er mir vormachen wollte, was er dort gelernt hatte, verstand ich ihn noch weniger als sonst schon. Ich hatte von Anfang an den Eindruck, daß er ein bißchen scharf auf mich war; aber es kann auch sein, daß er nur vor Jesús so tat, um sich an ihm zu rächen, wer weiß, Grund genug hatte er.

Daß Jesús und José María ein Paar waren, sah man ihnen nicht unbedingt an. Man sah ihnen noch nicht einmal an, daß sie überhaupt homosexuell waren. Jedenfalls wenn man damit bestimmte Vorstellungen verbindet, die die äußere Erscheinung, die Gestik, den Tonfall und die Ausdrucksweise betreffen. Was das anbelangte, kamen mir beide auf geradezu krachlederne Weise heterosexuell vor. Sie nannten sich mit rauhen Stimmen ONKEL und TANTE, sie schrien nach HOSTIEN und nach der MILCH. Und einmal, in einem Moment höchster, durch das Kartenspiel bedingter Aufgeregheit, schrie José María den denkwürdigen Satz: »Ich kote in deine Backenzähne!«

Daraus solle ich mir nichts machen, wurde dann gesagt, das seien eben so spanische Redewendungen, es bedeute praktisch nichts. Das waren allerdings Wendungen von einem sehr spanischen Spanisch, denn wer darüber in einer Mischung aus Ekel und Ennui die Augendeckel niederschlug, war Aurelio, der feinsinnige Lateinamerikaner, der das Zimmer neben mir bewohnte und alles das in seiner Erscheinung vereinte, was den beiden Spaniern an äußerlichen Merkmalen des Schwulseins fehlte.

Aurelio war in einem der ruhigeren Viertel von Bogotá aufgewachsen. Nach einer Jugend, die er zum überwiegenden Teil als Barmann in der berühmten Zona Rosa seiner Heimatstadt herumgebracht hatte, war er Anfang der neunziger Jahre nach Spanien aufgebrochen, um sich dort endlich zu verwirklichen, beruflich wie sexuell. Mit letzterem war er nach Jesús' Einschätzung erfolgreicher. Und José María zufolge wechselte Aurelio seine Jobs noch häufiger als seine Liebhaber. Mit Mitte Dreißig hatte ihn das viele Leben bereits in recht rundliche Formen gewaschen, und an seiner Wangenpartie begann allmählich die Schwerkraft zu wirken. Das fiel deswegen so auf, weil Aurelio sehr oft die Augen nach oben drehte. Als Kunsthistoriker hätte ich gesagt, es handelte sich hier ganz klar um den »himmelnden Blick«, eine alteingeführte Chiffre für Heilige im spirituellen Kontakt mit ganz oben, tatsächlich war es hier aber wohl eher Zeichen eines habituellen Überdrusses an der menschlichen Umgebung. Es konnte natürlich sein, daß das beides auf das gleiche hinauslief. Ich beschloß, bei Gelegenheit darüber einmal nachzudenken, kam dann aber nicht dazu.

Jesús und José María bezeichneten Aurelio fortwährend als »*marica*« beziehungsweise »*mariquita*«. Meinem Taschenwörterbuch zufolge hieß das eine »Marienkäfer« und das andere

»Schmetterling«, offenbar aber auch »Elster« – und an diesen abseitigen Übersetzungsvorschlag klammerte ich mich für die Folgezeit. Nicht daß ich nicht geahnt hätte, was gemeint war, aber diese Leute hatten für mich eindeutig eher etwas von Elstern als von Schmetterlingen. Vor allem Aurelio, für den mir die Bezeichnung wie gemacht erschien. Außerdem höhnten die anderen über seinen weichen südamerikanischen Akzent.

»Ich habe keinen südamerikanischen Akzent«, echauffierte sich Aurelio.

»Nein, Aurelia, du hast einfach den Akzent einer ELSTER.«

Aurelio drehte abermals die Augen nach oben, dann lehnte er sich zurück und sagte: »Ich passe.« Denn das war seine Art, am Kartenspiel teilzunehmen: Er ließ es einfach durchlaufen, bis der neben ihm sitzende Deutsche dran war: Heiko, der Mann aus dem Zimmer am Ende des Flurs. »Dieses Spiel ist so dermaßen dumm«, knurrte nun dieser, »das können nur Spanier gut finden.«

Heiko war das genaue Gegenteil von Aurelio. Schon optisch. Wo an Aurelio alles weich war, war Heiko Härte. Aurelio war ein Sitzsack, Heiko rutschte auf der Stuhlkante herum, als wollte er lieber Gewichte stemmen. Er bildete sich etwas darauf ein, eine gewisse Ähnlichkeit mit dem Schauspieler Ed Harris zu haben. Das kam hin, wenn man sich einen Ed Harris mit volleren Lippen vorstellte, einen Ed Harris, dem jemand auf den Mund gehauen hat und der deshalb glüht vor Wut. Heiko war einer von denen, die immer den Eindruck verbreiten, sie würden gleich jemanden verprügeln. Er sprach nicht viel, aber seine Kieferpartie arbeitete unablässig. Das gab seiner Erscheinung etwas Gewalttätiges, Dräuendes, so als kämen ihm seine Verachtung und sein Widerwille in dermaßen großen Brocken hoch, daß er sie erst kleinmahlen mußte, bis sie sich in einer Kanonade von Bösartigkeiten nach draußen entladen konnten. Und obwohl das alles möglicherweise nicht sehr gewinnend klingt, hatte es eine durchaus anziehende Wirkung.

Zu diesem Eindruck mußte jedenfalls kommen, wer die Frau ins Auge faßte, die neben Heiko hockte und dessen unterschwellige Aggressivität offenbar als eminent attraktiv empfand; sie bewunderte ihn heimlich, und zwar so heimlich, daß es selbst mir auffiel. Heiko ignorierte sie so hilflos, daß man das magnetische Feld zwischen beiden beinahe sehen konnte.

María José war die einzige Frau in der Runde, und als engste und älteste Freundin von Jesús trug sie tatsächlich dieselben Namen wie sein intimster Freund, nur in umgedrehter Reihenfolge. María José, José María: typische Namen der Franco-Ära, erklärten sie mir, aber nicht eben besonders trennscharf.

María José war schwer aus der Ruhe zu bringen, denn sie interessierte sich für Psychologie. Daher konnte nichts sie schrecken, sie hatte sich alles immer schon genauso gedacht. Es eignete ihr etwas von einer Seherin, die alles, was passiert, als Bestätigung ihrer dunklen Ahnungen abhakt und so wiederum auch aus dem Unerfreulichen Befriedigung zu ziehen vermag. Das gab ihr etwas nahezu Buddhahaftes: Sie thronte gewissermaßen über den Dingen, ließ geschehen und registrierte mit Genugtuung. Ich hatte sie im Verdacht, daß sie Recherchen betrieb, daß sie heimlich unser Leben mitschrieb und daß es ihr dabei nicht verworren genug zugehen konnte. Ihr Arbeitsplatz war das Callcenter einer Krankenkasse, dort interessierte sie sich aber nur für die hoffnungslosen und verknoteten Fälle, und ihr Hobby war die Nähmaschine, an der sie unorthodoxe Kleidung herstellte. Sie schneiderte extravagante Wickelkleider, Kimonos, die zu steifer Bewegungslosigkeit verdammten, oder Hosen, deren Beine bis zu den Knien zusammengenäht waren. Ich glaube, sie litt sehr an der rationalen Banalität dieser Welt und arbeitete ihr, wo sie konnte, entgegen. Anders als aus so einem romantischen Hingezogensein zum Grotesken und Erschreckenden, zum Abseitigen und zur Gefahr, ließ sich nicht erklären, warum sie hartnäckig die Gesellschaft dieser Männer hier suchte und ertrug.

Beide nannten sie nur selten bei ihrem richtigen Namen. Manchmal sagten sie *la José*, was, wie sie mir später einmal erklärten, eine herabsetzende Ausdrucksweise für oder von Zigeunern war. Und meistens nannten sie die arme María José einfach nur *la momia*, die Mumie.

»Du willst wissen, warum die Mumie Mumie heißt?« fragte Jesús.

»Wer war jetzt eigentlich dran mit Kartengeben – ich oder Aurelio?«

Das war mein durchsichtiger Versuch, mich um die Antwort zu drücken. Ein verstohlener Blick auf María José ließ sich nicht vermeiden, ich hatte keine Lust, mir etwas anhören zu müssen, was sie beschämen würde, und mich dadurch gleich mit.

»Natürlich willst du wissen, warum die Mumie Mumie heißt«, sagte unerbittlich Jesús, »du willst doch sicherlich auch wissen, wie die Calle del Desengaño zu ihrem Namen kam.«

»Das schon.«

»Na also. Hängt nämlich zufällig beides zusammen«, sagte Jesús zufrieden und sonnte sich in der Aufmerksamkeit, die er nun auf sich gezogen hatte.

»Also: Die Geschichte spielt zur Zeit von Philipp II. und seinem debilen Don Carlos. Die Hauptperson ist der Caballero de Gracia.«

»Der, der die vielen Kirchen und Klöster gegründet hat?«

Der Name war mir bei der kunsthistorischen Madridexkursion gelegentlich untergekommen.

»Genau der«, bestätigte Jesús. »Aber vorher. Vor der wundersamen Bekehrung, für die wir den lieben Gott gar nicht genug loben und preisen können. Bevor er es mit dem Heiligen Geist hatte, war der ONKEL nämlich eher den Frauen hinterher, ganz besonders einer, die in dieser Straße hier wohnte.«

Jesús machte nun Anstalten, mit den Händen Kurven in die Luft zu malen, um die Komplexion dieser Dame anzudeuten, dabei fuhr er sich verhangenen Blicks mit der Zunge über die Oberlippe und gab ein insgesamt dermaßen groteskes Bild ab, daß selbst sein Freund José María ihn bat, damit aufzuhören, es werde ihm übel davon, und lieber zum Ende zu kommen, damit weitergespielt werden könne.

»Gut, GEHEN WIR: Der ONKEL steht also nachts unter ihrem Fenster und masturbiert...«

»So ein Quatsch«, fuhr ihm José María ins Wort, »der stand da und sang.«

»Jedenfalls kommt ein anderer, der ist ebenfalls auf die Frau aus. Die beiden gehen mit dem Degen aufeinander los. In dem Moment sehen sie eine Gestalt über die Straße huschen.«

An dieser Stelle setzte Jesús nun eine bedeutsame Miene auf und senkte die Stimme. Verschwörerisch über den Tisch gelehnt fuhr er fort: »Die beiden gehen davon aus, daß es die Frau ist, um die es ihnen beiden geht, und stellen ihr nach. Als sie die Verschleierte aber einholen, stellt sich heraus...«

Mit erhobener Stimme ließ er seine Zuhörer nun zappeln, obwohl alle anderen die Geschichte schon kannten und ich sie gern weniger dramatisch dargeboten bekommen hätte.

»Es stellt sich heraus: Es ist eine Mumie! Eine gut konservierte Mumie.«

Jesús strahlte.

»Und was hat das jetzt mit dem Namen der Straße zu tun?« fragte ich.

»Nun, die beiden Edelmänner rufen vor Schreck: *¡Qué desengaño!*«

»Wieso denn das?« fragte ich. »Wieso rufen die denn da ›Was für eine Enttäuschung!‹?«

»Die rufen eben ›Was für eine Enttäuschung!‹ So geht halt die Geschichte«, sagte Jesús.

»Wenn man erschrickt, sagt man doch eher: ›Huch‹ oder ›Hilfe‹ oder meinetwegen auch ›Verdammt noch mal‹ oder so etwas«, beharrte ich begriffsstutzig, und wenn ich den Pfandl, der seit dem Zusammenstoß mit den Nordafrikanern blutverschmiert in meinem Zimmer lag, zu diesem Zeitpunkt schon gelesen hätte, oder wenigstens halb soviel von Gracián, wie ich Charlotte von Ziesar gegenüber behauptet hatte, dann wäre mir die Einsatzbreite des Enttäuschungsmotivs in der spanischen Kulturgeschichte geläufiger gewesen; so stand ich der Geschichte gewissermaßen selbst etwas enttäuscht gegenüber. Ich konnte mich zwar entsinnen, daß Enttäuschung hier nicht unbedingt den mauligen Beigeschmack hatte, der ihr im Deutschen anhaftet, sondern gerade damals ja eher ganz wörtlich die Aufhebung einer vorausgegangenen Täuschung meinte, eine Desillusionierung, den Schock der Aufklärung sozusagen, wenn auch da, wo nachtwandelnde Frauen sich als Mumien entpuppen, nicht unbedingt in unserem Sinne von Aufklärung gesprochen werden konnte … Es blieb am Ende rätselhaft.

»Hab ich doch gesagt«, sagte Heiko, »saudoofe Geschichte, komplett ohne Pointe. Spanier! Auch wieder typisch.«

»Daher jedenfalls der Name der Straße«, so nun wieder Jesús. Und wenn man María José nach Whiskygelagen wie diesem hier eingewickelt in ihr Selbstgeschneidertes und mit wächsernem Gesicht über die Calle del Desengaño irren sehe, so fuhr er fort, dann werde sicherlich auch ihr kleiner Spitzname verständlich.

Die Mumie lächelte mitleidig, und es war schwer zu entscheiden, ob das Jesús galt oder ihr selbst.

Es sollte sich herausstellen, daß es ganz einfach praktischer war, María José als »Mumie« anzusprechen, um ihren Namen nicht dauernd mit dem von José María zu vermengen, wobei es natürlich eine böse Ungerechtigkeit war, daß zur besseren Unterscheidung sie und nicht er mit einem derartigen Spitznamen behaftet wurde. Später wurde im Zusammenhang damit gelegentlich auch »La Momia Nacional« ins Spiel gebracht, eine außergewöhnlich krude Horrorkomödie aus den frühen achtziger Jahren, in der es, unter anderem, um prostituierte Vampire geht und eben um eine Mumie, deren Fluch es ist, nachts die Wickel abzulegen und über Männer herzufallen. Ich weiß aber nicht, ob María José diese Referenz schmeichelhafter fand. Mir ging der Name am Anfang jedenfalls nur widerstrebend über die Lippen.

»Und wo sind eigentlich eure Schlafzimmer?«

Es lag mir daran, das Thema zu wechseln. Außerdem war mir aufgefallen, daß es in dieser Wohnung ausgerechnet an Schlafzimmern für die Hausherren fehlte. Es stellte sich heraus, daß sie alle, mit Mitte Dreißig, beinahe jeden Abend zum Schlafen noch in die Häuser ihrer Kindheit in der Vorstadt fuhren. Warum und wozu sie sich dann diese Wohnung hier genommen hätten, wollte ich wissen. Und die Antwort lautete im Ernst: Zum Spaß. Für Parties. Um eine Wohnung im Zentrum zu haben. Für die Feierabende. Für Jesús' Büro. Weil gerade ein bißchen Geld da war. Weil gerade ein bißchen Geld an der Steuer vorbeigetragen werden mußte. Und, wie Heiko hinzufügte, »um ausländische Studenten auszunehmen«.

Vor ihnen hatte ein Witwer hier gewohnt, Santiago Sánchez Ozonas, der Onkel eines franquistischen Würdenträgers, letzter verdorrter Sproß einer uralten Familie, und, so Jesús: »ein authentischer Faschist«. Dort, wo María José jetzt ihre Nähmaschine stehen hatte, in dem kleinen Durchgangszimmer neben Jesús' »Büro«, dort habe sich der alte Mann eine Privatkapelle eingerichtet gehabt, den Kamin als Altar, »mit Jungfrau und allem«.

»Das war auch die einzige Jungfrau, die es in diesem Haus je gegeben hat«, fügte Jesús hinzu, und alle schlugen sich auf die Schenkel vor Vergnügen, abgesehen von der Mumie, die schlug sich die Hände gegen die Schläfen wie bei einer schlimmen Migräne.

Mit der Geste eines Dirigenten forderte sie schließlich Ruhe am Tisch und wandte sich dann mütterlich mir entgegen: Was denn ich für einer sei. Woher ich denn käme.

»Aus Deutschland«, sagte ich.

»Ost oder West?« fragte sie.

»Mehr so Mitte«, sagte ich.

»Früher gab es doch aber zwei Deutschlands«, erinnerte sich José María.

»In Deutschland gibt es von allem mehr«, sagte Heiko.

»Jawohl«, meinte daraufhin Jesús, »viel Extensives und wenig Intensives, viel Quantität und wenig Qualität.«

»Und wo und warum hast du Spanisch gelernt?« versuchte die Mumie, das Gespräch voranzutreiben.

Ich überlegte, ob ich diesen Leuten wirklich von Frankreich erzählen sollte, von den Kiefernwäldern der Atlantikküste, von lähmenden Ferien auf dem Zeltplatz hinter der Düne von Pyla und von der abstoßenden Aufgeräumtheit von Biarritz, wo keiner mein Schulfranzösisch verstehen wollte. Oder von der Aufregung, die einen erfaßt, wenn der Zug auf breitere Gleise gestellt wird. Von der plötzlichen Intensivierung aller Erlebnisse jenseits der Grenze, von San Sebastián, der Bucht, den Bars und den Menschentrauben davor, und davon, was das für Wirkungen hat auf jemanden, dessen Interessensgebiete Barock und Romantik heißen und nicht Klassizismus. Ich überlegte, ob ich erzählen sollte, daß ich mich in vier Stunden San Sebastián besser und mit mehr Leuten unterhalten hatte als in den zwei Wochen Frankreich zusammen, und zwar damals ohne ein Wort der Sprache zu sprechen.

Aber noch in diese Überlegungen hinein antwortete Aurelio für mich:

»In Lateinamerika, nicht wahr? Du hast das in Lateinamerika gelernt.«

»Wieso denn das?« fragte ich.

»Dein C«, sagte Jesús.

»Du sprichst das wie ein *sudaka*«, sagte José María.

»Wie ein was?« fragte ich.

»Wie ein Südamerikaner«, erklärte Heiko und fügte auf deutsch hinzu: »Du lispelst nicht genug.«

»Oh«, sagte ich, »ich lisple nicht genug? Entschuldigung. Ich habe da möglicherweise Hemmungen, ich befürchte immer, es könnte zu aufgesetzt klingen. Oder ich könnte andere naß spritzen ...«

»Und deswegen redest du lieber wie ein *sudaka*?« sagte Jesús, »gewöhn dir das lieber gar nicht erst an, das klingt wie eine ELSTER.«

»Im Gegenteil, dieses spanische Gelispel und Gespucke klingt nach ELSTER«, protestierte Aurelio.

»Ihr seid doch auch alles ELSTERN«, sagte Heiko.

Und José María meinte, ihm sei es gleich, Hauptsache, ich spräche nicht so wie Heiko, der sein Spanisch belle, als sei es Deutsch.

In der Tat war Heiko Keunecke sogar auf spanisch hörbar Westfale. Er hatte Maschinenbau studiert und suchte nun Arbeit in Madrid.

»Heiko glaubt, daß es seine Chancen als Maschinenbauer erhöht«, mutmaßte José María, »wenn er selber spricht wie eine Maschine.«

»Daß ihr Spanier überhaupt Heizungen habt, ist ein Wunder«, sagte nun, ungeniert extra deutsch akzentuierend, Heiko. »Da möchte man ja direkt auch irgendwo ein bißchen Geld einwerfen vor Rührung.«

»Seit die Deutschen uns das elektrische Licht gebracht haben, haben wir uns ziemlich entwickelt«, gab Jesús zurück, »wir haben jetzt sogar Messer und Gabel.«

»Und vielleicht kommt auch jemand, der euch erklärt, wie man die benutzt.«

»Vielleicht ein berühmter deutsche Ingenieur?« deklamierte Aurelio wie in einem Schultheater.

»Vielleicht ein berühmter deutscher Quadratkopf?« setzte Jesús hinzu.

»Wäre ja schön, wenn die Spanier auch mal für irgendwas berühmt wären. Nenn mir eine spanische Erfindung. Eine einzige! Die Würgeschraube vielleicht, für Hinrichtungen. Aber ansonsten? Wenn es ernst wird, seid ihr wieder angewiesen auf deutsches Know-how …«

»Besonders die schönen Lampenschirme«, sagte, seine Karten sortierend, Jesús: »die Lampenschirme aus Menschenhaut, macht ihr die noch in Deutschland?«

Daraufhin sagte Heiko, Jesús habe »Sackhaare auf dem Kopf« und daß er ihn mal könne. Aurelio stieß ein kleines Quieken aus, wie ein vergnügtes Schweinchen. Und ich fühlte mich an dieser Stelle berufen, meinem Unbehagen über dieses ganze Gespräch Ausdruck zu verleihen: »Un-er-träglich«

sei das. Ich monierte schlimme Klischees. Und als ich einmal in Fahrt war, erklärte ich der Runde auch gleich, woher sie kamen, die nationalen Stereotype. Der hitzige Spanier. Und der deutsche Phlegmatikus. Ich spannte den Bogen vom Dreißigjährigen Krieg bis zu Herder: das deutsche Spanienbild zwischen der Heimstätte grausamer Folterer auf der einen und den hesperischen Zaubergärten auf der anderen Seite. Und ich mahnte zu Sachlichkeit und Differenzierung.

Meine Mitspieler bemühten sich gar nicht erst, ihr Desinteresse zu verbergen.

»*Das kommt mir spanisch vor*«, hub ich wieder an, »diese Redewendung zum Beispiel ... die kennt ihr doch?«

»Bei uns heißt das chinesisch«, sagte Jesús.

»Wieso denn chinesisch?« Jetzt war ich aus dem Konzept.

»Mir kommt das chinesisch vor«, wiederholte Jesús – und schien damit zugleich die Gesprächssituation zu kommentieren. Jetzt wurde es kommunikationstheoretisch interessant, freute ich mich, und ich hätte das gern noch diskutiert, aber Heiko unterbrach mich, auf deutsch: »Jetzt halt mal den Rand, du Klugscheißer, und laß uns mit deinen Vorlesungen in Ruhe.«

Ich hatte daraufhin bereits die Karten niedergelegt und allgemein eine gute Nacht gewünscht. Ich hatte auf mein Zimmer gehen, meine Sachen wieder einpacken und am nächsten Morgen eine neue Unterkunft suchen wollen. Denn mit diesen Leuten konnte ich nicht zusammenleben. Aber aus Jesús' Sessel kam, wie die Zunge aus dem Mund eines Chamäleons, seine Hand herausgeschossen und hielt mich fest. »Wir haben noch etwas vor«, sprach es aus der Tiefe des Sitzes.

»Was denn nun noch?« fragte ich.

Und Jesús sagte: »*Fiesta!*«; es klang wie eine Drohung.

Möglicherweise war ich ein bißchen inkonsequent; aber

ich hielt es dann wiederum für unhöflich und sogar dumm, nicht mitzugehen. Denn die Aussichten, die das knappe (auch darin geradezu Hemingwaysche) Wort »*fiesta*« eröffneten, waren gewissermaßen von wissenschaftlichem Interesse: Wann bekommt man denn als ausländischer Beobachter schon mal die Gelegenheit, so tief ins Volkstum zu blicken, wenn nicht an der Seite solcher Leute?

Jesús wußte so eine Einstellung zu schätzen. Auf dem Weg nach draußen schlug er mir auf die Schultern und erklärte: »Schlafen und Differenzieren und Seriössein und das alles kannst du, wenn du wieder in Deutschland bist.«

ACHTE KRISIS

Der Platz des Pöbels und Pferch des großen Haufens

Zu sechst in einem Seat Ibiza, das ist kein Spaß, auch wenn alle lachen und Witze reißen. Ich, das Gesicht an der hinteren Autoscheibe zu einer Fläche gepreßt, sah draußen den illuminierten Beton der südlichen Vorstädte vorbeirasen, den Manzanares in seinem Bett aus Autobahnen, johlende, flach an andere Autoscheiben gepreßte Gesichter, die kurz auftauchten wie erschreckende kleine Spiegelbilder und sofort wieder weg waren, weil Jesús den Gasfuß durchgedrückt hielt, während er schnatternd nach hinten schaute.

Wir verließen Madrid Richtung Toledo, denn in Parla war Stadtfest. Es gab jetzt, im späten Sommer, praktisch jeden Tag eine *fiesta* in einem anderen Dorf, das ist der Vorteil der katholischen Heiligenkalender: so viele Stadtpatrone, die gefeiert werden müssen. Wenn man es darauf anlege, erklärte Jesús, könne man durch dieses Land reisen, ohne einen einzigen Arbeitstag zu erwischen, denn irgendwo sei immer *Fiesta*. Heiko machte vielsagend »Hmm«, und ich mußte an Herrn Buber und seine Eichhörnchen denken.

Parla erwies sich dann als eine von den nicht besonders schönen, aber auch nicht besonders schrecklichen Neubaustädten, die vor zwei Generationen noch verschlafene Hirtendörfer in der Mancha gewesen waren und sich jetzt einmal im Jahr, für die Dauer einer Kirmes, so benahmen, als seien sie das immer noch. Stiere waren durch die Stadt gelaufen und hatten für

Mutproben herhalten müssen. Die Parteien hatten Bierstände aufgebaut, und das Bier schmeckte bei den Sozialdemokraten nicht besser oder schlechter als bei den Konservativen vom *Partido Popular* oder bei den Kommunisten. Wir ließen uns frittierte *chorizos* in aufgeschnittene Brote drücken, halb verkohlte Paprikawürste, Nitritpökelsalze in ihrer garantiert krebserregendsten Form, hörte ich in meinem Inneren Charlotte von Ziesar warnen; und es schmeckte herrlich.

Eine unerbittliche Strömung spülte uns immer weiter in die Tiefe des Festgeländes, und irgendwann standen wir vor einer Bühne, die groß genug war, um dem Tourneeauftakt von einer Band wie U2 oder etwas ähnlichem als Rahmen zu dienen.

Mir kam das absurd vor, so eine Riesenbühne bei einem Stadtfest, aber als ich mich umdrehte, waren da die Gesichter von Tausenden, Zehntausenden, wenn nicht noch mehr Menschen, erwartungsvoll gerötete Gesichter bis an den von Karussellichtern befeuerten Horizont. Und dann war es, als ob jemand an der Bühne den Zündschlüssel umgedreht hätte: Eine gute Million Standlichter blendete auf, ein elektrischer Schlag ging durch die Menge, Trommelwirbel erklangen, die nicht von dieser Welt waren, sondern aus synthetischeren Sphären, ein Akkordeon orgelte sich von unten nach oben, und in das Geschrei und Gepfeife hinein traten schließlich zwei Frauen auf die Bühne, die aus einer Galaxie kamen, in der die Beine doppelt so lang und die Lederhosen doppelt so eng waren wie auf der Erde. Wer diese wunderbaren Wesen seien, schrie ich in das Ohr von Jesús, und die Antwort lautete: *»Azúcar Moreno.«*

»Brauner Zucker?«

»Brauner Zucker!«

Es war nicht ganz klar, ob das der Name war oder ein Urteil über die Musik.

Wie eine Kuchenglasur kam es von den Höhen her auf uns nieder. Bässe fehlten völlig, es war das dünne Flirren von Kleinwagenmotoren im sommerlichen Stadtverkehr. Helle Bongotrommeln, Rasseln, elektronische Klaviere. Dazu stampfte rhythmisch das Lederbein, und es wiegten die geschnürten Hüften. »*Sólo se vive una vez*«, jubelten die zwei mit Sandpapier geschmirgelten Stimmen in die Nacht hinein: Man lebt nur einmal. Und die Tausenden und Abertausenden dankten ihnen diese Nachricht mit Verzückung. Ich will nicht ausschließen, daß auch ich mit den Beinen zuckte. Jesús und José María tanzten jedenfalls inzwischen vollkommen ungehemmt und mit erhobenen Flamencoarmen. Aurelio hatte die Augen geschlossen und den Mund zur Schnute gespitzt, als erwartete er von irgendwoher ein Küßchen, Heiko starrte mit glasigem Blick auf die beiden braunen Zuckerfrauen, und die Mumie starrte, wie mir schien, verstohlen auf Heiko. Es folgten Lieder von leidenschaftlicher Inbrunst. Die flammenden Stimmen schickten untreue Männer zum Teufel, wünschten sich im nächsten Lied diese Männer wieder zurück und verzweifelten ein Lied darauf doch wieder an ihnen. Es war generell großes Leid über den Dingen des Daseins. Der Gitarrist stellte den linken Fuß auf die Monitorbox und ließ sein Instrument weinen. Zigeunerklänge mischten sich mit Rummsbumms aus den Synthesizern. Es wurde gerappt und gerockt, und vor allem und immer wieder wurde geklagt und gelitten. Töne wurden gehalten und gedehnt, bis man die armen Frauen davon genauso erlösen wollte wie von den untreuen Männern, denen sie so hoffnungslos verfallen waren. Und als sie eine reichliche Stunde später alles gegeben hatten, ihre Unschuld, ihre Liebe, ihr Leben und sogar drei Zugaben, als die Großväter ihre Enkelkinder wieder von den Schultern nahmen und die Verliebten sich aus den Würgegriffen ihrer

Umarmungen lösten: Da hatte selbst ich das Wasser in den Augen stehen, und es hätte keinen Zweck gehabt, das auf den Staub zu schieben, den das Gestampfe aufgewirbelt hatte.

Derart unter meinem Niveau hatte ich mich noch nie amüsiert. Weder Charlotte von Ziesar noch Robert Borgmüller durften je etwas davon erfahren; diese rohen Tatsächlichkeiten, dieser Mangel an Subtilität und *sophistication* hätte sie in allen ihren Vorurteilen sinnlos bestätigt; ich sah ihre hochgezogenen Augenbrauen im Geiste deutlich vor mir.

José María legte mir seinen naßgetanzten Arm um die Schultern, María José hakte sich haltsuchend unter, und dann sah ich mich nur noch ohne jede Orientierung durch die überfüllten Discobars in den Kneipenstraße von Parla schieben.

Vielleicht war es auch gar nicht mehr als eine einzige Straße voller Bars, aber die kam mir vor wie eine ganze Stadt, denn der Quadratmeter dehnt sich proportional zur Anzahl der Leute, die darauf den Ausnahmezustand üben. In Goyas Graphik gibt es vergleichbare Szenen. Volkstümlichkeit gleich Tumultuarik, Enge, Gedärm, dachte ich.

Die Wege ins Innere der Discobars gerieten so jedoch zu Exkursionen: Ich überwand Dschungel aus Haaren und kroch durch Achselhöhlen. Ich roch Zigaretten, Parfüm und Schweiß. Meine Hände ertasteten einen gehörigen Kunstfaseranteil in den Bekleidungsoberteilen und immer wieder nasse Rücken. Ich sah dann Jesús mit der Mumie Flamenco tanzen, oder jedenfalls etwas, das ich dafür hielt, mit flatternden Ärmchen und schnippenden Fingern. Ich sah den Kolumbianer seine Beine schmeißen, als seien es Weingummischlangen. Er schien überhaupt keine Gelenke oder Knochen zu haben, und weil er seinen Oberkörper ganz aufrecht und steif hielt dabei, hatte er etwas von einer Marionette, die von der Decke baumelt.

Und ich sah José María mit immer neuen Whiskey-Colas angetanzt kommen.

Sogar Heikos Unterkiefer mahlte jetzt im Takt des Gescheppers.

»*Bacalao!*« schrie Jesús.

»Backfisch?« Was sollte das denn jetzt heißen?

»So heißt die Musik, ONKEL. *Bacalao*! Genial, oder?«

Höflich reckte ich den Daumen.

»Dann beweg dich, du QUADRATKOPF«, brüllte er und zerrte mich auf die Tanzfläche, wo ich aus Versehen gegen ein Mädchen stieß, mit dem ich mich keine zwei Minuten später vor der Tür wiederfand: gegen die Hauswand gedrückt, naßgesabbert, eine dicke pelzige Zunge tief hinter meinen Weisheitszähnen wühlend.

»Was ist los?« keuchte das Mädchen, die Stimme durchs Rauchen früh tiefergelegt. Ich betrachtete keuchend ihre widerspenstigen Locken, die Schweißperlen, die durch den dunklen Flaum auf ihren Wangen kullerten.

»Was ist los mit dir, ONKEL?«

»Wie heißt du eigentlich?« fragte ich.

»Gemma, wieso?«

Dann kam sie mit offenem Mund wieder auf mich zugeschossen. Zwischen den Zähnen zogen sich Speichelfäden, und ich schreckte kurz zurück.

»Willst du nicht wissen, wie ich heiße?«

»Mir doch egal«, krächzte Gemma.

Und weg war sie.

Einige Jungs lachten rüde. Ich rieb mir den Mund und staunte. Dann waren wie aus dem Nichts José María und die Mumie neben mir und wollten mir unbedingt Susana vorstellen, eine gute Freundin. Susana hätte eine Nebenfigur aus einem Almodóvar-Film sein können: beleidigter Mund und riesige, von oben herabokulierende Augäpfel, deren Blick mich kaum streifte.

Angenehm, sagte ich.

Soso, sagte Susana.

Dann mußten wir weiter. Andere Bars, dieselbe Musik, noch mehr Drinks. Heiko ging verloren. Susana ging verloren. Die Mumie verabschiedete sich mit unbestimmtem Ziel. Der Rest zog weiter. Bauernhochzeiten, Kriegsgetümmel, Höllenstürze. Action Painting. Später, viel später, saßen wir wieder in einem Auto, ich hätte schwören können, es war ein anderes als das, mit dem wir gekommen waren. Ich wollte augenblicklich schlafen. Aber als das Auto irgendwo an der Plaza del Carmen in eine minimale Lücke hineingeparkt war und wir von der Gran Vía aus die Valverde hochliefen, machten weder Jesús noch José María noch Aurelio Anstalten, mit mir in die Calle del Desengaño zu biegen.

»Wir müssen dringend noch wohin«, sagte Jesús.

Die rote Uhr am Telefónica-Gebäude zeigte zehn vor acht. Es war heller Tag.

»Wo muß man denn um die Uhrzeit bitte noch hin?« fragte ich.

»In die Sauna«, erklärten nachsichtig die drei Männer.

NEUNTE KRISIS

Die Entzifferung der Welt

Die fremden Wörter nahmen ihren Weg irgendwo im Dritten, sie drangen nach draußen, sanken durch den Hof und blähten, als sie durch die Fenster im Zweiten wieder ins Haus geweht kamen, leicht die Vorhänge nach innen.

Nach dem Aufwachen griff ich zuerst nach dem Wörterbuch.

Basura hieß Kehricht, Müll, Unrat.

Paliza hieß eine Tracht Prügel.

Aborto hieß natürlich Abtreibung, aber auch Mißgeburt und diente offensichtlich auch als Anrede.

Hostias waren die Hostien. Wenn man aber jemandem »Hostien gab«, dann war das kein sakraler Akt, sondern mehr oder weniger dasselbe wie eine *paliza*.

Und *Paco* war die Kurzform von Francisco.

Was aber die beiden Vokabeln betraf, die am häufigsten vorkamen (schon gestern abend!), nämlich *»coño«* und *»joder«*: Da weigerte sich derjenige Teil in mir, der etwas auf seine Kinderstube hielt, die Übersetzungen zu akzeptieren, denen sie in meinem Langenscheidt jeweils ein großes, warnendes »V« vorangestellt hatten. Denn dieses »V« stand für »vulgär«. Eine Übersetzung ohne vorangestelltes V würde bei dem einen in etwa auf »Vagina« hinauslaufen und bei dem anderen auf das, was man im Deutschen »miteinander schlafen« nennt, nur selbstverständlich in seiner jeweils rüdesten Variante.

Bei der Gelegenheit versuchte ich auch herauszufinden, was »*gilipollas*« hieß. Es stand gar nicht erst im Wörterbuch. Celdráns großes »Inventario General de Insultos« wußte aber, daß der Wortbestandteil »*gili*« entweder aus dem Arabischen oder aus der Sprache der Gitanos stammt und in beiden Fällen »dumm« oder »blöd« bedeutet; und zum zweiten Teil des Wortes stand da leider unmißverständlich: »Camilo José Cela versichert in seinem verdienstvollen Diccionario del Erotismo, daß sich der zweite Teil des Begriffs auf den Penis bezieht.«

Es galt der Tatsache ins Auge zu sehen, daß ich in den vergangenen Tagen von mehreren Taxifahrern, Museumswärtern, Passanten sowie meinen eigenen Vermietern und Mitbewohnern immer wieder als »blöder Pimmel« beziehungsweise als »Dummschwanz« angeredet worden war.

Was sich mir da im Halbschlaf in die Ohren genistet hatte, mußte sinngemäß etwa so rekonstruiert werden, daß Paco, die alte Mißgeburt, von seiner Gattin aufgefordert wurde, er möge den Kehricht herunterbringen, sonst könne er, der auch ein übler DUMMSCHWANZ sei, sich eine Tracht Prügel abholen, daß er sich einkoten würde, wenn er wüßte, wie gewaltig die wäre – MITEINANDERSCHLAFEN, VAGINA, HOSTIEN, MILCH … und so weiter.

Gegen das Geschrei von oben kam nicht einmal der Musikalische Faden an.

Als ich an dem Knopf drehte, regnete spanische Rockmusik aus der Decke. Los Rodríguez sangen: »Uuhi, uuhi, uhh.«

Ich legte mich wieder hin und schaute in der Hoffnung auf Interferenzen, in deren Schatten ich wieder Schlaf finden könnte, nach oben.

Kurz darauf gab der Lautsprecher jedoch einen Rülpser von sich, und es kamen plötzlich wieder die beiden Klageweiber von gestern abend, Azúcar Moreno:

»Desnúdate ahora y apaga la luz un instante eeee
Y hazme el amor como lo haces con esas amantes
Te juro que hoy es la última vez que te burlas de mí
Que me ENGAÑAS …….«

Ein herzzerreißendes Geheule, als seien die Frauen Hunde und die Männer Monde.

Dabei war die besungene Situation gar nicht so unkomplex: Das lyrische Ich hatte seinem notorisch treulosen Ehemann eine Falle gestellt, ein Briefchen lud zum Blind Date in ein Hotel, und jetzt, wo er erkennen muß, daß die geheimnisvolle Geliebte sich als die eigene Frau entpuppt, da fordert sie ihn auf, sich zu ihr ins Bett zu legen und so zu tun, als kenne er sie nicht; sie fordert ihn mit anderen Worten auf, sie, als Ehefrau, gewissermaßen mit sich selbst, in der Rolle als Geliebte, zu betrügen, um auch noch einmal etwas von der ganzen Sache zu haben. Aber genau an dieser Auffrischung ihres Liebeslebens geht die Ehe dann schließlich zugrunde. Eine richtige Tragödie, fand ich, je länger ich so darüber nachdachte.

Heiko oder irgendein anderer (wahrscheinlich aber Heiko) mußte heute morgen die CD gekauft und den CD-Spieler an den *hilo musical* angeschlossen haben. Das Gekeife der Alten von oben und das Gebarme der beiden Schlagersängerinnen mischten sich jetzt in meinen Ohren, es sang ein Terzett von Ehefrauen, die es nicht gut meinten mit ihren Männern. Es tat mir in der Seele und in den Ohren weh.

Außerdem legte sich vom Flur her ein Scharren und Rumpeln unter die Musik, das noch einmal einem anderen Rhythmus folgte. Ein Höllenlärm insgesamt. An Schlaf war so nicht mehr zu denken. Aber es war auch schon hoher Nachmittag. Vier Uhr. Nanu, dachte ich. Und: Dann eben morgen. Dann geht der Ernst des Lebens eben morgen erst los. Fast fühlte ich mich erleichtert.

Im Flur traf ich auf Aurelio, der dort mit Rollschuhen an den Füßen über die Fliesen holperte und, da er das Bremsen nicht beherrschte, am Ende des Ganges jedesmal mit seinem ganzen Körper gegen Heikos Tür krachte. Der saß unterdessen in der Küche und beschimpfte die kolumbianische ELSTER, aber er schimpfte nur halbherzig, und eigentlich schien er im Kern sogar einverstanden damit, wie hier der Flur von Jesús und María José ramponiert wurde. Außerdem wurde gerade eine neue Gasflasche für den Herd angeliefert.

Jeden Tag konnte man damals Lastwagen voller roter Propangasflaschen durch das Viertel rumpeln sehen, es war ein Wunder, daß nie eine Flasche von den notdürftig gesicherten Ladeflächen herunterfiel, es war ein Wunder, daß es nie zu Unfällen mit anderen Autos kam, so selbstvergessen wie die Gaslieferanten das Steuer führten, es war ingesamt ein Riesenwunder, daß uns nicht das ganze Quartier jeden Tag aufs neue um die Ohren flog.

Der Lieferant nahm seine Kippe nicht einmal aus dem Mund, als er mit den Gasflaschen hantierte; ich konnte gar nicht hinschauen. Heiko sagte dazu nur: »Spanien« und winkte lasch mit der Hand nach unten. Das ganze Land müsse früher oder später einmal in die Luft gehen, alles andere wäre rechtschaffenen und vernünftigen Völkern gegenüber ungerecht. Aber auch er hatte kurzfristig offenbar größere Sorgen.

Heiko sagte, er wünsche sich, daß die Alte von oben ENDLICH ihre Drohungen wahr macht und den Mann aus dem Fenster schmeißt, damit ENDLICH Ruhe herrscht. Aurelio hielt sich divenhaft die Hände an die Schläfen und verlor darüber das Gleichgewicht auf seinen Rollerblades.

Und ich murmelte einen Gruß, ging duschen und verließ das Haus, bevor ich in Gespräche verwickelt werden konnte, zu denen ich mich noch nicht in der Lage fühlte.

Diesmal besah ich mir die Gegend ein bißchen genauer und kam alles in allem zu dem Ergebnis, in der traurigsten Straße des Weltreiches gelandet zu sein, in dem angeblich die Sonne nie unterging. Hier war die Sonne untergegangen. Es war wirklich erschütternd: Die Desengaño zog sich wie ein schlampiger Lidschatten an der Gran Vía entlang. Die Calle del Desengaño war das Kontrastmittel für den auch schon nicht mehr ganz taufrischen Glanz des Boulevards. Und vielleicht hätte sie für sich alleine gar nicht so erbarmungswürdig gewirkt, wenn die Gran Vía nie durch Madrid geschlagen worden wäre. Im Haus mit der Nummer Zehn, verriet eine Tafel, hatte der kubanische Freiheitsheld José Martí gewohnt, bevor er daran gegangen war, den Spaniern ihre letzte amerikanische Kolonie abspenstig zu machen. Verdenken konnte man es ihm angesichts dieser Wohnlage nicht.

Es gab eine Kneipe, die offenbar den marokkanischen Straßendieben von der Gran Vía als Rückzugsort diente. An der Bar lehnte einer, der eine verkrustete Wunde im Gesicht trug. Ich war mir nicht sicher, ob das der war, der mich bedrängt und angeschrien hatte, dafür war das alles viel zu schnell gegangen, aber ich zog es vor, weiterzugehen, bevor er die Bekanntschaft noch irgendwie bestätigte. Ehrlich gesagt hämmerte mir das Blut im Kopf vor Aufregung, und ich war froh, daß ich Zuflucht in einer ganz schönen spätbarocken Kirche fand, die dem heiligen Martin gewidmet war – wem auch sonst bei der Anzahl von prekären Existenzen, die davor herumstanden und die Hand aufhielten.

Gemessen am Belagerungszustand der Tür war es drinnen erstaunlich leer. In den Bänken saßen nur eine junge, inbrünstig in die Andacht versunkene Frau und direkt hinter ihr ein alter Mann. Ich setzte mich ein Weilchen schräg hinter ihn und versuchte zur Besinnung zu finden. Der kalte Weihrauch zwickte mir zwar in der Nase, aber es tat gut, mal so ein bißchen Ruhe zu haben. Ein Meßdiener huschte vor dem Altar zur Sakristei. Der heilige Martin zerteilte vom Pferd herab seinen Mantel. Ich versuchte gerade herauszufinden, ob quer oder längs, als ich aus dem Augenwinkel bemerkte, was der Alte da schräg vor mir heimlich trieb. Er widmete sich ganz dem Vergnügen, mit seinen schwieligen Händen den zwischen Bank und Rückenlehne hindurchquellenden Hintern der Frau zu streicheln, ohne ihn zu berühren. Die Frau bemerkte das gar nicht, und der Alte zwinkerte mir vertraulich zu. Ich zwang mich, die Kuppel zu studieren, und schlich mich nach einer Schamfrist, wenn man das überhaupt noch so nennen konnte, wieder hinaus.

Ich bog dann in die Corredera de San Pablo ein, trank einen Kaffee unter dem plärrenden Fernseher in der Bar Lara und fragte mich, ob mein Spanisch schon gut genug sei, um im Lebensmittelgeschäft der »Hermanos Gila« meine Wünsche aufzusagen, denn dort herrschte keine Selbstbedienung, entschied mich aber dann dagegen. Hinter dem kleinen Konvent von San Antonio de los Alemanes und gegenüber von einem Pornokino, in dessen Nachbarhaus, weil die Leute nach dem Kino ja oft Hunger haben, »der heiße Topf« auf Gäste wartete, ein Restaurant mit »erotischer Küche«, dort also, in diesem Bermudadreieck aus Sünde und Vergebung, fand ich dann einen kleinen Supermarkt der Kette »Dia« und suchte ein paar Nahrungsmittel zusammen, die ich mir mühsam aus den Großhandelskisten ziehen mußte.

Ich versuchte, ein bißchen mit der Kassiererin zu flirten, es wurde mir jedoch mit barschen und feindseligen Worten vergolten. Ich brauche nicht für jeden Artikel eine eigene Tüte, eine reiche schon, lachte ich, und sie schaute mich an, als sei ich nicht ganz richtig im Kopf. Ob mit ihren Tüten etwas nicht stimme. Es sei ja schon gut, sagte ich und nahm kleinlaut alle Tüten, die sie mir mit Nachdruck hinschob.

Das erwies sich auch als klug, denn schon auf dem Rückweg durch die Calle Ballesta riß der erste Henkel, und ich konnte froh sein, daß ich Ersatz hatte. Ungern wäre ich dort fortrollenden Äpfeln hinterhergekrochen. Die Calle Ballesta war die einzige Straße Madrids, deren Renommée noch unter dem der Desengaño gelegen haben dürfte. Die Desengaño war nur eine heruntergekommene Straße, die Ballesta war eine heruntergekommene Rotlichtmeile. Die »Bar Kiss«, der »Robinson Pub«, die »Bar Sí Señor« – sie alle hatten schon bessere Zeiten gesehen, und der Aufmachung und den Schrifttypen nach waren die seit mindestens dreißig Jahren vorbei. Immerhin konnten Personal und Kundschaft von sich behaupten, diese Zeiten noch mitgemacht zu haben. Müde alte Männer standen vor den Läden und versuchten, einen ohne große Hoffnungen durch Türen zu winken, hinter denen im Halbdunkel Seniorinnen an den Tresen lehnten und trüb in ihre Gläser starrten. Rotlichtmilieu und hellichter Nachmittag sind ein Kontrast, den man erst einmal aushalten muß. Jemand, der am Nachmittag Einkaufstüten vom »Dia« durch ein aussterbendes Rotlichtviertel trägt, dürfte ja wohl frei sein von allen Verdächtigungen, sagte ich mir. Und jemand, dem dabei noch die Henkel reißen, erst recht. Aber dann passierte, was ohnehin die ganze Zeit zu befürchten war: An der Ecke zur Desengaño wurde ich – nicht angesprochen, nein: angeweht. *Hola, cariño*, »Hallo, Liebling«. Das war keine Stimme, das war ein Wind aus einer fernen Welt, ein Hauch phonetischen Parfüms der allerschwersten Sorte, tönender Moschus. Es war die Patin dieser Kreuzung, eine Frau, die mir vorher schon aufgefallen war, weil sie aussah wie eine Kokotte aus dem Großstadt-Tryptichon von Otto Dix, die rechte Tafel, Kenner wissen Bescheid: die Frau, deren bodenlanger Mantelkragen eine Einmetersiebzigvulva formt. Auch diese Frau hier hatte ihr Strickkleid zwischen Schambein und Kragen aufgeknöpft, so daß es das Fleisch werbewirksam hervorquellen ließ, denn sie war schon etwas reifer und auch kräftiger gebaut. In dunklen, samtigen Vokalen bat sie mich um Feuer für ihre Zigarette. Nun sage ich zu Hause auch Bettlern und Tierschützern immer, daß es unklug ist, jemanden anzusprechen, der Tüten schleppt und keine Hand frei hat, um nach Spendengeldern zu kramen. Aber hier war ich der Ansicht, daß nachbarschaftliche Hilfe nicht schaden konnte, denn bis ich was Besseres gefunden hätte, war es vielleicht nicht dumm, sich mit der Umgebung gutzustellen. Also stellte ich die Taschen ab und gab ihr Feuer, wobei sie unnötigerweise meine Hände mit ihren Händen schirmte und sogar ein wenig streichelte. Trotzdem brannte ihre Zigarette nur auf einer Seite. »Du mußt ein bißchen dran saugen«, sagte ich zu ihr. Und es kann sein, daß ich mich da ungeschickt ausgedrückt hatte, jedenfalls erwiderte sie freudig: »Na dann komm mal mit, mein Kleiner!«

Ich hatte alle Hände voll zu tun, das Mißverständnis aufzuklären; und als ich meine Tüten nahm und davonstürzte, drang mir das rauhe, mütterliche Lachen der Frauen von der Desengaño noch von hinten durch die roten Ohren.

ZEHNTE KRISIS
Im Sammelbecken der Laster

»*Putas*«, schnaubte Heiko nachher in der Küche. Es war vielleicht ein bißchen treuherzig, sich gleich derart als Idiot einzuführen, aber ich dachte, wenn ich ihm die Geschichte erzähle, dann haben wir gleich was zu reden.

Ich erzählte es ihm auf deutsch.

Und er antwortete auf spanisch. Prinzipiell. Das hatte etwas Feindseliges.

Ich auf deutsch: »Du bist Deutscher, ich bin Deutscher, jetzt seien wir mal bitte nicht albern, ja?«

Er auf spanisch: »Wenn ich deutsch reden will, fahr ich nach Deutschland. Wenn ich große, dicke TANTEN sehen will, fahr ich nach Deutschland. Wenn ich häßliche, verklemmte ONKEL sehen will, fahr ich nach Deutschland. Ich will das aber alles nicht. Ich will Spanisch lernen, MITEINANDERSCHLAFEN!«

Ich, deutsch: »Ist ja gut.«

Er, spanisch: »Verdammte Touristen-Pension, ich bin BIS ZUR NASE mit Deutschen.«

Ich: »Bis zur Nase?«

Er: »Bis zur Nase. Das sagt man so.«

Ich: »Na gut.«

Sprachen wir eben spanisch:

¿*Donde está el*… Teekessel?

¡*Pásame la*… *el*… ähm… was ist das spanische Wort für Sieb?

Oder: *el* Quirl.
La Wäscheklammer.
...
Heiko sah ein, daß es albern war.

Zwei Stunden später standen wir jeder mit einem *mini* Bier in der Hand im Hashymury, Calle Luchana, in der Nähe der Glorieta de Bilbao.

Es war natürlich zum Verzweifeln: Daß man als Mann immer Bier trinken gehen muß, um die Dinge zu bereinigen. Daß man ein Bier zusammen trinken muß, wenn man sich verbrüdert, und auch dann, wenn man sich zerstreitet. Und wenn man sich dann wieder versöhnt, erst recht. Daß alle Probleme unter Männern immer mit Bier, Bier und nochmals Bier zugeschüttet werden müssen. Gesund ist das sicher nicht. »Aber es ist nun einmal so«, hatte Heiko gebrummt. Und anders als der Name zunächst denken ließ, war ein *MINI de cerveza* auch kein kleines Bier, sondern im Gegenteil, es war die größte Menge, die man bekommen konnte, ein ganzer Liter, die Entsprechung zur bayerischen Maß – aber anders als in Bayern teilten sich hier sechs bis acht Leute den einen Liter, erklärte Heiko, der Humpen kreise dann, und jeder trinke was daraus, viele sabberten allerdings auch gleich wieder was rein, so daß das Glas nie leer werde. »Das kommt von der Nähe zu Afrika«, sagte Heiko.

Er hielt sein Glas, als wollte er »Jawoll« damit sagen. Wir hatten jeder ein eigenes Bier in der Hand, und wir teilten nicht, denn wir waren Deutsche. Das hatte Heiko so dekretiert. Und das sah man auch: Steif und stoisch hoben wir die Becher, kippten das Bier in die Rachen und überschauten das Zappeln der Jugend aus entrückter Höhe. Es lag, für meinen Geschmack, ein unangemessener, zarathustrahafter Hochmut in der Art, wie speziell Heiko die Spanier körperlich überragte; und die Verachtung, mit der er von oben über sein Bier hinweg in den Raum starrte, hätte uns durchaus auch Ärger einbringen können. Ich wäre jedenfalls ganz gern kleiner gewesen, in dem Moment, und ein kleineres Bier wäre mir auch lieber gewesen. Ich mußte aber lernen, daß das, was ich für schlechte Erziehung und primitiven Chauvinismus hielt, in Wahrheit schmerzhafte Sehnsucht war: Heiko, der deutsche Ingenieur, war durchglüht von einem peinigenden Verlangen nach den Mädchen, die ihre Fortunas aus Zigarettenschachteln fischten, welche sie im Dekolleté klemmen hatten, Mädchen, die Marylou oder Conchi hießen, derbe lachten und ihren Mopedjungs dabei die Locken ins Gesicht warfen. *Yogurinas*, sagte Heiko, diese da nenne man »yogurinas«, und es klang, als bezeichnete das Wort eine Süßspeise, die ihm der Arzt leider verboten hatte. Heiko fand alle diese *yogurinas*, wie er sich ausdrückte, »heiß«. Heiko fand aber auch die beiden Sängerinnen von Azucar Moreno »heiß«. Vor allem und in erster Linie fand Heiko aber diese Susana von gestern abend »heiß«, bezeichnete sie aber gleichzeitig als »kalte Kuh«.

Bittere Vorwürfe trafen nun die spanischen Frauen, und Susana im besonderen. Entweder es seien »Nutten«, so Heiko, »oder Betschwestern«.

»Und im schlimmsten Fall sogar beides!«

Ich verbat mir ganz generell diesen Ton.

Aber Heiko sagte, das würde ich schon noch selber sehen. Dabei stach er mir unangenehm fest den Zeigefinger in die Brust. Daraufhin sagte ich nichts, sondern trank aus, und dann zogen wir weiter, ich Heiko und Heiko den Mädchen hinterher.

An diesem Abend machte ich mit Heiko zum ersten Mal die Grand Tour, wie ich sie nannte, weil das seine feste Route war. Und es war ja auch eine Art Bildungsreise: Ich lernte, daß man im Norden anfängt, rund um die Glorieta de Bilbao. Dann rüber nach Alonso Martínez, auf die Plaza Santa Bárbara, und dann rein in den Wahnsinn zwischen Orellana, Campoamor und Santa Teresa.

Ich lernte Discobars kennen, die Chatarra hießen oder Sin Fin. Und ich lernte, daß alles, was mir in Parla an Gedränge schon den Atem verschlagen hatte, nur ein müder Vorschein dessen war, wozu Spanier zwischen 14 und 30 Jahren in der Lage sind. Man stand davor wie auf dem Sprungbrett im Schwimmbad. Und immer wieder *copas, copas, copas*. Drinks, Drinks und nochmals Drinks. Ich lernte: Der zweite geht aufs Haus, muß aber sofort mitgenommen werden. Dann steht man da mit zwei Cuba Libre, aus denen sie in Deutschland vier gemacht hätten. Wer in diesem Zustand aus der Sala Speakeasy wieder heraustritt und gegenüber den Palacio de Longoria in den Blick faßt, muß davon ausgehen, volltrunken zu sein.

Aber das ist eine Täuschung. Der Palacio de Longoria sieht nüchtern und bei Tag genauso aus. Spanischer Jugendstil. Kleckerburgen sind karge Kisten dagegen. Erbaut von José Grases de Riera, 1902: Solange ich das noch aufsagen konnte, wußte ich jedenfalls in der Folgezeit, daß ich noch nicht nach Hause mußte.

Es ging dann entweder direkt die Hortaleza runter oder über die Plaza Barceló zur Fuencarral, was einen Abstecher zu der berühmten Diskothek Pacha erlaubte. Ich erzählte Heiko, daß diese Diskothek ein altes Kino bewohnte, das kein anderer als Luís Gutiérrez Soto errichtet hatte, als er noch zur Moderne gehören wollte. Heiko interessierte das alles überhaupt nicht. Als ich ihn auf die deutlichen Bezüge zum Werk von Erich Mendelsohn hinwies, wurde er sogar pampig: Das könne ich den Studentinnen erzählen, mit denen ich schlafen gehen wolle, ihn möge ich hingegen verschonen mit dem »Gefasel«.

Später ging es dann über die Gran Vía hinweg und an den zweifelhaften Damen auf der Montera vorbei runter zur Puerta del Sol, wo wir unter der Neonwerbung für den Onkel Pepe nach links einbogen, und spätestens an der Plaza de Canalejas wieder nach rechts, und dann waren wir im *Guirilandia*, wie Heiko das nannte, im Touristenland, welches so hieß, weil rund um die Plaza de Santa Ana hispanophile Ausländer wie eben Heiko das Straßenbild bestimmten auf ihrer Suche nach dem authentisch madrilenischen Nachtleben. Es war aber auch ein beliebtes Ausgehviertel für die etwas reifere Jugend von Madrid, und das führte jedenfalls Heiko wiederum auf das Aufkommen von hochgewachsenen blonden Maschinenbau-Ingenieuren aus dem Norden zurück. Tatsächlich hielten in Diskos wie der Cartuja oder dem Torero die Verzweifelten nacheinander Ausschau. Heiko sprach hier nun von »Marujas« und unterschied sie streng von den *yogurinas* in den nördlicheren Vergnügungsvierteln. *Marujas*, so Heiko, waren Hausfrauen, denen das Fell juckte.

Er zog mich an den Türstehern vorbei, die in der Aufmachung und Körperhaltung von Pinguinen gnädig die Kordel für uns lüpften. Er zog mich hinein in eine dampfende Enge aus aufgeregt schnatternden Männern, die ihre Hemdkragen über das Revers von Anzügen gekrempelt hatten, an die man besser kein Feuerzeug halten wollte. Dahinter, wie eine tiefer tönende Kategorie von Orgelpfeifen, standen die Ausländer aufgereiht, lehnten an den Wänden und an den Säulen und führten mit großer Beiläufigkeit die Gläser zu den ausgefransten Löchern in der Mitte ihrer roten Gesichter. Dann leuchteten blaue und grüne Augen über den Glasrändern und hingen mit nassem Blick auf den Frauen, die auf der Tanzfläche die Hüften wiegten, wobei auch sie unentwegt Blicke warfen und wieder einfingen.

Das alles glich einer rituellen Aufführung. Mir gefiel es, aber Heiko meckerte. Es sei hier nichts los, schimpfte er. Und die Frauen, die da waren, sagten ihm nicht zu. Wir mußten dann so lange weiterziehen, bis Heiko einen sogenannten Blickkontakt zu einer aschblonden Frau von vielleicht Mitte Dreißig geknüpft hatte, die sich schließlich erbarmte und ihn ansprach: »Du kommst aus Deutschland, stimmt's?«

Heiko war ein bißchen beleidigt, daß man ihm das so auf den Kopf zusagen konnte, aber andererseits war das Gespräch nun im Gang und konnte von ihm vertieft werden.

Sie hieß Sonia, und ihre dicke Freundin Belén wurde bei mir geparkt. Belén gehörte zu der bedauernswerten Art von Mädchen, die attraktiveren Frauen oft als Begleitung herhalten müssen, damit diese sich in dem Kontrast sonnen können. Und daß die Schönen meistens etwas dämlich seien und die nicht ganz so Schönen die interessanteren Gesprächspartner: Das ist leider auch nur eine humanistische Lüge. Ja, ich war ein bißchen neidisch auf Heiko. Und nein, das Gespräch mit Belén tröstete mich nicht unbedingt darüber hinweg.

Sie nannte ihn zwar erst einen QUADRATKOPF, küßte ihn dann aber plötzlich. Irgendwann waren beide weg, und ich lehnte neben Belén an der Bar und wußte nicht, worüber wir noch reden könnten.

Heiko und Sonia hatten die Gelegenheit genutzt, jedenfalls kamen sie nicht wieder. Belén wollte dann nach Hause gebracht werden. Und ich war so höflich.

Sie wohnte ziemlich weit die Castellana hoch. An der Tür wollte sie mich noch mit hereinbitten, ihre Eltern seien verreist. So höflich war ich dann aber nicht. Der Taxifahrer hatte das Gefühl, daß er nicht mehr gebraucht werde, und rollte davon. Die Situation, die dadurch entstand, war etwas unbehaglich. Ich verabschiedete mich noch einmal. Und Belén zog, wie mir schien, ein wenig verärgert die Tür hinter sich zu.

Zurück ging ich zu Fuß. Zu Hause war ich dann auch entsprechend fertig. Das wollte ich Jesús mitteilen, der noch mit José María in seinem Büro herumsaß, und ich wollte das in einer Formulierung tun, die ich von ihm selbst aufgeschnappt hatte, ich sagte also: »Ich bin Pulver gemacht.« Jedenfalls war es das, was ich sagen wollte. Die Reaktionen darauf fielen allerdings verwirrend aus. Die beiden pfiffen anerkennend und fragten, wie es war. Und ich lernte: *hechado*, gemacht, und *echado*, geworfen, sprechen sich zwar fast gleich, aber auch in absurden Sätzen darf man sich nicht den kleinsten Fehler erlauben, sonst heißt es etwas komplett anderes. Und »Ich habe ein Pulver geworfen«, heißt nichts anderes als: »Ich hatte soeben Geschlechtsverkehr.«

Was auch sonst?

Und daß die Gegend, wo ich eben herkam, »AN DER FÜNFTEN VAGINA« lag: Das war auch nur so eine Redewendung, so ähnlich wie bei uns das j.w.d., vollkommen harmlos, wie jeder sicher einsehen wird.

ELFTE KRISIS

Die Herrschaft des Wissens

Der Kater in mir drin (*resaca*) hatte mich früh wach gemacht, und die Kater draußen im Hof (*gatos*) hatten mich nicht wieder einschlafen lassen. Deshalb lag ich auf dem Metallbett, lauschte in den Morgen hinein und bilanzierte. Ich sah Genreszenen von barocken holländischen Kleinmeistern, derbe Tavernenbilder und Saufszenen, ich sah Falschspieler, erdbeernasige Bettler, den verlorenen Sohn und schließlich die Rückkehr des verlorenen Sohnes in die Arme des gütig vergebenden Vaters. Es war Zeit, zur Vernunft zu kommen, fand ich. Kurz darauf stand ich, frisch geduscht und mit gebügeltem Hemd, am Metroeingang Gran Vía und suchte auf dem Übersichtsplan den Weg zur Universität.

Man mußte mit der blauen Linie Eins fünf Stationen nach Norden fahren und dann in die graue Ringbahn umsteigen, die Sechs. Die neuen Metrolinien, und dazu gehörte die Sechs, lagen mehrere hundert Kilometer tiefer in der Erde als die älteren, zum Beispiel die Eins; jedenfalls kam es mir beim Umsteigen in Cuatro Caminos so vor, als ob sich Madrid sein Metronetz mit Sidney teilt: Endlose Rolltreppen führten zu immer tiefer gelegenen Zwischenstockwerken, die einem Saxophonspieler oder einem Singer-Songwriter als Arbeitsplatz dienten und von dort aus zu neuen Rolltreppen überleiteten, die noch weiter in die Tiefe führten, bis das Saxophon und die Gitarre von oben allmählich in die Klänge des Akkordeons oder des russischen Frauenchores übergingen, die einen weiter unten erwarteten.

Die Leute ertrugen diese Rolltreppenfahrten überwiegend stoisch. Am Anfang hatte ich noch versucht, Zeit gutzumachen, indem ich die feste Treppe nahm; das tat nämlich sonst keiner, und ich verstand auch bald, warum. Die feste Treppe war mit ihren winzigen, steilen und außerdem glatten Stufen aus Speckstein nicht zum Herunterrennen gemacht, und Hochsteigen hätte ich sie noch weniger wollen, schnaufend, dem Mitleid in den Blicken der Vorbeifahrenden ausgesetzt, einem Mitleid, wie es außer Treppensteigern sonst nur Behinderte auf sich ziehen. Am Ende fuhr dann auch ich eben einfach mit, hielt die Nase in die El País und hatte mich schon bis zu den Nachrufen durchgearbeitet, als wir endlich auf den Bahnsteigen ankamen. Dort unten hatte ich allerdings auch jegliche Orientierung verloren, und daran, daß in der Madrider Metro Linksverkehr herrscht, hatte ich mich noch nicht gewöhnt. Man gewöhnt sich nie so recht daran. Die Metro kommt immer von da, von wo man sie nicht erwartet, und verpaßt einem mit dem Wind, den sie vor sich herschiebt, eine Ohrfeige.

Es kann also sein, daß ich einen etwas verwirrten Eindruck machte. Ein Mädchen fragte, ob ich vielleicht Hilfe bräuchte. Das Mädchen hieß Inés und war so weiß im Gesicht, daß ich die Frage direkt an sie zurückgeben konnte. Eine Porzellanmanufaktur hätte nichts Weißeres modellieren können. Inés trug außer dem sehr weißen Weiß in ihrem Gesicht und einem sehr roten Rot auf dem Mund von den Haaren bis zu den Schuhen nichts als Schwarz in verschiedenen Schattierungen und Texturen. Dabei hielt sie sich eine Mappe vor die Brust, als hätte sie Angst, ich könnte sie ihr entreißen.

Da wußte ich noch nicht, daß das alle spanischen Studentinnen so machen. Sie tragen mit beiden Armen eine Mappe vor sich her. Sie tun das nicht, bevor sie auf die Universität kommen, und sie hören damit auf, wenn sie ihr Examen haben. Es ist der natürliche Habitus einer spanischen Studentin, die etwas auf sich hält. Das entspricht dem deutschen Studenten, der seine Mitschriften in einem Rucksack mit sich trägt, von dem er sich nur einen Henkel über die Schulter wirft. Wo Rucksäcke einseitig getragen werden, weiß man, hier geht es zur Uni. Wo Rucksäcke einseitig über Trenchcoats getragen werden, weiß man, es geht zur juristischen Fakultät. Ich sah es damals, als ich in Madrid zum ersten Mal zur Universität fuhr, so: Während sie in Deutschland ihr Studium in Synthetiksäcken hinter sich herschleppten, hielten spanische Studentinnen wie Inés das, was die Universität ihnen schenkte, wie einen Schutzschild zwischen sich und die Welt. Selbstverständlich war Inés' Mappe, da sie ja Teil ihrer Garderobe war, ebenfalls von einem vollendeten Schwarz.

Wir verabschiedeten uns an der Metrostation »Ciudad Universitaria«, wo Inés, die Mappe voran, ihrer Wege ging und ich erst einmal mit der gebotenen Ehrfucht diese Universität ins Auge fassen mußte. Universidad Complutense de Madrid, sagte ich halblaut zu mir, und das D am Ende von Universidad und Madrid klang mit Absicht so, als sei es ein Z. Studenten, die das hörten, warfen mir daraufhin befremdete Blicke zu, manche lachten auch, aber mir war das egal, ich fand den Gedanken berauschend, daß ich jetzt an der Universidad Complutense de Madrid studieren würde. An der traditionsreichen, fünfhundert Jahre alten, riesengroßen Complutense. Fast hunderttausend Studenten. Die zweitgrößte Universität Europas. Welche die größte war, hatte ich nie gewußt, dafür wußte ich aber, wofür Complutense stand: Complutum war der lateinische Name von Alcalá de Henares, und als die Universität von

Alcalá nach Madrid verlegt wurde, hatte sie ihren alten Namen behalten, obwohl Alcalá später wieder eine neue Universität bekam, die dann allerdings ohne lateinischen Namen auskommen mußte. Solche Sachen wußte ich seit der Bewerbung um das Stipendium des Ausstauschdienstes. Ich hätte auch aufsagen können, welche berühmten Denker hier studiert hatten. Was ich nicht wußte, war, wo die Kunsthistoriker saßen.

Es ist ja unglaublich genug, daß *letras* nicht nur »Buchstaben« heißt, sondern auch »Geisteswissenschaften« – ein Wort sowohl für den Mikro- wie für den Makrokosmos sozusagen. Und daß die alle in ein einziges Gebäude am Rande des Campus passen sollten: Das fand ich regelrecht ernüchternd, gemessen an dem faschistoiden Pomp, mit dem die zweitgrößte Universität Europas ansonsten ihre Fakultäten aufmarschieren ließ. »Filosofía y Letras« war eine zehngeschossige Hochhausscheibe in terrakottafarbenem Klinker. Dazu gab es ein paar flachere Nebengelasse, vermutlich Hörsäle und Bibliotheken. Von außen war das alles nicht sehr beeindruckend. Drinnen verlor ich trotzdem den Überblick. Aushänge. Seminarankündigungen. Büros. Anmeldeformulare. Trimester statt Semester. Es war verwirrend. Ein Seminar über die Malerei des spanischen Barock ging gerade zu Ende. Als ich dem Dozenten, einem derben Mann in der zweiten Hälfte seiner Vierziger, erklären wollte, wer ich bin und was ich vorhatte, schaute er mich an, als hätte ich gesagt, ich wolle Mönch oder Strichjunge werden. »Forschen? Über die Malerei im spanischen Barock?« Er könne nur abraten. Schon weil man dafür raus nach Simancas müsse, in die königlichen Archive. Und dort, das könne er mir versichern, gebe es nicht einmal eine anständige Cafetería.

Kopfschüttelnd über meinen dummen Einfall ließ er mich stehen.

Ich fand dann ein Seminar, in dem ein Professor mit zurückgekämmten Locken und traurigen Augen die Kunstphilosophie der Romantik vermittelte. An diesem Tag ging es um den Begriff des Erhabenen, *lo sublime*, bei Burke und bei Kant und bei Schiller. Es war frappierend, Kant auf spanisch zu hören: Wo mir Kants Deutsch immer selber schon so undurchdringlich und inkommensurabel erschienen war, daß mir die schieren Mühen des Lesens eine Ahnung gaben, was er mit dem »Erhabenen« gemeint haben könnte, da klang das in der spanischen Übersetzung alles völlig klar, einfach, einleuchtend und beinahe unsublim. Entsprechend teilnahmslos kauten die Studenten auf ihren Stiften herum. Sie saßen da, wie das in Deutschland nicht einmal mehr die Schüler taten: zu zweit in Schulbänken, von denen drei Reihen nebeneinanderstanden. Vorn das Lehrerpult. Frontalunterricht. Es hatte mehr von einem Diktat als von einem Seminar: Der lockige Professor referierte mit halbgeschlossenen Augenlidern, und die Studenten schrieben mit wie Sekretärinnen; niemand stellte eine Frage. Keiner diskutierte. Ich mußte an mittelalterliche Mönche denken. Und dann an etwas ganz anderes, denn beflissen beugten sich die Rümpfe über die Notate, und ein knappgeschnittenes Oberteil gab, halb rechts vor mir, den Blick auf ein tätowiertes Steißbein frei. Ein Rad aus Dornen. Jetzt fiel mir erst auf, wie jung die hier alle waren. Die waren alle höchstens achtzehn, und ich kam mir vor wie ein alter Sack. Ich mußte an meinen Professor denken, an Charlotte von Ziesar, und wie weit das alles jetzt schon wieder zurücklag, dabei ruhte mein Blick unverwandt auf der runden Steißbeintätowierung schräg vor mir. Zwischen dem Saum des Rocks und dem des Oberteils schien sie mir zuzuzwinkern wie ein großes Auge.

Als das Schöne dann endlich vom Erhabenen geschieden

und zwei Stunden um waren, machte der Professor Schluß, und alle packten ihre vollgeschriebenen Blöcke wieder in die Mappen, die daraufhin zwischen Schambeine und Brüste gepreßt wurden. Unter den vielen nun munter drauflosplappernden Gesichtern war auch ein besonders weißes, mit sehr rotem Mund und schwarzen Haaren …

Auch Inés freute sich über diese Überraschung und schlug vor, einen Kaffee zu trinken.

Die Cafetería befand sich im Souterrain und war das eigentliche Zentrum der Fakultät. An der langen Bar trafen sich alle. Es war faszinierend laut, und der Rauch der vielen Zigaretten sammelte sich in dicken Schwaden, die durch das flackernde Neonlicht – eine Röhre war kaputt – wie die Trockeneisnebel in einer Diskothek wirkten. Ich bestellte Inés einen *café con leche* und mir einen *café solo*. Inés hatte unterdessen einen freien Tisch ergattert und saß da nun, illuminiert von einer Leuchtstoffröhre, die hübsche Reflexe auf ihren Porzellanwangen hervorrief.

Inés sagte nein, sie spreche leider kein Deutsch, sie würde es allerdings gern lernen, wegen der Kunstgeschichte und wegen der Philosophie, wo man es ständig mit Deutschen zu tun bekäme, und wegen Caspar David Friedrich und wegen »Fuseli«, also Füssli, dem dunklen Schweizer Romantiker, der Frauen, die mindestens so blaß waren sie, kleine, böse Kobolde auf die Brust gemalt hatte, als Personifikationen des Albdrucks. Und Inés' runder roter Mund schwamm dabei wie ein Rettungsring in ihrem weißen Gesicht umher, formte Silben, preßte Konsonanten und gab Vokalen Luft. Ich betrachtete versonnen Inés' Mund, während sie mir erklärte, wie hier die Universität und das Studium funktionierten, und hätte hinterher alles über den Mund wiedergeben können, aber nichts über die Universität und nichts über das Studium. Sie erläuterte mir, welche Professoren gut und welche nicht gut waren, und was sie nach dem Studium zu tun gedachte, und welche Filme sie mochte und welche Bücher, und wo sie gern mal hinfahren würde, sie erläuterte mir eigentlich recht viel dafür, daß erst Mittag, dies eine Universitätscafeteria und unsere Bekanntschaft noch nicht viel älter als ein paar Stunden war. Hin und wieder ein »Aha« oder ein »Wirklich?«, vielmehr sagte ich gar nicht. Und als ich deswegen schon befürchtete, ihr wie ein Idiot vorzukommen, sagte Inés, wie angenehm und bezaubernd das sei: ein ONKEL, der einfach mal zuhören könne, ohne ständig irgend etwas besser zu wissen. Dabei lehnte sie sich über den Tisch, schaute neugierig und stützte die Arme, mit denen sie ihr zerbrechliches Antlitz vorsichtig an den Wangen abstützte, praktisch auf meine Seite des Tisches. Ihr Mund war nun bedrohlich nahe.

Ob sie mich nicht langweile, fragte sie, und statt plump »Nein, keineswegs« zu sagen, deutete ich in theatralischer Entrüstung über diese Frage auf die große Uhr über der Essensausgabe und erklärte, daß ich bei unserer Unterhaltung komplett die Zeit vergessen hätte, so fesselnd sei das gewesen für mich.

Sicher hätte man das alles auch noch geschmeidiger ausdrücken können, aber so wahnsinnig uncharmant, daß man deswegen gleich aus dem Sitz fahren mußte, fand ich das wiederum auch nicht. Inés schien jedoch nicht nur nicht geschmeichelt zu sein, sie schien regelrecht konsterniert. Sie fragte nach, und ich bekräftigte, was ich gesagt hatte. Daraufhin griff sie mit versteinertem Gesicht nach Strickjacke und Mappe und sagte, sie habe ebenfalls noch zu tun. Es folgte dann ein Abschied, der sonderbar kurz war und sehr kühl.

Ratlos und ein wenig beklommen schlich ich durch die große Eingangshalle nach draußen, und dann erst, schon in der Drehtür, die ich daraufhin, zum Ärger derer, die nach mir kamen, kurz zum Stehen brachte vor Schreck: Da erst ging mir plötzlich auf, daß ich, schon wieder, zwei Wörter verwechselt hatte. Ich hatte nicht »vergessen« gesagt, sondern »verlieren«. Ich hatte *olvidar* mit *perder* verwechselt. Keine Ahnung, warum. Klingt nicht einmal ähnlich. Inés hatte sich sinngemäß anhören müssen: »Über deinem Gerede habe ich zwei Stunden Zeit verloren.«

Zu meinem Kummer war sie aber nirgendwo mehr zu finden. Auf der Suche nach ihr drang ich sogar bis in die Bibliothek vor. Dort sah ich sie zwar nicht, aber dafür sah ich, daß alle, die dort saßen, Lehrbücher vor sich hatten, in denen sie jeden Satz über einem Lineal mit Buntstiften unterstrichen, um ihn sich einzuprägen. Da schon etliche Studentengenerationen vor ihnen mit anderen Buntstiften das gleiche getan hatten, waren zwischen die meisten Zeilen ganze Regenbogen gemalt.

Verstört und frustriert – so kann man den Zustand beschreiben, in dem ich am Ende meines ersten Tages an der Universidad Complutense de Madrid wieder nach Hause fuhr.

ZWÖLFTE KRISIS
Energie und Trägheit

Es war bereits beim Umdrehen des Schlüssels zu hören, was für eine Stimmung in der Wohnung schon wieder herrschte. Seufzend trat ich ein: Nur sehr wenig lag mir ferner als nach so einem Tag noch eine *fiesta*. Aber Jesús war es gelungen, zum Pflichtverteidiger berufen zu werden. Jetzt hatte er Mandanten, die sich nicht gegen ihn wehren konnten, und sein erster Fall war ein Autofahrer, der es geschafft hatte, bei einem Auffahrunfall gleich 25 Motorroller auf einmal zu Schrott zu fahren.

Die Motorroller gehörten zum Lieferservice eines Pizza-Bringdienstes und hatten, weil gerade Schichtbeginn war, einer neben dem anderen am Straßenrand gestanden wie Dominosteine, als der unglückselige Autofahrer ungebremst da hineingefahren war, und zwar nur, wie Jesús listig argumentierte, um einem kleinen, niedlichen Waisenkind auszuweichen, das dort ganz traumverloren auf der Fahrbahn mit einem Reifen gespielt habe, leider, wie Kinder so sind, hinterher aber nicht mehr aufzufinden gewesen sei. Jesús skizzierte eine Szene, die herzergreifender war als jede mundgemalte Weihnachtspostkarte, gewann den Prozeß zu seiner großen oder jedenfalls leidenschaftlich zur Schau gestellten Empörung aber trotzdem nicht (Es könne schon vorkommen, höhnte die Anklage und wedelte mit Schriftstücken aus dem Labor, daß man »Kinder« sehe, bei derart hohen Blutalkoholwerten …). Aber bezahlt wurde Jesús ohnehin nicht von seinem Mandanten, sondern vom Staat. Das mußte nun natürlich gefeiert werden, und diese Feier dauerte auch wieder bis weit in den nächsten Tag hinein.

Was hätte ich denn tun sollen? An Schlaf war unter solchen Umständen doch auch nicht zu denken. Nachdem zu Hause alles ausgetrunken war, zogen alle noch rüber nach Chueca, wo, wie Aurelio, José María und Jesús versicherten, sogar die Gemüsehändler, die Katzen und die Bordsteine ELSTERN sind, wodurch man, wie nun wieder Heiko wußte und María José mit zwiespältiger Miene zur Kenntnis nahm, dort den schönsten Frauen begegnen könne, denn dies sei das eherne Paradoxon des Nachtlebens: Die schönsten Frauen finde man immer inmitten der ELSTERN, seltsam sei das, aber erwiesen. Wir kamen durch Bars, Kneipen und Diskotheken, wie ich sie nie für möglich gehalten hätte. Wir krochen unter heruntergelassenen Ladengittern hindurch in die Hinterräume von Bars, wo nach Geschäftsschluß der eigentliche Betrieb begann. Ich mußte die Bekanntschaft von tausend Leuten machen, die ich fünf Minuten später schon nicht mehr wiedererkannte. Anabole Steroide unter Jeansjacken, Bartgesichter, aufgerollte T-Shirt-Ärmel; tätowierte Stacheldrähte auf den Oberarmen waren in Mode gekommen und gaben dem Spiel von Bi- und Trizeps Würze. Ich sah Männer, die sich die Bürokrawatte locker machten, und solche, die gleich mit freiem Oberkörper gekommen waren. Und ich sah mich auf der Toilette vor Glaswände gestellt, die auf die Tanzfläche hinausgingen und durch die von der anderen Seite her die Männer aufmerksam betrachteten, wie man sein Geschäft verrichtete. Undeutlich erkannte ich Jesús und José María. Beide grinsten mir aufmunternd zu, und ich mußte plötzlich doch nicht mehr so dringend.

Es spielt keine Rolle, wie dieser Abend weiterging und wie und wann er endete, ich kann jedenfalls darüber keine Auskunft geben, beim besten Willen. Das haben solche Abende so an sich. Und auch von den folgenden sind mir nur gelegentliche Schemen erinnerlich. Ich sehe uns lachend an Theken und lachend *patatas bravas* essen. Ich sehe Jesús Ansprachen halten. Ich sehe María José in ihren Wickelkleidern beim Verlassen einer Bar aufs Pflaster stürzen und alle anderen über sie hinwegstolpern, so daß es im Ergebnis aussah wie Torjubel. Und ich sehe uns kreischend vor Vergnügen die Castellana herunterrasen.

Für andere Bilder mußte ich ein paar Tage warten, bis sie aus dem Fotolabor zurück waren. Diesen Aufnahmen zufolge badeten wir mit erhobenen Gläsern in öffentlichen Springbrunnen oder fuhren auf Autodächern und Motorhauben sitzend durch die Nacht. Aber der Beweiskraft von Fotos, das weiß man als Kunsthistoriker, ist prinzipiell nicht zu trauen, und noch weniger zu trauen ist Leuten, die es schaffen, nach solchen Aktionen pünktlich um neun wieder auf der Arbeit zu erscheinen, Leuten wie Jesús und der Mumie nämlich.

Mir dagegen wurde es in diesen Tagen zur lieben Gewohnheit, gar nicht mehr aufzustehen.

Ich blieb nach dem Aufwachen einfach liegen und schlief weiter, bis es weh tat. Dann kamen die Träume, die einem verwehrt bleiben, solange noch der Alkohol aus dem Kopf geschwitzt werden muß beim Schlafen. Dann kamen die Träume, in denen sich die Bilder überschlugen. Ganz flach unter der Oberfläche des Schlafs war der Teufel los. Und das Gute daran war: Ich wußte, daß ich träumte. Ich wußte, wer ich war und wo ich war und was da gerade passierte, und ich konnte aufwachen, wenn ich wollte, und dann etwas anderes träumen. Es war im Grunde wie im Kino, nur ohne Werbung,

Popcorn und amerikanische Kinder, die »Hab dich lieb, Dad« sagen; es war also im Grunde sogar viel besser als Kino. Und wenn die Alte von oben währenddessen ihren Mann mit Sintfluten aus Kot, Milch und Hostien übergoß, dann drangen diese Kanonaden aus Fäkal- und Schimpfworten nur noch wie ein ferner Soundtrack für einen Actionfilm in meinen flachen Schlaf.

Luzides Träumen heißt das, glaube ich, und es wurde in diesem Madrider Herbst zu meiner Lieblingsbeschäftigung. Tagelang lag ich auf dem Rücken, hatte die Hände gefaltet wie ein Verstorbener, und wenn ich Glück hatte, fielen durch eine Fensterspiegelung im Hof sogar ein paar helle, warme Sonnenstrahlen auf mein Gesicht – dann schaute ich nach, was sie auf der Innenseite meiner Augenlider für Formen malten, und nicht ganz selten sahen die aus wie manche Bilder von Joan Miró. Das war gewissermaßen also sogar eine fachliche Erkenntnis, und das erleichterte mein Gewissen. Ich glaube bis heute, daß keine Drogen einen derart trösten, beglücken und am Ende auch körperlich auslaugen können wie konsequentes Dauerdämmern.

Manchmal, wenn das Liegen anfing, weh zu tun, griff ich auch zu den Büchern, die der Professor mir dagelassen hatte. Vor allem Meier-Graefes »Spanische Reise« wurde zu einer Lektüre, die einen stets angenehm im unklaren ließ, ob man noch schlief oder schon wachte. Ich hatte immer geglaubt, es sei ein kunsthistorisches Buch, die Inszenierung einer Enttäuschung: Ein Gelehrter reist nach Spanien, um von dem Velázquez kaltgelassen zu werden, von dem die Generation seiner Väter noch so schwärmte. Statt dessen entbrennt er dort aber für El Greco, den Mann, den die Verehrer des Velázquez noch für geisteskrank gehalten hatten. Ein typischer Generationenkonflikt zwischen deutschen Professoren, ausgetragen anhand hunderte Jahre alter Gemälde eines fernen Landes.

Was ich nicht geahnt hatte, waren Sätze wie: »Zum Dejeuner ein Ei und ein Kognak. Dieser Golf von Biskaya macht seinem Namen Ehre.« Was keiner ahnen konnte, waren kunstkritische Urteile wie das, wonach »Murillo ein öder Tropf« sei. Was nicht zu ahnen war, waren die Kübel von Hohn, Spott und Verachtung, die hier über jeden einzelnen zufällig vorbeikommenden Engländer ausgegossen wurden. Auch mit vielen anderen landeskundlichen Einlassungen war nicht zu rechnen: »Die Redensart, daß der Portugiese den Übergang vom Affen zum Spanier darstelle, ist wohl übertrieben.«

Dieses Buch aus dem Jahre 1910 war, um es kurz zu machen, eine Betrachtung des Landes aus dem Geist und den Vokabeln von Heiko und Jesús. Es ist nun rückblickend schwer zu sagen, ob ihr Gerede mich mürbe und anfällig gemacht hatte für solche Formen der Respektlosigkeit oder ob Meier-Graefe mich für diese mokante Haltung der Welt gegenüber einnahm. Es war nur so, daß ich mich nicht ganz schlecht unterhalten fühlte, wenn Meier-Graefe Ölbilder durchkaute, als seien es pikante iberische Schinken – und über das Essen schrieb, als handele es sich um Ölmalerei: »Wenn man nur ein Stückchen frischer Butter hätte, in Eis gekühlt, weiß und hart! Oder ein vernünftiges Buch, oder ein starkes Erlebnis.« Denn: »Es ist alles Öl, was man ißt, trinkt, sieht und denkt. Man kann nichts dagegen machen … Es ist sehr leicht möglich, daß das Öl den Eingeborenen als Präservativ dient, ohne das sie schweren Krankheiten heimfallen oder den Verstand verlieren würden. Auf den Nichteingeborenen muß es notwendig entgegengesetzt wirken. Ich könnte viel eher in Karbol oder in Petroleum mariniert sein. Das sind starke Gerüche, sie fordern Widerspruch, Kampf. Öl ist kein Geruch, sondern eine Atmosphäre, ein Zustand.«

Sogar das Meer: »ein enormes kochendes Ölbad!«

Immer häufiger mußte ich an Meier-Graefe denken, wenn ich in einem *Restaurante* saß, wo draußen Schilder für ein *Menu del Dia* warben: nur 800 Ptas, »inklusive erstem und zweitem Gang und Wein oder Bier oder Wasser und Nachtisch oder Kaffee«.

Es war aber nicht nur das Öl, das von dem Huhn herabfloß, wenn man Huhn bestellte, es war die erschreckende Einsamkeit des Huhns auf seinem Teller, die einem immer wieder so zu schaffen machte, denn wer in diesen kleinen dunklen spanischen *Restaurantes* »Huhn« bestellte, der bekam ein halbes Huhn und nichts sonst. Und wer trotzdem Salat oder Kartoffeln dazu haben mochte oder irgend etwas anderes, das bei uns Beilage heißt, der konnte das zwar unter Umständen auch bestellen, aber extra und hübsch nacheinander.

»Die spanische Küche ist eine Bauernküche«, hatte der lästige Herr Buber zu diesem Sachverhalt zu sagen gewußt.

Ich hatte eher den Eindruck, bei den kargen Tellern handelte sich um existentialphilosophische Schautafeln. Und auch wenn es schon auf den Stilleben von Zurbarán und Sánchez Cotán so kümmerlich zuging, daß man immer am liebsten noch ein paar Schinken dazugemalt hätte, um den eigenen Magen nicht so knurren zu hören, auch wenn die frugalen Arrangements auf den spanischen Tellern also ein wichtiges Kulturgut sein mochten und sich zu den Schlachtenszenen, die in deutschen Landgasthöfen mit Hilfe von Fleisch, Beilagen und dicken braunen Soßen auf die Teller gemalt werden, in etwa so verhielten wie eine Stahlrohrliege zu einem Plüschsofa: Trotzdem war das mit dem Essen mitunter ein Problem, das nicht einfacher wurde dadurch, daß die Spanier jederzeit auf rückhaltlosem Lob für ihre Küche bestehen.

Oft lief es aber auch aus Kostengründen darauf hinaus, daß

ich mir meine Mahlzeiten häufiger selber zubereitete, als das bei meinen Fertigkeiten am Herd gut war.

José María kam manchmal in die Küche und beobachtete mit Besorgnis, was ich da trieb. Er bemühte sich dann, kleine anzügliche Unterhaltungen anzufachen, die ich unter Töpfeklappern und Bratgeräuschen zu ersticken suchte. Immerhin zeigte er mir, wie man eine annehmbare *tortilla española* macht. Aber als er mir beim Wenden der *tortilla* dergestalt zur Hand gehen wollte, daß er sich unvermittelt hinter mich schmiegte, ging die Sache schief, und von den Küchenwänden tropfte die Eierpampe, daß es, wie Jesús abschließend meinte, aussah wie in einem Film, den er kürzlich gesehen hatte. Wir baten ihn, von Ausführungen darüber abzusehen, welcher Art der war.

In diesen Tagen und Wochen des Dämmerns und Kochens, des Essens, des Schlafens und des Horchens, was der Hof einem so erzählte, erfuhr ich endlich auch, mit welcher Berechtigung Heiko zu dem Ruf einer Sexmaschine gekommen war.

Es war seine Freundin Ana, die das herausposaunte – und dieses Wort steht hier mit Bedacht. Auch wenn andere Frauen zu Besuch waren, klang das recht lebhaft, und Heiko selbst schickte Geräusche in den Hof, wie man sie sonst nur von Bodybuildern kennt, die sich zuviel Gewicht auf die Beinpresse geladen haben. Ana aber war eine Sportstudentin, die, sobald die Zimmertür von Heiko ins Schloß gefallen war, einen Lärm entfachte, daß Leidenschaft gar kein Begriff mehr dafür war. Beim erstenmal hatte ich ernsthaft den Eindruck, die beiden taten sich etwas an, und klopfte an die Zimmertür, ob alles in Ordnung sei.

Ein derart animalisches Getöse ging mit Anas Besuchen bei Heiko einher, daß im Hof die Fensterscheiben erzitterten.

Innerhalb des Hauses hatte Heiko sich damit eine beachtliche Reputation erarbeitet; die lungenkranken Männlein grüßten ihn auf der Treppe mit ehrfürchtigen, die älteren Damen mit glasigen Blicken. Wenn Heiko Ana zu Gast hatte, dann gab sogar die Alte von oben kurz Ruhe und lauschte mit allen anderen in die Crescendi hinein, die aus seinem Fenster drangen; hinterher erklang oft Applaus, und manchmal schrie sogar irgendein Witzbold »Bravo« oder »Dacapo«.

Einmal klingelte es an der Tür, und die blonde Frau aus der Wohnung gegenüber stand davor. Ich hatte sie schon gelegentlich quer über den Hof gesehen, wenn sie in Unterwäsche durch ihre Zimmer turnte. Als sie da nun vor unserer Tür stand, hatte sie sich immerhin einen Bademantel übergeworfen. Den aber trug sie wiederum nur sehr nachlässig verschlossen. Als ich öffnete, lehnte sie in einer eher aufwendigen Pose mit dem Arm am Türrahmen. Dahinter mußte man die Absicht vermuten, lasziv zu wirken. Leider war ich aber ganz offensichtlich nicht der, von dem sie gehofft hatte, daß er die Tür öffnen würde.

»Ja bitte?«

»Ach. Guten Tag.«

Sofort nahm sie den Arm vom Türrahmen und zog den Bademantel zu.

»Sagen Sie jetzt bitte nicht, das Salz sei Ihnen ausgegangen!«

»Das Salz nicht, mein Liebling, aber die Milch.«

»Die Milch?«

»Ja, die Milch.«

»Die MILCH also, ja?«

»Ja, die Milch, MITEINANDERSCHLAFEN, nun guck nicht so, mein Kleiner.«

Nichts wurde in diesem Hof so häufig beschworen wie DIE

Milch. Oft schrie die Alte von oben: »Ich kote in die Milch«, das war wieder so eine Redewendung, von der man sich besser kein allzu genaues Bild machte. Manchmal, schien mir, wurde die Milch aber auch in anderen Zusammenhängen erwähnt. Ich wußte nun nicht.

»Also: Milch! Ganz wörtlich – und ohne Hintersinn: Milch?«

»Was denn sonst, du Spaßvogel!«

»Na, dann kommen Sie mal rein.«

Ich sagte das mehr der Form halber, eigentlich war sie in dem Moment schon längst an mir vorbeimarschiert.

Sie schielte in die Wohnung.

Der andere Deutsche sei wohl nicht zufällig zu Hause? Der rotblonde?

»Tut mir leid. Soll ich was ausrichten?«

Sie winkte ab. Ich hatte ihr unterdessen die Hälfte unserer Milch in ein Schälchen gefüllt.

»Bitte sehr.«

»Was? Jaja, danke. Na endlich.«

Sie war richtig zerstreut vor Enttäuschung. Sie hätte sich die Milch wirklich lieber von Heiko geborgt, soviel war klar. Und da ich von meinem Fenster aus in ihre Küche sehen konnte, wußte ich auch, was mit der Milch anschließend geschah: sie landete unmittelbar im Ausguß.

Am Abend erzählte ich die Geschichte den anderen. Jesús nannte sie grob *»la puta de enfrente«*, »die Prostituierte von gegenüber«. Die Mumie nahm sie dagegen in Schutz. Es handele sich um eine nette, bedauernswerte Frau, deren Mann ein derartiger Stiesel sei, daß man es ihr nicht verdenken könne, wenn sie sich nun anderweitig orientiere, wiewohl warum ausgerechnet in Richtung Heiko, das sei ihr, der Mumie, natürlich ebenfalls schleierhaft.

Heiko selber nahm das mit kauenden Kiefern hin. José María fragte, warum er nicht gelegentlich mal da rüberging; viele seiner sogenannten *marujas* aus dem »Torero« oder dem »Villa Madrid« seien älter und weniger gut in Schuß als die Nachbarin. Heiko schwieg dazu. Aber es war deutlich, daß das hier an einen neuralgischen Punkt rührte: Heiko fand seinen größten Anklang bei der Gruppe der Umdievierzigjährigen. Statt sich aber nun zu freuen, daß er immerhin eine Freundin hatte, die in ihren frühen Zwanzigern war, hing er den noch jüngeren *yogurinas* nach, die an den Abenden im Dreieck Calle de Preciados und Gran Vía spazierengingen. Er selbst ging, seit es die Jugendmodekette »Zara« gab, auffällig oft *»de compras«*, »einkaufen«, wie er das nannte, und aus seinem kantigen Kieferverhau klang das wie eine grausame Drohung. Aber die Bedienungen waren überwiegend schön wie Fotomodelle, und in einem besinnungslosen Rausch des Begehrens, der den Verkäuferinnen galt, kaufte Heiko Hosen und Hemden, die, weil sie auf spanische Männer zugeschnitten waren, schon vor dem ersten Waschgang viel zu knapp saßen und danach zu Staub zerfielen.

Es war eine Tragödie, und die Zuschauerin, die sie emotional am meisten mitzunehmen schien, das war María José, die Mumie.

María José weigerte sich aber standhaft, sich hinsichtlich Heikos zu erklären. Immer wieder einmal war die Rede von »damals in Lissabon«, und sowohl Jesús als auch José María waren noch immer begierig darauf zu erfahren, was damals »gelaufen« sei zwischen den beiden. Aber auch Heiko antwortete hierauf grundsätzlich ausweichend. Ich persönlich frage mich bis heute, was so zartfühlende Frauen wie die Mumie an so groben Menschen wie Heiko finden konnten.

Es war überhaupt selten, daß María José über sich sprach.

Meistens führte ja ohnehin Jesús das Wort. Aber an einem Tag, als weder er noch irgendeiner der anderen Männer da waren, saß ich mit ihr zusammen im Wohnzimmer, ich las, sie nähte, und ich wollte eigentlich nur wissen, was das für ein eigentümlich besticktes Laken war, das sie hinter ihrer Nähmaschine an der Wand hängen hatte. Es hatte mich nämlich die ganzen Wochen schon an eine der aufgeschlitzten Leinwände von Lucio Fontana erinnert. Nur dies hier war viel größer, und der Schlitz, der in der Mitte saß, war kunstvoll mit Blumenschmuck umstickt.

Das sei die *sábana nupcial* von ihrer Großmutter, erklärte María José, das Hochzeitsbettlaken, ein Erbstück.

»Hochzeitsbettlaken?«

»Unten liegt die Frau, oben liegt der Mann, dazwischen das Laken«, sagte sie lakonisch.

»Mein Großvater wird sich den Bauch wundgescheuert haben an den Stickereien«, fügte sie hinzu, »sehen konnte er sie eh nicht. Das Licht hatte ja aus zu sein.«

Ich war gleichzeitig entsetzt und gerührt.

Tja, sagte María José, so sei das gewesen damals. Und dann erzählte sie, daß noch ihre Mutter ihren Ehemann zum ersten Mal vollkommen nackt gesehen habe, als sie ihn im Alter pflegen mußte, und selbst dann habe er sich noch bockig quergestellt in der militärischen sturen Art, die sie ihm beigebracht hatten bei der *Guardia Civil*, der er bis zu seinem ehrenvollen Abschied die Treue gehalten hatte. Ein Mann sei das gewesen wie die Greise da unten an der Ecke Desengaño und Ballesta: einer, der sich das Leben beglotzte und dabei seine Hände hinter dem Rücken ineinandergepreßt hielt, wie in den finstersten Zeiten Francos, als dies die Art war, in der Männer auf der Straße mit Frauen verkehren mußten, die nicht ihre angetrauten waren. Immer hübsch die Hände auf den Rücken, damit nichts Unerlaubtes passiert; immer schön die Hände auf den Rücken, sogar wenn sie vor dem Puff stehen, damit die Leute SEHEN, was für lautere Kerlchen sie sind… So stünden diese Männer, zu denen ihr Vater gehört habe, noch heute da unten und begafften exakt dieselben Frauen, die sie schon in den Sechzigern am liebsten weggesperrt hätten in ihrer verklemmten Lüsternheit.

Aber nach nun inzwischen auch schon wieder ungefähr zwanzig Jahren Aufbruch, Rebellion, Promiskuität, radikalem Feminismus und Herumgelungere in den Kneipen, von denen es hieß, daß dort auch Almodóvar und die Seinen verkehrten, fühle sie sich in letzter Zeit, als sei sie irgendwie älter geworden, verriet María José dann, mit einem Anflug von Wehmut, aber für die Männer um sie herum gelte das auf geheimnisvolle Weise nicht, die kämen ihr vor, als würden sie immer kindischer.

Ich hatte den Eindruck, daß sie sich im Kern nach etwas sehnte, das sie sich vor dem Hintergrund ihrer Geschichte und ihres Lebensumfelds nicht eingestehen wollte. Zum Beispiel jemand, der so wäre wie Heiko, nur daß er natürlich nicht so sein dürfte wie Heiko.

Aber das hätte sie niemals zugegeben, und schon gar nicht in diesen Räumen.

Und so beteiligte auch sie sich weiterhin an den Zoten und wechselte nach Kräften die Sexualpartner, wenn auch beleibe nicht so häufig wie Jesús, José María, Aurelio oder, tja: Heiko.

DREIZEHNTE KRISIS

Moralische Anatomie des Menschen

Ein klebriger Film aus Faulheit und Müßiggang lag über diesem September, und am Ende des Monats zog Aurelio plötzlich aus. Vorher fragte er mich noch, ob ich seinen Fernseher kaufen wolle. Ein SABA, so gut wie neu, er wollte 20000 Peseten dafür, und ich staunte, daß ich ihn auch für 15000 bekam.

Am Abend stellte sich heraus, warum. Ich hatte ein paar Lebensmittel im Dia eingekauft, und als ich zurückkam, *Música Ambiental* tropfte von der Decke, stand der Fernseher in Jesús' Büro auf dem Tisch.

»Das ist meiner«, erklärte ich, »den hab ich Aurelio abgekauft.«

»Ach?« machte Jesús.

»Für nur 10000 Peseten«, sagte ich.

»HOSTIEN! Man dankt! Ganz herrlich«, schrie Jesús, »dieser Hurensohn von einem Ecuadorianer!«

»Kolumbianer!«

»Was?«

»Aurelio ist Kolumbianer.«

»Aurelia ist die Tochter einer Hündin.«

»Was hat er dir denn getan?«

Jesús zog nun einen Zettel hervor und wedelte damit vor meiner Nase auf und nieder: »Er hat mir seit drei Monaten keine Miete gezahlt. Er hat für 25000 Peseten mit Bogotá telefoniert, von meinem Büro aus. Und er hat mir diesen Fernseher als Pfand dafür dagelassen.«

Wir mußten uns dann ein bißchen streiten um den Fernseher. Jesús wollte ihn nicht herausrücken. Im Verlauf dieser Diskussion wurde der Ton allmählich lauter, und irgendwann schlug ich mit der flachen Hand auf die Seitenlehne des Stuhles und wollte irgend etwas in der Richtung von »Jetzt reicht's mir aber« sagen, kam allerdings nicht soweit, denn mit einem leisen Knacken brach die Lehne heraus, mit ihr ein Stuhlbein, und ich fiel auf den Teppich.

»Der Stuhl ist kaputt«, stammelte ich beim Aufstehen.

»Das sehe ich«, sagte Jesús, und dabei schaute er, als hätte ich ihm eine Ming-Vase zerschmissen. Ich war kurz davor, zum Ausgleich auf den Fernseher zu verzichten. Aber dann erinnerte ich mich an etwas.

»Kann das sein, daß dieser Stuhl häufiger auseinanderbricht?«

Ich hatte die Frau vor Augen, die ich bei meinem Einzug hier mit Jesús hatte streiten hören.

»Kann das sein, daß dieser Stuhl so präpariert ist, daß er auseinanderbricht, sobald jemand auf die Lehne haut?«

Jesús grinste. »Gute Idee, oder?«

Der berühmte Rechtsanwalt erklärte mir nun stolz sein System der zwei Stühle. Unproblematische Gesprächspartner wurden von ihm aus gesehen rechts plaziert, problematische bekamen den linken Stuhl, den manipulierten. Das war der Stuhl, auf dem es um Geld ging. Irgendwann wurde es immer laut, irgendwann haute immer einer auf die Lehne, worauf der Stuhl zusammenbrach, und unterschrieb daraufhin in der Regel kleinlaut jedes Papier, das Jesús ihm vorlegte.

Was den Fernseher betraf, machte er mir nun folgendes Angebot. Ich könne ihn behalten, wenn ich ihn zu Aurelio begleite. Meine Aufgabe wäre es, im Zuge des Schuldeneintreibens möglichst »deutsch« dreinzublicken, »deutsch« im Sinne von »humorlos«, wie Jesús präzisierte.

Jesús brauchte nicht lange, bis er Aurelio aufgestöbert hatte. Eine kleine Umfrage in Chueca, er grinste, man müsse eben wissen, wer einem alles noch einen Gefallen oder eine Auskunft schuldet. Es hieß, Aurelio arbeite jetzt in einem VIPs.

Das war eine Kette von Schnellrestaurants, die gleichzeitig auch Zeitschriftenladen und Supermarkt waren, im Grunde also Autobahnraststätten, nur ohne Tankstelle. Es gab etliche davon in Madrid, und der Laden, in dem unser kolumbianischer Gefährte untergekrochen war, lag vorsichtshalber weit im Norden der Stadt, an der Calle Orense, Ecke Sor Ángela de la Cruz.

Aurelio hatte offensichtlich nicht damit gerechnet, daß er Jesús oder die anderen jemals dort sehen würde. Er wirkte jedenfalls recht entgeistert, als er mich auf sich zukommen sah. Und als hinter meinem Rücken José María auftauchte, fingerte er mit offenem Mund seine Papiermütze vom Kopf und machte Anstalten, hinter einem Getränkekühlschrank zu verschwinden. Dort allerdings erwartete ihn bereits Jesús und sagte mit maliziösem Lächeln wohl so etwas wie »Kuckuck«.

Nun winkelte Aurelio die Arme zu dem Zeichen, das in der Mathematik Wurzelziehen bedeutet, und versuchte davonzufliegen. Es folgte dann eine Begrüßung von großer zeremoniöser Herzlichkeit. Alle lächelten überaus süß. Bis auf mich, denn ich nahm meine Aufgabe, »deutsch« dreinzuschauen, ernst.

»Wie geht's denn, mein Liebling?« flötete Jesús.

»Überraschung, nicht wahr?« assistierte José María.

Und Aurelio entgegnete, mit leicht belegter Stimme: »Vielen Dank. Hevorragend. Und wie geht es Ihnen, meine Damen?«

Etwa zehn Minuten lang fragten sich alle in immer neuen Varianten, wie es ihnen gehe, und lächelten sich dabei mit gefletschten Zähnen an. Es war unter diesen Umständen nicht einfach für mich, äußerlich ernst, deutsch und also gewaltbereit zu bleiben. Der Geschäftsführer kam kurz vorbei und erkundigte sich, ob alles in Ordnung sei.

Alles sei in Ordnung, sagte Aurelio. Und auch Jesús sagte: Danke, alles sei sogar nun in allerbester Ordnung.

Der Geschäftsführer schaute mißtrauisch.

»Wir wollten uns gerade setzen, Señor«, sagte Jesús mit ausgesuchter Freundlichkeit, und zu Aurelio gewandt: »Hätte der Herr eventuell einen schönen Tisch für uns?«

Wir nahmen am Fenster Platz, und Aurelio kratzte in aufrechter Haltung, aber mit zitterndem Stift die Bestellungen in seinen Block.

»Wenn der Herr die Güte hätte, uns vier schöne Becher Eis zu bringen, für mich außerdem einen Cognac«, flötete Jesús.

Und Aurelio formte beim Aufschreiben die Worte nach, was mir in seiner Lage ein bißchen schnippisch vorkam.

»Und obendrauf«, fuhr Jesús fort, »einen schönen weißen Umschlag mit 70000 Peseten darin. Wäre das möglich? Danke sehr!«

»Wie zum Teufel soll ich das denn anstellen?« zischte Aurelio mit Panik im Gesicht.

»GEHEN WIR, mein Liebling, das ist doch nicht mein Problem«, sagte Jesús kalt, »aber ich hätte einen Vorschlag: Frag doch mal deinen Chef! Oder soll ich dem verraten, was du für Talente hast, im Bett, hmm?« Dabei setzte Jesús einen verhangenen Blick auf und fuhr sich mit der Zunge lüstern über die Oberlippe. José María wirkte darüber nicht sehr glücklich.

»Oder sollen wir dir hier eine kleine Szene unter ELSTERN machen«, fragte Jesús mit scharfer Stimme weiter, »einen

Skandal unter Marienkäfern? Soll dein Chef wirklich wissen, daß Don Aurelio Suárez Amador ein Dieb und ein Betrüger ist? Soll wirklich die Polizei kommen müssen und nach den Papieren fragen, nach Pässen und nach Aufenthaltsgenehmigungen und all dem, hmm?«

»Ist ja gut. Bißchen leiser bitte«, wimmerte Aurelio. Er stand immer noch da wie aus Seife geschnitzt, aber hinter seinen Augen hockte die Panik, das konnte sogar ich sehen. Der Geschäftsführer kam wieder argwöhnisch in die Nähe geschlichen.

»Komm morgen wieder, dann habe ich das Geld«, bettelte nun Aurelio.

Und Jesús sprach, in didaktischem Ton zu mir gewandt: »Ecuadorianer! Von zehn Wörtern, die sie reden, sind fünfzehn gelogen.«

»Ich glaube, der ist Kolumbianer!« soufflierte ihm José María.

»Wo ist da der Unterschied?«

Aurelio seufzte. »Die Getränke kommen sofort, das andere braucht unter Umständen einen kleinen Moment.«

»Wir warten gerne«, antwortete Jesús und lächelte mit spitzem Mund, als erwarte er für die Auskunft ein Küßchen.

Wir wurden dann Zeugen einer Betriebsamkeit, wie wir sie bei unserem kolumbianischen Mitbewohner noch nie erlebt hatten. Das arrogant Schläfrige, das ihm immer etwas von einem verwöhnten Kater gegeben hatte, fiel vollkommen von ihm ab. Wir sahen ihn auf seinen Chef einsprechen, mit Kollegen verhandeln und schließlich unter dem Vorwand heftiger Schmerzen angeblich zum Notarzt forteilen.

Als er zwei Stunden später wiederkam, warf er einen Umschlag auf den Tisch und zischte in dem liebenswürdigen Singsang, mit dem nur Kolumbianer solche Sätze säuseln können: »Ich werde dich umbringen, Hurensohn.«

»Vielen herzlichen Dank«, entgegnete fast genauso süß Jesús, »sehr aufmerksam.«

Die Getränke gingen natürlich aufs Haus. Das war auch ganz gut so, denn wir waren inzwischen längst zum Whiskey übergegangen, und es versteht sich von selbst, dass auch dieser schöne Inkasso-Erfolg umgehend und ausgiebig gefeiert werden wollte.

Hätte ich da wie ein Spielverderber heimgehen sollen?

Hätte ich vielleicht.

Bin ich aber nicht.

Es war schwer, unter diesen Bedingungen, in ein geordnetes Forscherdasein zu finden. Zur Universität schaffte ich es selten, und wenn ich da war, ging mir Inés aus dem Weg. Ich hatte gar keine Gelegenheit, mein Mißgeschick mit ihr wieder auszubügeln. Dabei hatte mein Spanisch seit der Sache deutliche Fortschritte gemacht. Der Fernseher tat dem Spracherwerb gut.

Als ich das erste Mal auf spanisch träumte, waren es Lorenzo Sanz und Jesús Gil y Gil, die im Traum zu mir sprachen, der eine Präsident von Real Madrid, der andere von Atlético. Wer spanische Nachrichtensendungen kennt, weiß: Das war kein Wunder. Zehn Minuten Politik, zwanzig Minuten Sport, im wesentlichen Fußball. Lorenzo Sanz also erschien mir im Traum wie ein Vampir mit seinen blau unterlaufenen Augen, die immer auch an einen südlicheren Egon Krenz denken ließen. Er schüttelte sorgenvoll sein Haupt und bedrohte die Schiedsrichter seines Reiches mit dem Tode.

Unterhaltsamer war es, wenn Jesús Gil y Gil ins Bild kam. Sein Club war in jenem Jahr amtierender Meister, ansonsten spielte er gegenüber dem Lokalrivalen eine untergeordnete Rolle. Das wurde durch die Person des Präsidenten allerdings mehr als wettgemacht. Eines Tages kam sogar María José in mein Zimmer gestürzt, als sie über den Flur hinweg Gils Stimme vernommen hatte. Es war beängstigend: Die sonst so besonnene Mumie befand sich gewissermaßen im Zustand der Auflösung. Nie wäre ich auf den Gedanken gekommen, daß María José Fußballfan sein könnte. Aber sie war es. Sie war es in dem Maße, wie die Männer um sie herum sich nicht dafür interessierten. Jesús und José María konnten absolut nichts damit anfangen, Aurelio kannte immerhin Carlos Valderrama, aber auch nur deshalb, weil er dessen Frisur so entsetzlich fand.

Die Mumie hingegen kannte jeden Spieler und jeden Tabellenstand von Atlético Madrid bis tief in die siebziger Jahre hinein. Selten wurde so deutlich, daß das Wort Fan von Fanatismus kommt. María Josés überlegenes, wissendes Wesen wich dann spieltagsbezogener Kassandraschreierei und erstaunlicher Intoleranz: Einem, der auch nur am Bernabéu-Stadion, der Spielstätte von Real Madrid, vorbeigegangen war, konnte María José tagelang nicht die Hand schütteln vor Abscheu. Real Madrid war für María José das Reich des Bösen, das arrogante, reiche, rechte Spanien der blasierten Söhnchen aus dem Madrider Norden. Atlético hingegen stand für das Arbeiternahe, das menschlich Anständige, den Süden, das Gute. So jedenfalls immer wieder María José. Und es gelang ihr auch immer beinahe, mich zu überzeugen, bis eben Jesús Gil y Gil auf dem Bildschirm auftauchte und sie in ein verbittertes dialektisches Schweigen hüllte, nur hin und wieder unterbrochen von Beteuerungen des Inhalts, da könne sie nun auch nichts dafür, auf den Klub komme es an, nicht auf den Präsidenten, ja, die Integrität eines Klubs verhalte sich umgekehrt proportional zu der seiner Eigner. Sogar ihr machte Gil y Gil zu schaffen, und ich träumte nun jede Nacht von ihm.

Jesús Gil y Gil hatte sein Geld als Bauunternehmer unter Franco gemacht. Eines seiner ersten Bauprojekte war kurz nach der Eröffnung eingestürzt und hatte ungefähr sechzig Menschen begraben. Seitdem haftete ihm der Ruf des Kriminellen an, den er mit dicken Goldkettchen eindrucksvoll unterstützte. Gil y Gil war damals nicht nur Präsident von Atlético, dessen Spieler er sich wie persönliche Gladiatoren hielt, er war auch Bürgermeister von Marbella, stützte sich auf eine ihm ergebene Partei mit dem Namen Grupo Independiente Liberal, kurz: G.I.L., und hatte auf dem Territorium des Badeorts Verhältnisse eingerichtet, die manche korrupt nannten, andere protofaschistisch und wieder andere einen letzten Abglanz neronischen Gottkaisertums.

In meinen Träumen, und das heißt: auch in der Wirklichkeit, sah ich Jesús Gil y Gil mit seinen nackten, nur durch Zuhälterschmuck im Zaum gehaltenen Fettmassen in seinem Pool herumlungern und den in buckelnder Proskynese am Beckenrand vor ihm verharrenden Reportern des staatlichen Fernsehens huldvoll Interviews gewähren, in denen er zunächst erst einmal klarstellte, daß er, Gil, der bekannteste Spanier der Welt sei, bekannter als der König, den kenne im Ausland nämlich niemand, dagegen ihn, Gil, aber kenne die ganze Welt, sogar die Kinder in Japan. Und der Reporter widersprach dem klugerweise nicht, sonst wäre er ins Wasser gestürzt und vor laufender Kamera von Gil den Krokodilen vorgeworfen worden. Die schiere Zahl der gleichzeitig gegen ihn laufenden Strafverfahren, der Leibesumfang, seine sensationell enthemmten Pöbeleien und die machtlose Wut seiner vielen Gegner machten ihn zu einer eindrucksvollen Erscheinung. Gil y Gil war berühmt für die Fähigkeit, ganze Sätze ausnahmslos aus Schimpf- und Fäkalwörtern bauen zu können. Und so ging sein Krakeelen aus dem Fernsehprogramm durch meine Träume hindurch, bis es sich mit dem morgendlichen Gekeife der Alten von oben verband, die ich mir im Grundsatz und in der Physiognomie ähnlich vorstellte. Das mußte natürlich Spuren hinterlassen. Auch ich sprach nun häufiger mitten in zivilisierten Gesprächen von »HOSTIEN« und »HODEN«, von »VAGINAS« und »DUMMSCHWÄNZEN«, als mir lieb war. Es kam sogar vor, daß ich dieses grobe Wort für »MITEINANDERSCHLAFEN« in den Mund nahm, wenn mir etwas herunterfiel oder ich mir auf den Daumen haute.

Das spanische Spanisch ist vielleicht die von Geschlechtsangelegenheiten durchwirkteste Sprache überhaupt. Die Lateinamerikaner schienen da etwas skrupulöser zu sein: Der Nachmieter von Aurelios Zimmer hieß Naelio, er kam aus Mexiko und schlug jedesmal ausdrucksstark die Kastanienschalen über seinen Augäpfeln nieder, wenn die Sprache in der Desengaño, 14, 2. Stock rechts, zu explizit wurde.

Naelio erschien mir, wenn das überhaupt möglich war, noch affektierter als Aurelio. Es handelte sich bei ihm um eine hochgradig arrogante, aggressiv hochmütige ELSTER von der dornröschenhaftesten Sorte. Jesús hatte ihn aufgelesen, und José Marías Schlagersängerfrisur zitterte seitdem vor Ärger.

Es war nicht sicher, in welcher Art von Beziehung Jesús zu Naelio stand, und der eifersüchtig um sie herumschleichende José María konnte ihnen beim besten Willen nichts nachweisen. Aber es war für alle, sogar für mich, spürbar, daß es hier um mehr ging als um ein nacktes Mietverhältnis. Erstaunlich war die zwielichtige Subtilität, die Jesús hier plötzlich an den Tag zu legen verstand, denn gegenüber anderen blieb er roh und direkt.

María José stellte unserer kleinen Hausgemeinschaft eines Abends einen gewissen Achmed vor, dies sei ihr neuer Freund, ein Marokkaner. Jesús benahm sich ausgesprochen freundlich und gewinnend gegenüber dem stillen jungen Mann. Er bot ihm Whiskey an, was Achmed in seiner höflichen, beinahe schüchternen Art ablehnte, denn er war Muslim und nahm die Sache ernst.

Daraufhin flocht Jesús, wo er konnte, Ach-Laute in seine Rede. Er nannte Achmed einen »Ach-raber« und trieb den sanftmütigen Jungen letztlich durch die Aufführung eines Bauchtanzes schon bald wieder aus dem Haus. Das war aber auch für Christenmenschen nur schwer mit anzusehen.

Ich protestierte lauter als María José.

»Du hältst uns wohl für ausländerfeindlich?« fragte Jesús.

»Offen gesagt…«, ich drehte die Handflächen nach oben.

»Ja, möglicherweise sind wir das«, erklärte Jesús. »Früher waren wir das nicht«, fuhr er fort, »aber früher gab es auch noch keine Ausländer.«

Das hinderte ihn indessen nicht daran, arabische Einwanderer in den aussichtlosesten Fällen zu vertreten. Da war die Geschichte von dem Mann mit dem falschen Paß und der vor Gericht von Jesús eisern durchgehaltenen Aussage, daß Allah, der Allmächtige, ihn habe vom Himmel fallen lassen. Oder die Sache mit dem Tunesier, der behauptete, arglos diese steile Straße herabgeschlendert zu sein, als von oben herrenlos das Motorrad angerollt kam, das er gerade zu bändigen vermocht hatte, als die Polizei um die Ecke bog.

Wenn Jesús in einem konsequent war, dann in der Widersprüchlichkeit seiner Haltungen und Ansichten, was manche – zum Beispiel Heiko – schon wieder inkonsequent nannten und andere – zum Beispiel ich – in einem vertrackten Sinne dialektisch: Er verachtete Ausländer, umgab sich aber gerne mit ihnen. Spanien war sein Maß aller Dinge, trotzdem nannte er alles südlich der Pyrenäen Afrika. Aus ihm sprach ein glühender Patriotismus und gleichzeitig tiefer Haß auf den Nationalismus – nämlich den der Basken und der Katalanen.

»Was hast du denn gegen die Basken, das ist doch ein wunderschönes Land«, sagte ich, immer noch in wehmütigem Gedenken an den Zauber von San Sebastián.

»Aber leider bewohnt von Bergschafen«, schimpfte Jesús dann, »mit albernen Mützen und einer Sprache voller Baumharz und Geröll.«

Die Basken waren allerdings nichts gegen die Katalanen. Die Tiraden, die Jesús gegen die Katalanen hervorzubringen wußte, stellten alles, was er gegen Franzosen, Deutsche und sogar Ecuadorianer einzuwenden hatte, in den Schatten.

Nie hätte ich erwähnen dürfen, daß ich ursprünglich auch ein Studium in Barcelona für erwägenswert gehalten hatte. Es ging schon damit los, daß Jesús die Katalanen grundsätzlich nur *polacos* nannte, Polen.

»Warum denn ausgerechnet Polen?« wollte ich wissen

Und er erläuterte: »Wegen ihres ekelhaften Geizes und wegen ihrer streberhaften Humorlosigkeit.«

Das sei nun gerade das, was bei uns den Polen genau nicht vorgeworfen werde, sagte ich, »sondern eher uns von ihnen.«

Aber Jesús sagte, wie die Polen seien, sei ihm letztlich egal: »Ich weiß, wie die Katalanen sind, und das reicht mir.«

»Sollen sie gehen!« schrie er, sobald von den Unabhängigkeitsbestrebungen die Rede war, »sollen sie doch alle bitte gehen, wenn sie wollen«, schrie er weiter und machte dazu Gesten, wie man sie auf den Denkmälern kleiner Provinzstädte sieht: Männer, die energisch mit den Armen in die Luft zeigen. »Je eher, desto besser. Aber …«, fügte er mit erhobenem Zeigefinger hinzu, »… aber die Industrieanlagen, die wir ihnen mitbezahlt haben, die geben uns die Herrschaften bitte vorher zurück!«

Jesús verstand sich deshalb jedoch keineswegs als Rechter oder gar Franquist, im Gegenteil: Er stand ultrarepublikanischen Splitterparteien nahe, trat für die restlose Abschaffung von Kirche und Monarchie ein und ließ sich nur deshalb immer wieder beim Blättern in den royalistischen Klatschzeitschriften erwischen, weil er den damals noch unverheirateten Kronprinzen Felipe für einen von ihnen, für eine Elster, hielt und tief im Inneren von dem Glauben nicht lassen wollte, daß er, Jesús, eines Tages vielleicht doch noch Prinzessin von Spanien werden könnte.

VIERZEHNTE KRISIS

Ein Mann von Entschlossenheit

Währenddessen wollte die Hitze draußen nicht nachlassen, im Hof stand weiterhin der Geruch von ölig angebratenem Knoblauch, der Lieferant wechselte mit der Kippe im Mundwinkel die Gasflaschen, und Heiko machte mir Vorwürfe. Immer nur herumliegen, essen, schlafen, lesen, ganz selten mal zur Universität, und wenn, dann nur kurz, wieder schlafen, wieder lesen – und nachts, in den Bars, nur herumstehen, zuschauen und fein den Mund kräuseln: So gehe das nicht weiter. Er scholt mich einen Langweiler, einen Mitgeher, einen Mitlacher, einen, der verloren wäre, wenn er seine Bücher nicht hätte oder diejenigen, die ihm vorführten, wie das Leben ging, die er »studierte«, der feine Herr Akademiker.

Ich sagte, ja, ich sei hier, um das Leben zu studieren, was denn so schlimm daran sei.

Er erwiderte, daß das eben immer nur die Theorie sei. »Was du allmählich mal brauchst, du Pfeife, ist Praxis.«

Damit schob er mich fremden Frauen hin, stellte mich bei den Freundinnen seiner Freundinnen ab, wie damals bei dieser Belén, und drängte mich unverblümt zu Dingen und Handlungen, die ich im Innersten nicht wollte, jedenfalls nicht so und unter solchen Umständen. Wochenlang ertrug ich seine Anwürfe stoisch, lächelnd, märtyrerhaft.

Aber irgendwann war auch bei einem Menschen wie mir einmal das Faß voll, wie man so sagt, und der Tropfen, der es zum Überlaufen brachte, fiel, glaube ich, in einer Diskothek namens »Route 66«, oben in der Gegend der Glorieta de Bilbao: überall Chrom, Spiegelglas und Fernsehmonitore, auf denen Real Madrid unentschieden gegen Racing Santander spielte. Es war ein Sonntagabend, die Diskothek war recht leer, die wenigen Jungs schauten Fußball, und ihre Freundinnen fächelten sich mit ihren Handtäschchen Luft zu. Heiko schimpfte auf zwei Männer in Businessanzügen, die eben dazu übergegangen waren, den, wie Heiko das einschätzte, »einzigen akzeptablen Frauen« des Abends ein paar Getränke auszugeben. Und weil wir zu dem Zeitpunkt schon viel zu lange gegen die Bar gelehnt hatten wie ein altes Ehepaar, wo der eine den Text des anderen auswendig kennt und innerlich seit Jahren mit den Augen rollt, ging ich kurzerhand los, schnurstracks über die leere Tanzfläche hinweg auf die beiden Frauen und die beiden Männer zu und hoffte, daß mir irgendetwas einfallen würde. Es verstrich der Moment, bis zu dem man noch zu den Toiletten hätte abbiegen können. Es verstrich dann auch der Moment, in dem man die beiden Männer mit einem Überraschungsangriff hätte anspringen und würgen können. Und es kam statt dessen der Moment, in dem sie ihr Gespräch unterbrachen, mich erwartungsvoll ansahen und ich mich räuspern mußte. Dann sprach ich: »Guten Tag, ich habe den Eindruck, Sie fühlen sich von den beiden Herren hier belästigt. Wenn dieser Eindruck richtig sein sollte, dann möchte ich mich Ihnen gern als eine Art Leibwächter anbieten.«

Das Wort für Leibwächter wußte ich, weil es mir in einem Zeitungsartikel über kolumbianische Drogenbarone untergekommen war, ich hatte es an diesem Nachmittag erst in mein Vokabelheft eingetragen. Woher alles andere kam – keine Ahnung. Mit hochgezogenen Schultern erwartete ich, daß hinter mir das Donnerwetter losbrechen würde. Die beiden Frauen nuckelten mit interessierten Gesichtern an ihren Strohhalmen, und ich hatte den Eindruck, daß sie das taten, um sich das Lachen zu verkneifen, und nach einigen Sekunden, in denen gar nichts zu hören war außer einer Sängerin, die die Frage *¿Porquéééééé?* aus den Lautsprecherboxen heulte, lachten auch die Männer hinter mir los, hauten mir mit der Hand auf die Schulter und wünschten »Viel Spaß«.

Die hübschere der beiden stellte sich als Renata vor, und sie kam aus Brasilien. »Angenehm«, brüllte es hinter meinem Rücken mit kernigem deutschen Akzent, und dann schob ihr Heiko an meiner Schulter vorbei seine Pranke entgegen. Die beiden Anzugmänner hatten sich getrollt und lachten immer noch, nun aber, wie mir schien, gezwungener. Renatas etwas sprödere Freundin hieß Teresa und war Spanierin. »Aus Ávila? Wie die heilige Teresa?« fragte ich ein bißchen ungeschickt, und ihre Antwort war »aus Palencia« und »nicht heilig«.

Der Vorschlag zum Ortswechsel kam dann von Heiko, und als Renata und Teresa das »Joy Eslava« ins Spiel brachten, meinte ich eine Tendenz zur Verholzung in Heikos Gesicht zu entdecken. Das Joy Eslava war damals einer der exklusiveren Clubs in der Stadt. Als wir ankamen, schwankte gerade Kiko, der Stürmerstar von Atlético Madrid, volltrunken in sein Auto. Als trittsicherer Sportler schaffte er es immerhin noch, Teresa mit großen kreiselnden Armbewegungen ein Autogramm auf einen Briefumschlag zu malen, bevor er seinen Jeep die Calle del Arenal in Richtung Oper hinunterprügelte.

Für Frauen war der Eintritt frei, für alle anderen kostete es 1 500 Peseten, und Heiko hatte schon das Taxi bezahlen müssen. Fast zwanzig Mark Eintritt, das war ein bißchen mehr als bei ihm zu Hause in Westfalen. Und dann lief es mit Renata auch nicht ganz so, wie er sich das gedacht hatte. Erst wollte sie Champagner, und dann zeigte sie ihm Fotos von ihren

Kindern. Am Ende stand Heiko in steifbeiniger Haltung am Rande der Tanzfläche und lächelte mit schiefem Mund zu Teresa und mir herüber.

Im Gegensatz zu ihm unterhielten wir uns hervorragend. Die Musik klang nun wie doppelt so schnell abgespielt, und der Sänger sang, als hätte er Lachgas genommen. Was er sang, kam mir denkwürdig vor: »Ich kauf dir deine Verlobte ab.« Oder: »Schlag mich, wenn du magst, aber verlaß mich nicht.«

Dies also sei Merengue, erklärte Teresa, und dann wollte sie tanzen. Mein Stilempfinden sagte mir zwar, Menschen über einssiebzig sollten nicht tanzen, schon gar nicht lateinamerikanisch. Aber Teresa sagte etwas anderes. Oder mein Unterleib. Oder mein Es. Mein Über-Ich hatte jedenfalls frei an diesem Tag. Und so nahmen die Dinge eben ihren Lauf. Und später, nachdem wir in der kleinen Churrería neben dem Joy Eslava noch fettiges Gebäck in heiße Schokolade getunkt hatten, damit eine Basis da war, um überhaupt nach Hause zu finden, hatte Heiko eine dermaßen schlechte Laune deswegen, daß er sich bei den Chinesinnen, die in den Nächten mit ihren Plastikbeuteln an den Ecken der Gran Vía standen, noch ein Bocadillo mit Hühnchen kaufte, das er mehr riß, als daß er es aß.

Und weil er danach immer noch wütend war, schmiß er den Rest in der Calle del Desengaño auf einen Müllhaufen, aus dem empört zwei Katzen flohen.

Teresa meldete sich gleich am folgenden Tag, und es war Heiko, der mir den Hörer reichen mußte.

Teresa hatte schon am darauffolgenden Abend Zeit und freute sich sehr auf ein Treffen.

Durch die großen Scheiben des Café Comercial an der Glorieta de Bilbao konnte ich sie schon die Treppe aus der Metro hochkommen sehen. Sie trug hochhackige Sandalen, aus denen dunkelgraue Strümpfe nach oben wuchsen, die bis zur Mitte der Knie reichten; ihr Rock war vor diesen Strümpfen auf der Flucht und hatte sich, soweit es ging, zurückgezogen. Da hing er nun ängstlich unter der Hüfte wie ein gerafftes gelbes Rollo, und Teresa sah an dieser Stelle wie ein festliches Blumenbukett aus. Dazu eine weiße Bluse mit russischem Kragen; eine Halskette mit hölzernen Kugeln und darüber ein Wasserfall von Haaren der Art, wie der junge Dürer sie sich auf seinem ersten Selbstporträt verpaßt hatte. Es ging in einem Maße hoch und runter an dieser Frau, daß man schon vom bloßen Betrachten nur bejahend nicken konnte.

Teresa sagte *Hola, ¿qué tal?*, drehte die Hände nach außen und machte eine Art Knicks. Sie wußte, wie sie wirkte. Dann war wieder die Frage, wie viele Küßchen auf welche Seite, und als wir dann die Wangen aneinanderhielten, war, ganz schwach, ein Duft zu vernehmen, der an Pampelmusen erinnerte.

Wir tranken ein paar Martinis und aßen Kartoffelchips dazu. Offen gesagt, trank ich die Martinis, und sie aß die Chips; ich glaube, sie wollte mich ein bißchen damit erschrecken, wie sie die riesigen, scharfkantigen Dinger in ihren rotgemalten Mund schob und dann genüßlich zerkrachen ließ. Sie sagte, sie arbeite als Requisiteurin für eine Theatercompagnie, manchmal kümmere sie sich auch um die Kostüme, und hin und wieder spiele sie sogar ein bißchen mit. Es gab noch andere Jobs, die sie machte, gemacht hatte, demnächst anfangen würde. Aber das schien alles nicht so wichtig zu sein. Sie war 25, und das Leben lief so. Nachher einigten wir uns auf einen Ortswechsel, aber nicht etwa deswegen, weil Heiko mir das gepredigt hätte (in der Tat predigte Heiko immerzu: »Ortswechsel, Ortswechsel, Ortswechsel!«, denn das war eine seiner Maschen, wenn er auf seine Eroberungszüge ging), sondern weil wir Hunger hatten, und im Comercial waren keine Tische mehr frei.

Teresa zog mich die Fuencarral hinunter und dann ins Unterholz der Gassen von Malasaña, wo die Halbwüchsigen schon wieder anfingen, Rotwein und Cola zusammenzuschütten, noch Zucker dazutaten und das dann auch tatsächlich tranken. *Calimocho*, erklärte Teresa, und daß sie selbst es auch nicht übel fände.

Vielleicht hätte mir das schon zu denken geben müssen.

Sie hatte nämlich dann gefragt, wonach mir der Sinn stehe, und ich hatte geantwortet, daß ich das essen würde, was sie gern äße, und es mir aber durchaus recht wäre, wenn ich einmal wirklich gute spanische Küche kennenlernen könnte, jetzt, wo ich schon einmal an der Seite einer Einheimischen unterwegs war.

Wenn das so sei, hatte daraufhin sie gesagt und bedeutungsvoll gelächelt, ganz in der Nähe befinde sich sogar eines ihrer Lieblingsrestaurants.

Ich hatte mir gedämpftes Licht und diskrete Kellner vorgestellt. Es war dann ein bißchen anders. Sehr anders. Es gab nicht einmal Stühle. Es gab nur eine Bar, an die man sich lehnen konnte, wenn man hart im Nehmen war in hygienischer Hinsicht. Keine Ahnung, wie ich geschaut habe im ersten Moment, jedenfalls erklärte Teresa in einem Tonfall, den andere sich für Sternerestaurants aufheben, sie esse sehr, sehr gerne hier, und dann hüpfte sie mit ihrem gelben Röckchen kokett auf den rotbraunen Kunststoffbezug des Barhockers. Ich war zuerst erschrocken und dann fasziniert, und dann wieder umgekehrt.

Die »Bodega Escalada«, bis zu ihrem Abriß befindlich in der Corredera Alta de San Pablo 2, war nicht so sehr die Summe aller *Bares*, *Restaurantes*, *Cafeterías* und *Cervecerías*, die ich bis dahin in Madrid kennengelernt hatte und nachher noch kennenlernen sollte: Es war deren Kondensat.

Die Bar Escalada hieß so, weil Don Francisco Escalada, der Vater des aktuellen Besitzers, hier 1952 zum ersten Mal den Zapfhahn geöffnet hatte, wie ein Gedenkschild wissen ließ, aber der Name schien auch insofern sachangemessen, als hier eben wirklich alles zu eskalieren schien, was in der Gastronomie überhaupt aus dem Ruder laufen kann. Wir standen knietief im Müll, und ständig kamen neue Servietten und Zigarettenkippen und abgenagte Hühnerknochen und mit dickem Schleim vollgehustete Papiertaschentücher auf den Boden geflogen. Von der Decke und von den Wänden rann das kondensierte Bratfett wieder nach unten. Fliegen, die dort nicht kleben blieben, ließen in der elektrisch summenden Falle oberhalb der Tür ihr Leben. Die Fliege flog rein, es gab einen Knall, und dann war von der Fliege nichts mehr übrig.

Summ … Pock!: Tot.

Es war wie eine böse kleine Musik.

In tiefer Ergriffenheit starrte ich in eine Welt, in der es keine Gesundheitsämter und Lebensmittelkontrollen zu geben schien. Und die Schinken, die wie eine dicke Relieftapete vor den Wänden hingen und ihr Restfett in kleine, von unten in sie hineingestochene Sonnenschirmchen tropften – hingen die da, damit sie an Ort und Stelle fertiggeräuchert wurden im Dampf der Abermillionen Ducados und Fortunas? Und was passierte am Ende mit dem Fett, das aus den Schinken herausgetropft kam: Schmierten sich das die Stammkunden in die Haare? Es sah so aus.

An den Ecken der Theke hockten hustende Greise mit zurückgeschleimten Fusseln auf dem Kopf und ließen ihre nassen Augen auf dem Real-Madrid-Spiel im Fernseher ruhen. Irgendwann in den Fünfzigern oder Sechzigern, etwa zu der Zeit, als auch in Deutschland die Eckkneipen so möbliert wurden, wie sie heute aussehen, irgendwann damals mußte irgendwer den Wirten Spaniens befohlen haben, jegliche Wand, die nicht bereits mit Schinkenkeulen behängt ist, mit Fußballwimpeln und mit Speisekarten aus Steckbuchstaben zu pflastern.

Hay gambas a la plancha.

Boquerones en vinagre.

Ensaladilla rusa.

Pincho de chorizo.

Mejillones ali-oli.

Hay jamón.

Als ob man das nicht sähe. Señor Escalada junior stand, selbst inzwischen ein Senior, hinter seinem Tresen, als hätte ihn Velázquez da hingemalt: aufrecht, stolz, aristokratisch und selbstverständlich in Uniform.

Teresa wurde willkommen geheißen wie eine sehr liebe alte Freundin. Die Spezialität des Hauses, erklärte sie, seien *orejas*. Schweineohren: »Das essen wir jetzt.«

Oh nein, sagte ich.

Oh doch, sagte daraufhin Señora Escalada. Die Gattin des Wirts war frisiert, als wäre sie auf dem Weg in die Oper gewesen, als sie hinter der Friteuse gelandet war. In den dichten Wolken aus Bratdämpfen hatte ich sie zuerst gar nicht wahrgenommen. Stoisch und mit großer Würde hantierte sie dort mit Schweinernem, und als ich erklärte, das könne ich leider wirklich nicht über mich bringen, Schweineohren, bei uns sei das ein Gebäck und hier dagegen Knorpel mit Fett, da fuhr sie mir über den Mund: Unsinn, kein bißchen Fett, ganz mager seien ihre Schweineohren, sogar Vegetarier könnten in der Regel kaum widerstehen.

Es ist immer wieder erstaunlich, was man dann doch alles herunterkriegt, wenn charakterstarke Wirtinnen es verordnen und einem an dem Gegenüber etwas liegt. »Gut, was?«

fragte Teresa und tat arglos. Der Appetit, mit dem sich diese Größe-36-Frau hier solche Massen an triefendem Schweinefett in den Schlund schaufelte, war eine Demütigung für alle, die Vegetarier waren oder versuchten, Diät zu halten. Und sie machte nicht den Eindruck, als gehörte sie zu denen, die das hinterher auf der Toilette gleich wieder loswerden. Dafür fehlte der für Bulimikerinnen typische Zug um den Mund, und dafür fehlte dem Bar-Restaurant Escalada auch die geeignete Toilette. Ich glaube, es gab überhaupt keine.

Teresa aß also. Und ich notgedrungen auch. »Ich tue es für dich«, sagte ich tapfer und spülte mit Bier nach. So ging es. Und wenn man sich daran gewöhnt hatte, schmeckte es tatsächlich gar nicht mal so schlecht.

Als Teresa danach schon wieder Chips bestellte, diesmal allerdings nicht aus Kartoffeln, sondern aus fritierter Schweinehaut, mußte ich ihr einen kleinen Vortrag halten: »Gibt es hier eventuell auch die Möglichkeit, die Augen und die Geschlechtsorgane des Schweins zu essen?« Teresa zuckte mit den Schultern. Das konnte beides heißen: »Weiß nicht.« Und »Warum nicht?«

Und ich wollte wissen, ob das aus der Zeit der Reconquista käme, diese Marotte, so demonstrativ alles zu essen, was ein Schwein hergibt, ich wollte wissen, ob diese sonderbaren Ernährungsgewohnheiten früher den Sinn gehabt hatten, die Reinheit von Blut und Glauben zu bezeugen, ob die Spanier sich dazu trainiert hatten, vor Schweineohren nicht zurückzuschrecken, um vor ihrer schrecklichen Inquisition nicht in den Verdacht zu geraten, heimlich muslimischen oder jüdischen Riten anzuhängen.

Aber Teresa fingerte ein Papierchen aus dem Serviettenspender, wischte sich das Fett von den Lippen, so daß nur noch eine dünne Schicht übrigblieb, die wie Lipgloss glänzte, und sagte, ihr sei das alles komplett egal, sie wolle tanzen gehen. Jetzt auf der Stelle.

Also beschlossen wir, tanzen zu gehen. Dafür war es zwar noch viel zu früh. Es war gerade mal zehn, und vor zwei würde man, aller Erfahrung nach, keine Tanzfläche der Stadt betreten können, ohne sich lächerlich zu machen. Vor zwei Uhr morgens tanzen gehen – das kam mir hier so vor, wie in Deutschland vor vier Uhr nachmittags mit dem Trinken anzufangen. Aber auch da hatte ich mich getäuscht. Denn Chueca wäre nicht Chueca, wenn es dort nicht auch Clubs gegeben hätte, in denen schon um drei Uhr nachmittags eine Stimmung herrschte wie anderswo in der zeitlosen Stunde zwischen drei und vier Uhr morgens. Insgesamt darf man sagen: Wir schwebten durch diesen Abend. Wir schwebten durch das »Rick's« und durch das »Why not«, wir kreuzten irgendwann die Flugbahn von Jesús und seiner Entourage, die uns erstaunte Blicke hinterherwarfen, und wir standen am Ende lachend ineinandergestützt auf der Gran Vía, wo wir einen letzten Imbiß nahmen.

Dann wollte ich sie nach Hause bringen, wie sich das gehört, oder wenigstens sicher in ein Taxi setzen, aber Teresa bestand darauf, daß sie statt dessen mich nach Hause bringen müsse. Ich sei viel schutzbedürftiger als sie, das sehe jeder, und Widerworte ließ sie nicht gelten. Artig ließ ich mich bis an meine Haustür geleiten und staunte, wie wenig die Reputation der Straße Teresa auszumachen schien. Wir bedankten uns gegenseitig für den zauberhaften Abend und versprachen, etwas derartiges unbedingt schon sehr bald wieder tun zu wollen. Wir sagten uns, daß wir uns anrufen wollten. Und ja: es wurden auch Abschiedsküsse ausgetauscht.

Glücklich, aufgekratzt und in einer Art Champagnerseligkeit lag ich nachher im Bett und rief mir jede einzelne Szene des Abends noch einmal vor Augen. Vielleicht schlief ich da aber auch schon.

Dafür hatte am nächsten Morgen das Erwachen Züge eines Alptraums. Vor mir stand Heiko und hielt eine Strafpredigt.

»Du hast … was?« schrie er mit unnatürlich hoher Stimme.

»Ich habe einen netten Abend verbracht und anschließend allein übernachtet, so etwas muß doch noch möglich sein«, sagte ich.

»Du standest mit der Frau hier vor der Haustür? Und hast sie nicht mit hochgeschleppt?«

»Ich schleppe nachts keine Frauen irgendwohin«, erwiderte ich, »das entspricht nicht meiner Erziehung.«

»Eine Frau nachts nach Hause schicken, alleine – das ist schlechte Erziehung!« brüllte Heiko, ernsthaft erbost.

Ich sei ein, da nahm er kein Blatt vor den Mund: vollständiger Vollidiot, wie er noch nie einen idiotischeren gesehen habe, eine Schande sei es, mit so jemandem die Wohnung teilen zu müssen.

»Wir wollen telefonieren«, sagte ich, und ich ärgerte mich, weil es so klang, als ob ich das Gefühl hätte, mich vor Heiko rechtfertigen zu müssen.

»Oh, telefonieren! Ihr geht aber ran«, höhnte er. Er wette, ich hätte noch nicht mal ihre Nummer besorgt in der Zwischenzeit.

Das stimmte, dummerweise.

Sie habe meine, sagte ich, sie habe schon einmal angerufen, sie werde wieder anrufen.

»Das glaube ich nicht«, sagte Heiko.

»Und warum glaubst du, daß sie mich nicht wieder anrufen wollen sollte?«

»Daß sie das will, kann ja sein. Aber hier wird trotzdem kein Telefon klingeln«, sagte Heiko mit einem schadenfreudigen Grinsen.

»Wie bitte?«

Und Heiko erzählte genüßlich und ausschweifend, daß der große Jesús gestern abend, kurz nachdem ich ihm begegnet war, in der Calle de San Marcos einen Zettel unter seinem Scheibenwischer gefunden habe: »Versauter Typ, Bodybuilder, passiv, will es, *jederzeit* – ohne finanzielle Interessen.«

Jesús habe sich selbstverständlich nicht beherrschen können und sofort von der nächsten Telefonzelle aus die Nummer gewählt. Beim Wählen sei es ihm noch gar nicht aufgefallen, was los war, sondern erst, als am anderen Ende sein eigener Anrufbeantworter ranging. Natürlich hatten nun alle Aurelio im Verdacht. Und weil diese Zettel offenbar an jedem Auto in ganz Chueca steckten, muß den ganzen Abend dann das Telefon nicht mehr stillgestanden haben. Am Ende hatten sie den Anschluß abschalten und sich eine neue Nummer geben lassen müssen; weil es ein Notfall war und Jesús die entsprechenden Leute kannte, war das schon über Nacht möglich gewesen – zu Heikos Erstaunen und zu meinem Ärger. Ich hatte eine Stinkwut auf Jesús und seine hirnlose Geilheit. Ich hoffte, Teresa würde die neue Nummer irgendwie in Erfahrung bringen. Aber sie meldete sich nicht mehr. Ich schaute immer mal wieder in der Route 66 vorbei, im Joy Eslava, trank, wann immer es ging, einen Café solo im Comercial und wurde zum Stammkunden von Herrn und Frau Escalada, die annehmen mußten, ich käme der Schweineohren wegen, und mir jedesmal ein besonders prachtvolles Tellerchen davon hinstellten. Aber Teresa tauchte nicht wieder auf. Und das nahm ich Jesús wirklich übel.

FÜNFZEHNTE KRISIS

Die Barbarei des Spezialistentums

Ein weitgehend bewährtes Mittel, mit solchen Gemütszuständen fertig zu werden, ist die Flucht in die Arbeit. Außerdem kommt dann so etwas wie ein schlechtes Gewissen zum Tragen: Man ist auf Abwege geraten und dort gestrauchelt; mit um so größerem Eifer macht man sich dann erst einmal wieder auf den sogenannten richtigen Weg. Und der führte mich zunächst zu Alfonso Hernández vom Consejo Superior de Investigaciones Científicas.

Das CSIC – wer sich auskannte, sprach fachmännisch vom »Zesick« – war der Ort, an dem die Forschung betrieben wurde, für die an der Universität kein Raum war. Außerdem stand es in dem Ruf, eine sagenhafte Bibliothek zu beherbergen. Hernández, der Direktor für die historischen Studien, saß, wie ich nach langen Korridorläufen durch die Zentrale an der Calle Serrano erfuhr, in einer Außenstelle gleich um die Ecke vom Prado, hinter dem Palace Hotel.

Ein aschenes Gesicht hob dort seine Augen aus dem Empfehlungsschreiben, das mir mein Professor für seinen alten Freund Alfonso mitgegeben hatte, und sprach: »MITEINANDERSCHLAFEN! Der hat vielleicht Nerven. Aber, wenn Sie unbedingt wollen – bitte.«

Dann zeigte er mir das Gebäude, das insgesamt den Eindruck machte, als hätten es sich M.C. Escher und Jorge Luís Borges am Telefon ausgedacht. Er erklärte mit müder Stimme, daß er schon seit Jahren die Bilder nicht mehr anschaue, über die er schreibe, er komme gar nicht dazu, und er kenne sie doch alle, und dann schob er mich in die Bibliothek, einer mütterlichen Frau mit dem Namen Sánchez in die Arme.

Der legendäre Lesesaal befand sich tief in den Eingeweiden des Gebäudes. Er verfügte über keinerlei Fenster oder Oberlichter. Die Beleuchtung erfolgte über gelbliche Funzeln, die den Raum in ein schwimmendes Licht tauchten. Man mußte die Bücher aus dem Katalog bestellen und einige Zeit warten, dann wurden sie von einem behandschuhten Männlein auf den Tisch gewuchtet, wobei beträchtliche Staubwolken aufnebelten. Häufiger, als man denken sollte, mußte ich bei Señora Sánchez das Messer holen, um die Seiten aufzuschneiden. Manche Werke hatten zweihundert Jahre dort gelegen, und dann kam ich und machte: Ratsch. Schwer zu sagen, was erschütternder war: diese Akte der Defloration – oder die Tatsache, daß seit zweihundert Jahren noch nie jemand in sie hineinschauen wollte.

Es war, einerseits, elektrisierend, in diesem fensterlosen, hölzernen Saal zu hocken und in nie gelesene Bücher vorzudringen. Von außen betrachtet, kam das meinen Vorstellungen davon, wie so ein Forscherdasein auszusehen habe, schon hinreichend nahe. Aber auf der anderen Seite hatten die stehende Luft, das knackende Holz und das künstliche Licht eine unbarmherzig narkoleptische Wirkung.

Ich hatte kaum ein Buch aufgeschnitten, da sanken auch schon meine Augenlider und dann mein Kopf, und ich mußte mich über die Maßen zusammennehmen, denn mich ängstigte die Vorstellung aufzuwachen und mit der Stirn Fettflecken in hunderte Jahre alte Folianten gestempelt zu haben. Nun ist Schläfrigkeit nichts Ungewöhnliches in Bibliotheken. Es ist sogar der Normalfall. Aby Warburg hatte in seiner kulturwissenschaftlichen Bibliothek zu Hamburg den Lesesaal auch deshalb übrigens oval anlegen lassen: Weil er an die planetarische Kraft der Ellipsen glaubte, weil er gehofft hatte, daß man unter ihrem Einfluß vielleicht weniger schnell einnickt als in normalen Lesesälen. Und schon in Warburgs Bibliothek hatte ich Forscher schlafen sehen! Aber das hier war beispiellos: In den Lesesaal des CSIC kamen die Leute rein wie in ein öffentliches Dormitorium. Sie schlugen die Bücher auf und schliefen so zielstrebig ein, daß einem ihr Schlafen wie eine höhere Form des Wachseins vorkommen mußte. Bei einem Volk, das ein Stück wie *La vida es sueño* hervorgebracht und damit die alte antike Frage wieder in den Raum gestellt hat, ob wir nicht womöglich vielmehr genau dann träumen, wenn wir meinen, wach zu sein – so einem Volk ist alles zuzutrauen. Mir war das aber nicht geheuer.

In der Biblioteca Nacional ging es da wesentlich lebhafter zu. Aber das war auch das Problem: die grünen Lämpchen über den Tischen, die weiten Säle, die emsige Atmosphäre; die Nationalbibliothek war wie ein Kino, in dem man in den Film nicht hineinfindet, weil der Saal so prachtvoll ist. Mit dem *carné especial de investigador*, dem Sonderausweis für Forscher, den ich mir wiederum mit einem Empfehlungsschreiben von Hernández aus dem CSIC ausstellen lassen konnte, hatte ich sogar Zugang zu Raritäten und Kostbarkeiten.

In der Sala Cervantes fiel mir die englische Ausgabe von Huarte de San Juans »Exámen de ingenios« in die Hände. Ein Buch von 1599. Das war ein sonderbares Gefühl. Und, nun ja: Ein wenig sonderbar las es sich auch: Ratschläge, wie man die Geburt eines Mädchens vermeidet und die eines Jungen fördert. Dabei war ich nur auf der Suche nach empiristischem Gedankengut in der Ära Philipps III. In diesem Moment hätte ich gerne gewußt, was die anderen gerade lasen, was die anderen gerade suchten und was sie dabei versehentlich fanden.

Insgesamt waren dies aber Tage eines Hochgefühls, in dem Energie, Ernst und Wissenschaftlichkeit eine Rolle spielten. Und mit dem Gefallen an den Formen des Akademischen kam auch das an den Inhalten zurück. Was mich umtrieb, war, kurz gesagt, die Frage, wie das Dunkle in die Welt der Bilder kam. Wie bei Prometheus, nur umgekehrt, denn ursprünglich ist eine Leinwand ja so weiß und rein wie das Gewissen eines braven katholischen Malermeisters, und damit die finstere Nacht einbricht, Kartenspiele und Würfel herausgeholt werden und am Ende der heilige Serapion bei Zurbarán so in den Seilen hängt wie die Darsteller in den Sadomaso-Heften, die an den Zeitungskiosken der Gran Vía aushingen: Dafür muß es schon ein paar schwerwiegende Gründe geben.

Einer davon hieß natürlich Michelangelo Merisi, genannt Caravaggio. Aber wieso wurden so viele Spanier zu Caravaggisten, die nie ein Bild von ihm gesehen haben konnten, zum Beispiel der junge Velázquez? Das waren Fragen, bei denen Heiko, Jesús und sogar María José, selbst wenn sie höflich sein wollten, ein Gähnen nicht unterdrücken konnten. Aber es gab Leute, die beschäftigten sich mit diesen Fragen schon ihr ganzes Leben, und einer davon hieß Juan José Gómez López.

Juan José Gómez López war trotz seines ungewöhnlich gewöhnlichen Namens der strahlendste Stern am Himmel der spanischen Kunstgeschichtsschreibung, eine Koryphäe für die Malerei des Siglo de Oro und ein Kenner der alten Schule, einer, der die Lehrer von den Schülern, die Meister von den Nachahmern und die Echten von den Falschen noch auf den ersten Blick zu unterscheiden wußte. Er war der geborene Direktor des Prado-Museums, aber als das traditionell wie ein politischer Posten behandelte Amt mit dem Machtwechsel in der Regierung einem Kandidaten der Konservativen zugefallen war, hatte er in die Niederungen der Universität zurückkehren müssen, wo er nun kaugummikauenden Mädchen mit Steißtätowierungen den Dreisatz aus Velázquez, Zurbarán und Murillo einzubläuen hatte. Hier zeigte sich, daß Juan José Gómez López in wissenschaftlichen Dingen zu Recht hochrenommiert, mit der Bewältigung so weltlicher Aufgaben wie dem Festhalten eines Diakastens jedoch heillos überfordert war. Als ich ihn nach der Vorlesung ansprach, ließ er vor Schreck die Dias aus den Händen fallen. Da stand ich nun, und mir zu Füßen kroch in seinem feinen dunkelgrauen Tuch der Experte herum, dessen Bücher und Aufsätze einen Ehrenplatz auf meinem Schreibtisch hatten. Ein erschütternder Anblick. Aber selbstverständlich half ich ihm beim Aufsammeln. Das und meine Empfehlungsschreiben brachten mir schließlich einen Termin bei ihm ein.

Meier-Graefes Besuch bei Cossío, dem Wiederentdecker El Grecos, ein angeregter Austausch über Akademisches, ein offenes Wort, ein paar vertrauliche Hinweise, vielleicht auch nur ein Literaturtip – was weiß ich, was ich mir alles ausgemalt hatte, als ich am nächsten Tag sein Büro aufsuchte. Gómez López hatte den Termin natürlich vergessen. Die Sekräterin versuchte, mich abzuwimmeln. Aber ich insistierte – »Nicht da? Aber dort sitzt er doch!« – und ging einfach rein. Selber schuld, wenn sie die Türen offen lassen. Gómez López wirkte verblüfft. Draußen zerrte der Wind an den Fenstern, und in ihm drin zerrte offenbar auch etwas. Das Telefon klingelte. Er nahm ab und ließ erst einmal den Hörer fallen. So wie gestern seine Dias. Der Mann schien wirklich hochnervös zu sein. Aber das war, schreibt Meier-Graefe, der große Cossío auch. Letztlich ein gutes Zeichen, beschloß ich, schlug die Beine übereinander und stellte meine Fragen. Statt mich anzuschauen, wurde seine Aufmerksamkeit völlig von einem Stapel Karteikarten beansprucht, die er sinnlos in seinem Schoß hielt und wieder und wieder durchblätterte. Offenbar mußte er beim Reden ständig etwas in der Hand haben. In seinen Vorlesungen war er auch so. Ich hoffte, mir würde das später erspart bleiben.

Ich begann zunächst mit den *bodegones*, mit den spanischen Stilleben. Die Kürbisse und Lauchstauden als symbolische Buchstaben einer komplexeren Botschaft? Das frugale Lebensmittel-Angebot auf den Bildern von Sánchez-Cotán: Sinnbilder einer christlichen Philosphie mit eher thomistischer oder nominalistischer Tendenz?

Unfug, erklärte der Professor fahrig, die Kürbisse seien Kürbisse, der Lauch Lauch, und speziell wir Deutschen möchten mal bitte aufhören, da ständig sonst etwas hineinzuinterpretieren.

Aha, sagte ich und notierte mir das. Ich fand, ich sollte mir etwas notieren. Also schrieb ich auf meinen Zettel: Unfug.

Dann konfrontierte ich den Professor mit den neuesten amerikanischen Studien: die spanischen Stilleben als Testfälle eines neuartigen Darstellungscodes ....

Hierzu stand auf meinem Zettel nachher sogar das Wort Quatsch.

»Darstellungscodes? Totaler Quatsch. Die Amerikaner ... pah.«

Und ich: »Aha. Hmmhmm. Interessanter Gesichtspunkt.«

Ich war entschlossen, dieses Desaster wenigstens der Form nach wie ein akademisches Lehrgespräch aussehen zu lassen. Aber viel Substantielles war nicht aus ihm herauszuholen. Bemerkenswert war einzig der Hinweis, daß Themen wie die »Erziehung der Jungfrau Maria« oder »Josef in der Werkstatt« Teil einer Kampagne von Franziskanern und Karmelitern gegen die in der frühneuzeitlichen Gesellschaft verbreitete Verachtung manueller Arbeit gewesen sein könnte. Bemerkenswert war das aber auch deswegen, weil es wie eine versteckte Aufforderung klang, endlich selbst wieder an die Arbeit zu gehen.

Irgendwann stand Gómez López einfach auf, die Karteikarten, die ihm dabei aus der Hand rutschten, regneten über seinen Schreibtisch, und ich wurde zur Tür hinausgedrängt.

Eine Frage hatte ich noch: Wie man herausfinden könne, was der Prado in der kurzen Phase, in der Picasso sein Direktor war, für Kunst angekauft habe?

Ich wollte meine Entdeckung, meinen Forschungsansatz, meine Erstveröffentlichung, wenigstens eine Spur.

Aber Gómez López sagte nur: »Unter Picasso wurde gar nichts angeschafft.«

Damit schloß sich die Tür, und ich ward zurückgestoßen in die Vorhölle der Auswendiglernenden.

Es kann sein, daß ich daraufhin leise geflucht habe. Auf deutsch, und vielleicht auch nicht ganz so leise. Immerhin jedenfalls so laut, daß auf dem Gang ein anderer Student zu mir trat und mit einem glockenklar norddeutschen Akzent flüsterte: »Ich weiß. Das ist totale Scheiße hier.« Ich schaute erstaunt in ein irritierend gesundes Gesicht, in das von oben her Strähnen von dickem, gesundem blondem Haar hineinhingen, die mich an Werbung für Frühstücksmagarine oder Waschmittel denken ließen, an Bilder von kleinen Rabauken, die verdreckt, aber glücklich vom Fußballplatz kommen und mit großem Appetit in Schinkenbrote beißen oder so etwas.

»Und alle, die das auch finden, treffen sich im Círculo de Bellas Artes, immer Montag abends.«

Dann stieß er mir aufmunternd die Hand vor die Brust. Er sah aus wie ein Hitlerjunge, der als Punker ging. Oder umgedreht.

SECHZEHNTE KRISIS
Bildung und Eleganz

Man mußte, um in das Restaurant des Círculo de Bellas Artes vorgelassen zu werden, Mitglied sein. Die Mitgliedschaft konnte für einen Abend erworben werden und kostete dann 100 Peseten. Von all den unwahrscheinlichen und größenwahnsinnigen Gebäuden im Zentrum von Madrid ist der Círculo de Bellas Artes sicherlich das unwahrscheinlichste und größenwahnsinnigste. Alle Tempel, die der Architekt Antonio Palacios in seinem Leben gesehen, geträumt oder auch nur ersehnt hatte, waren hier auf einen Haufen gebaut. Ein unglaublicher Homunkulus aus Säulen, Giebeln, neuen Säulen, Türmen, Giebeln, Säulen und so weiter. Insgesamt sah es aus wie eine Faust mit erhobenem Zeigefinger. Das Gebäude sagte »Obacht!« Und wenn man an einem nassen Herbstabend von der Gran Vía her herüberging, funkelten aus dem großen Casino im Erdgeschoß die Lichter so festlich und einladend auf den Asphalt hinaus, daß man augenblicklich in eine höhere und feinere Stimmung geriet.

Ein Eintrittsgeld war hier nur angemessen, fand ich, und daß das Eintrittsgeld als Mitgliedschaft für den Abend daherkam, das machte die Sache nur noch würdiger. Man ging automatisch ein bißchen aufrechter hier, und man kam sich, deshalb waren vielleicht die Decken auch so hoch, ein paar Köpfe größer vor als sonst, wenn man in diesen Saal trat: eine Sinfonie aus kühlem, spiegelndem Marmor. Sogar die Tische aus

Marmor. Die Herren aus Marmor. Die Damen erst recht aus Marmor. Feinnervig marmorierte Gesichter, Arme, Hände, Gespräche und Getränke. Das Rauschen eines geschliffeneren Lebens. Gut möglich, daß ich erst einmal eine Weile dastand und anerkennend nickte.

Der Blonde aus der Universität hatte mich eher entdeckt als ich ihn. Groß und sonnig stand er plötzlich vor mir und lachte mich an: »Herzlich willkommen in unserem kleinen autonomen Seminar«, sagte er, er heiße übrigens Martin. Und dann stellte er mir die anderen vor:

Heiner aus Bonn, Simone aus Marburg, dem Paar Beate und Leander, beide Kunststudenten aus Hamburg, dazu Stefan und Gertrud aus Wien, sie wiederum eigentlich Architekten. Ein sehr netter Sven aus München war da und Fabian von Bauswedel, der zukünftige Erbe eines Auktionshauses. Die Runde trank Buckler, ein Bier ohne Alkohol, aus Solidarität mit Sven, der sich bei einer Studienreise nach Lateinamerika wohl eine Hepatitis eingefangen hatte. Wenn es trotzdem durchaus das wurde, was man einen lustigen Abend nennt, dann vor allem deshalb, weil die gute Laune auf Kosten der autochtonen Professoren und Studenten ging. Die verschulten Studienbedingungen hatten aus der Gruppe eine verschworene Gemeinschaft gemacht, die nun privat nach Abhilfe Humboldtschen Musters suchte. Wissenschaftliche Exkursionen in und um Madrid wurden vereinbart, und es war bereits zu Protokoll genommen worden, wer wann und wo zu welchem Thema vor der Gruppe referieren würde.

Ich war gerade dabei, mit der Gönnerhaftigkeit des Neulings die Übernahme des Escorials anzubieten, als von hinten ein zerbrechlicher älterer Herr an den Tisch herantrat und bat, sich vorstellen zu dürfen.

Sein Name sei Aníbal Álvarez Buquel. Er bitte um Verzeihung für seine Aufdringlichkeit, aber er habe uns deutsch sprechen hören, und, nun: er spreche auch ein bißchen deutsch, wenn auch kümmerlich …

In einem murmelnden Chor erwiderten alle, daß sein Deutsch ganz phantastisch sei, daß sie froh wären, wenn sie ähnlich gut spanisch sprächen. Aber etwas an seiner Aussprache war trotzdem irritierend.

»Woher kommt denn bitte dieser französische Akzent?« fragten gleichzeitig Simone, Gertrud, Heiner sowie ich.

»Nun«, sagte Don Aníbal und lächelte fein. Er war überhaupt eine in jeder Beziehung feine Erscheinung. Ein schmaler, kleiner, zerbrechlicher Mann, möglicherweise schon sehr alt, vielleicht achtzig, vielleicht sogar auch schon neunzig, aber ganz gut erhalten soweit und, wie es aussah, von heftigen Energien durchpulst, unter einer diaphanen, wächsernden Haut pulsierten dicke blaue Adern. Die Socken und das Hemd waren farblich darauf abgestimmt und schimmerten in einem selbstbewußten Rosa, wie man es, gerade in der Kombination mit dem Himmelblau der Hose, sonst nur auf gewissen Gemälden der Frührenaissance, etwa bei Sassetta, findet. Das Sakko war von einem hellen Gelb und ließ am Ende der Ärmel Manschettenknöpfe mit Motiven hervorblitzen, die mir, in der Kürze des Hinsehens, irgendwie ägyptisch vorkamen. Was ein bißchen abstieß, waren jedoch die Borsten, die ihm als dichte Büschel aus den Nüstern wuchsen.

Der französische Akzent in seinem Deutsch? Die anderen insistierten. »Nun«, sagte also Don Aníbal und strich sich das, was das Leben von seinem Haupthaar übriggelassen hatte, mit der linken Hand hinter den Schädel, »das ist eine lange Geschichte.« Er nutzte die Gelegenheit, um zwischen mir und Martin Platz zu nehmen, und erzählte dann doch von etwas ganz anderem. Zu jedem unserer Professoren wußte er eine Anekdote zu berichten. Zu allen unseren Vorhaben hatte er noch entscheidende Hinweise zu geben. Und was die Fahrt zum Escorial betreffe, da könne er uns sicher noch manch verschlossene Tür öffnen. Er flirtete mit den Mädchen, und er tat gönnerhaft zu den Jungs. Martin fand (und teilte mir das vertraulich mit), Álvarez Buquel sei ein Schwätzer, wenn auch ein unterhaltsamer, aber doch ein Schwätzer, er habe sich entschieden, von allen seinen Geschichten mal vorsichtshalber nur die Hälfte zu glauben, er gab aber zu, daß er Schwierigkeiten hatte zu entscheiden, welche Hälfte. Möglicherweise war der Mann tatsächlich etwas eitel. Er genoß die Aufmerksamkeit. Er genoß die Ach-wirklichs und die Den-haben-Sie-auch-gekannts. Er sonnte sich in unserer Jugend und Wißbegierde. Aber das war, fand ich, ein legitimes Vorrecht des Alters. Am Ende hinterließ er uns seine Nummer, weil er einen Sparringspartner suchte fürs Deutsche, er brauchte einen Sprachlehrer, der einfach nur zuhören und ihn in seiner Aussprache und in der Grammatik korrigieren müßte. Einzige Bedingung: Das Ganze müßte bereits um sieben Uhr morgens stattfinden.

An diesem Abend ging ich noch berauschter heim als sonst, und vielleicht lag das ausgerechnet daran, daß ich zum ersten Mal seit Wochen vollkommen nüchtern war.

Don Aníbal Álvarez Buquel mochte ein selbstgefälliger Kauz sein, aber am nächsten Morgen war ich der erste, der anrief und den Job haben wollte. Es ging mir dabei weniger um das Geld. Das konnte ich mittlerweile zwar auch gut gebrauchen, aber mir ging es vor allem um die frühe Uhrzeit; ich hoffte auf eine Resozialisierung, auf eine Disziplinierung. Und dann war da noch etwas, eine Ahnung, daß dort etwas zu finden sein könnte, wonach ich suchte, auch wenn ich noch nicht genau sagen konnte, was das eigentlich war.

Natürlich waren die Termine unanständig früh. Ich mußte zu Uhrzeiten los, zu denen andere gerade erst nach Hause gewankt kamen und sogar die Damen von der Desengaño ihre Poller räumten, um ein paar Stunden zu schlafen. Müllmänner lärmten um diese Zeit durch die Hintergassen der Gran Vía und kippten in die fauchenden Höllenmäuler ihrer Autos, was die Lumpensammler übriggelassen hatten. Eines Tages würde es dieser ganzen Straße ähnlich gehen.

Unser erster Termin fiel noch dazu auf einen Samstag, man hätte noch ausgehen können um diese Uhrzeit, sogar zum Frühstücken war es noch zu früh.

Dafür schenkte Don Aníbal wenig später kräftigen englischen Early-Morning-Tea in die Tassen mit dem Drachenmuster. Tatsächlich war es altes Meißner Porzellan, ich konnte nicht an mich halten, auf dem Boden der Untertassen nachzusehen. Álvarez Buquel tat so, als bemerkte er es nicht, aber ich bemerkte, daß er es bemerkte, und ich hatte das Gefühl, daß es ihn ein bißchen freute. Der alte Mann hatte überhaupt seine Freude an mir und an der Freude, die ich an seinen Dingen hatte. So, genau so, exakt so und kein bißchen anders, hatte ich mir für die Zukunft immer mein eigenes Refugium als Privatgelehrter ausgemalt. Und wer hätte denn bitte ahnen können, daß hinter den nüchtern getakteten Fassaden der Mietshäuser in dieser Gegend so ein Palast verborgen liegen würde. Das war noch nicht einmal auf der knarrenden Treppe hinter der knurrenden Concierge zu erraten gewesen; eine Etagenwohnung hätte man da vermutet, so ähnlich wie die, in der ich gerade wohnte, aber dann öffnete Don Aníbals erstaunlich junge Haushälterin die Tür, und ich trat ein in einen Dom aus Büchern, Büchern und nochmals Büchern zwischen geweißten Dielen und honigfarbenen Parketten unten sowie klassizistisch mit Olympiern ausgemalten Deckenhimmeln oben. Und es sah aus, als sei es nur eine Frage der Zeit, bis auch die Decken und die Fußböden mit Büchern ausgepflastert wären. Die Bücher standen hinter Glastüren in filigran geschnitzten Holzschränken, und sie stapelten sich in offenen Regalen die Wände empor, sie unterquerten Fensterbänke, übersprangen Türstürze und gaben im ganzen das Bild einer sauber und lückenlos im Raum verklebten Fototapete von Büchern, die meisten älter, in vergilbtes Grau gebunden, mit brüchigen, zerlesenen, unlesbar gewordenen Buchrücken nach Art der Franzosen. Anderes ließ auf Architekturhistorisches schließen. Geschichte. Kunstgeschichte. Musik. Mathematik. Astrologie. Alchemie. Belletristik natürlich auch.

»Was sind Sie denn nun eigentlich?« wollte ich wissen.

»Oh, ich bin vieles«, erwiderte Don Aníbal geschmeichelt, »aber in erster Linie bin ich alt. Da sammelt sich schon etwas an.«

Die Bücher standen zum Teil in doppelten und dreifachen Reihen in den Regalen, und auf den Büchern lagen weitere Bücher, kreuz und quer hineingestopft, um auch das letzte bißchen leere Luft aus den Regalen zu pressen; die Tische und überhaupt alle waagerechten Flächen dienten zur titelsichtigen Auslage der Neuerscheinungen und Zeitschriften, vermutlich damit sie nicht ungelesen einsortiert in Vergessenheit gerieten. Die Bücher kamen wie ein überkochender Brei aus den Schränken und Regalen und von den Tischen auch in den Rest der Wohnung gewuchert und krochen über den Boden, und falls es eine Krankheit geben sollte, bei der Bücher Phobien auslösen, dann würde ein Betroffener hier böse Zustände bekommen haben: Die schönen hölzernen Bibliotheksleitern waren nicht mehr benutzbar, sie dienten Stufe für Stufe statischen Experimentalbauten aus Büchern zur Unterlage. Die Bücher und Zeitschriften bedeckten in chaotischer Ordnung alles einschließlich der Sitzgelegenheiten wie das Laub eines stürmischen Lebensherbstes. Und wo keine Bücher waren, standen die Köpfe von Plato und Aristoteles und von Herodot und Hesiod und von Catull und Virgil und beaufsichtigten in melancholischer Verwitterung dieses Durcheinander menschlichen Wissens.

Ein Schallplattenspieler stach mir ins Auge, weil er zu den wenigen Gegenständen gehörte, die kein Buch waren, und auch weil es sich um den berühmten Schneewittchensarg der Firma Braun handelte. »Kennen Sie Dieter Rams?« fragte ich, »der hat dieses Stück entworfen.«

»Ja, der Dieter«, sagte Don Aníbal versonnen, »ein talentierter junger Mann. Raucht er immer noch soviel?«

Schallplatten standen da. Historische Aufnahmen.

Swjatoslaw Richter mit Schumanns Klavierkonzert, Warschau 1957. Für ihn ein enger Bekannter: »Eine bäuerische Erscheinung, dieser Mann, Hände wie ein Traktorist – aber wahnsinnig talentiert… Sind Sie eigentlich mit ihm verwandt? Nicht? Nein. Nur wegen des Namens, lieber Freund, nicht wegen der Erscheinung.«

Die nächste Platte war aus der Hülle gezogen: Schuberts »Winterreise«, die Nadel knackte, Álvarez Buquel zog die Augen hoch, öffnete den Mund wie ein Karpfen und fiel sogleich mit Leidenschaft ein:

»Fremde biene isch hein'gezooge, fremde ßieh isch wiehidör auß…«

Fern hinter Don Aníbals Gebrummel war der warme Bariton von Dietrich Fischer-Dieskau zu hören. Wenn ich es richtig verstanden habe, hatte Álvarez Buquel ihn seinerzeit entdeckt oder groß herausgebracht, jedenfalls verdankte er, Fischer-Dieskau, ihm, Álvarez Buquel, seine Karriere.

Noch bevor die »Gefror'nen Tropfen« fielen, waren wir schon wieder draußen, und der Alte fragte mich, wie ich es denn aber mit Mozart hielte. Dabei schaute er mir forschend ins Auge, und es schien von höchster Wichtigkeit, was ich nun dazu dächte. Was war hier die richtige Antwort? Tja, sagte ich: Mozart, pfft, sicherlich, einerseits ... andererseits – Viele mögen das ja ... ich hingegen ... nun ...

»Er geht mir auf die Nerven, dieser Mozart«, machte Álvarez Buquel meinem Gestammel ein Ende. »Alle unterstellen einem, daß man Mozart liebt. Gerade mir. Immer! Aber wissen Sie was? Wenn ich so was hören will, kaufe ich mir eine Spieluhr! Diese tortenfressenden Gespenster außerdem, die sich jeden Sommer durch Salzburg schieben, ein Grauen! Am schlimmsten ist übrigens die Zauberflöte! Wie heißt dieser schreckliche Kobold da?«

»Sie meinen den Papageno?«

»Ja, genau: Widerwärtig! Ganz entsetzlich einfältig und dumm! Primitivster Populismus! Kabarett! Bah!« Der alte Mann zitterte vor Abscheu. Mit Mozart mußte man ihm nicht kommen, das war mal sicher.

»Mein lieber junger Freund«, sagte Don Aníbal dann wieder ganz ruhig, »ich hätte hier noch etwas ganz Besonderes für Sie. Eine, wie sagt man – Kuriosität?«

Er legte Beethoven auf, ein Klavierkonzert, ich glaube, das fünfte.

»Berliner Philharmoniker«, schrie Álvarez Buquel über das Gewühle der Streicher hinweg, »unter Furtwängler! Eingespielt in dem herrlichen Haus des Rundfunks von Peter Behrens bei Ihnen in Berlin, 1945! Oder 44? Jedenfalls mitten im Krieg! Da stand auf dem Dach schon die Flugabwehr. Hier, hören Sie mal: Bumm! Bummbummbubummm! Phantastisch, oder?«

Tatsächlich war in den leiseren Passagen Geschützfeuer zu hören. Die Philharmoniker spielten um ihr Leben. Es war gespenstisch. Es klang auch so, als hätte die Partitur im Grunde immer schon danach verlangt, daß sich die Musiker vor Angst und Schuld in die Hosen machen bei den Tutti.

»Ich dachte, das könnte Sie interessieren – gerade als Deutscher.«

»Wie meinen Sie denn das jetzt?«

»Ach, nur so« sagte dann der alte Mann und wischte das Thema mit einer Handbewegung aus dem Raum. Dabei fiel mir erst auf, daß er am linken Handgelenk ein goldenes Kettchen trug.

»Haben Sie nicht heute wieder Ihr kleines Rendezvous mit der Geschichte?«

»Wie bitte?«

»Der neunte November«, sagte Álvarez Buquel und hieb mit seinen langen, dünnen Fingern auf den Tischkalender, »mit dem Datum habt Ihr Deutschen es doch, nicht wahr?«

Sein alter Freund Sloterdijk habe da so Thesen … »Aber davon ein andermal.« Dann schlug die Uhr zehn, die junge Haushälterin trat diskret wieder hinzu, und Aníbal Álvarez Buquel sagte, er müsse sich nun seinen Studien widmen, was immer das für welche waren.

Als sich die Tür zu diesem Paradies hinter mir wieder geschlossen hatte, war ich mir immer noch nicht im klaren darüber, ob ich für den alten Mann jetzt ein kulturinteressierter junger Mann war oder ein hoffnungslos im neunzehnten Jahrhundert feststeckender Schwarmgeist und Rembrandtdeutscher. Noch weniger im klaren war ich mir darüber, was er selber eigentlich darstellen wollte. Und dann fiel mir erst auf, daß wir praktisch kein Wort Deutsch geredet hatten für das Geld, das er mir zahlte.

Das einzige, was sich in diesem Moment mit Sicherheit sagen ließ, war, daß der neunte November nicht nur in Deutschland ein Tag war, an dem alle dem Nervenzusammenbruch nahe waren. Auch in Madrid war das ein Feiertag, und als ich aus dem Haus trat, wurde ich beinahe über den Haufen gerannt von den vielen älteren Ehepaaren, die mit kleinen, energischen Schritten in Richtung Plaza Mayor unterwegs waren, die Männer mit weißgewordenen Franco-Schnäuzern, die Frauen unter frischen Zwiebelfrisuren. Kurze, kompakte, gut angezogene Senioren kamen aus jedem Hauseingang, aus jeder Pension und jedem Hostal und reihten sich ein. Viel Beige. Rostrot. Braun. Akkurate Krawattenknoten, blaßkarierte Hemdkragen, aus denen ohne Hals die rotgeäderten Köpfe wuchsen. Oder: Hemd, Krawatte, Strickjacke. Oder: Hemd, Krawatte, Strickjacke und Wollsakko in verschiedenen Pastellfarben. Manche trugen auch Capas, Umhänge wie die Majos auf Goyas frühen Genrebildern, und ihre Frauen hatten Trachten angezogen oder die Kämme aufgesteckt, die bei den verheirateten Frauen schwarz sind – und die Unverheirateten wärmten sich die Ohren mit den Kaschmirschals, denen die Firma Burberry so boshaft gern die Farbe von Erbrochenem gibt. In den Straßen zur Plaza Mayor hin wurde es dann eng, in der Arenal und der Calle Mayor waren die Fahrbahnen abgesperrt, und Spielmannszüge hatten Aufstellung genommen, ältere Männer stemmten wacker Standarten in die Höhe: *Casa de Soria en Madrid. Casa de Valladolid en Madrid. Grupo de Raíces Extremeñas.* Kinder in artigen Pullundern über dem zugeknöpften Oberhemd wurden unruhig, als die Almudena, die Schutzheilige aus der Kathedrale, auf die Plaza Mayor getragen wurde, wo zu ihren Füßen eine Messe gelesen wurde. Böses Murren der kleinwüchsigeren unter den Katholiken, als sich der deutsche Tourist neugierig nach vorne schob. Dann fingen gravitätische Herren plötzlich an zu drängeln, und die Damen waren sich nicht mehr zu fein, ihre kleinen, runden Ellenbogen einzusetzen, denn nun gingen gutaussehende junge Priester über den Platz und legten die Hostien in die aufgesperrten Münder, begleitet von dem Singsang der Massen: »*Siempre que comemos este pan ...*«; Siebzigjährige winkten aufgeregt wie Kinder, und das Gerangel um das Wunder der Transsubstantiation brachte aufwendige Volumenfrisuren in Gefahr. Beeindruckend war aber auch, mit welcher Hingabe die Gläubigen in den Kolonnaden erste Bierchen nuckelten; und Frauen in Tracht, die zwischen ihren vielen Spitzen hindurch schnell ein Zigarettchen rauchen, sind ohnehin ein wunderlicher Anblick.

»Un-Faß-Bar! Oder?« brüllte mir unvermittelt jemand auf deutsch ins Ohr; der blonde Martin aus der Universität. Er stand auf einmal neben mir, und er bebte vor Erregung: »Schau dir das an, Kollege, das ist das andere Spanien.«

»Das andere Spanien?«

»Das rechte.«

Martin ließ keinen Zweifel, daß er nur das linke für berechtigt hielt. »Ich bin hier, um mir das mal anzugucken«, erklärte er, »ich guck mir aber auch jeden Mist an, besonders den krassen.«

Ich sagte, daß er sich mir gegenüber nicht rechtfertigen müsse und daß mir persönlich diese Leute eigentlich ganz gut gefielen. Wenn man die letzten beiden Monate mehr oder weniger komplett im nördlichen Schatten der Gran Vía, zwischen Malasaña und Chueca, zugebracht hatte, hatte man noch einmal eine ganz andere Perspektive auf Männer, die den Mut hatten, gelbe Cordhosen zu tragen zu pinkfarbenen Mohairpullovern und taubenblauen Sakkos.

Das sah Martin ein. Und gegen eine ordentliche Portion Volksfrömmigkeit konnte er als einer, der im Nebenfach Ethnologie belegte, im Grunde auch nichts haben. Aber Katholiken waren wir beide nicht, und als uns die Liturgie ein bißchen lang wurde, beschlossen wir, die Sache bei ein paar *cañas* aus einer der Kneipen unter den Kolonnaden heraus zu verfolgen.

»Der Platz ist ein Meer von Köpfen«, sprach ich. »Keine bessere Dekoration als geputzte Menschen in Masse.« Martin schaute mich mit großen Augen an. »Die Mischung von Pfaffen und Soldaten ist recht drollig«, sagte er dann. Noch einer, der Meier-Graefe las und verehrte!

An die Theatralik, mit der wir uns daraufhin in die Arme fielen, kamen nicht einmal die religiös Verzückten da draußen auf der Plaza Mayor heran.

SIEBZEHNTE KRISIS

Die Höhlen des Nichts

Martin war ein Jahr älter als ich, stammte aus Lübeck und war alles, was ich auch gern gewesen wäre: Vor allem war er ohne Angst und ohne Argwohn. Heiner aus Bonn kolportierte, daß Martin irgendwann einmal einen Hund im Stammbaum gehabt haben müsse, vermutlich einen Foxterrier. Dafür gehörte Heiner seinerseits aber zu denen, die sich immer darauf berufen mußten, mit solchen wie Martin befreundet zu sein, wenn sie irgendwo wiedererkannt werden wollten, zum Beispiel jeden Montag im Círculo de Bellas Artes. Die Kellner taten jedesmal so, als hätten sie ihn noch nie gesehen. Martin kannten überall immer sofort und für immer alle, denn Martin war auf begeisternde Weise begeistert, agil und hübsch. Ja: hübsch, das konnte man nicht anders sagen, ein Mann muß keine ELSTER sein, um zu spüren, wann ein anderer gewinnend aussieht. Und Martin wirkte sogar dann noch gewinnend, wenn er impulsiv wurde oder sich in Rage schimpfte, denn selbst in diesem Wüten war etwas grundsätzlich Offenherziges, so daß es ihm keiner je richtig übelnahm. Es nahm aber auch keiner je richtig ernst. Oft habe ich Herzen ihm genau in dem Augenblick zufliegen sehen, wenn er mit rotem Kopf am Zetern war, vielleicht weil er dann einem Spatzen ähnelte, einem recht großen zwar, aber der Eindruck war am Ende wohl doch überwiegend der des aufgeplustert Niedlichen.

Viele hielten es, glaube ich, ohnehin für eine Überzeichnung, für eine Show, für Ironie, für ein Unterhaltungsprogramm, wenn Martin anfing, sich in etwas hineinzusteigern, denn das konnte genausogut wie eine fürchterliche Damnatio auch eine entschlossene Lobpreisung sein, und niemand hätte es jemals über das Herz gebracht, ihm mitzuteilen, daß er eventuell falschlag mit seinem enthusiastischen Lob oder seinem noch enthusiastischeren Tadel, denn alle schienen es gut zu finden, daß sich überhaupt mal einer so unabgeklärt aufregte über irgendetwas – zumal es dann auch immer so nett um seine hohen Wangenknochen zuckte.

Er war 1991 dabei gewesen, als die Jungs von der Antifa aus Lübeck rüber nach Grevesmühlen sind und am Ende einem Mecklenburger Skinhead der linke Zeigefinger fehlte. Abgebissen, sagte Martin und ließ dazu lachend ein Gebiß blitzen, mit dem man für Aronal und Elmex werben konnte. Er hatte es zunächst mit Freier Kunst probiert, fand dann Architektur interessanter und war jetzt bei den Kunsthistorikern gelandet, die er sicherlich auch irgendwann wieder verlassen würde, vielleicht in Richtung Webdesign oder Kulturwissenschaften oder Physik, oder vielleicht würde er auch eine Surfschule aufmachen, das ließ sich zu dem Zeitpunkt noch nicht genau sagen.

Seine Freundin hatte ihn in Madrid besucht und hier verlassen, weil er, wie sie ihm vorgeworfen habe, nichts zustande bekomme, weil er keinen gemütlichen Videoabend lang ruhig neben ihr sitzen könne und weil er ganze Vormittage lang durch die Stadt und ihre Parks renne. Martin war ihr dann mit der Situationistischen Internationale gekommen und der revolutionären Taktik des Umherstreifens. Außerdem bereite er sich auf den Marathon vor. Das hatte seine Freundin nicht besänftigen können, aber es hatte immerhin den Vorteil, daß er immer recht gut in Form war, obwohl er sich an den Abenden oft lange in den Straßen von Lavapiés herumdrückte, wo er ein paar Hausbesetzer kannte, die ihn zu ihren Partys einluden. Ein paarmal habe ich ihn aus Neugier sogar begleitet. Da saßen wir dann irgendwo an der Calle de Embajadores in kalkigen Höfen und mußten uns beim Kalimocho, der hier mit K geschrieben wurde, damit es unspanischer, baskischer aussah, über den Monopolkapitalismus unterhalten, denn ob ein Volk ein konservatives ist, sieht man nicht nur an seinen Katholiken, sondern noch viel deutlicher an seinen Kommunisten.

Nach solchen Abenden mußte Martin Sievers allerdings immer noch zurück nach Aluche, eine gemessen an seinem Lebenshunger langweilige Vorstadt, wo er in einer erstickenden Wohngemeinschaft mit zwei Ausstauschstudentinnen aus Frankreich hauste, von denen die dickere ihm nachstellte und die hübschere lesbisch war.

Es war zu befürchten, daß er es war, der den Zusammenkünften im Círculo de Bellas Artes den Namen »Autonomes Seminar« verpaßt hatte. Und als dieses Autonome Seminar ein paar Wochen später zu seiner Exkursion zum Escorial aufbrach, hielt Martin schon im Zug ein so grundsätzlich empörtes Referat über die geschichtliche und religiöse Rolle Philipps II., daß man den Eindruck bekommen konnte, der Mann hätte ihm persönlich etwas angetan.

Beate und Leander konnten es vor Interesse kaum abwarten und wollten von mir wissen, wie denn der Escorial nun sei, ich sei doch schon dort gewesen. Und ich sagte, ohne groß aus meinem Buch aufzusehen: »Der Escorial ist ungefähr so, wie man ihn sich denkt. Grau, grau, grau. Recht melancholisch und bei aller Größe ein bißchen miserabel wie alle Melancholiker. Irgendwo steckt etwas Verkrüppeltes.«

Als sie mich befremdet anschauten, zeigte ich aus dem Zugfenster und ergänzte: »Das Beste am Escorial ist ohnehin das Postament, die weite Ebene. Man sieht bis nach Madrid und womöglich noch weiter. Lüneburger Heide mit winzigen Oliven, die in der Ferne wie Heidekraut aussehen.«

Leander räusperte sich und zupfte mißtrauisch an seinem Adamsapfel, seine Beate aber maulte: »Ich dachte, der Escorial liegt im Gebirge!«

»Die Ebene ist nicht das Gegenteil des Gebirges, sondern die Norm für unser Dasein«, sagte ich gütig zu ihr hin, »große Städte ertragen nicht die Nähe hoher Berge! London ist nur in seinem bügelbrettartigen Gelände denkbar, Berlin nur neben Lichterfelde ...«

»Was redest du denn da für Schwachsinn?« Leander war richtig erbost.

Und ich zeigte ihnen die »Spanische Reise« von Meier-Greafe, die ich selbstverständlich mitgenommen hatte, und dann zitierte ich unverdrossen weiter: »Die Ebene bändigt die Massen, der Persönlichkeit löst sie die Flügel. Unseren größten Geistern hat der Blick auf weite Ebenen zur Klarheit geholfen. Das Denken wird reiner und allgemeiner, verliert die zufällige Form, wird monumental, von allen Seiten sichtbar. Böcklin hat nie den Schweizer überwunden, und Leibl verhärtete im Gebirge. Nietzsche ging in Sils Maria zugrunde. Wir brauchen die Ebene, um unsere Werke als Berge hineinzubauen.«

Hier nickten nun alle, die aus dem Flachland kamen, und die beiden Österreicher grantelten leise, trösteten sich dann aber damit, daß sie aus dem flachen Wien kamen, immerhin.

»Wir bevölkern sie mit unseren Gestalten, und der weite Blick erlaubt uns, jede einzelne im Auge zu behalten. So entstand das Objektive persönlicher Kunst. Eingesackt zwischen reizenden Hügeln, blieb Florenz immer auf die Primitiven beschränkt. Orvieto und Siena sind steile Festungen mittelalterlichen Geistes. In den Klüften der Alpen nistet der Aberglaube, und Schiller hatte unrecht: auf den Bergen ist Unfreiheit. Die weiten Lagunen lichteten der Malerei den Weg ins Freie. In dem Garten Flanderns blühte sie weiter. Aus dem Flachland Hollands wuchs ihr Größter empor. Es war vielleicht kein kleinlicher Pietismus, was Philipp II. trieb, seinen Escorial in diese Einsamkeit zu bauen, mit der weiten Terrasse, zu deren Füßen sich die grenzenlose Ebene ausbreitet. Seine kranke Gestalt erhält hier fast den Umriß der Größe.«

Man darf sagen, daß uns das im exakt erforderlichen Maß pathetisch und feierlich stimmte. Als wir nämlich nachher vom Bahnhof hoch zum Kloster schritten, verschlug es uns fast den Atem. Das Wetter war phantastisch, klar, kristallin, das Dunkelgrün der Olivenbäume in der Ebene glänzte weißlich, und der Escorial lagerte vor der Kulisse der Sierra de Guadarrama so genüßlich in der Sonne wie ein Hund vor seiner Hütte. Am Rande des Schlagschattens, den der Bau auf seinen westlichen Vorplatz warf, stand effektvoll postiert ein Männchen auf krummen dunkelblauen Beinen und stützte sich auf einen Stock mit Perlmuttknauf, das champagnerfarbene Jackett war mit einem Knopf geschlossen, damit das Revers der gelben Seidenkrawatte und der goldenen Krawattennadel einen angemessenen Rahmen geben konnte, und oben saß ein perfekter Knoten unter hell- und dunkelblaugestreiftem Hemdkragen. Im Mund des Mannes wippte majestätisch eine Tabakspfeife, die allerdings in einem sonderbaren Kontrast stand zu der Sonnenbrille, die er aufhatte: Die Gläser gingen über dem Nasenbügel ineinander über und waren verspiegelt, manche Skibrillen hatten diese Form. Don Aníbal Álvarez Buquel, der extra vorausgefahren war, um uns so in Empfang nehmen zu können, verlieh sie das Aussehen eines kapriziösen Insekts.

Er sagte: »'Erzlich Willkommen zu El Escorialle!«

Und ich erwiderte: »Alles in allem ein monumentales Krankenhaus!«

Álvarez Buquel konnte nicht ganz folgen. »Was 'aben Sie denn da für *disparates*, eh?«

Und ich zeigte auch ihm den Meier-Graefe. Kannte er selbstverständlich. Und ich fragte gar nicht erst nach, ob er damit nur das Buch meinte oder wie immer auch den Autor.

Simone aus Marburg erklärte jedoch, ihr reiche es allmählich mal mit diesem Meier-Graefe und seinem Tonfall, sie beklagte eine Tendenz zur Herablassung und zur Schnoddrigkeit, die dem Gegenstand sowie der Tiefe ihrer Empfindungen unangemessen sei; sie habe sich auf eine ernsthafte Auseinandersetzung gefreut, und nun so etwas.

Es war dann ausgerechnet Martin, der für die ironische Distanz in den Ring stieg und der Frau zu bedenken gab, daß die Abwesenheit von Originalität noch lange keine Tiefe darstelle, daß Fehlen von Esprit noch keine Ernsthaftigkeit ausmache. »Das«, sagte er erregt und stach dabei mit seinem Zeigefinger nach der Nase der erschrocken zurückweichenden Simone, »das ist ein sehr, sehr deutscher Irrtum!«, und wer sollte besser wissen als er, daß Irrtümer, die als deutsch oder sogar sehr deutsch gebrandmarkt werden können, gerade solchen Leuten doppelt unangenehm sind. Der implizite Vorwurf von romantischem Innerlichkeitsgetue lag damit auf dem Tisch, und bis zum deutschen Sonderweg war es von da aus nicht mehr weit.

Die Frau aus Marburg gab lieber murrend klein bei. Und in Wahrheit wußte ich selber ganz genau, daß dieser geschmäcklerische Tonfall im Grunde ein Pfeifen im Keller war, um die Wucht der Eindrücke zu mindern. Das blasierte Genörgel war ein Mittel, sich die Wucht der Steine und ihrer Botschaft vom Leib zu halten, denn diese Botschaft galt ja uns, leichtlebigem agnostischem Pack aus dem Norden. Der Bau tat seine Wirkung, und zwar so sehr, daß es sich bei uns zu einem kunsthistorischen Tourettesyndrom auswuchs.

Der königliche Palast kam mir mit seinen Azulejo-Kacheln an den Wänden vor wie eine andalusische Tapas-Bar, und die roten Marmorstufen, die in der Kirche zum Hochaltar hinführten, sahen mit ihren weißen Fettaugen von ferne so aus, als seien sie aus den Chorizowürsten geschnitzt, die man in solchen Bars zum Bier hingestellt bekommt. Der Laurentius auf Tibaldis Altarbild räkelte sich wie ein homosexueller Pornodarsteller beim Stellungswechsel, und die Grillroste, die überall als Signum des Titularheiligen des Klosters eingelassen waren, machten insgesamt eher den Eindruck von Fliegenklatschen. Aber das behielt ich alles für mich und referierte währenddessen die Baugeschichte, die Ikonographie und das Bildprogramm, so fachmännisch, wie ich das bei der Exkursion mit unserem Professor gelernt hatte, und so ernsthaft und fachausdruckgesättigt, daß sowohl Charlotte von Ziesar wie Simone von Marburg zufrieden sein konnten.

Martin dagegen ließ seinem Abscheu freien Lauf. Das ging schon in den Kellergewölben los, wo die Baugeräte ausgestellt waren, »wie Folterwerkzeuge!«, und vor Navarretes hinreißendem »Tod des Hl. Santiago Matamoros« bekam er einen richtigen Anfall: »Der Schwachkopf ist doch selber schuld«, zischte er zwischen seinen Zähnen hervor, und mit seinem rechten Arm boxte er dabei beinahe in das Bild hinein, »was ist denn das für eine scheinheilige Scheiße?«

Tatsächlich sah man den Heiligen, der im Vordergrund im barmenden Betgestus enthauptet wurde, im Hintergrund selbst noch einem Araber den Turban vom Halse säbeln. »Wenn er das mit anderen macht, ist es eine heilige Tat, und wenn es ihm passiert, ist es ein Martyrium, oder was?« Martin war knallrot im Gesicht. Die anderen guckten betreten. »Naja, vom Standpunkt der Christen aus…«, stammelte jemand.

»So. Das ist ein christlicher Standpunkt, ja?«

»Mein Gott, Martin, wir haben das Ding doch auch nicht gemalt.«

Aber Martin wollte sich nicht mehr beruhigen. In der Kirche legte er sich dann mit dem Wachpersonal an. Ich erläuterte die nicht besonders schönen Fresken von Cambiaso im Mönchschor, aber man mußte den Kopf beinahe um 180 Grad nach hinten klappen, wenn man sie von unten aus richtigherum sehen wollte. Die Fresken waren halt »blödherum« gemalt worden, wie Gertrud das in ihrem Wienerischen Tonfall ausdrückte. Und als Martin hochklettern wollte, wurde er von den Wächtern zurückgepfiffen. Auch Fotografieren war streng verboten.

»Und warum?«

»Darum!«

»Gibt es das alles denn auf Fotos oder Postkarten zu kaufen?«

»Nicht, daß ich wüßte.«

»Dann erlauben Sie bitte, daß wir das schnell fotografieren. Wir sind Kunsthistoriker, Forscher.«

Aber die Wächter blieben hart und amtlich: *No! El Patrimonio Nacional lo prohíbe.*

Martin zeterte und tobte. Es kam beinahe zu einer Rangelei.

Mir war das unangenehm. Die Sturheit der Wächter. Und unser Insistieren gleich mit.

Nicht einmal Don Aníbal konnte etwas erreichen. Wir durften nicht auf den Chor. Wir durften nicht in die Seitenkapellen, wo zwischen abgestellten Besen und Handwerksgeräten wichtige Heiligenbilder in der feuchten Dunkelheit verrotteten wie bei uns die ausrangierten Kinderspielzeuge im Kellerverschlag.

»Diese Bilder befinden sich hier in einem Limbus, in einer konservatorischen Vorhölle«, erklärte Don Aníbal auf spanisch, damit es die uniformierten Wichtigtuer auch mitbekamen, »sie sind nicht mehr wirklich im religiösen Einsatz und noch nicht in der Hand von sorgfältigen Museumsleuten. Es ist eine Schande.« *¡Una pena!* Dabei stieß er energisch mit seinem Stöckchen auf, und wieder durfte ich hören, wie die Wärter »Señores, *¡por favor!*« sagten und nachdrückliche Gesten zum Ausgang hin machten. Und wieder hatte ich das Gefühl, beinahe erfroren zu sein, im Inneren dieses Berges aus Granit.

»Sogar die Einfassungen der Lautsprecher sind aus Granit«, staunte Beate.

Darauf konnte ich nur erwidern: »Die übertriebene Echtheit des Materials bringt etwas Unechtes in den Bau.«

Und Martin wußte: »Granit ist übrigens radioaktiv. Nicht stark, aber immerhin.« Dann zeigte er auf die Kuppel und ergänzte: »Für mich sieht das ganze Ding ohnehin aus wie ein AKW.«

Wir fuhren mit dem Bus gleich weiter zum Valle de los Caídos, und der Ärger, den Martin dort hatte, fing schon damit an, daß das »Tal der Gefallenen« kein Tal war, sondern ein Berg. Die Landschaft war herrlich, die Straße wand sich eine Weile durch einen schönen Talzug, und dann kam linker Hand ein monumentales Gartentor mit einer Krone aus Doppeladlern und Kreuz, danach ging es kilometerlang durch einen Wildpark am Hang bergauf. Links und rechts tauchten je zwei Säulen auf wie im Wappen der Habsburger: Plus ultra; ohne Wölbung, Basis und Kapitell sahen sie allerdings aus wie stummelige Schornsteine. Dann kamen wir über eine Brücke, auf deren Geländer die kleinen granitenen Obelisken thronten, die wir von den Dächern des Escorial schon kannten. Von dieser Brücke wurde einem nun ein erster Blick auf das große Kreuz gewährt, in weiter Ferne wuchs es aus seinem Hügel, genau an der Stelle, wo die Felsen einen dahinterliegenden Bergpaß berührten. Das war gut inszeniert, das mußten alle, bis auf Martin, zugeben. Das Kreuz verschwand wieder hinter den Bäumen und wirkte als Nachbild fort, bis es hundertmal vergrößert plötzlich wieder über einem war.

Wir fuhren gleich bis zur Rückseite des Berges weiter, wo das Kloster lag. Es war kein Mensch zu sehen. In den Wasserbecken moderte Laub, und der Kreuzgang erdröhnte von Fliegen. Es müssen Abertausende gewesen sein, und es war gespenstisch. »Statt der Hitze hat man hier die Fliegen«, zitierte ich wieder Meier-Graefe aus seinen Eintragungen zum Escorial. »Sie sind noch viel weniger erträglich. Die Hitze kann man vergessen, die Fliegen aber nicht. Sie verhindern jeden Gedanken und sind sicher schuld an dem unintellektuellen Dasein aller südlichen Völker.«

»Nun«, sagte Don Aníbal, ganz unrecht habe er hier damit möglicherweise nicht, »Sie wissen, daß dieses Kloster ursprünglich eine Kaserne werden sollte?«

Wußten wir natürlich nicht. Wir wußten gar nichts. Nur ein Büchlein hatte ich in der Bibliothek auftreiben können: »El Monumento de Santa Cruz del Valle de los Caídos por Dom Justo Pérez de Urbel« von 1959, eine hemmungslose Jubelbroschur. Andere Quellen ergingen sich in der Schätzung der Todesopfer, die der Bau unter den republikanischen Zwangsarbeitern gekostet hatte. Das Kloster wurde entweder gepriesen oder verdammt, erklärt wurde es nirgends. Wir gaben Don Aníbal die Gelegenheit, uns die Dinge zu erläutern, und er ließ sich nicht lange bitten: »Nun. *Después de la guerra,* Franco wollte machen eine große Grab, in Theorie für beide Seiten, *pero en realidad* es sollte werden eine Pyramide, ein *gran monumento* für sein Regime.«

Wir sagten ihm, er könne ruhig gänzlich spanisch mit uns reden, aber Don Aníbal bestand auf seinem Deutsch, mit französischer Aussprache: »Die Grundfrage war: wie könnte die Kunst des neuen Staates aussehen? Sie dachten, dasse Escorial war eine Beispiel von die spanische Architektür. Und in die ersten zwei Jahrhundert zum Beispiele, eh, in diese aufklaren Momente, sie dachten, daß Escorial war die, die äh, Klassiker der spanische Architektüre.«

Wir nickten geduldig.

»In Spanien die Architekten 'atten keine Erfahrung, und bis 1936 sie waren Rationalisten, und einen Tag später, sie sollten Faschisten werden. Und sie 'atten keine Idee, was bedeutete diese faschistische Alternative. Unde, eh, in einem Momente, ein schlechter Architekt, Diego Mendes, der Architekt, der Valle de los Caídos gebaut hat, war eine schlechter Architekt, er hat nur eine Idee ge'abt, und das ist, daß er eine Loche in dem Berge machen. Ja, und das wäre Valle de los Caídos.«

»Aha«, sagten wir.

»Während vielleicht sechs oder sieben Jahre tausende prisonier... *prisoneur*?...«

»Gefangene?«

»... Gefangene 'aben in diese Werk gearbeitet, sie 'aben mit Dynamit zum Beispiel gearbeitet. Es war viele, viele Unfälle, viele Leute sinde gestorben. Spanien hatte gar nicht die Materialien, um so eine große Werk zu machen. Es gabe keine Eisen, und sie sollten nur naturelle Materialien benutzen, mit Dynamit arbeiten und so weiter.«

»Aber warum wollten sie das Werk denn überhaupt so groß?« wollte jemand wissen.

»Ja. Warum haben sie es so groß gemacht? Weil Franco wollte eine Denkmal für die neue Regierung bauen. Und es gibt diese riesige Kreuz, und es gibt die große Basilique im Berge … aber es ist nur ein Loche, ein Tunnel, es gibt keine architektonische Lösung, keine Antwort … *Es una pirámide. Una pirámide funeraria, egíptica.*«

Er sprach dann wieder spanisch, vom Kult an den Tod, dem »*culto a la muerte*«, von der Todesverliebtheit der Faschisten, von den Totenköpfen an den Mützen der SS-Männer. Und davon, daß der Tod ein großer Mythos sei, dem sich die Menschen hingeben, um zu fühlen, wie klein das Leben ist. Und dann sprach er von der Ruinensehnsucht der Faschisten, von dem Traum, die Trümmer legendärer Reiche zu hinterlassen. Das Valle de los Caídos, erklärte Aníbal Álvarez Buquel schließlich, sei als künftige Ruine gebaut worden. Und irgend jemand meinte mit Blick auf das Gras, das durch die aufgeworfenen Platten des Parkplatzes wuchs, das sehe man auch.

Mich beschäftigte die Frage, warum Denkmale wie dieses immer so erbarmungslos gegen ihre Urheber aussagen. Warum sie grundsätzlich das Gegenteil ihrer Botschaft bewirken. In diesem Fall eine Abscheu vor dem Faschismus, die sich aus seinem künstlerischen Unvermögen begründet. Franco hätte keinen einzigen Republikaner erschießen lassen müssen, um als dunkle Figur in die Geschichte einzugehen; dieser Bau hier hätte schon gereicht. Die Kommunisten waren mit ihren Gegnern vielleicht nicht zimperlicher, aber Denkmale konnten sie eindeutig besser, fand ich. Und ich fragte mich, ob das am Ende, in ein paar Jahrhunderten, wenn den Leuten die großen Kämpfe des zwanzigsten Jahrhunderts so fern und unwichtig geworden sein werden, wie uns heute diejenigen zwischen Guelfen und Ghibbelinen zur Zeit Dantes, nicht ein viel entscheidenderes Kriterium sein würde als alle Politik. Wenn ich mir währenddessen Martin anschaute, wie er angefüllt mit moralischer Empörung durch das Eingangstor marschierte wie eine Befreiungsarmee, dann ahnte ich, daß der grundlegende Unterschied zwischen uns beiden wahrscheinlich darin bestand, daß ich mir die Welt lieber ästhetisierend vom Leib hielt, während Martin mit Leidenschaft und Engagement darin herumsprang.

Drinnen, Martin war bereits mißbilligende Blicke auswerfend in die Tiefe des Raums gestampft, war es tatsächlich trotz der Größe bedrückend. Ein Tunnel, der in einen noch höheren und längeren Tunnel mündete, bis irgendwo gegen Ende hin ein Schacht nach oben weg zum Kreuz hinging. Da war der Altar. Links und rechts standen entsetzliche Engel. Granitene Gespenster stellten die Luft-, Wasser- und Landstreitkräfte dar. In einer Seitenkapelle stand »Gefallen für Gott und Spanien 1936-39 R.I.P.«, ich zeigte es Martin lieber gar nicht erst. Der hatte ohnehin schon etwas ganz anderes entdeckt: das Grab von Franco. Es lagen frische Nelken auf der Platte. Rote und Weiße. »Derselbe Geschmack wie die Kommunisten!« sagte ich, aber Martin war nicht zu Späßen aufgelegt. Er machte den Eindruck, als wollte er auf der Stelle die Grabplatte herausreißen. Ich suchte statt dessen das Grab von Primo de Rivera und fand es gegenüber, allerdings war es kumpelhaft mit »José Antonio« beschriftet, übrigens in dieser Schrift, die man gelegentlich auch in Italien an den Häusern aus der Zeit des Faschismus sieht, mit diesem sehr schmalen eleganten S, das wie die Diagonale im Prozentzeichen zwischen den anderen Buchstaben liegt. Dieses S war für mich eigentlich das Beeindruckendste an dem ganzen Bau. Abgesehen natürlich von der Aussicht auf die Landschaft. Überhaupt schien das alles nur gebaut worden zu sein, um am Ende wieder herauszukommen und dann vor diesem grandiosen Panorama zu stehen. Die Hänge zur Linken wie zur Rechten waren Brokkoli, nur vereinzelt ließ sich Laubfärbung sehen. Und in der Mitte erstreckte sich Hunderte Kilometer weit das Land. Man hatte den Eindruck, wenn man nur lange genug schaue, werde man in der Ferne auch irgendwann das Meer erblicken.

Darüber übersah man beinahe, was auf der riesigen Freifläche im Vordergrund los war. Dort hatten nämlich inzwischen etwa vierzig junge Burschen Aufstellung genommen. Einige standen in merkwürdigen Geometrien, andere diskutierten erregt. Nicht alle trugen Glatzen, aber die meisten hatten Polohemden mit rotgelbroten Streifen am Kragen an. »Ach das«, sagte Don Aníbal, »das werden die jungen Falangisten sein, die schon mal ihre Stellprobe machen für N-20.«

»N-20?«

»Der zwanzigste November! Francos Todestag. Dann ist hier oben ein bißchen mehr los als heute.«

Martin konnte es nicht fassen. Und er konnte es auch nicht lassen: Er machte extra einen Umweg, damit er genau durch die Aufstellung der Falangisten trampeln mußte. Es kam fast zu einer Rangelei mit einem dunkelhaarigen Knaben, der gar nicht aussah wie ein Rechtsradikaler, sondern eher wie ein adretter Medizinstudent. Für einen Moment standen sie sich näher gegenüber als ein Liebespaar, das sich küssen will, dann ging Martin aber weiter, und der Medizinstudent machte beschwichtigende Gesten zu seinen Burschen hin, vermutlich sollte es hier vor dem Allerheiligsten keinen Ärger geben, aber er schaute Martin noch lange hinterher, so als wolle er ihn sich einprägen und später einmal zur Rechenschaft ziehen.

ACHTZEHNTE KRISIS

Die Epoche des »zufriedenen jungen Herrn«

Währenddessen begannen die Dinge in der Calle del Desengaño, sich ein wenig zu überstürzen. Es fing damit an, daß ich eines Abends nach Hause kam und im Flur vor einer Wand aus Kisten stand, die Jesús' Schwester von den Kanarischen Inseln herübergeschickt hatte. Es gab schwere Kisten und sehr leichte. In den schweren befand sich zu flachen Scheiben geschnittenes Lavagestein. In den leichten waren kleine, batteriebetriebene Plastikuhrwerke. Es komme nur darauf an, erklärte Jesús, diese beiden Dinge zusammenzubringen, auf einen Sockel zu stellen, und – zack – schon habe man eine schöne Uhr aus Lavagestein. Eine Lavauhr. Er freute sich wie ein Kind und wollte wissen, wie wir das finden.

Mich erinnerte es an ein Wiener Schnitzel mit Zeigern darin.

Heiko assozierte das Bodenblech seines 1983er Seat Ronda, der ihm dann auseinandergefallen sei. Und die Mumie sah es praktisch: Die Uhr zeige die Zeit an und warne mit dem dunkelgrauen löchrigen Gestein gleichzeitig vor den Gefahren des Rauchens.

Jesús war das nicht enthusiastisch genug. Er wollte noch vor Weihnachten damit auf den Markt. »Lavalampen sind im Moment der Renner!«

»Aber das ist etwas anderes«, erklärte Heiko in einem Ton, mit dem man Kinder erzieht.

»Eben!« schrie Jesús mit wichtigem Gesicht: »DAS hier ist echte Lava. Nach dem Geflacker wollen die Leute etwas Solides.«

Mit den Uhren wollte er anfangen, dann, wenn das liefe, sollte das Geschäft ausgeweitet werden. Jesús plante Aschenbecher und Zierteller aus dem kanarischen Material. Kleine Flamencotänzerinnen könnten aufmontiert werden. Dekor-Stiere sowieso. Jesús stellte uns langfristig sogar die Nachbildung von iberischen Schinkenkeulen in Lavagestein in Aussicht. Aber beginnen sollte es mit den Uhren.

Als jedoch herauskam, daß er uns bereits fest für die Montagearbeiten mit eingeplant hatte, reagierten die anderen außerordentlich ablehnend, Heiko schimpfte auf deutsch über häßlichen »Nippes«, und José María erklärte heftig, derlei »Souvenirs« würde er nicht einmal in die Hand nehmen.

Da tat mir Jesús ein bißchen leid, denn er mochte seine Lavauhren wirklich. Und ich erklärte, so dürfe man über Souvenirs nicht reden. Die Souvenirs in ihren Schrankwänden seien auch nur die verstoßenen Geschwister der Wertgegenstände in den arroganten Kunstsammlungen.

Das sei aber schön gesagt, lobte Jesús.

Das alles ergab eine Situation des Einverständnisses und der Mitmenschlichkeit, von der ich kurz glaubte, ich könnte sie vielleicht nutzen, um ein kleines Ersuchen nach Mietminderung loszuwerden. Ich sei ebenfalls nur noch ein ärmlicher Verwandter desjenigen, der einst hier eingezogen war, das Zimmer sei zu teuer für die Gegend, der Hof zu laut für den Preis, das viele Feiern, zu dem ich in diesem Haushalt gezwungen werde, habe ebenfalls seine Kosten, und auch stehe ja bald Weihnachten vor der Tür …

Jesús sagte: Kein Problem, darüber könnten wir gerne verhandeln – und knöpfte sich vor meinen Augen mit einladend gemeintem Gesichtsausdruck die Hose auf.

Es blieb dann also alles beim alten. Dafür gab er mir aber eine Uhr aus original kanarischer Lava als Weihnachtsgeschenk für meine Eltern mit, die ich unauffällig verschwinden lassen müßte, bevor ich in der Mitte des Monats zum ersten Mal wieder nach Hause flog.

Es war derselbe Abend, an dem unvermittelt Naelio ins Wohnzimmer schritt, in einen gewaltigen Nerzmantel gehüllt, unter dem er ein wenig schwitzte, und die Anwesenden unter theatralischen Gesten darüber aufklärte, daß ihn ab sofort nach gesellschaftsfähigerem Umgang verlange. Darauf verließ er das Haus türenknallend und für immer.

Es war nicht genau auszumachen, was vorgefallen war, aber es sah so aus, als hätte José María seine Hände im Spiel. Jedenfalls war bei ihm die Freude über Naelios Auszug am größten. Und bei Jesús waren zum ersten Mal so etwas wie Kummer, Ratlosigkeit und Niedergeschlagenheit zu erkennen, wie er da zwischen seinen Lavascheiben und Uhrwerken hockte. Aber er bekam sich schnell wieder in den Griff.

Die nächste Gelegenheit, schmierig zu werden, kam schon mit meinem Vorschlag, einen guten Freund von mir einziehen zu lassen, sein Name sei Martin.

Für Jesús war damit klar, daß ich doch eine ELSTER sei und ihn nur nicht heranlassen wolle – aus »dieser typischen aggressiven deutschen Arroganz« heraus, mit der wir die Spanier auch in der Europäischen Union immerzu hinhielten und kleinzumachen versuchten.

Als Martin sich dann persönlich vorstellte, war er regelrecht bezaubert. Er drehte ihm verzückt am Kinn das Profil ins Licht und fragte, ob er ihn mal malen dürfe, »in SS-Uniform«.

Daraufhin bot ihm Martin Prügel an, was Jesús nun noch beglückter aufjauchzen ließ, und es hätte auch alles noch ganz böse enden können, wenn ich nicht eingeschritten wäre, um die beiden an ihre Interessen zu erinnern: Martin bekomme ein günstiges Zimmer im Zentrum, Jesús einen pünktlich zahlenden Mieter mit dem berühmten deutschen Verständnis von Ordnung und Sauberkeit. Die beiden einigten sich in der Folgezeit irgendwie darauf, sich gegenseitig nicht für voll zu nehmen.

José María hatte in Martin ab sofort jemanden, den er noch begehrenswerter fand als mich, was auch eine Entlastung darstellte. Und die Mumie war es ebenfalls zufrieden, denn Martins in die Stirn hängendes Blondhaar wie auch sein sprunghaftes Temperament erinnerten sie an einen anderen Deutschen, nämlich an den Fußballspieler Bernd Schuster, der seinerzeit den Weg von Barcelona über Real zu Atlético und damit auch in ihr Herz gefunden hatte, welches wiederum ansonsten aber weitgehend doch Heiko zu gehören schien. Und der war auch der einzige, der ein Problem daraus machte, daß Martin nun bei uns wohnte. Die beiden standen sich von Anfang an mit gefletschten Zähnen gegenüber. Martin nannte Heiko einen primitiven Macho. Heiko beschimpfte Martin als Zecke. Abgesehen von diesem Wort, für das er offenbar die Übersetzung nicht kannte, sprach Heiko Martin nur auf spanisch an. Ich kannte dieses Verhalten ja schon. Martin lachte ihm aber nur mit offenem Visier entgegen, er sagte gütig: »Komm runter, Dicker, dein Spanisch klingt grausam«, und hielt ihm aufmunternd ein Bier hin.

Zum Monatsende erklärte Heiko, er werde ausziehen. Es war ein Schock, schließlich war einem dieser Mensch bei aller Unleidlichkeit über die Monate doch beinahe so etwas wie ans Herz gewachsen. Er beeilte sich zu beteuern, daß das nichts, absolut gar nichts mit Martin zu tun habe, denn das wäre ja noch schöner, auch wenn ihm die Anzahl von Deutschen in dieser miesen Pension hier schon ganz gewaltig stinke, das mache ihm den Abschied aber lediglich leichter. Vielmehr sei es nämlich so, daß er habe einsehen müssen, daß Madrid offensichtlich zu dumm und zu vernagelt sei, um seine Qualitäten auch nur annähernd ästimieren zu können, dies zwinge ihn zu Konsequenzen, und deshalb folge er nun dem Ruf eines informierteren Arbeitgebers und gehe, bereits zum ersten Dezember, nach Bilbao.

»MITEINANDERSCHLAFEN!« schrie Jesús. »Zu den Basken?!«

José María schüttelte vorwurfsvoll seine Frisur und murmelte: »HOSTIEN!«

Und die Mumie saß mit verkniffenen Lippen über ihrer Maschine und nähte, als könne sie dadurch etwas ändern.

Die Gestalt, die Jesús schon einen Tag nach Heikos Auszug als dessen Nachmieter einführte, stellte alles, was ich bisher in diesem Haushalt schon kennenlernen durfte, noch einmal deutlich in den Schatten. Die Gestalt, anders kann man es nicht nennen, denn ihr Aggregatszustand befand sich irgendwo zwischen der Präsenz einer Person und dem Irrlicht einer Erscheinung, diese Gestalt also hieß Héctor, wußte nicht recht, ob sie mal Männlein oder Weiblein werden wollte, und trat in verschiedenen Lokalen rund um die Plaza de Chueca mit einer Travestienummer auf.

Martin nannte Héctor von Anfang an Vektor, weil sein Pagenschnitt wie ein Pfeil auf dem strichförmigen Körper saß. Jesús und José María nannten ihn Héctoria, und María José freute sich, daß sie nun jemanden hatte, mit dem sie sich über experimentelle Nadelarbeit austauschen konnte.

Mich erinnerte Héctor an die ausgemergelten Schmerzensmänner von Luís de Morales im Prado, durch den ich jetzt, wo ich mit Martin einen streitbaren Begleiter hatte, wieder häufiger ging. Und einmal, es war bereits Mitte Dezember, gingen wir sogar jedes einzelne Bild ab, um uns für die Dauer der Weihnachtspause von den alten Bekannten in aller Form zu verabschieden.

Ich wußte inzwischen blind, wo was hing. Damals waren, wenn man vom Ritz her reinkam, vorn links die Italiener, es kam massenhaft Tizian, dann El Greco, der spröde Antonis Mor, und dann ging das mit Velázquez los. In der Mittelgalerie hingen die Heiligen von José Ribera mit ihren entzündeten Augenrändern und mit mondbeschienenen Stirnen, eher Gegenstände der Astronomie als der Hagiographie; hier schmuste Ribaltas Hl. Bernhard mit dem Gekreuzigten, und auf den Stilleben des Sánchez Cotán hing in rätselhaften Hyperbeln das Gemüse an Stricken aus dem Jenseits ins Bild. Später kamen die Zurbaráns und noch später Murillo, nach links rein hingen die Franzosen und dahinter säleweise nur noch Goya. Dort versperrten lärmende Schulklassen den Blick, fast immer übrigens aus Frankreich und keine Zierde für das Nachbarland. Man mußte Angst haben, daß die desinteressiert und verwahrlost aussehenden französischen Kinder Kaugummis oder Nasenschleim auf die Leinwände schmierten. Die Aufseher waren nicht zu beneiden, hier galt es konservatorische Interessen mit diplomatischen Rücksichten, Nachsicht gegenüber der Jugend und eine jahrhundertealte, gut konservierte Skepsis gerade den Franzosen gegenüber (Jesús, und nicht nur der, fest überzeugt: »Waschen sich nicht, haben deshalb das Parfüm erfunden!«) in zwei beredt nach oben gezogenen Augenbrauen unterzubringen.

Manchmal waren mir die Säle im Untergeschoß angenehmer, wo sich die Leute nur vor Boschs »Garten der Lüste«

drängelten und einen ansonsten mit den Dürers, Cranachs, Altniederländern und frühen Spaniern weitgehend allein ließen, und am ruhigsten war es ausgerechnet bei Rubens, der den anderen Flügel komplett für sich hatte: Rubens war zuviel für die meisten, hier konnte man stundenlang sitzen und unbehelligt zusehen, wie die nackten Weiber aus den Leinwänden platzten, um durch den Raum zu toben und einem ihre Brüste und Bäuche und Blumensträuße ins Gesicht zu klatschen. Und aus seiner Ecke lachte dazu ein unglaublich gut gemalter Satyr, der mir vorkam wie Jesús, Heiko, José María und María José zusammen.

Inzwischen hängt das aber alles ganz anders, und nichts ist mehr so, wie es einmal war.

Nachher standen wir noch eine Weile bei den Buden auf dem Mittelstreifen des Paseo del Prado und kauften Fußballschals von Real, von Atlético und von Rayo Vallecano, die damals auch mal in der Primera División mitspielen durften. Zu Hause würde sich schon finden, wer sich darüber freut. Eine Losverkäuferin meinte, wir könnten unmöglich weitergehen, ohne an der großen Weihnachtslotterie »El Gordo« teilzunehmen, die schon so viele Menschen reich und glücklich gemacht hatte. (Gewöhnlich Dorfgemeinschaften in unwegsamen Bergregionen; wenn im spanischen Fernsehen um den Jahreswechsel herum zahnlose Bauern gezeigt werden, die davon reden, daß sie sich jetzt eine Jacht kaufen werden oder wenigstens einen neuen Esel, dann handelt es sich um die Gewinner von »El Gordo«.)

Und natürlich waren auch die Jungs mit den Stierkampfplakaten da.

Plaza de Toros de Madrid
Extraordinaria Corrida
6 magníficos y bravos toros
de D. Germán Garvas Díez

José Mª Manzanares
Pedro el Bravo
Julián López »El Juli«

Und dazwischen, mit Stempelbuchstaben:

Your Name Here

Ich war erschüttert: Ich sah diese Plakate schon zu Hause in Deutschland auf Gästetoiletten hängen, mit eingestempelten Teutonennamen zwischen den Toreros. Pedro el Bravo neben Horst Schulze.

Martin hatte offenbar das gleiche Bild vor Augen. Er sagte dem Stempelmann, er kaufe so eines, und sein Name laute:

»Im Sitzen pinkeln«

Ich hatte ein bißchen Sorge, daß andere deutsche Touristen etwas sagen könnten, denn der Mann war mit so einer rührenden Inbrunst am Stempeln. Dies, so Martin, sei sein Geschenk an die beiden strengen Frauen in seiner Wohngemeinschaft zu Hause im Hamburger Schanzenviertel.

Für mein Umfeld hielt ich Zarzuela-Platten für angemessener.

»Das sind so spanische Operetten, nicht wahr?«

Mir lag eine Spur zuviel Herablassung in der Art, wie Martin das fragte. »Das sind Opern, spanische Opern«, erwiderte ich und war ein bißchen beleidigt, und das wurde nicht besser dadurch, daß ich mich anschließend von Martin auch noch belehren lassen mußte, über Wesen und Geschichte der Zarzuela. Er kannte sich, das war beschämend, besser damit aus als ich.

Wir teilten uns also mit, daß wir von den Weihnachtsgeschenken des jeweils anderen wenig hielten, mir war seines zu humorig und ihm meines zu kitschig. Und mit diesem grundsätzlichen und noch mehrfach hart diskutierten Dissens verabschiedeten wir uns schließlich ein paar Tage später auch in getrennten Flugzeugen nach Deutschland in die Weihnachtsferien.

Wir würden am Ende ja sehen, wer mehr Erfolg hatte. Und daß Scherzgeschenke niemanden begeistern, am allerwenigsten Frauen, soviel schien mir eigentlich sicher. Aber verlassen wollte ich mich darauf, nach allem, was ein halbes Jahr in Madrid mich gelehrt hatte, auch wiederum nicht mehr. Und deshalb nahm ich die Lavauhr, die Jesús mir für meine Eltern gegeben hatte, vorsichtshalber doch mit.

NEUNZEHNTE KRISIS
Erste Einsamkeit

Als ich in Deutschland wieder aus dem Flugzeug stieg, traf mich die Kälte wie ein Faustschlag. Ich kam mir unmittelbar vor wie ein Reisender aus dem Süden und besah mir das Land dann auch so. Ich stellte mir vor, noch nie dagewesen zu sein und nur Verheißungsvolles darüber gehört zu haben. Dann ist es von der ersten Sekunde an ganz schön ernüchternd. Erschreckend ist weniger das Uncharmante, das hätte man sich ja vielleicht schon so gedacht und ist vielleicht auf allen Flughäfen der Erde so. Erschreckend ist, wie kleinlich und geduckt es zugeht, sobald man den Flughafen verläßt, wie schnöde die Städte einen empfangen, und der Eindruck des Schäbigen wächst mit der verdrucksten Säuberlichkeit. Ich fand generell die Häuser zu klein und die Menschen zu groß. Und diese Verschiebung der Dimensionen bewirkte, daß mir gerade das Zwischenmenschliche recht grob vorkam.

In der Universität erzählten sie sich, daß Charlotte von Ziesar und Robert Borgmüller jetzt ein Paar wären, und beide leugneten es nur halbherzig. Charlotte wirkte ein bißchen aufgeschreckt, so als ob es ihr unangenehm wäre und sie es eventuell noch leugnen könnte. Sie behandelte Robert wie einen Jungen, der nichts als dumme Sachen sagt, und fragte mich lauter Dinge über meine Zeit in Madrid, hörte dann aber bei den Antworten nur mit halbem Ohr hin.

Mir schenkten sie ein kleines Buch. »Verbrechertum und Prostitution in Madrid« von C. Bernaldo de Quirós und J.M.L. Aguilaniedo, Band III aus der Sexualpsychologischen Bibliothek des Dr. med. Iwan Bloch. Robert hatte es in einem Antiquariat in der Wiener Annagasse gefunden, es habe da in einer Außenvitrine gestanden und danach geschrien, mir und niemand anderem geschenkt zu werden.

»Immerhin von 1899!«

Ich bedankte mich und lobte den originellen Einfall. In Wirklichkeit war ich ein bißchen konsterniert, weil unser bisheriges Verhältnis nicht darauf hätte schließen lassen, daß sie mir plötzlich mit Geschenken kommen würden, und ich überlegte, ob es adäquat wäre, mich mit Starobinskis Buch über die »Ambivalenz sozialer Gesten« zu revanchieren, das seit einiger Zeit auf meinem Stapel lag (immer noch der Bettlermotive wegen). Allein die Einseitigkeit der Gabe beschämte, vom Titel mal ganz abgesehen.

Unser Abend endete früh. Charlotte wurde kalt, und Robert meinte, er habe leider auch noch zu tun; ich sagte, dafür hätte ich Verständnis.

Schnee lag auf den Bürgersteigen, die Leute tasteten sich unsicheren Fußes wie Betrunkene durch die Straßen, die Autos spritzten ihnen dabei noch die Kieselsteine des Winterdienstes gegen die Beine, und der Himmel hing einem über dem Kopf wie ein bleiernes Buch von Anselm Kiefer.

Als ich dem Professor, der in seinem Zimmer zwischen fragilen Turmkonstruktionen aus Büchern, Hausarbeiten und Dissertationsmanuskripten kaum zu sehen war, die drei Forschungsthemen aufgezählt und erklärt hatte, die meiner Ansicht nach für die Magisterarbeit in Frage kämen, beschied er fahrig: »Gut, prima, das machen Sie mal.«

»Welches denn jetzt, alle drei?«

»Ach so, hmm. Was waren noch einmal die Themen?«

Dafür freuten sich zu Hause alle, daß es bei dem Jungen so überaus gut voranging. Und daß er bei einem Rechtsanwalt und einer Modedesignerin in einer schönen Wohnung gleich bei der Gran Vía untergekommen war. Das klang doch alles sehr solide. Die Lavauhr hingegen löste höfliches Erstaunen aus.

Am ersten Feiertag kamen verschiedene Onkel und Tanten und fragten, wie es mir gefalle »dort unten«. Und wenn ich ihnen antwortete, daß ich es kaum abwarten könne, wieder nach Madrid zu kommen, dann war das so wahr gesprochen wie selten mal was.

Dann wieder Barajas. Wieder der Anflug über das rote, karge Land mit den dunkelgrünen Mustern, die eine sparsam kalkulierende Vegetation in die Hochebene gepunktet hatte. Wieder zuerst das Rot des Bodens und dann das Rot der Vorstadtsiedlungen, das ineinander übergehende Rot des Lehms und der Ziegel. Das helle Wetter. Die harten Kontraste. Eine Überdosis Klarheit nach den dunkelnden Mittagen des deutschen Dezembers. Aus dem Flugzeugfenster wieder der Blick auf die Steilküste am Rande des Flugfelds mit seinem schütteren weißlichen Grün auf den Klippen. Dann der Geruch der Reinigungsmittel, wie immer länderspezifisch. Das erste Gefühl von Heimat für die Einheimischen, das erste Gefühl von Fremde für die Fremden. So wie der Flughafen eines Landes werden auch die Videokabinen in seinen Sexshops riechen, hatte Heiko einmal behauptet, und Jesús hatte zugestimmt.

Salidas y Equipaje. Exit and Baggage. Koffer in Frischhaltefolie wurden durch den Zoll gewuchtet. Für mich, den hinter dem Ausgang niemand erwartete, ein betont routinierter Auftritt: Hier kommt jemand, der keinen braucht, der ihm ein Schild mit seinem Namen entgegenhält, ich WOHNE hier.

Im Bus saß ich natürlich ganz hinten und ließ auf der Avenida de América die Stadt an uns emporwachsen. Und in der kleinen Endstation unter der Plaza de Colón hing nur noch ganz schwach die Erinnerung an eine Studentengruppe aus Deutschland.

Die Metro kam wieder von der falschen Seite, und durch die geöffneten Fenster brüllten die Tunnel ins Wageninnere hinein. Männer mit Dreitagekinn, Wanderarbeiter mit schmalen Mündern und müden Augen, alle grundsätzlich immer in Trainingshosen; junge Frauen in schwarzen Kombinationen und Hosen aus glänzendem Elasthan, die Entsprechung zu den Moschino-Gürtel-Türkinnen bei uns; Jungs mit kurzen Haaren und dicken Schuhen, Studentinnen, die ihre Mappen in den Armen wiegten, wie die Frauen anderswo ihre Babys.

Dann kam wieder das Duett von dem Mann und der Frau, die man sich nur als ein Paar vorstellen konnte, das sich bei der Arbeit unter dem Tisch gegenseitig durchkitzelt und Mühe hat, ernst zu bleiben:

»*Próxima estaciónnnn:…*«

»*…Alonso Martínezzzz …*«

»*… Corrrrrespondencia con …*«

»*… Líneas cinco …*«

»*…. y …*«

»*… diez.*«

Schließlich das beleidigte Knallen der Türen am Ausgang zur Gran Vía, wo schon wieder der Wahnsinn des Abends losgebrochen war, die marokkanischen Taschendiebe zerrten zeternd und gestikulierend an den Hosenbeinen von erschrockenen Touristen aus Korea, und die Polizisten nahmen die Trillerpfeife gar nicht mehr aus dem Mund.

»Gut, daß du kommst«, sagte Jesús vom Büro her zur Begrüßung, »du kannst bitte gleich mal hier unterschreiben.«

Ich las:

»Sehr verehrte Damen und Herren Klienten, Nachbarn und Freunde, wir wünschen Ihnen ein gesegnetes, glückliches und erfolgreiches Jahr 1997! Auch im kommenden Jahr stehen ich und mein Team von internationalen Finanzfachleuten Ihnen wieder zur Regelung Ihrer Rechts-, Vermögens- und Steuerangelegenheiten zur Verfügung.

Attentamente, Jesús Saligias, Anwalt«

Darunter saß seine eigene Unterschrift, wie bei den meisten Spaniern überwiegend Kreise und Schnörkel, aber dort standen auch die Namen von María José Gutiérrez, José María Mena, Heiko Keunecke, Martin Sievers und mindestens zehn weiteren Leuten, die Jesús wahrscheinlich auf der Straße angesprochen hatte. Ich tat ihm den Gefallen und malte ebenfalls ein paar Kringel auf das Blatt und fragte mich, was Jesús machen würde, falls tatsächlich jemand so wahnsinnig wäre, uns seine Steuerangelegenheiten zu übertragen. Vermutlich hatte er vor, solche Bedauernswerten erst dem Finanzamt auszuliefern und im Anschluß rechtlich zu vertreten. Jesús machte jedenfalls den Eindruck, als sähe er großen Zeiten entgegen.

»Sogar Heiko hast du als Steuerberater gewinnen können«, staunte ich, »betreut der die Außenstelle in Bilbao?«

»Heiko ist wieder da«, sagte Jesús.

»Ist wieder da?!«

»War doch klar, bei den Basken hält es doch keiner aus auf Dauer. Jetzt ist er an den Wochenenden wieder hier und schläft auf dem Sofa.«

Unwillkürlich suchten meine Augen nach der Mumie. Die saß an ihrer Nähmaschine, als ginge sie das alles nichts an. Jesús grinste und sagte, manchmal lege er sich abends noch kurz dazu, Heiko sei gar nicht so unbequem.

Aber das war nicht das einzige, was sich getan hatte in der Desengaño, 14. Daß etwas grundsätzlich anders war, sah man auf den ersten Blick. So sauber war die Wohnung noch nie gewesen. Alles blitzte. Die Klos, die Küche, die Kacheln auf dem Fußboden, und sogar die Fugen zwischen den Kacheln waren unanständig weiß.

Jesús druckste zuerst ein bißchen herum und fragte dann, ob ich wüßte, daß Héctor den Ehemann der »*puta de enfrente*« verführt habe? Und ob mir nie aufgefallen sei, daß unser lieber Héctor ziemlich oft »Besuch« bekam.

»Nun, er ist eine ELSTER«, gab ich zu bedenken. »Wie ihr. Ihr habt auch gelegentlich ›Besuch‹.«

»Aber er nimmt Geld dafür – wir geben welches aus; das ist der Unterschied.«

»Und da habt ihr euch gedacht …«

»Und da haben wir uns gedacht, das könnte man ein bißchen perfekter gestalten, im Interesse aller. Wir haben hier einen raffinierten, kleinen Parcours der Lust und der Erniedrigung abgesteckt …«, freute er sich.

»Und Jesús sitzt an der Registrierkasse?«

»Zum Wohle aller!«

Die Männer wurden von ihm oder von der Mumie in Empfang genommen, je nachdem, wer gerade da war, und unwirsch im Büro oder im Nähzimmer abgestellt. Das waren Männer mit Halbglatze und Schlips unter dem Pullunder, mächtige Anzugmänner, denen sich das zurückgekämmte Haar im Nacken kräuselte, und Bauarbeitertypen; es waren Männer, bei denen man es wieder einmal nicht für möglich gehalten hätte. Die Mumie nähte, Jesús machte seine Aktenarbeit oder klebte Uhren zusammen. Und wenn die Männer wissen wollten, wo denn nun Héctor sei und wann und wie es mit ihnen weitergehe, wurde ihnen rüde über den Mund gefahren. Das fanden sie dann schon mal gut und freuten sich.

Dann mußten sie saubermachen; und speziell die Mumie hatte eine erschreckend effiziente Art, die Männer mit kleinen, schlechtgelaunten Befehlen auf Knien über den Flur zu schicken, wo sie mit einer Zahnbürste die Fugen putzen mußten, bis sie es sich verdient hatten, sich von Héctor endlich den Rest geben zu lassen. Es war ein phänomenaler Erfolg. Unsere Aufgabe bestand lediglich darin, die Männer zu ignorieren oder gegebenenfalls achtlos über sie hinwegzusteigen – und natürlich mit der Situation klarzukommen. Heiko machte das weniger Schwierigkeiten als Martin, in dessen moralischem Koordinatensystem Prostitution prinzipiell etwas Verurteilenswertes war. Aber in diesem speziellen Fall befand er, diese ONKEL verdienten es nicht anders. Und ich erreichte endlich meine Mietminderung, auch wenn Jesús sich zuerst damit rausreden wollte, daß es mir den wöchentlichen Reinigungsdienst ersparte.

Zwischen Weihnachten und dem Dreikönigstag florierte das Geschäft in einem beängstigenden Maße. Weil sie sich in Spanien ihre Weihnachtsgeschenke erst am 6. Januar überreichen, hatten die Familienväter, nach deren Verbleib vor Vorfreude zu Hause niemand fragte, bis dahin Zeit und Geld. Danach brach der Umsatz allerdings abrupt zusammen. Und kurz darauf ging, als er sich unten im Hauseingang gerade mit einem konventionellen Liebhaber herumdrückte, eine Ladung siedendes Öl neben dem Kopf von Héctor nieder.

Die beiden Zamoranas leugneten bei der polizeilichen Vernehmung alles, und da es keiner von beiden zweifelsfrei nachzuweisen war, durften sie wieder gehen. Die »*puta de enfrente*«, die, wenn Jesús in bezug auf den Ehemann recht gehabt haben sollte, ebenfalls ein hinlängliches Motiv hatte, wurde gar nicht erst befragt.

Héctor hatte zwar nur ein paar leichte Verbrühungen davongetragen, betrat das Haus danach allerdings nie wieder und machte damit sein Zimmer einem gewissen Rodrigo aus der Gegend von Soria frei, der als Bauarbeiter bei der Metro arbeitete. Nach der Geschichte mit Héctor hatte Jesús vorübergehend keine Lust mehr auf weitere ELSTERN oder abenteuerlustige Ausländer.

ZWANZIGSTE KRISIS

Das Rad der Zeit

Auch in der Fremde stellt sich spätestens an einem 30. Dezember immer drängender die Frage, wo und mit wem man Silvester feiern sollte. Martin und ich waren im Reina Sofía, mal nach den Picassos schauen, wie es denen so ergangen war über die Feiertage. Die meisten Bilder, vor allem die der fünfziger und sechziger Jahre, kamen einem hier und heute nun vor wie Feuerwerke. Und ich schlug vor, die Sache einfach zu ignorieren. Früh ins Bett war meine Devise, denn im Auge des Taifuns schläft es sich am ruhigsten. Ich vertraute darauf, erklärte ich, daß Madrid auch ohne mein Zutun rauschende Feste hinkriegen werde.

Aber Martin meinte, dies seien Ausflüchte, mit denen nur Menschen jenseits der Dreißig ihre Einsamkeit zu bemänteln suchten. Auch das Mit-Freunden-aufs-Land-Fahren, in das sich die ermüdeten Paare aus den Großstädten so gerne flüchteten, sei für uns, leider, keine Option. Traurig würden wir zum Jahreswechsel vor dem Fernseher sitzen und uns verlorener fühlen als jemals sonst.

Aber alle sind weg, sagte ich. Jesús, José María und die Mumie waren auf den Kanaren, Heiko war mit seiner Freundin nach Barcelona gefahren, und die Kollegen aus dem Círculo de Bellas Artes waren entweder noch zu Hause in Deutschland oder nicht die Sorte von Leuten, mit denen man ins neue Jahr würde hineinfeiern wollen.

Dann müssen wir uns eben eine passende Begleitung organisieren, sagte Martin, als wir mit dem gläsernen Fahrstuhl auf dem Weg nach unten waren.

»Willst DU vielleicht mit uns Silvester feiern?« rief er dem Mädchen zu, das die Audioguides ausgab, und das Mädchen zeigte ihm einen Vogel.

Martin sprang zu ihr hin und flüsterte auf sie ein, machte große Gebärden, säuselte und gestikulierte. Keine Ahnung, was er da sprach. Ich stand zu weit weg. Und ich wußte nicht so recht, wohin mit mir. Es war mir ein bißchen peinlich, wie Martin sich da aufführte. Und es hätte linkisch ausgesehen, wenn ich dazugetreten wäre. Es sah schon linkisch genug aus, wie ich so tat, als ginge mich das alles nichts an. Irgendwann lachte das Mädchen. Ich hatte erwartet, daß sie ihm eine runterhaut oder die Wachen ruft. Aber Martin kam zurück und sagte: »Wir haben eine Party, und wir haben eine Begleitung, sogar du. Sie bringt eine Freundin mit.«

»Wie hast du das denn jetzt gemacht?«

Ich versuchte, so beiläufig zu klingen wie möglich.

»Einfach gefragt«, antwortete Martin, genauso beiläufig.

»Wir brauchen jetzt Karten für eine Silvesterparty, möglichst was Repräsentatives oben an der Castellana«, fuhr Martin fort. Es stellte sich heraus, daß er Yolanda, so hieß das Mädchen nämlich, 20 Jahre alt, eigentlich Touristikstudentin, Dinge versprochen hatte, die wir nun erst einmal einlösen mußten.

Wir fanden schließlich etwas im »Chicago's«, einem Restaurant, das dem benachbarten Hard Rock Cafe ähneln wollte. Über beides rümpften wir kurz die Nase. Immerhin gab es noch ein paar Karten, und der Preis, der zwar unverschämt war, beinhaltete aber »barra libre«, die Getränke waren also frei, und das schien uns, den Anlaß, die Wertigkeit des

Ambientes sowie die Tatsache abwägend, daß wir zwei Mädchen einzuladen versprochen hatten, von deren Trinkverhalten wir noch gar nichts wußten, insgesamt auch ökonomisch am vernünftigsten.

Dort war allerdings erst ab 1:00 Uhr Einlaß. Streng genommen konnte man hier überhaupt nicht von Silvesterfeier sprechen und schon gar nicht, wie die Spanier von *»Noche Vieja«*, von »alter Nacht«, sondern allenfalls von einem Neujahrsumtrunk.

Bis es soweit war, gingen wir Garnelen essen und tranken dazu Cava. Yolanda erwies sich als unterhaltsam und trinkfest. Tatsächlich hatte sie in dieses abenteuerliche Arrangement nur deshalb eingewilligt, weil sie ihrem Freund eins auswischen wollte, denn der hatte sie über Weihnachten mit einer Bekannten von ihr betrogen.

»Zwischen den Jahren«: Zeit der Beziehungskrisen. Jahreswechsel: Zeit der Zerwürfnisse. Und manchmal aber auch der neuen Bekanntschaften. Yolanda hatte eine Freundin aus ihrer Touristikschule mitgebracht, die Liliana hieß, aus Quito stammte und sehr zierlich und zurückhaltend war, auch beim Trinken. Die Unterhaltung mit ihr verlief insgesamt ein bißchen steif, aber die Garnelen rissen das raus. Ich verstand sie über weite Strecken ganz einfach auch gar nicht, obwohl das ecuadorianische Spanisch eigentlich doch als sehr sauber und verständlich gilt. Sie piepste es aber eher in sich hinein, ihre Worte kräuselten sich, als hätten sie Angst, ihren kleinen spitzen Mund für immer verlassen zu müssen, und deshalb mußte ich zuweilen näher an sie heranrücken, als eigentlich schicklich war. Wo Yolanda sich, wie eigentlich alle modernen Spanierinnen, mit einer von abermillionen Fortunas sauber aufgerauhten Stimme auf die Konsonanten setzte, daß die Wörter nachwippten, da wickelte Liliana alles am liebsten einmal um die Vokale herum. Wenn Yolanda von Gefühlen sprach, klang es wie »Emoßiónnnn!«, und nachher stand kein Stein mehr auf dem anderen. Bei Liliana hatte das etwas viel Introvertierteres, etwas Freundliches und Gelocktes: Emosiong.

Kurz vor Mitternacht gingen wir natürlich noch kurz auf die Puerta del Sol. Ganz Madrid war da, und der Rest von Spanien war an den Fernsehgeräten zugeschaltet. Vierzig Millionen Augenpaare – abzüglich der Blinden und zuzüglich der Touristen, Flüchtlinge und illegal Eingewanderten – ruhten auf der Casa de Correos, 1768 auf der Südseite des Platzes errichtet von Jaime Marquet, genauer gesagt: auf dem Turm, den das Haus 1866 hinzubekommen hatte, und um ganz genau zu sein, ruhten sie auf der Turmuhr, die, gefertigt bei Mears & Steinbank in London, in diesem Jahr von einem nationalen Expertenteam eigens noch einmal monatelang auseinandergebaut und wieder zusammengesetzt und überprüft und kontrolliert worden war, um sicherzustellen, daß sich auch in diesem Jahr vierzig Millionen Hände vierhundertachtzig Millionen Weintrauben samt Haut und Kernen in vierzig Millionen Münder schieben können, und zwar exakt zu jedem der zwölf Glockenschläge eine, damit auch 1997 ein glückliches Jahr werde. Um 23 Uhr 55 händigte Yolanda jedem von uns ein Beutelchen mit zwölf abgezählten Weintrauben aus. Ab 23 Uhr 58 hielten wir das Beutelchen halboffen in der linken Hand, ab 23 Uhr 59 hatten etliche Leute, darunter ich, mit der rechten Hand die erste Traube bereits in Wurfhöhe vor dem geöffneten Mund postiert. Um 23 Uhr 59 und dreiviertel wurde der Speichelfluß unerträglich, und dann ging alles ganz schnell: Es machte Dong!

Und dann ging es Dongongongongongongongongongongongong!

Wie ein Maschinengewehr.

Die Uhr rasselte alle Schläge einmal so durch. Es war, wie wenn bei einer Leiter die Sprossen brechen.

Und alle versuchten trotzdem, im Takt der Schläge die Trauben zu schlucken. Viele erstickten. Andere, vor allem Ältere, starben an einem Herzinfarkt oder noch Tage später vor Ärger. Es war ein nationaler Skandal. Die Zeitungen berichteten zu Beginn des neuen Jahres von kaum etwas anderem. Die Spezialisten, die die Uhr gewartet hatten, wurden der gezielten Sabotage bezichtigt. Die ETA geriet in Verdacht. Ganz nationalistische Kreise meinten, man hätte schon die Uhr nicht von den Engländern und das Haus von einem Franzosen bauen lassen dürfen. Und Jesús erklärte ein wenig pathetisch, daß sich hier die Seelen derer gerächt hätten, die in den Kellern dieses Baus von Francos Geheimpolizei zu Tode gefoltert worden waren.

Mir persönlich brachten die zwölf verunglückten Glockenschläge auf der Puerta del Sol dagegen Glück: Liliana lag mir vor Lachen in den Armen. Erst nach einer Weile stellte sich heraus, daß sie in Wahrheit nach Luft japste, weil auch bei ihr verirrte Trauben in der Kehle saßen. Es mußte dann mit der gebotenen Vorsicht an der zerbrechlichen Frau herumgeklopft werden, dann ging es wieder. Aber da hatten wir Martin und Yolanda längst verloren. Weil nun alle zur gleichen Zeit wegwollten von der Puerta de Sol und den Fernsehgeräten und hin zu den Silvesterfeiern, gab es erst einen bösen Stau und dann lange Schlangen vor den Restaurants und den Diskotheken. Und als wir eine halbe Stunde angestanden hatten und die Tür des »Chicago's« immer noch weit weg war für uns, stellten wir fest, daß wir beide eigentlich gar keine Lust hatten, da hineinzugehen, schon aus Prinzip und wegen des Apostrophs.

Sie kannte ein paar Salsa-Lokale in der Urbanización Azca,

und das lag zwar halbwegs in der Nähe, aber es war trotzdem eine vollkommen andere Welt: Mitten in Madrid tat sich ein Krater aus Beton auf, es mochte einmal ein Büro- und Einkaufszentrum gewesen sein, eines dieser Projekte aus den sechziger Jahren, aber da, wo womöglich einmal die Geschäfte waren, nisteten nun knallbunte Latino-Diskos. Mir gefiel, daß es neben den vielen *discotecas* auch eine *viejoteca* gab, eine Alten-Diskothek, in der sich lateinamerikanische Senioren in festlicher Aufmachung gegenseitig an den Hüften wiegten. Wir wiegten ebenfalls.

Und als es wieder hell wurde, sagte mir Liliana, sie wolle mich nie wiedersehen.

Oh, sagte ich und schaute auf meine ungeschickten Füße.

Aber in diesem Augenblick fiel sie mir um den Hals und schluchzte, sie liebe mich, sie liebe mich, sie liebe mich ganz ungeheuerlich, und eines Tages würde ich weggehen, oder ich würde zudringlich werden, wie ihr Exfreund, ein sittenloser Argentinier, und dann würde es ihr das Herz brechen. Und deswegen sei besser jetzt und hier: Schluß.

So begann das mit Liliana.

Liliana wohnte mit ihrer Mutter, einer Schwester und einem verhaltensgestörten Kater in der Calle de Velázquez. Es war das Viertel mit der Ordnungszahl 41, das, welches die Madrider auch Recoletos nennen oder Salamanca oder das Viertel der *Pijos*, was dem Wörterbuch zufolge schon wieder »Pimmel« heißt, in diesem Falle aber im Sinne von »feiner Pinkel« beziehungsweise »junger Mann aus gutem Haus«. Es war jedenfalls keine ganz gewöhnliche Adresse für eine alleinerziehende Ecuadorianerin, die ihre Töchter als Haushaltshilfe durchbrachte. Aber als der Marqués de Salamanca in der Gegend, die später seinen Namen tragen sollte, das Madrid des

Großbürgertums bauen ließ, da war das zwar das erste Viertel der Stadt mit so neumodischen Annehmlichkeiten wie dem elektrischen Licht; aber es war genauso klar gewesen, daß ein angemessen behagliches Leben auch weiterhin eine große Anzahl dienender Hände benötigen würde. Und so wurde in den prachtvollen Häusern auch an Mansarden und Souterrains für das Personal nicht gespart, und in diesen Kellerwohnungen lebten heute nun Familien wie die von Liliana. Man konnte also sagen, das neunzehnte Jahrhundert war hier noch nicht vorbei; dafür waren wenigstens die Arbeitswege kurz.

Ich hatte mir immer vorgestellt, daß ich die Gegenwelt zu dem Madrid von Jesús und den Seinen von einem höheren Stockwerk aus sehen würde, daß ich einen hölzernen Fensterladen zur Seite falten und durch ein französisches Fenster auf einen kleinen, hübschen Austritt treten würde oder in einen der gußeisernen Wintergärten, die den Häusern mitunter an den Ecken saßen wie Ellenbogenschoner. Nun besah ich mir das elegante Madrid von unten. Ich konnte die Namen der Church's- oder Ferragamo-Schuhe praktisch von deren Sohlen ablesen, wenn sie neben meinem Kopf aufs Trottoir hämmerten, während ich auf der anderen Seite des Kellerfensterchens mit Liliana saß und meinen Matetee trank.

Die Schwester mochte mich, die Mutter behandelte mich distanziert, nur der Kater, als einziger Mann im Haus, war offen feindselig.

Bereits beim ersten Besuch war ich als *Novio* vorgestellt worden, und wenn man das mal wörtlich nahm, hieß das immer noch »Verlobter«. Aber diesem Offensivdrang im Offiziellen entsprach eine um so eisernere Defensive im Privatesten. Nahezu stündlich wurden Treueschwüre abgenommen und erneuert. Das mahnende Schreckensbild des in die Wüste geschickten Lüstlings, der mein Vorgänger war, wurde wieder und wieder an die Wand gemalt. Denn daß an etwas so Unaussprechliches, Ungehöriges und letztlich auch Unwürdiges wie Sexualität, wenn überhaupt, dann erst lange nach einer Eheschließung zu denken war, das war mir in einer Eindringlichkeit deutlich gemacht worden, daß darüber nun keine Zweifel mehr bestehen konnten. Mich störte das aber auch nicht im geringsten. Sex hatte die Welt um mich herum schon genug. Es kam mir insgeheim und nach den Erfahrungen der letzten Monate sogar entgegen. Denn das, was mich an Liliana am meisten in Rührung versetzte, das war vielleicht ihre grundlegende Ferne zu allem, was mit der Desengaño zu tun hatte, man darf in diesem Sinne vielleicht sagen: Es war sozusagen etwas eminent Unjesuitisches an ihr.

Liliana war ein Mädchen, dessentwegen man bei unangenehmstem Schneeregen durch den Parque del Retiro spazierenging, weil es noch nie im Leben Schnee gesehen hatte und einfach nicht glauben konnte, daß in dem Land, aus dem ich kam, die Seen in den Parks zu so festem Eis werden, daß man Schlittschuh darauf laufen kann. Dann sagte sie abermals, sie liebe mich, sie liebe mich ganz fürchterlich, und in derselben Sekunde: »Ruf mich nie wieder an!«

Aber warum denn nur?

Keine Antwort. Dramatischer Abgang.

Am nächsten Tag dann, wenn die Sterne günstig standen, die Begründung, daß irgendein Blick falsch gewesen sei oder eine Geste. Oder daß irgendein Wort zuviel gesagt worden war oder zu wenig. Und dankbar nahm man die Gnade hin, es noch einmal versuchen zu dürfen.

Zu all den lebensfroh zupackenden, kettenrauchenden, krähenstimmigen Carmens und Martas und Conchis und Begoñas zwischen Alonso Martínez und dem Guirilandia verhielt sich Liliana wie ein Burgfräulein aus dem 15. Jahrhundert. Und aus verschiedenen Gründen gefiel mir die Idee, mich wie ein liebeskranker Minnesänger an ihre Burgtore zu werfen.

Zu diesen Gründen gehörte durchaus eine Art fassungsloser Bewunderung der Ausmaße, die die Prinzessinnenhaftigkeit des Benehmens bei ihr annehmen konnte, denn das war eigentlich nur noch unter den Kategorien zu fassen, die der Dozent mit den müden Augen in dem Kurs über *lo Sublime* verhandelt hatte.

An dem Samstagabend, an dem ich endlich die Segnungen der ecuadorianischen Küche kennenlernen sollte, ließ sie mich, nur zum Beispiel, über eine Stunde auf der Puerta del Sol stehen, um die Vorfreude zu steigern. Meine Freunde, die Taschendiebe, die nach getaner Arbeit ihre müden Arme zum Feierabend gerne noch ein wenig auf dem Sockel ausruhen ließen, der zu dem Denkmal mit dem Bären und dem Erdbeerbaum gehört, sie fingen schon an, sich mit mir Sorgen zu machen. Vielleicht war es der falsche Metroausgang. Vielleicht war es der falsche Tag. Vielleicht war es falsch, da zu warten, wo wir das abgemacht hatten; vielleicht ging sie davon aus, daß ich sie trotzdem von zu Hause abhole, und hatte schon alle Taschentücher im Haushalt zerweint vor Enttäuschung. Ich rief sie an. Niemand nahm ab. Als sie nach anderthalb Stunden immer noch nicht da war, ging ich wütend nach Hause; und als ich weitere anderthalb Stunden später mit Martin auf ein Bier unterwegs wieder an dem Metroausgang vorbeikam, sah ich sie in aller Seelenruhe die Treppe hochkommen. »Du bist DREI Stunden zu spät!?« hauchte ich, und das war kein Vorwurf, das war reine, wundergläubige Andacht.

»Tatsache?« sagte sie dann in aller Unschuld, »du kommst doch auch jetzt erst.«

Zu dem Zeitpunkt wußte ich noch nicht, daß die Unpünktlichkeit der Menschen aus jener Region so notorisch und eingeboren ist, daß zehn Jahre später der Präsident von Peru gezwungen sein würde, eine Kampagne dagegen ins Leben zu rufen, zu deren Eröffnungsansprache er natürlich selbst wiederum eine halbe Stunde zu spät erschien. Ecuador ist nicht Peru, hätte Liliana hier eingewandt, ganz und gar nicht könne man das gleichsetzen, Welten lägen dazwischen, denn bloß weil Jesús alles Lateinamerikanische, um es sich einfach zu machen, ecuadorianisch nannte, durfte man vor Liliana auf keinen Fall den Fehler machen, eine ecuadorianische *ceviche* nicht von der, weniger wertigen, peruanischen Variante des Gerichts unterscheiden zu können (und schon gar nicht klug war es, zuzugeben, daß einem das, nämlich zerhäckselter roher Fisch, der in Zitrone mariniert und mit Paprika und sonstwas vermengt war, im Grunde überall gleich schmeckte; nein, das war wirklich nicht klug). Und es versteht sich sicher von selbst, daß wir an jenem ersten Abend das Restaurant, das sie meinte, dann erst einmal nicht fanden. Ebenfalls, daß ich schuld war. Ich hatte sie durcheinandergebracht. Es tat mir leid. Es flossen Tränen. Es mußte getröstet werden. Dann mußte ein anderes Restaurant gesucht werden, und die, die wir fanden, waren nicht die richtigen, hatten freche Wirte oder inakzeptables Essen, und so mußten wir uns, bevor es zu spät wurde, um überhaupt noch irgendwo irgend etwas zu bekommen, mit der Küche des Nachbarlandes begnügen: *ají de gallina*, in dem Liliana kritisch stocherte, *papa rellena*, die nicht fachmännisch genug befüllt und wieder zu Kartoffelform geschlossen worden war, und natürlich den berühmten *pisco sour*, der leider, leider zurückgehen mußte, denn von Alkohol wurde Liliana übel, und sie mochte den Geruch auch bei anderen nicht gern. Liliana ertrug auch den ubiquitären Rauch der Fortunas und Ducados nicht, den sie mit fächernden Bewegungen von ihrem feingeschnittenen Näschen wegzulenken versuchte, und bei vulgären Redensarten wurde ihr übel.

Heute würde ich sagen, daß ihr Benehmen von einem für Immigranten typischen Distanzierungswillen gegenüber den Einheimischen getragen war und von einer tiefsitzenden Angst vor den schiefen Bahnen, auf denen sich gerade die gleichaltrigen Mädchen befanden, modisch, moralisch und was die Ausdrucksweise anbelangte.

Damals war ich ohne solche Begründungen fasziniert; und wenn mich einer fragte, was oft genug ja auch geschah, warum ich mir etwas DERART Anstrengendes antat – dann konnte ich nur antworten: genau deswegen, eben weil es so anstrengend war, so kapriziös, so absolut unglaublich. Das Andere mit dem ganz großen A. Offensichtlich war das etwas, was ich damals wollte. Man wird sich selbst unbegreiflich darüber.

EINUNDZWANZIGSTE KRISIS
Die Welt von innen

Als dieser Januar am kältesten war, mußte sich in einem Heizungsrohr ein Loch aufgetan haben. Es war nur nicht klar, in welchem. Eines Tages hatten die beiden Zamoranas vor unserer Tür gestanden und durchgesetzt, daß unsere Heizung abgestellt wird, weil es bei ihnen unten durch die Decke tropfte. Martin, der handwerklich begabter war als ich, hatte zuerst versucht, das Problem auf eigene Faust zu lösen, war aber an den überraschend undurchsichtigen Bau- und Leitungsplänen des Hauses gescheitert. Jesús war unterdessen auf den Kanaren, neue Lava besorgen. Ständig standen deshalb irgendwelche anderen Mieter aus dem Haus mit fachmännischem Blick bei uns in der Wohnung und stellten ihre blödsinnigen Theorien auf. Der Klempner war zu faul, weiter nachzusehen, und erklärte kurzerhand eine Dusche zur Ursache, die nie benutzt wurde, weil sie sich, erstaunlich genug, in einem Abstellraum befand. Der nächste Klempner gab dem ersten die Schuld, der darauffolgende den Gasinstallateuren und diese den Maurern.

»Nun sitzen wir in der Kälte«, sprach ich, in den Worten von Meier-Graefe, zu Martin, »Es ist kälter als im Januar in Partenkirchen und eine unausstehliche, nichtsnutzige Kälte.«

Er nickte: »Man empfindet sie bei uns viel weniger.«

Als Jesús wiederkam, meinte er, das könne, bei spanischen Verhältnissen, noch eine ganze Weile so weitergehen, und stellte uns vorsichtshalber Radiatoren in die Zimmer. Diese neigten allerdings dazu, die Sicherung rauszufeuern. Aus irgendeinem Grund hatten wir dann, Mitte Januar, nicht einmal mehr warmes Wasser, und ich mußte zum Duschen entweder, wie das auch Martin und Heiko hielten, in ein Fitness-Studio an der Hortaleza, das sich von einer Sauna der Art, wie Jesús und José María sie frequentierten, aber auch nur durch das Vorhandensein von Hantelbänken unterschied – oder ich suchte Asyl bei Liliana, deren Mutter in der Heimat weilte und von dem Skandal nie erfahren dürfte.

Dort lag ich, damit trotzdem alles seine Ordnung hatte, auf dem Ausziehsofa im Wohnzimmer und wurde streng beaufsichtigt von dem eifersüchtigen Kater, der morgens bereits darauf wartete, daß ich die Augen aufschlug, damit er mir in diesem Moment, die Krallen voran, ins Gesicht springen konnte. In solchen Momenten mußte ich an gewisse Märchen denken, in denen sich unbarmherzige Frauen nachts in Katzen verwandelten, und ich zog heimlich die Reise der Mutter in Zweifel.

Liliana ging dann in ihre Touristikschule, und ich bummelte ein bißchen durch Straßen, die ich noch nicht kannte, um die Zeit totzuschlagen, bis der Prado aufmachte oder die Biblioteca Nacional oder das CSIC oder das FNAC, wo man sich in der Leseecke über ein paar Bildbänden ganz gut wärmen konnte, bis sie einen am Abend wieder hinauswarfen.

Es war an so einem Morgen, als ich in einer kleinen, schattigen Seitenstraße hinter der Nationalbibliothek von einem Lieferauto aus dem Weg gehupt wurde, das ein bißchen Anlauf brauchte, um in eine Hofeinfahrt zu biegen. Ich sah dann noch, wie ein paar Männer in blauen Kitteln vorsichtig ein Gemälde aus dem Auto hoben, und ich hatte das Gefühl, auf dem Gemälde einen der pneumatischen Mönche von

Zurbarán zu erkennen. Dann schloß ein elektrischer Motor nachdrücklich die Torflügel mit dem hohen Sichtschutz. Der Zaun war bis auf die Höhe von zwei Metern mit einer grünen Eisenplatte hinterlegt, darüber ging es mit gußeisernen Stangen und Spitzen noch einmal ungefähr zwei Meter weiter. Dahinter stranden hohe, tropisch wuchernde Bäume, die kaum einen Blick auf das Haus frei gaben. Man mußte ein ganzes Stück weggehen, um überblicken zu können, war für ein gewaltiger Kasten das war. Mit Säulen vor dem Eingang und Romeo-und-Julia-Balkon darüber, ansonsten schmucklos, melancholisch heruntergewaschener Grauputz, mit weißen Fensterläden, die allesamt verschlossen waren.

Don Aníbal Álvarez Buquel wußte selbstverständlich sofort, welches Haus ich meinte. Und ob er wisse, wer da drin wohne und Zurbaráns angeliefert bekomme? Ob ich ihn beleidigen wolle? Er fragte aufgebracht: »Wo ist denn jetzt wieder der verdammte Telephonne?« Und weil er es unter seinen vielen Büchern und Zeitschriften nicht finden konnte, zog er einfach an der gekräuselten Schnur, bis das Telefon zum Vorschein kam wie eine Maus, die sich ins Loch verflüchtigt hatte und über sich einen Turm von Antiquaria zum Einsturz brachte.

»Kümmern Sie sich nicht darum, ich werde jetzt meinen alten Freund Carlos Sanz Urrutia anrufen. Sie ist übrigens die, die das Geld und die Herkunft hat, sie heißt immerhin ja auch Abascal y Bordiú. Er ist nur so ein Baulöwe, ein schrecklicher Prolet im Grunde ... Ah, Carlos! Ich bin's, Aníbal. Hör zu, ich werde dir einen talentierten jungen Mann vorbeischicken, Kunsthistoriker, aus Deutschland, er will eure Zurbaráns sehen ... was? ... doch, das wirst du ... Morgen, um fünf Uhr am Nachmittag? Gut, um sechs.«

Er glaube übrigens nicht, daß die Zurbaráns echt seien. Ihm kämen sie vor wie Werkstattarbeiten für den südamerikanischen Markt, aber nun: das würde ich schon selber sehen.

Martin regte sich auf über Carlos Sanz, den er aus den Zeitungen kannte. Das sei ein übler Spekulant, schimpfte Martin, einer, der Leute aus ihren Häusern treibe, sinnlose Gewerbegebiete in ehemals schöne Landschaften stanze, und solcher Dinge mehr.

»Wir befassen uns von Berufs wegen mit den Besitztümern reicher und reaktionärer Säcke«, mußte ich meinem Freund erklären. »Ohne die reichen und reaktionären Säcke und ihre verschrumpelten Weiblein und ihre Angst vor dem Verschwinden gäbe es das alles gar nicht, womit wir uns befassen, dann bliebe nur sozialdemokratische Fußgängerzonenkunst übrig.« Das sah Martin murrend ein. Er wollte dann sogar mitkommen.

»Wir spielen *good cop – bad cop*«, schlug er vor, und ich bat ihn zu bedenken, daß die Zurbaráns keine Beschuldigten waren, er aber wandte ein, daß Bilder immer verdächtig seien, und damit hatte er natürlich auch wieder recht.

Es war ein fauliger, föniger Winterabend, als wir vor dem Hause Sanz standen und klingelten. Wir hatten uns Parkas über die Anzüge geworfen und schwitzten ein wenig, gleichzeitig froren wir. Dann summte das Türschloß, und es nahm uns eine philippinische Bedienstete in Empfang, die ein bißchen verängstigt auf unsere Militärjacken schaute; zum Zeichen, daß wir nicht einmarschieren wollten, sondern nur eintreten, händigten wir sie ihr aus und bestaunten die marmorne Pracht der Empfangsräumlichkeiten. Carlos Sanz Urrutia hatte es dann so zu inszenieren gewußt, daß in dem

Moment, in dem sich für uns die Türen zur Halle öffneten, ein Windhund aufrecht und ruhig zu seinen Füßen stand, obwohl es dem Tier schwergefallen sein mußte, auf dem spiegelglatten Parkett nicht mit allen vier Pfoten wegzuschliddern. Sanz stand also da hinter seinem Dressurhund und hielt einen Bildband über die hellenische Antike in der Rechten, in welchem er mit der Linken eben noch ein wenig geblättert hatte wie in einer Speisekarte, als er überrascht zur Kenntnis nahm, daß Besuch da war. Es war ein vollkommen absurder Auftritt, Sanz stand da, als warte er auf seinen Hofmaler. Aber es sah natürlich auch absolut umwerfend aus: Cordhosen in Veuve-Clicquot-Orange! Ein beiges Sportsakko, ein hellblaues Hemd mit Streifen, die Streifen aber, Achtung: waagerecht. Das Haar grau, aber voll und mit ordentlich Pomade nach hinten geklatscht, wo es sich im Nacken sauber speckig kräuselte. Ein gutes, frisches Parfüm versuchte, einen Mundgeruch zu überdecken, von dem man nicht sagen konnte: War es ein vermoderter Weisheitszahn, oder stieg es vom Magen her auf? Dieser muffige Hauch stand aber überhaupt nicht im Widerspruch zum Rest seiner Erscheinung, er schien seinen Auftritt eher zu komplettieren, so wie früher der Haut Goût ein Wildgericht.

Carlos Sanz war vielleicht Ende Fünfzig und nicht ganz so übergewichtig, wie es der Beruf des Baulöwen befürchten lassen mußte. Und das hätte ihm seine Gattin vermutlich auch nicht durchgehen lassen. Diese nun, ausgestattet mit dem Namen Almudena Abascal y Bordiú, hatte sich in dem Alter, von dem Catherine Deneuve einmal behauptet hat, daß Frauen sich dann darüber klarwerden müßten, ob ihnen für die Zukunft der Hintern wichtiger ist oder das Gesicht, irgendwie gegen beides entschieden. Almudena Abascal war eine Seele, die ihren Körper am liebsten verlassen hätte, und entsprach damit in ihrer konvexen Erscheinung spiegelbildlich der robusten Präsenz ihres Gatten. Ihr kreideblaues Chanel-Kostüm hing auf einem Gestell, das aus Willenskraft und Askese geformt war; und der karamelisierte Zuckerwattehaufen, den ihr Friseur zu verantworten hatte, bedeckte das Gesicht einer wachsamen Eule. Ich merkte, wie Martin bei diesem Anblick erschauderte; ich hingegen konnte mich gar nicht satt sehen daran.

Sanz war brachial jovial und nur ganz *ligeramente* irritiert, daß wir zu zweit waren und so jung. Unter einem deutschen Kunsthistoriker hatte er sich eine würdigere und gesetztere Erscheinung vorgestellt. Und das sagte er so auch. Aber gut, wenn das so war, nicht wahr, haha, dann zogen die Herrschaften bestimmt die Gesellschaft von Gleichaltrigen vor, oder nicht?

Und dann zitierte er seine beiden Kinder hinzu: die Tochter Alicia und den Sohn Javier.

Alicia Sanz war von der neurotischen Schönheit höherer Töchter, und sie hatte den arrogantesten Blick und das herablassendste Verhalten, die mir je untergekommen waren.

»Angenehm«, sagte ich zu ihr, wie in der Tanzstunde, und sie zog nur angewidert den Mund nach oben.

»Wir hatten, glaube ich, bereits das Vergnügen«, hörte ich währenddessen Javier Sanz zu Martin sagen.

Es war der junge Falangist aus dem Valle de los Caídos, und sie standen sich nun schon wieder so gegenüber wie damals im November.

»Ach tatsächlich?« sagte der alte Sanz: Aus dem Valle de los Caídos, na so was, die spanische Geschichte, und die deutsche Geschichte, tjaja, da könne man wirklich, vielleicht ein andermal, also dann ... oder nicht?

Mit einem aufmunternd gemeinten Nichts-für-ungut-

Blick klopfte er uns beiden auf die Schultern, seine Kinder würden uns die Sammlung zeigen, er und seine Frau hätten nun leider noch andere Verpflichtungen.

Es schien gescheiter, eine erneute Konfrontation zwischen Martin und dem jungen Sanz von vornherein zu unterbinden, deshalb schob ich Martin zu der schnepfigen Tochter hinüber, schon um mich nicht weiter von ihr ignorieren lassen zu müssen. Ich selbst ließ mir von Javier Sanz die Bilder zeigen, was allerdings auch kein Vergnügen war, denn er hatte die unangenehm gepreßte Aussprache vieler junger Männer aus den besseren Haushalten Spaniens, die beim Sprechen immer den Eindruck machten, daß man ihnen in ihren Klosterschulen die Schlipse ein bißchen zu eng um die Gurgel gezogen hatte.

Man konnte ihm nicht lange zuhören, ohne anzufangen, sich zu räuspern.

Vor den Bildern ging es mir wie Meier-Graefe vor Velázquez. Ich war enttäuscht, weil ich mir zuviel versprochen hatte. Ich hatte mir ausgemalt, daß es noch einmal auf so eine bestürzende und gleichzeitig beglückende Begegnung hinauslaufen konnte wie damals, als ich im Keller des Museo Lázaro Galdiano unvermittelt Zurbaráns Heiligem Diego von Alcalá gegenüberstand. Vor einem melittagelben, über und über feinnervig mit Craquelés durchästelten, unglaublichen, niemals auch nur annähernd farbgetreu reproduzierten Hintergrund stand er da, hielt seine Mönchskutte im Schritt gebauscht (so als wollte er unter den Rosen, die er im Schoß trug, eine Erektion verbergen) und schien mich trotz ernsten Gesichts durchaus spöttisch anzulächeln. Es war eines dieser Bilder, dessentwegen man Zurbarán für einen der allergrößten halten möchte. Und direkt daneben hing dort schon eine Jungfrau, sonderbarerweise eine mit dem Wappen der Mercedarier auf der Bust, die so unglaublich häßlich und debil aussah, daß man sich über die Glubschäugigkeit des Jesuskindes nicht wundern mußte. Ein Wunder war vielmehr, daß sie Zurbarán nicht wegen Blasphemie drangekriegt haben deswegen. Auf dem einen Bild höchste Subtilität, auf dem nächsten unbeholfenste Bauernmalerei. So war das mit Zurbarán. So empfand ich das wenigstens. Offiziell in meine Magisterarbeit geschrieben hätte ich das natürlich nicht. Da hätte ich es vornehm als »Moduswechsel« bezeichnet und mir Gedanken darüber gemacht, welche sozialhistorischen, kunstphilosophischen oder kirchenpolitischen Gründe es dafür gegeben haben mochte. Vor den Gemälden im Hause Sanz mußte man in dieser Hinsicht aber wohl der Hypothese ins Auge sehen, daß Zurbarán entweder speziell den Orden der Mercedarier nicht besonders gut leiden konnte oder die Mercedarier eine selbstkasteierische Vorliebe für besonders plumpe und mißlungene Bilder pflegten.

Es hing da eine Reihe von Mercedariermönchen während des Martyriums. Einer war an einen Baum gebunden, ein anderer wurde verbrannt, ein dritter kniete im Gebet, und sein abgeschlagener Kopf lag dabei neben ihm auf der Bank, so als hätte er ihn aus Höflichkeit abgesetzt wie einen Helm. Alle diese Bilder sahen aus, als ob der Maler den Mönchen erst einmal nur einen Kostenvoranschlag habe machen wollen. Das Prachtstück der Sammlung war eine Madonna mit Kind, eine sehr schöne Madonna, aber ein großer Kinderfreund, soviel konnte man sicher sagen, war Zurbarán offenbar nicht.

Ich studierte die Gemälde, so gut ich konnte. Gern hätte ich sie mir noch einmal in Ruhe angeschaut, ohne die feindselige Beaufsichtigung und ohne das kehlige Gerede des jungen Sanz, der mir wichtigtuerisch die Provenienz der Bilder herdeklinierte und auch die seiner Mutter, die, wenn ich ihn richtig verstand, lang-, kurz- oder auch mitteldirekt mit dem Marqués von Castroserna zusammenhing und irgendwie sogar auch mit der Herzogin von Osuna; ich hätte da vielleicht mal ein bißchen genauer hinhören sollen, es gab da, wie mir schien, auch einige Ungereimtheiten, aber dann war es wiederum so, daß mir Familiengeflechte und Stammbäume schnell Kopfschmerzen bereiten, schon wenn sie graphisch dargelegt werden, noch viel mehr aber, wenn man sie von einem eingedrückten Kehlkopf dahingenuschelt bekommt.

Ich fragte Javier Sanz, ob ich noch einmal wiederkommen könne, in Ruhe, ich benötige Zeit für eine fachmännische Untersuchung, auch müsse ich meine Geräte mitbringen (ich hätte nicht sagen können, was für Geräte, aber ich fand, das klang eindrucksvoller). Der junge Sanz erwiderte jedoch, das werde schwierig. Seine Mutter möge es im Grunde nicht, wenn ihre Gemälde untersucht und examiniert würden wie Bodenproben oder Gesteinsfunde. Sie betrachte überhaupt die Gemälde weniger als Kunst denn als Kultgegenstände. Sie halte Andacht davor. Diese Männer, Javier Sanz wies auf die malträtierten Mönche, diese Männer da bestünden nicht nur aus Pigmenten und Leinwand, sondern aus Glaube und Opferbereitschaft. Diese Männer, Javier Sanz machte sich gerade dabei, hätten den Tod auf sich genommen – für Spanien.

Ich sagte: »Hm.«

Er bat mich, das zu respektieren. Die Familie wolle nicht, daß diesen Bildern nicht die angemessene Haltung entgegengebracht werde. Es sei sein Vater, der das Haus manchmal Kunsthistorikern zugänglich mache, dann aber eigentlich eher gestandenen, keinen Studenten, *¿vale?*

Dieses *»¿vale?«* am Ende seiner Ausführungen ließ im Grunde keine andere Entgegnung zu als die Verabschiedung. Auch zwischen Martin und Alicia Sanz, die sich währenddessen andere Teile der Sammlung angeschaut hatten (Blumenstilleben, Jagdbilder, vorwiegend 18. und 19. Jahrhundert), schien die Stimmung so eisig und angespannt, daß es besser war, wir gingen. Es waren sowieso keine echten Zurbaráns, beschlossen wir zum Trost, denn das hatte unser guter Don Aníbal ja auch schon gemutmaßt.

Carlos Sanz Urrutia und seine Gattin sahen wir allerdings schon wenige Wochen später wieder. Wir hatten uns von Liliana, die sich dort als Hostess ein Zubrot verdiente, auf die Kunstmesse ARCO schleusen lassen, um uns auf den Stand der Dinge auf dem Kunstmarkt zu bringen. Allerdings fand Martin fast überall die Galerieassistentinnen schöner, aufregender und auch lehrreicher als die ausgestellten Arbeiten. Carlos Sanz erkannten wir schon von hinten. Er betrachtete sich interessiert eine mannshohe Skulptur, die einen großen Damenschuh darstellte. Den Absatz bildete die untere Hälfte einer nackten, sich vornüberbeugenden Frau, und vorne, da wo normalerweise der Fußrücken wäre, war alles mit rotem Samt so ausgeformt, daß es aussah wie der Körperteil, dessen Bezeichnung die irre Alte von oben jeden Tag dreitausendmal durch den Hof brüllte.

Wir begrüßten Sanz mit den Worten: »Das hat was, oder?«, und er erwiderte: »Wenn Sie meinen!«, dann zog ihn seine Gattin von dem Kunstwerk fort.

ZWEIUNDZWANZIGSTE KRISIS
Die Wahrheit in Kindsnöten

Unterdessen ging das Leben in der Desengaño weiter wie bisher. Wir hatten uns daran gewöhnt, Heiko nur noch an den Wochenenden bei uns zu sehen, und die freigewordene Stelle des attraktiven, athletischen Deutschen, den Jesús seinen Freunden vorführen konnte, als wäre es sein neuer Fünfer-BMW, die hatte nun Martin inne, und wenn beide gleichzeitig da waren, dann stand Jesús so selig zwischen ihnen wie der römische Kaiser Caracalla zwischen seinen germanischen Edelsklaven, konnte natürlich aber nicht einmal währenddessen aufhören, über die Tumbheit der Deutschen zu medisieren.

Der Unterschied zwischen Martin und Heiko bestand darin, daß der eine in seiner Impulsivität einen jungenhaften Charme entwickeln konnte, während der andere die Ausstrahlung verbreitete, im Ernstfall auch Eisen durchzubeißen und Bären zu würgen. Beides fand sein Publikum, und nur manchmal kamen sie sich dabei ins Gehege. Auf eine Auseinandersetzung wollte es Martin aber nie ankommen lassen, er legte Wert darauf, daß er die Dinge nicht so wichtig und verbissen nahm wie Heiko, und indem er die Kämpfe des anderen einfach für albern erklärte, betrachtete er sich als deren Sieger. So schliefen beide in dem guten Gefühl, der jeweils andere sei der Idiot und merke es nicht einmal.

Sorgen machte mir aber Rodrigo. Er blieb sonderbar unintegriert in unserer kleinen Wohn- und Zugewinngemeinschaft, und an der Sprache kann das nicht gelegen haben. Wir sprachen konsequent spanisch, sobald er in die Nähe kam, er sollte keinesfalls in die Verlegenheit kommen, sich fremd im eigenen Land fühlen zu müssen. Aber der Kontakt zu ihm blieb schwierig. Er ging früh zur Arbeit und kam am Abend oft so spät wieder nach Hause, daß man direkt ein schlechtes Gewissen bekommen konnte davon. Aber er lachte dann nur und schlug einem mit seinen Bauarbeiterhänden auf die Schulter. Besonders gesprächig war er nicht, und wenn er etwas sagte, dann hatte jeder den Eindruck, die Tür hätte geknarrt.

Manchmal animierte ich ihn zum gemeinsamen Fernsehen. Dann saßen wir da, entweder bei mir oder, wenn Jesús und María José nicht da waren, auch im Wohnzimmer und schauten Fußball, Nachrichten oder Filme. Ihm schien völlig egal zu sein, was lief. Mit Rodrigo konnte man sogar den evangelistischen Predigern zuschauen, die mit schwerem brasilianischem Akzent auf ihr überwiegend lateinamerikanisches Publikum eindozierten: »*Dius eschtá aquí – aquííí mesmo*!« Rodrigo nahm es hin, als säße er selbst in der Kirche. Man wußte nicht, was er davon hielt.

Eindeutige Reaktionen von Interesse gab er nur ab, wenn Werbung lief. Die mochte er. Und wenn es Werbung für Telefonsex war, dann geriet er regelrecht aus dem Häuschen. Dann schrie der sonst so stille Rodrigo, als hätte ihn etwas gebissen, mit schriller Stimme: »*TETAS!*« Er schrie: »*Tetastetastetastetastetastetasmira QUÉtetas-tío!*«, alles ohne Luft zu holen. Und sein Finger zeigte dabei, damit keiner die Richtung verwechselte, zitternd auf den Fernseher.

Was sollte man dazu sagen? »Ja, Gott, Donnerwetter, das da sind tatsächlich Brüste, jetzt, wo du es sagst, seh ich es auch!«

Irgend etwas stimmte nicht mit Rodrigo. Vielleicht kommt er nicht genug unter Leute, überlegten wir, vielleicht waren das die Deformationen, die sich einstellten, wenn einer nichts tut, als unter Tage arbeiten und nachts ein bißchen fernsehen. Wir beschlossen, ihn mitzunehmen, wenn wir ausgingen. Aber es zeigte sich, daß Rodrigo sich auch ohne unsere Hilfe bestens zurechtfand in der nächtlichen Topographie von Madrid, es zeigte sich, daß er sich sogar viel besser auskannte als wir. Erst durch Rodrigo lernten wir beispielsweise das Big Bamboo kennen, wo sie dir die Drinks direkt im Mund anmischten. Martin probierte es sofort aus: Er mußte sich rückwärts über die Theke lehnen, der Barmann goß verschiedene Spirituosen in ihn hinein, dann klappte er ihm den Mund zu, schüttelte ihn kräftig an den Schultern und schubste ihn schließlich so brüsk nach vorn, daß Martin sich verschlucken mußte.

Er bekam einen Hustenanfall und hielt trotzdem den Daumen nach oben. Dann verschwand er in Richtung der Toiletten.

Der Barmann schien Rodrigo zu kennen. Und auch in auffällig vielen anderen Diskobars begrüßte ihn das Personal wie einen guten alten Bekannten, der lange nicht gesehen wurde. In einer verwehrte ihm der Türsteher allerdings den Zutritt.

Er äußerte sich ausweichend, als ich ihn danach fragte. Für Martin war der Fall schneller klar.

»Du hast gedealt, hab ich recht? Und du hast gesessen deswegen, hab ich immer noch recht?«

Rodrigo sagte, das sei eine lange Geschichte, er wolle nicht darüber sprechen, und das alles habe mit seinem jetzigen Leben auch absolut überhaupt nichts mehr zu tun. Er habe jetzt Arbeit, er habe eine Familie.

»Du hast Familie?« Martin und mir war das neu.

»Eine Verlobte.«

»Wo?«

»Drüben in Portugal.«

Er klappte dann sogar sein dünnes Portemonnaie auf und zeigte ein Foto vor. Wir warfen hochinteressiert einen Blick darauf und mußten uns ziemlich zusammennehmen. Mal kunsthistorisch ausgedrückt: Jahrhundertelang verdienten sogenannte Konterfetter ihr Geld damit, daß die Leute auf ihren Porträts ein bißchen besser, ein bißchen jünger und ein bißchen gesünder aussahen als in der Wirklichkeit; diese künstlerischen Mittel stehen den Paßbildautomaten von heute leider nicht mehr zur Verfügung. Rodrigo küßte das Foto jedoch mit anrührender Zärtlichkeit.

Eine Geschichte ließ Martin allerdings keine Ruhe: Rodrigo sprach manchmal davon, daß er ein eigenes Haus gehabt habe und ein Geschäft. Und daß sie ihm beides platt gemacht hätten, richtig platt, mit Baumaschinen, bis nichts mehr übrig war außer einer planen Fläche dampfenden Gerölls. Das klang eher nach Bürgerkrieg und Vertreibung als nach Madrid, und er fragte ihn: »Wer? Wer hat das getan, Rodrigo?«

Rodrigo winkte dann immer nur fatalistisch ab und grunzte böse. Martin ließ aber nicht locker, er wollte das unbedingt wissen. Es war wie eine Besessenheit. Er witterte da eine Geschichte, erklärte er mir, ein Thema, aus dem man vielleicht eine Magisterarbeit machen könnte. Stadtplanung – Politik – soziale Verdrängung: Das waren Stichworte, auf die er seiner Natur gemäß ansprang. Und als er aus Rodrigo herausbekommen hatte, wie das Wohnungsbauunternehmen hieß, das sich um die Flächensanierung kümmerte, drängte Martin mich, mit ihm dort hinzugehen. Er habe mich schließlich auch ins Haus Sanz begleitet, und viel schlimmer als dort könne das hier auch nicht werden.

Der Chef, dem wir uns als deutsche Journalisten angemeldet hatten, ein Mann von der Sorte, die andere gern im Vorzimmer warten läßt, hatte uns schließlich mit fahrigen Gesten aus seinem Büro geschoben und bei seiner Abteilungsleiterin für Stadtsanierung abgestellt.

Draußen bohrte sich der Verkehr aus dem Süden zum Atocha-Bahnhof hoch, drinnen rasselte die Heizung, es war stickig, es roch nach dem Kunststoff des Bodenbelags, und wir saßen María Elena Molinos gegenüber, einer dieser resoluten spanischen Damen, die das Land am Laufen halten, damit Männer wie ihr Chef das Gefühl behielten, sie hätten die Dinge noch in der Hand.

María Elena war um die sechzig, aber immer noch blond, sie steckte in einem pfirsichfarbenen Kostüm, und sie hatte Ärger: Ein Prospekt, der die nächsten Projekte ihrer Abteilung vorstellen sollte, durfte nicht in Druck gehen. Vor die Modellbilder der Gebäude hatte der Graphiker zur Belebung ein paar Jungs gezeichnet, die Fußball spielten, und ein Mädchen, das Seil sprang. Das waren diskriminierende Festlegungen auf geschlechterspezifische Stereotypen, war irgendwem irgendwo im Genehmigungsapparat der Bürokratie aufgefallen. Oder waren es stereotype Festlegungen auf diskriminierende Geschlechterrollen? Jedenfalls ging das so nicht.

»Und dabei sitzen im Rathaus die Rechten! Noch nicht mal die Sozialdemokraten oder die Linken oder so etwas, nein: die Konservativen! Ist das zu fassen?«

María Elena Molinos konnte nicht aufhören, den Kopf darüber zu schütteln.

»Die Konservativen kennen sich in solchen Dingen möglicherweise nur noch nicht so gut aus«, versuchte Martin zu trösten: »Für mich sind das ganz klar Mädchen mit kurzen

Haaren, die da Fußball spielen, und warum sollten Jungs, die Seil springen, keine Röcke und Zöpfe tragen dürfen?«

Daraufhin schloß uns María Elena in ihr Herz und erzählte von den übrigen Schwierigkeiten ihrer Arbeit. Zum Beispiel von den Zigeunerfamilien, die ihr vor der Haustür auflauerten. Von den Todesdrohungen. Von den Manipulationen an ihrem Auto.

»Warum trachten Ihnen denn die Leute nach dem Leben?« wollte ich wissen, »ich dachte, Ihre Aufgabe sei, diese Menschen durch schöne neue Häuser zu erfreuen …«

María Elena lächelte bitter. Dann stand sie auf, nahm das Fläschchen mit dem Tipp-Ex von ihrem Schreibtisch und schritt auf sehr kleinen und mit goldenen Trensen geschmückten Schuhen zu einer Wand ihres Büros, die über ihre ganze Länge mit Luftaufnahmen von der Peripherie der Hauptstadt gepflastert war. Sie schraubte die Flasche auf, zog den Pinsel mit der weißen Farbe heraus und löschte mit geübter Hand ein paar Häuserzeilen aus.

Dann drehte sie sich zu uns um und erklärte: »Das bedeutet, daß jetzt, zwischen diesen Eisenbahngleisen und Autobahnauffahrten, drei oder vier Bulldozer vorfahren und diese Wellblechhütten hier wegbaggern. Ein paar Familien verlieren ihr unwürdiges Zuhause und finden durch uns ein besseres, sofern sie die Berechtigung haben, in Madrid zu wohnen. Nebenbei verlieren wieder ein paar Drogendealer ihren Arbeitsplatz, ihre Lager, ihre Ladenlokale. Bitter, sicher. Aber: Bitte! Wir sind nicht irgendwo in der Dritten Welt, wir können uns solche Slums nicht mehr leisten.«

»Und wo gehen die dann hin?«

Sie zuckte, soweit das der Schnitt des Kostüms zuließ, mit den Schultern.

»Manche leider sogar mitten ins Zentrum, in die vertikalen Slums, wie wir das nennen. Aber die sind als nächstes dran.«

Dabei drohte sie dem Stadtplan mit ihrem Tipp-Ex-Fläschchen.

María Elena schüttelte die weiße Tinktur, sagte geheimnisvoll: »Voodoo!« und lachte dann für meinen Geschmack ein bißchen zu gespenstisch.

Auch Martin war von der Frau und ihrem Tun zur gleichen Zeit fasziniert und abgestoßen, was ja keine schlechte Voraussetzung ist, um sich eingehender damit auseinanderzusetzen. Er stürzte sich auch sofort in die Arbeit, wenig später verlor er das Thema dann aber trotzdem weitgehend aus den Augen. Aber das hatte Gründe, von denen noch zu reden sein wird.

Von diesem Tag an betrachteten wir jedenfalls die Integration Rodrigos in unsere Abende sowohl als Akt der internationalen Solidarität wie der christlichen Nächstenliebe. Man kann aber leider nicht behaupten, daß er ein Gewinn für die Geselligkeit gewesen wäre. Wenn wir abends unsere Digestifs tranken, einen Wermut aus dem Hahn an der Zinkbar der Bodega von Ángel Sierra oder den Rotwein, den sie in der »Copla« in kleine dickwandige Gläser schenkten, dann stand oder saß er manchmal dabei und knetete seine dicken Hände; er sagte nichts, er störte nicht, aber er war da, und man wußte nicht, wie man mit ihm umgehen sollte. Die freundliche, unironische und daher oft ein wenig dämliche Sprechweise, die man sonst nur schwerhörigen Omas oder geistig Zurückgebliebenen angedeihen läßt, kam uns nicht nur paternalistisch vor, sie war uns irgendwann auch zu anstrengend. Irgendwann nahm einfach keiner mehr besondere Rücksicht auf ihn, und Rodrigo wurde allmählich doch wieder zu dem Schatten, der er vorher schon für uns gewesen war, nur daß er jetzt häufiger mit am Tresen saß, zufrieden mit dem wenigen, was an Gesprächsanteilen für ihn noch abfiel.

So saß Rodrigo auch an jenem denkwürdigen Samstagabend mit am Tresen der Bar Cafetería Eboli, an welchem sich Heiko dermaßen in Rage redete, daß er so heftig mit der Faust auf die Theke hämmerte, bis die Untertassen, die da, garniert mit Löffelchen und Zückerchen, bereitstanden, falls jemand auf einen Rutsch fünfundzwanzig *café solo* haben wollen sollte, aufgeschreckt nach oben hüpften.

Dazu muß gesagt werden, daß die Bar Cafetería Eboli ein Ort war, an dem man alles sehen konnte außer Leute, die sich mit einem Kaffee begnügt hätten. Ein giftiges grünes Licht nagte an Kachelwänden aus gelben und braunen Mustern. Im Flackern der defekten Neonröhren rutschten hier die Elendesten der Elenden auf abwaschbaren Preßspanstühlchen vor ihren leeren Brandygläsern herum, das Scharren der Stuhlbeine auf dem Kachelboden schickte unangenehme kleine Lebenszeichen durch den Raum, wo sie von den Fanfaren der Sonderspiele übertönt wurden, denn die Spielautomaten standen hier, und das hatte selbst Martin noch nirgendwo gesehen, nicht irgendwo am Rand, neben der Tür zu den Klos oder beim Tresen, sondern mitten in der Mitte; sie waren das absolute Zentrum der Bar Cafetería Eboli. Wie die aufgetakelten alten Damen an der Ecke Desengaño/Ballesta hatten sie sich da aufgebaut und winkten und tröteten mit allem, was sie hatten, nach ein bißchen Kundschaft. Aber wer sollte hier seine letzten paar Duros einschmeißen, wenn die schon nicht einmal mehr für den nächsten winzigen Wermut langten? Hier servierten die beiden Greise der Bar selbst die kleinste *caña* nur gegen Vorkasse und schauten einem auch dann noch mißtrauisch hinterher, wenn man ihnen ein kleines Trinkgeld in den Plastiknapf geworfen hatte, denn hier tranken die, die lieber in der »Sauna Azul«, im »Show Center Hollywood 2«, im »Club Edinburgo 69«, im »Cine X«, im Erotikrestaurant »Der heiße Topf« oder wenigstens auf einer der Greisinnen von der Desengaño gesessen hätten, bei denen es aber nicht einmal mehr dazu reichte. Weiter unten ging nicht, nicht einmal in Madrid. Das war Lazarillo-de-Tormes-Spanien. Schelmenroman-Milieu. Aber hier hatte Heiko Keunecke im Vorjahr den deutschen Triumph bei der Europameisterschaft verfolgt, und weil er, was vielleicht ein wenig gegen seine Qualifikationen als Ingenieur sprach, einmal gefundenen Lösungen Vertrauen schenkte, ging er auch an den normalen Liga-Wochenenden zum Fußballschauen vorsichtshalber hierher. Rodrigo war dabei, weil er sonst nichts zu tun hatte. Und ich war schon deshalb da, weil Heiko in Zweifel gezogen hatte, daß »Mädchen und Kulturelle« sich überhaupt für Fußball interessieren würden; als ich ihm daraufhin in entschlossener Ausführlichkeit Bredekamps Studien zur Geburt des Fußballs aus dem Geist der florentinischen Renaissance zu referieren begann, bereute er sichtlich seine Worte. Und Martin, der den Sport selbst aktiv betrieben hatte, war, was hätte man anderes erwarten können, Dauerkarteninhaber des FC Sankt Pauli, und zwar einer von denen, die sogar die Regeln und ein paar Spieler kannten.

Beinahe wäre es deswegen in der Bar Cafetería Eboli sogar zu einer kleinen Schubserei gekommen zwischen ihm und einem, der aussah wie ein westdeutscher Fußballer aus den siebziger Jahren oder, besser, wie ein ostdeutscher Fußballfan aus den achtziger Jahren, nämlich mit Kaltwelle im Nacken und Kamm in der Tasche, weil der immerfort »Tarjetaaa rojaaaa« schrie, wo nach Martins Meinung ein Schrei nach einer Roten Karte nicht hingehörte.

Es war mit anderen Worten der absolute und totale Gegensatz zu einem Ort, wo der Name eines so unschuldigen, tugendhaften und reinen Wesens wie Liliana überhaupt hätte fallen dürfen. Und ausgerechnet dort hämmerte nun also Heiko in der Halbzeitpause mit den Fäusten auf die Theke und erklärte, meinen »Romantikkäse« lasse er sich nicht länger bieten. »Soll ich euch mal sagen, wie man mit Frauen umzugehen hat?« fragte er, und dann nahm er meinen Oberarm in die Zwinge seiner Metallurgenpranken und verriet mir, wie man mit Frauen umzugehen hatte: »Ficken, wegrennen!«

Er nahm sein Bierglas und schüttete den Inhalt einmal komplett in seinen Schlund wie andere Motoröl in einen Einfüllstutzen. Danach setzte er das Glas ab, wischte sich über den Mund und sagte zufrieden »Aaaah«.

In die sich anschließende Stille hinein schickte Rodrigo ein unsicheres Lachen, denn er hatte die auf deutsch gesagten Wörter offenbar instinktiv ganz richtig verstanden, und Martin, der angefangen hatte, ein wenig an den Spielautomaten herumzudrücken, an beiden gleichzeitig, sagte: »Du bist ein ekelhaftes Schwein.«

Im Fernsehen lief unterdessen Werbung. Eine Stimme fragte: »Wo ist Curro?« Man sah Rom. Touristen am Trevibrunnen, plötzlich taucht aus dem Wasser ein Irrer in Badehose auf, mit Taucherbrille und Schnorchel, und brüllt: »Hahahahaaaa!« Vermutlich Curro.

Heiko bestellte noch einmal Bier.

Im Fernsehen bestellte jetzt ebenfalls gerade einer ein Bier, ein etwas linkischer Junge, und zwar ein Águila Amstel, damit lehnte er sich dann, ein paar ihm zukichernde Chicas im Blick, rücklings an genau der Stelle gegen die Theke, wo eben hinter seinem Rücken und von ihm unbemerkt ein Kellner die Klappe aufgemacht hatte, er verpaßte sich einen Gesichtsausdruck von weltmännischer Gelassenheit und fiel im nächsten Moment natürlich grotesk mit den Armen rudernd hin. Großer Slapstick.

Heiko lehnte ganz ähnlich an der Bar. Er nahm einen Schluck, schüttelte kurz den Kopf und sprach dann ein paar ernste Worte mit uns:

Von Anfang an und sein ganzes Leben lang wolle der Mensch immer nur das eine.

Und alles andere seien nur die Mittel, um das eine zu erreichen. Und sonst gar nichts.

Alles, was man tue, tue man letztlich und endlich, um damit Frauen zu beeindrucken und zu ihnen ins Bett zu dürfen. Schule, Ausbildung, Beruf, Sport, Politik und unser »ganzes Kulturgedöns« auch. Das Lesen von Büchern habe nur Sinn und Berechtigung, solange es Frauen gebe, denen es imponiert, daraus Dinge zitiert zu bekommen. Museen könnten geschlossen werden, wenn gewisse Frauen nicht immer noch erst ein paar alte Bilder erklärt bekommen wollten, um sich kulturell höherstehend zu fühlen. Nur der Fußball und Orte wie die Bar Cafetería Eboli böten kleine, zur Regenerierung notwendige Pausen im Kampf um die nächste Frau und den nächsten Geschlechtsverkehr. Mittel und Zweck, so Heiko weiter, dürften nicht verwechselt werden. Und hinterher, wenn der Zweck erreicht sei, gelte dies um so mehr.

»Du hast sie nicht mehr alle«, sagte Martin, ohne vom Spielautomaten aufzusehen.

Und ich sagte, weil es schließlich immer einen geben muß, der in solchen Momenten das sagt, was sonst immer nur in Büchern und Filmen gesagt wird, aber viel zu selten an den Tresen von Kneipen, zumal solchen und noch dazu während einer Fußballübertragung, ich also sagte, daß ich persönlich das anders sehe, ganz anders. Ich sagte, daß ich sehr wohl an das Drumherum glaube, die von Heiko sogenannten Mittel zum Zweck, an die Gespinste, das Gemache, die Präliminarien, das logistische Vorfeld, die emotionalen Flurschäden sowie, ganz allgemein gesagt, den Überbau, der am Ende sogar auch ohne den schnöden physischen Kern auskomme, den Heiko als den eigentlich Zweck der Sache bezeichnet hatte, wobei er auch da noch falsch gelegen habe, denn, wenn er sich hier vor uns schon in der Rolle des unsentimentalen Darwinisten gefalle, dann müsse er bitte auch bedenken, daß die fragwürdigen sexuellen Vergnügungen, wenn man von Vergnügen da überhaupt reden könne und nicht von einem dumpfen Dampfablassen, einer mechanistischen, ingenieurhaften Ventilschrauberei, daß also diese verschwitzten sexuellen Entladungen, die er so feierlich ins Zentrum seiner Weltsicht stellte, wenn man es recht bedenke, auch nur ein schnödes Mittel seien, während als ZWECK, wenn überhaupt, ja wohl die Kinder betrachtet werden müßten, die eine mitleidlose Natur dabei entstehen lasse, also auch wieder Leid, Überforderung, volle Windeln und Ziegenpeter …

Die anderen schauten mich aufmerksam an.

Im Fernsehen machte sich Mijatović warm, und Davor Šuker schimpfte auf kroatisch etwas in den Rasen.

Die anderen schauten mich weiterhin an, sie vermittelten mir das Gefühl, eine Fortsetzung schuldig zu sein.

Alles, fuhr ich nun also fort, alles was einen unter solchen Umständen noch retten, am Leben und einigermaßen bei Laune halten könne, das sei meiner Ansicht nach das, was die Menschen »die Liebe« nennten.

Die anderen schwiegen und starrten, zwischendurch nahm Heiko einen Schluck und schaute dann schnell wieder so, als wollte er nichts verpassen.

Die Liebe also. Damit war natürlich nun ein großes Wort

gesprochen, zu groß womöglich für diese Runde und ganz sicher viel zu strahlend für die Bar Cafetería Eboli. Aber gerade hier, fand ich, müsse einmal um so dringlicher der Liebe das Wort gesprochen werden, und so rühmte ich unter dem zappelnden Neonlicht den mystischen Tanz der Seelen, die Transzendenz, die Ausflüge ins Kosmische, ausdrücklich auch das Schwierige, Komplizierte und Kräftezehrende daran, und schloß mit der Feststellung, daß ohne solche Formen der Zuneigung auch Sexualität nicht schwerer wiegen könne als ein Gang auf die Toilette.

Damit, fand ich, war ich halbwegs sicher wieder auf dem rüden Niveau meiner Umgebung hier gelandet, nahm zufrieden einen Schluck von meinem Bier und wartete, was die anderen sagen würden.

Es war Martin, von den Spielautomaten hatte er in der Zwischenzeit abgelassen, der als erster das Wort ergriff. Mich überraschte der sachliche Ton, in dem er sagte: »Das stimmt nicht ganz, es gibt auch das Gegenteil.«

»Das Gegenteil?« fragte ich.

Es gebe Dinge zwischen Männern und Frauen, erklärte er, die einen im Innersten aufwühlten, auch ohne daß es nur ein Funken an Sympathie zwischen beiden gebe.

Was für »Dinge«, wollte ich wissen. Und was für eine »Frau«?

Martins Antwort warf mich buchstäblich vom Barhocker.

»Alicia Sanz«, sagte er.

Ich mußte mich an der Theke festhalten, anders als der Junge vorhin in der Bierwerbung versicherte ich mich aber vorher, daß sie auch wirklich noch da war. Mir war tatsächlich ein bißchen schwindlig: Die schiere Vorstellung nahm mir den Atem, und die Tatsache, daß Martin mich nicht eher eingeweiht hatte, schien mir gleichzeitig an den Fundamenten unserer Freundschaft zu zerren. Ich fühlte mich von ihm verraten.

Er sei am nächsten Tag noch einmal da gewesen, erklärte er, am Tag nach unserem Besuch bei Sanz.

»Wer ist Sanz?« fragte Heiko.

»Ein Bauunternehmer mit Kunstsammlung«, erläuterte ich, um einen gefaßten Ton bemüht, »die Frau katholisch, der Sohn Faschist, die Tochter eine Schnepfe.«

Heiko nickte, die Geschichte gefiel ihm.

Er habe doch nur dem Nazi-Bruder eins auswischen wollen, sagte Martin, und daß er selber noch gar nicht genau gewußt habe, wie. Er sei einfach noch einmal hingegangen, aber es war niemand da. Außer der Tochter, Alicia Sanz. Er habe sich dann die Bilder noch einmal angeschaut und dann, extra unvermittelt und extra roh, in ihr stumpfsinnig gelangweiltes Gesicht hinein gefragt, ob er mal eben mit ihr schlafen könne. Er habe gedacht, jetzt rastet sie aus und kreischt und vergibt Ohrfeigen.

Aber sie habe nur desinteressiert mit der Schulter gezuckt und »Von mir aus« gesagt. Tja.

»Ach so: Haßficken«, sagte Heiko.

Beide nickten wissend. Offenbar war allen außer mir so eine Praxis geläufig.

»Und, war's gut?« fragte ich mit einem Sarkasmus, der Martin entging. Er antwortete freimütig und ganz ernst: Seltsam sei es gewesen. Dinge habe die junge Alicia Sanz veranstaltet, die ihn überrascht und letztlich sogar geängstigt hätten. Er ging dann aber nicht so ins Detail, wie sich das Heiko vielleicht erhofft hatte. Er erwähnte nur, dass sie ihm immerzu ins Ohr gebrüllt habe, was für ein »Schmutz« er sei und wie er sie »beschmutze«, sie und das ganze Haus Sanz, und dabei aber keine Anstalten gemacht habe, mit der Sache aufzuhören, eher im

Gegenteil. Und daß ihn eine Kälte angerührt habe, wie er sie bis dahin nicht kannte.

Mich ärgerte beinahe, daß Martin all das so offenherzig preisgab, auch noch vor Heiko, der jetzt einen fachmännischen Ton anschlug: »Erst arrogant und dann auch noch masochistisch, pfft, gefährliche Mischung.«

Er schäme sich, sagte Martin. Er schäme sich dafür, daß er das getan hatte – und er schäme sich auch dafür, daß er sie dann sogar noch einmal getroffen habe, zufällig, beim Joggen im Parque del Retiro, und daß sie ihm auch da wieder so arrogant und schnepfig vorgekommen sei, daß er auf der Stelle mit ihr habe schlafen wollen.

»Und hast du?« fragte Heiko.

»Natürlich nicht«, sagte Martin.

»Wäre aber gegangen?« forschte Heiko.

»Ich fürchte, vielleicht.«

»Wenn das so ist«, sagte Heiko, »kannst mir ja mal die Adresse von der geben, die Kunstsammlung würde sogar ich mir anschauen.«

»Mit jedem wird sie nun sicher auch nicht ins Bett gehen«, gab Martin zurück.

Und Heiko sagte, daß er sich mal bitte entscheiden solle, ob er sie jetzt verachten oder in Schutz nehmen wolle.

Martin hob die Schultern und sagte: Beides.

Und Rodrigo? Rodrigo grinste, als hätte er jedes Wort verstanden.

DREIUNDZWANZIGSTE KRISIS

Gespenster um Mitternacht

Manchmal dauert es eine Weile, bis man das Echo der Dinge vernimmt, dann aber kommt es mit überwältigender Deutlichkeit über einen. Es vergingen die Wochen, wir sprachen nicht mehr über den Vorfall, es war bereits März, und es war ein anderer Ort, nicht die Bar Cafetería Eboli, sondern die Copla, ein winziges Weinlokal in einer der Straßen, die nördlich der Calle del Pez den Berg hinaufführen. Heiko fehlte, dafür waren José María und die Mumie dabei. Jesús kam später. Aber als er kam, war er unrasiert, trug seinen Schal in geradezu aufrührerischer Nachlässigkeit um den Hals und skandierte Parolen, wie sie in Madrid so zuletzt in den dreißiger Jahren zu hören gewesen sein mochten.

»Wir werden den letzten König an den Eingeweiden des letzten Priesters aufknüpfen«, schrie er, »oder umgedreht, auch egal.«

Das war selbst den beiden Wirten der Copla, zwei gutmütig dem Ruhestand entgegensehenden Hippies, nicht geheuer. Erschrocken schauten sie zwischen den vielen, inzwischen bereits angegrauten Haaren in ihren Gesichtern hervor und baten, unter Rücksichtnahme auf die anderen Gäste, um ein bißchen mehr Zurückhaltung. Selbst von Stammgästen könne man doch bitte verlangen, daß sie die guten Sitten im Blick behielten, flehten sie in erregtem Flüsterton.

Aber Jesús war derart in Fahrt, daß er keine Ruhe geben

wollte. Statt dessen phantasierte er darüber, *pollas republicanas* zwischen Palacio Real und Almudena-Kathedrale in den Himmel steigen zu lassen, und damit meinte er gurkenförmige Luftballons in den Farben rot, gelb und violett.

Exakt in dem Augenblick, als er uns bat, uns das bitte in seiner ganzen symbolischen Schönheit einmal vorzustellen, betraten zwei Figuren das Lokal, die von den beiden Wirten in einer Art und Weise der Entgeisterung, des Abscheus und der Angst angestarrt wurden, als ob sie alles das verkörpern würden, wogegen sie mit ihrer ganzen verrauchten, rotweinseligen Langhaarigenexistenz jemals angekämpft hatten. Es handelte sich um Javier Sanz und seine jüngere Schwester Alicia.

»Was wollen die denn hier?« fragte ich.

Martin war bleich geworden. Überrascht und beunruhigt hielt er sich an seinem Schemel fest.

»Ihr kennt die?« fragte Jesús, der die beiden Eindringlinge ungläubig musterte: viel zu teuer angezogen für die Gegend; viel zu *pijo*.

»Ja, wir hatten das Vergnügen«, sagte in einer etwas offiziersmäßigen Steifigkeit Javier Sanz. »Aber fahren Sie ruhig fort, ich wollte Sie nicht unterbrechen. Sie sprachen gerade über das Königshaus?«

»Ja? Ja, genau, das Königshaus …«, fuhr Jesús fort. »Ich erzähl da unseren ausländischen Freunden nur eben ein paar Dinge, die sie über unser schönes Land wissen sollten. Wissen Sie zum Beispiel, wer der meistgesuchte Dieb Spaniens ist? Ja? Nein?«

»Der Typ, der der Mutter des Königs die Geige geklaut hat«, leierte Javier Sanz gelangweilt; er kannte den Witz offenbar schon.

Jesús, der seinen Kopf auf die Seite fallen lassen hatte, um die Körperhaltung der an multipler Sklerose erkrankten Königsmutter zu imitieren, prustete trotzdem los, dabei hieb er Javier Sanz schmerzhaft mit den geballten Fäusten auf die Oberschenkel. Der wand sich angeekelt.

»Und was hat die Königsmutter mit einer Vespa gemeinsam?«

»Beide schauen nach links, wenn man sie parkt...«

»Ge-nau! Beide schauen nach links, wenn man sie parkt! Ist der gut? Ist der nicht gut? Komm her, das mußt du zugeben!«

»Nun ja...«, in Javiers Gesicht hatten Abscheu und Überdruß den Ausdruck von Blödsinnigkeit angenommen.

»Ich hab noch einen«, krähte Jesús.

»Bitte nicht.«

»Oh doch! Ich weiß ja nicht, was Sie herführt, aber die Herrschaften werden die zweifelhafte Reputation unserer Gegend sicher bemerkt haben. Und das liegt an der himmelschreienden Armut hier bei uns unten im Volk. Die Leute haben einfach nichts. Neulich kam hier ein Mann durch die Calle de Ballesta und wollte eine Prostituierte, aber so billig wie möglich. ›Wir hätten da jemanden‹, sagt ihm der Wirt, ›bei der kostet es nur 2000 Pesten, die ist aber schon über fünfzig.‹ Das war dem Mann noch zuviel! ›Ein Stockwerk drüber hätte ich noch eine, die nimmt nur 1000, ist aber schon jenseits der siebzig und ein bißchen klapperig.‹ ›Ich kann maximal 500 ausgeben‹, meint der Mann. ›Hm. Für das Geld hätte ich nur ganz oben unter dem Dach noch jemanden, aber ich sag es Ihnen gleich, die ist wirklich nicht mehr die jüngste.‹«

Alicia Sanz machte Anstalten, aufzustehen, aber Jesús hielt kumpelhaft den Arm um sie gelegt und sagte, Moment noch, die Geschichte sei doch noch gar nicht zu Ende. »Als er wieder runterkommt, will der *chulo* von dem Mann nämlich wissen, wie es war. Und der Mann sagt: ›Ganz o. k., aber bißchen dunkel da oben, und die Frau sagt nicht besonders viel, von der hört man eigentlich nur so ein nasses Schmatzen.‹«

Jetzt, sagte Javier Sanz, sei es aber mal gut bitte.

Jedoch Jesús ließ sich nicht beirren: »Ruft da der *chulo* nach oben: He, Paco, wechsel mal die Leiche aus, die ist schon wieder voll!«

Es war nun nicht nur Alicia Sanz, der an dieser Stelle übel wurde; sie aber mußte zusehen, daß sie sich nicht direkt über der Schale mit dem Knabbergebäck erbrach.

Javier Sanz sprang aus seinem Sitz und ging aber nicht, wie man vielleicht erwartet hätte, auf Jesús los, sondern auf Martin. Er zerrte ihn am Kragen hoch, was Martin merkwürdig willenlos geschehen ließ, und zog ihn vor die Tür, wo er ihm eine erregte Ansprache hielt.

Durch die Fensterscheiben sah man ihn abwechselnd mit dem Zeigefinger auf Martins Nase einstechen und mit dem Handrücken auf seinen Bauch hauen. Martin wirkte wie paralysiert.

Ich ging vorsichtshalber mal mit raus. Aber in diesem Moment war der junge Sanz schon zur Verabschiedung geschritten. Er zupfte mit einer der herablassendsten Gesten, die es gibt auf der Welt, ordnend am Kragen seines Gegenübers herum und sagte: »Du weißt, was zu tun ist« und: »Wir bleiben in Kontakt, Kamerad.« Letzteres Wort übrigens auf deutsch.

Drinnen war Jesús unterdessen von den anderen ausführlich darüber ins Bild gesetzt worden, wer die Geschwister Sanz waren und in welchem Verhältnis Martin zu Alicia stand.

»Schwanger!? Na, herzlichen Glückwunsch, mein Lieber«, rief er Martin zu, »gib der *pija* gleich mal meine Karte! Falls sie noch keinen Rechtsanwalt hat: Ich würde sie SEHR gerne vertreten. Dich zieh ich bis auf die Unterhosen aus, ONKEL.«

Martin entschuldigte sich, ihm sei im Augenblick gerade leider mal nicht nach Scherzen zumute.

»Ist auch kein Scherz!« sagte Jesús.

Man sah Martin an, daß er in Panik war.

»Kondom?« fragte María José, nur dieses eine Wort.

Und Martin stammelte: Ja, das Kondom: eigentlich schon. Sicher doch, ein Kondom, natürlich! Oder doch nicht? Also gut, kein Kondom. Ja, genau: selber schuld.

Und nun das.

Und nun angeblich das.

Martin war nicht bereit, das so ohne weiteres zu glauben.

»Erst mal sehen, ob das überhaupt stimmt, erst mal abwarten, was da überhaupt dran ist«, sprach sich Martin in den folgenden Tagen Mut zu. Maulig willigte Alicia Sanz schließlich ein, ihm einen Test zu präsentieren.

Martin rauchte eine halbe Schachtel Fortunas in den vielleicht zehn Minuten, die Alicia in der Apotheke von Miguel Ángel Ayuso de Dios verbrachte, die sich, was ihm wie ein Hohn vorkam, in einer Calle namens Salud gleich bei der Gran Vía befand. Als sie wieder herauskam, hielt sie ihm einen Zettel hin. Martin las: »*Prueba de embarazo. Nombre: Alicia, Edad: 18, Resultado: Positivo.*«

Und auf ihrem Gesicht las er: »Hab ich doch gesagt, du Depp.«

Martin konnte es nicht fassen. Martin konnte schon nicht fassen, daß der Test bereits stattgefunden hatte, gleich dort vor Ort, auf der Toilette des Apothekers.

Alicia zuckte die Schultern: Zeitersparnis.

Dann wollte sie auch schon wieder gehen, sie habe eine wichtige Verabredung mit ihren Freundinnen Isa und Bea.

»Moment mal«, erregte sich Martin und riß sie unbeherrscht an den Schultern zu sich herum, »so schnell geht das jetzt nicht. Du bist also schwanger. Das scheint ja jetzt soweit sicher. Aber von mir? Da bin ich mir nicht sicher. Könnte doch von jedem sein.«

Das nächste, was er sah, war, wie ihre rechte Hand ausführlich ausholte und anschließend auf sein Ohr zuflog. Danach war linksseitig nur noch ein Pfeifen zu hören und rechts die Worte: »Ich war Jungfrau, du DUMMSCHWANZ, und du hast das nicht mal gemerkt.«

»Was?« stammelte Martin, »wie bitte?«

Alles, wirklich alles stand nun in einem ganz anderen Licht. Ihr Benehmen, ihr Geschrei von der »Beschmutzung«, alles.

»Und nimm deine Pfoten weg von mir!«

Martin stand wie gelähmt, seine Wange brannte, und er bekam vor Verblüffung kein Wort heraus. Alicia Sanz zog sich in aller Ruhe den Lippenstift nach und sagte, bevor sie ging, beiläufig: »Wir sehen uns dann, *cariño*.«

Cariño! Liebling.

Daraufhin fing auch Martins rechtes Ohr an zu pfeifen. Es war, als wollte sein Kopf dichtmachen, bevor noch mehr hineinkam, das er nicht verstand.

Und das war die Geschichte, so wie Martin sie mir erzählt hat. In Wirklichkeit wird er vermutlich noch viel ratloser und jämmerlicher dagestanden haben. Als er an diesem Tag heimkam, war Martin jedenfalls nicht mehr derselbe wie vorher. Das Rauschen und das Pfeifen in seinem Kopf waren gewissermaßen bis nach draußen zu hören. Man mußte noch Tage später achtgeben, daß er nicht in ein Auto rannte. Martin schlurfte durch die Gegend wie einer, dem eine Narkose in den Knochen steckt. Es war, als hätte jemand den ganzen Elan, die Empörung und die Leidenschaft, mit der Martin Sievers sonst in jeder freien Minute gegen das Unrecht, die Häßlichkeit und die Javiers und Alicias dieser Welt anzukämpfen imstande war, aus ihm herausgelöscht. Jedes Zelt, dem man die Häringe kappt, machte eine bessere Figur als er. Er machte sich Vorwürfe wegen Alicia, die er haßte. Und hatte Angst vor diesem Mädchen, dessentwegen ihn sein Gewissen peinigte.

»Da war noch nicht mal Blut im Laken«, wimmerte er.

»Muß ja auch nicht«, erklärte ihm die Mumie kühl, »denkst du, das sieht jedesmal aus wie die verdammte Fahne von Japan?«

Mit den Augen eines Hündchens, dem bewußt ist, daß es etwas ausgefressen hat, schaute er zu uns hoch. »Ich kenne die doch gar nicht«, sagte er wieder und wieder, und: »Was soll ich denn jetzt mit der machen, verdammte Scheiße?«

Er entschied dann, daß fürs erste Kennenlernen, Kontakt, Nähe vielleicht hilfreich wären, schon um sich einen Überblick über sein Problem zu verschaffen. Und schließlich hatte Martin es geschafft, so lange und so heftig mit Selbstvorwürfen auf sich einzuhämmern, bis ein winziger Hoffnungsfunke daraus entsprungen war: Er gab sich gewissermaßen selbst die Schuld daran, daß Alicia Sanz so war, wie sie war. Vielleicht, so sagte er sich, hatte er die ganze Zeit Ursache und Wirkung verwechselt, vielleicht war Alicia nur jung und verstört, vielleicht war Alicia Sanz in Wahrheit eine andere.

»Vielleicht«, sagten wir anderen dann nur und schauten mitleidig weg.

VIERUNDZWANZIGSTE KRISIS

In den Blähkammern der Welt

Almudena Abascal y Bordiú nahm Martins nun häufigeren Besuche in dem Haus hinter dem Viermeterzaun mit entrücktem Schweigen hin, nicht einmal ihr Blick verriet die grundsätzliche Mißbilligung seiner ganzen Erscheinung, seiner Herkunft und seines Standes sowie der darin sich ausdrückenden Haltungen, Grundsätze und Bekenntnisse; eine Mißbilligung, die Martin aber gleichwohl mit jeder Faser seines Körpers spürte.

Ihr Ehegatte Carlos Sanz Urrutia reagierte da volksnäher: Er zeigte das typische joviale Brummen eifersüchtiger Väter, verschnitten mit Verachtung und auch ein wenig Mitleid. Er schien seine Tochter zu kennen. Und diese schien ihren Eltern gegenüber noch nicht mit einer Silbe erwähnt zu haben, wie es um sie stand. Alicia nahm die eilfertige Gegenwart Martins entgegen wie die eines Haustiers, sie schalt ihn einen Trottel, wenn es ihr paßte, oder sie strich ihm besitzergreifend über den Kopf, wenn ihr danach war. Und ansonsten ließ sie ihn ihre Einkaufstaschen tragen.

Einmal begegneten wir uns zufällig an der Ecke Calle Velázquez und Calle Goya. Ich war mit Liliana unterwegs, Martin mit Alicia. Wir standen da wie zwei Ehepaare mittleren Alters, es war ein Blick in die Zukunft, der mich ein wenig frösteln ließ. Die Mädchen lächelten sich eisig an, und Martin und ich brauchten keine Straßenecke, um uns ausführlich zu unterhalten, wir wohnten ja zusammen; außerdem lärmte der Verkehr. Kurz nach dem »Hallo« kam deshalb auch schon das »Wir müssen dann mal«. Aber der Verkehr lärmte dann auch wiederum nicht so laut, daß nicht noch deutlich zu hören gewesen wäre, wie Alicia im Weggehen zu Martin sagte: »Was will der denn mit der *sudaka*?«

Liliana fühlte sich tief verletzt von dem Wort und der darin zum Ausdruck kommenden Verachtung. Diese Verletzung äußerte sich in einem Anfall von verbittertem Stolz. »Grade die …«, zischte sie, »dieses … Individuum!«. Liliana schien Alicia Sanz vorher schon gekannt zu haben, nicht unbedingt Alicia persönlich, aber doch so etwas wie ihren Ruf, und der schien ihr überhaupt nicht zu behagen; aber als ich mehr wissen wollte, weigerte sie sich, ins Detail zu gehen. So etwas komme ihr gar nicht erst über die Lippen, sagte Liliana, und erst Wochen später ging mir auf, daß ich womöglich einem Mißverständnis aufsaß, als ich annahm, es sei immer noch die Beschimpfung als *»sudaka«*, was Liliana umtrieb. Wer weiß, vielleicht war das einer der Momente, in denen man einfach einmal hätte die Klappe halten und abwarten sollen, ob da nicht doch von alleine noch etwas nachkommt. Aber ich konnte nicht anders, als sie daran zu erinnern, daß sie, Liliana, indianisch aussehende Landsleute von ihr mitunter als *cholos* bezeichnete, und zwar in einem Ton, der demjenigen, in dem Alicia sie *sudaka* genannt hatte, an Abfälligkeit kaum nachstand. Man konnte den Rassismus hören, ohne die Wörter übersetzen zu müssen.

Das mit den *cholos*, sagte Liliana gereizt, sei etwas ganz anderes und außerdem auch gar nicht so gemeint, sondern offenbar mehr als eine Persiflage auf Ansichten, die, leider, bei den Weißen in Südamerika noch sehr verbreitet seien. Auf welcher Seite ich eigentlich stehe, wollte sie wissen, ich liebe sie nicht genug, da sehe man es wieder einmal. Und ich beeilte mich, ihr zu versichern, daß ich sie über alle Maßen liebte, daß sie natürlich recht habe und daß das dumm und gefühllos von mir war.

Ich machte mich gleichzeitig lustig über sie und über mich, aber sie bemerkte das gar nicht und nahm die Servilität beim Nennwert. So hatte jeder etwas davon. Außerdem, und ich glaube, daß das meine eigene komplizierte Beziehung tatsächlich für eine ganze Weile stabilisiert und ins Recht gesetzt hat, außerdem war das alles ja ohnhin nicht der Rede wert im Vergleich zu dem Ärger, den Martin hatte.

Martin mußte endlose Nachmittage lang vor den Schaufensterfronten der Calle de Serrano (und anliegende) Paraden abhalten bei dem Versuch, irgendeinen Zugang zu dem Mädchen zu finden, das ein Kind von ihm erwartete. Es war dies das Jahr, in dem Tom Ford dem zuvor praktisch bereits klinisch toten Modehaus Gucci zu neuer Popularität verholfen hatte. Und die höheren Töchter des Barrio 41 konnten es gar nicht abwarten, in die dunkelblauen Kostümchen mit den gegürteten Blazern zu kommen, die ihnen in hochveredelter Form den Look ihrer Schulmädchenzeit zurückgaben, kaum daß diese vorbei war; die ganze Gegend um die Calle de Serrano erdröhnte neuerdings unter dem Getrampel der wichtigtuerischen Collegeloafers mit den goldenen Trensen. Und die Läden, in denen diese Schuhe verkauft wurden, sahen ein bißchen anders aus als die Schuhläden im Zentrum, in der Calle de Montera oder der Calle del Carmen, wo Tausende rechter Schuhe hinter den Schaufensterfronten an die Wand gepinnt waren wie Käfer in einem Naturkundemuseum. In diesen Läden hier herrschten die Leere evangelischer Andachtsräume, das Weiß des Nirwanas und Temperaturen in der Nähe des Gefrierpunktes. In diesen Läden fragten Models mit aufrecht stehend festgefrorenen Brustwarzen, ob man ihrer Hilfe bedürfe.

Schuhe kaufte man auch bei Pedro García oder Pura López, Mode bei Carolina Herrera. Und dann waren da die vielen Filialen jenes Modehauses, das diesen ganzen komplizierten Komplex aus Luxus und Askese und modischem Minimalismus schon in seinem Namen zusammenfaßte: Purificación García! Hier gab es damals recht gute Imitationen der Gummisachen und der Teflontextilien, die Prada Sport einer hightechgläubigen Kundschaft bis heute aufzuschwatzen versteht.

Das alles lernte Martin in diesen prekären Tagen – obwohl es ihn fundamental nicht interessierte.

Die Jeans von Miss Sixty wurden gerade zu Must-Haves; ein paar Preisklassen darüber galten die von Guess als außergewöhnlich *hot*, denn das sogenannte *Testimonial* der Marke hieß damals Claudia Schiffer. Und Martin, der nicht ahnen konnte, daß der Siegeszug der Hüfthose ein paar Jahre später auch absolut jungfräuliche Mädchen irgendwie schwanger aussehen lassen würde, Martin flogen eines Tages die Sicherungen heraus: Er zerrte Alicia aus den Kleiderständern hervor, hielt sie mit den Fäusten an den Schultern fest und brüllte: »DA WIRST DU BALD NICHT MEHR REINPASSEN, TANTE! BEGREIFST DU DAS NICHT?«

Aber Alicias Reaktion darauf bestand darin, daß sie, um Martin einen weiteren Blick in seine unausweichliche Zukunft zu gewähren, statt dessen bei Baby-Dior nach Säuglingskleidung schauen ging.

Am Abend solcher Tage kam Martin zu dem Ergebnis: »Die hat sie nicht mehr alle.« Und mit dieser Befürchtung stand er nicht allein.

Die Mumie führte die beeindruckende Verdrängungsleistung der kleinen Sanz auf eine schwere Traumatisierung zurück. Vielleicht sei sie ja mißbraucht worden, womöglich sogar von ihrem Vater.

Martin stand am Wohnzimmerfenster und gab kleine brummende Laute von sich.

»Oder irgendein ›Freund der Familie‹«, gab die Mumie zu bedenken, so sei das doch meistens.

»Bitte!« flehte Martin, er fand die Situation so schon unappetitlich genug.

»Aha, das ist jetzt also die Lösung«, sagte Jesús, als er bemerkt hatte, daß es das Haus an der nächsten Straßenecke war, worauf die ganze Zeit Martins Blick und Sinnen gerichtet waren. Mir war bis dahin gar nicht aufgefallen, was da gelb auf rot an den Markisen stand. Ich hatte immer geglaubt, das sei ein Sexclub wie alle anderen in der Gegend, und nie genauer hingeschaut. Aber was da stand, war: »Clínica Ginecológica Callao«. Und die Botschaft, die darinsteckte, strahlte plötzlich über die Desengaño bis zu uns herüber.

»Aber ich bitte dich, das ist eine schäbige Bude«, sagte Jesús, »eine Notfallklinik für die Damen von der Ecke, falls weder Alter noch Gummi ein Malheur verhindern konnten. Ich bezweifle, daß die *pija* es dort machen lassen würde. Will sie denn eigentlich überhaupt?«

Ihr Bruder deute so etwas an, antwortete Martin.

»Soso, er deutet also so etwas an! Was soll das denn heißen?«

»Na ja, das ist doch die Scheiße! Hier sagt doch keiner, was er meint. Das ist alles immer hintenrum und andersrum. Mir steht das bis HIER«, machte Martin sich nun Luft.

Alicias Bruder Javier raune ihm immerzu etwas von »Moral« zu, die wichtig sei im Hause Sanz. Was er, Martin, inzwischen darunter glaubte, verstanden zu haben, sei aber eher etwas, was er Doppelmoral nennen würde: Der Familie sei noch vor der Moral selbst der moralische Anschein heilig. Und am moralisch einwandfreisten wäre das Bild, so wie Martin das inzwischen verstanden habe, wenn es überhaupt keine unerlaubte Schwangerschaft gäbe oder je gegeben hätte. Und noch wisse davon außer ihnen ja noch niemand. Das sei doch wohl eine Aufforderung zum Abbruch, oder etwa nicht?

»Und die Kleine?« fragte die Mumie.

»Ich weiß es nicht. Ehrlich. Und ich habe das Gefühl, sie weiß es noch viel weniger. Ich weiß noch nicht einmal, ob sie überhaupt etwas will.«

»Irgendetwas will jeder«, erwiderte die Mumie, »oder irgendetwas in ihr will irgendwas, und sie ist sich selber nur noch nicht ganz klar darüber. Keine Ahnung. Vielleicht ist es die Langeweile, aus der sie rauswill. Oder sie will raus aus ihrer Familie und braucht dafür das Kind! Könnte ja auch sein.«

»Bitte nicht«, stöhnte José María, »keine Psychoanalyse jetzt! BITTE!«

Die Mumie ließ sich nicht beirren. »Ich kann mir ganz gut vorstellen, daß sie da wegwill, so wie die drauf ist. Die Mutter ist eine vertrocknete Nonne, sagt Martin jedenfalls; da ist doch klar, daß die Tochter ein komisches Verhältnis zu ihrer Weiblichkeit entwickeln muß. Und wenn der Vater sie mißbraucht ...«

»Das weißt du doch gar nicht« rief José María dazwischen.

»... Das merkt man doch!« entgegnete erregt die Mumie, »der Vater oder – oder, tja: der Bruder, das kleine, geschniegelte Faschistchen, das kann natürlich auch gut sein ...«

»Du bist vollkommen wahnsinnig«, beschied ihr Jesús.

»Und du, was hältst du davon?« wollte José María von Martin wissen.

Martin zuckte mit den Schultern und schaute wieder aus dem Fenster. Schließlich fragte er:

»Weiß denn jemand überhaupt eine Klinik? Etwas Besseres als das da unten?«

Damit lag das große Pro-und-Contra auf dem Tisch. Damit waren die Pragmatiker und die Moralisten im Ring, ohne daß deswegen klar war, wer von denen auf welcher Seite stand.

Das ganze Leben lag noch vor einem.

Jetzt kam halt noch eins dazu.

Die Zukunft war versaut.

Die Zukunft mußte eben neu geplant werden.

Er war viel zu jung.

Man ist immer zu jung.

Sie kannten sich kaum.

Sie würden sich kennenlernen.

Bislang war es nur ein Zellhaufen.

Demnächst mit Armen und Beinen.

Irgendwann kam dann natürlich auch der Satz, nach dem gewöhnlich Ruhe ist, irgendwann sagte einer: »Wenn deine Eltern das gemacht hätten …«

»Was macht die eigentlich?« wollte dann noch jemand wissen, »ich meine beruflich?«

»Master in sonstwas, International School of Keineahnung«, sagte Martin müde. »Der Vater hat Geld.«

»Dann freu dich doch!«

Auffällig war, daß María José in der Frage Abtreibung ja oder nein so gut wie gar nichts mehr sagte.

Wir besprachen uns ein oder zwei Tage später darüber, als ich ihr in ihrem Schneiderkabuff Gesellschaft leistete, und sie ließ ein bißchen bekümmert ihre Handarbeit sinken. Was solle sie dazu groß sagen, immerhin sei sie ja ebenfalls eine Frau, wenn auch nicht so eine, aber eine Frau sei sie in dieser Frage eben doch, und zwar von bereits über dreißig Jahren;

da stelle sich eben eine gewisse Dünnhäutigkeit ein, wenn das Gespräch auf das Thema Kinder komme, erklärte María José, das hätte sie bis vor kurzem auch nicht für möglich gehalten. Auch wirke da offenbar gewissermaßen ihr katholisches Elternhaus in ihr nach, sie wisse es nicht, sie sei sich ihrer Haltungen und Ansichten diesbezüglich erschreckend unklar, bat sie mich um Entschuldigung. Dann wollte sie, daß ich ihr weiter von Velázquez erzählte, dessen Wämse und Hosen sie in jüngster Zeit zu eigenen Werken inspirierten.

Währenddessen saß ein Zimmer weiter Jesús mit zwei jungen Männern am Wohnzimmertisch und unterhielt sich leise. Ein kenntnisloser Beobachter hätte unseren kleinen Haushalt in diesem Augenblick für eine biedermeierliche Idylle halten können. Es war dann Martin selbst, der, als er von einem weiteren Tag an der Seite Alicias nach Hause kam, in finsterer Laune diesen häuslichen Frieden störte. Als eine einzige Anklage an die Welt kam er an diesem Nachmittag in die Wohnung gestürmt, durchquerte María Josés kleine Schneiderei und warf sich grußlos auf den freien Sessel neben Jesús. Die beiden Männer auf dem Sofa stellten ihre Teetassen ab und lächelten aufmunternd zu ihm herüber.

»Du mußt also Martin sein, wir haben schon viel von dir gehört.«

»So, habt ihr das?« Martin schaute wütend zu Jesús.

Jesús schaute, als wisse er nicht, wovon die Rede ist.

»Wo wir schon bei Dingen sind, die andere nichts angehen«, begann nun Martin, der sich dafür eigens aufrecht gesetzt hatte und sich zu den beiden glattrasierten jungen Männern hin über den Tisch beugte: »Was ich von euch ELSTERN immer schon mal wissen wollte: Wie nennt man das eigentlich, wenn man sich nicht nur für das eigene Geschlecht erwärmt, sondern dann auch noch einen Partner sucht, der vom Äußeren und von der Art her fast genauso ist wie man selber? Doppelt homosexuell?«

Die beiden Männer schwiegen betreten.

»Wie ist denn das zum Beispiel bei euch? Erzählt doch mal!« setzte Martin scharf hinzu. »Oder ist das Narzißmus? Schläft man dann sozusagen mit sich selbst? Nein, im Ernst, mich interessiert das. Ich finde das sehr, sehr clever. Wenn man es recht bedenkt, ist das doch sogar das Beste, was man überhaupt nur tun kann. Dann kann nichts anbrennen, was? Dann dringt nichts nach außen, oder?« Martin schrie nun fast.

Die beiden Herren sagten immer noch nichts, sie griffen einfach nach ihren Jacken und flohen mit versteinerten Mienen aus der Wohnung.

Als die Tür, die sie energisch hinter sich ins Schloß fallen ließen, aufgehört hatte, in ihren Angeln hin und her zu schlackern, nahm Jesús endlich die Hand herunter, mit der er sich den Mund zugehalten hatte, und kreischte los vor Vergnügen.

Was es da bitte zu lachen gebe, erkundigte sich, immer noch dampfend, Martin.

Im Grunde nichts, antwortete Jesús, Martin habe schon recht: »Nur daß die beiden ausnahmsweise mal keine ELSTERN waren; das waren Anwaltskollegen von mir, zwei Brüder«, erklärte Jesús, »und beide beim Opus Dei.«

»Wo du überall Freunde hast – so als Kommunist und Kirchenfeind …«

»Immerhin haben sie mir eine Adresse genannt, die dich interessieren könnte«, sagte Jesús gönnerhaft und schob Martin einen Zettel hinüber. Eine Praxis oben in Chamartín, gar nicht weit vom Bernabéu-Stadion.

»Die vom Opus Dei kennen sich aus mit Abtreibungskliniken«, lächelte Jesús, »die sind schließlich dagegen.«

FÜNFUNDZWANZIGSTE KRISIS
Zweite Einsamkeit

In der Nacht, bevor sie zu der Adresse in Chamartín fuhren, schreckte Martin mit Angstschreien auf. Er habe Familienurlauber an der schleswigholsteinischen Ostseeküste gesehen, berichtete er mir, als wir auf dem Weg zum Klo im Flur aufeinandertrafen, Familienurlauber in grün-violetten Windjacken. Den Heidepark Soltau. Und die Rüttelautos neben den Eingängen der Supermärkte. Mütter, die auf den Bänken der Spielplätze die Affären ihrer Ehemänner beweinten. Javier Sanz im Gleichschritt mit seinen gescheitelten Truppen. Alicias Mutter auf blutigen Knien Rosenkränze herunterrasselnd. Carlos Sanz vor seinem prachtvollen Kamin mit einem riesigen Cognacschwenker in der Pranke, und wenn man näher hinsah, stellte sich heraus, daß es in Wahrheit das Glas eines Goldfisches war, dessen rückwärtige Flossen gerade mit einem zufriedenen Knurpseln im Mundwinkel von Sanz verschwanden. Und ein Baby, das vergessen bei Armani in der Umkleidekabine unter dem Schemel lag und wimmerte.

In dieser Nacht wußte Martin, daß das, was sie vorhatten, das richtige war.

Am folgenden Vormittag, es war ein Freitag, saß er neben Alicia Sanz auf dem Rücksitz eines Taxis und starrte auf den Hinterkopf ihres Bruders Javier, der sich vorne mit dem Fahrer unterhielt. Der Fahrer beklagte die ständigen Benachteiligungen von Real Madrid durch die Schiedsrichter. Er unterbrach seinen Redeschwall erst, als er mitbekam, was sich hinter der Adresse verbarg, an der er uns auslud. Der Mann verabschiedete sich eisig und fuhr eilig wieder davon. Javier Sanz hatte lieber die Verachtung eines Taxifahrers auf sich genommen, als mit seinem auffällig, aber nationalbewußt in Rot und Gelb lackierten Porsche hier gesehen zu werden. Es war ihm offensichtlich unangenehm genug, daß ihn und seine Schwester überhaupt jemand sehen konnte. Er zog den Kopf in den Jackenkragen, und Alicia trug zur Tarnung sogar ihr Pashmina um den Kopf, als sie die Klinik betraten.

Es war eine Klinik, in der ausschließlich Linke und Feministinnen zu arbeiten schienen. Fast jede vom Personal trug das Haar kurz und hennarot. Alicia Sanz erklärte, von dem Anblick werde ihr übel, und ging sich übergeben. Die große Anzahl an Nordafrikanerinnen im Wartezimmer schlug ihr zusätzlich auf die Laune. Außerdem gab es etliche ältere Männer, die, so Martin, allesamt aussahen wie Hellmuth Karasek, mit verheulten Minderjährigen an ihrer Seite, von denen man nur hoffen konnte, daß es ihre Töchter waren und nicht die Geliebten.

»Ist das nicht verboten?« fragte Alicia, so als hätte sie sich mit dem Thema bis zu diesem Moment noch gar nicht auseinandergesetzt.

»Wenn deine psychische Gesundheit gefährdet ist, kannst du es bis zur zwölften Woche wegmachen lassen«, sagte Javier. »Und psychisch gesund bist du ja ohnehin nicht, TANTE. Du müßtest jetzt in der achten Woche sein, richtig? Gut. Sag denen einfach, der ONKEL, der dich rund gemacht hat, ist arbeitslos und drogensüchtig.«

Martin wollte protestieren. Javier sah ihn an, dann wandte er sich wieder seiner Schwester zu: »Oder sag, er hat dich vergewaltigt, das kommt bei den TANTEN hier, glaub ich, noch besser an.«

Eine burschikose Krankenschwester kam auf violetten Doc Martens in den Warteraum und rief Alicia auf. »Jetzt werden wir mal sehen, was Sache ist«, sagte sie in kumpelhaftem Ton und reichte ihr die Hand.

»Pfoten weg«, kreischte Alicia Sanz, »Ökoschlampe!«

Im Zustand höchster Feindseligkeit schauten sich die beiden Frauen an. Nordkorea und Südkorea. Dann lächelte Alicia Sanz plötzlich ganz liebenswürdig und sagte: »Fein, wo geht's lang?« Bevor sie durch einen Korridor verschwand, drehte sie sich allerdings noch einmal zu Martin und ihrem Bruder um. »Untersteht euch zu rauchen!« Dann war sie fort.

In der folgenden halben Stunde saßen die beiden jungen Männer nebeneinander im Wartezimmer, kneteten ihre Hände und sprachen exakt null Worte miteinander. Immerhin unterstanden sich beide zu rauchen, was ihre Stimmung nicht ausgeglichener machte.

Sie warteten. Sie warteten auf Alicia, und sie warteten darauf, daß der andere aufgeben würde, rausgehen müßte oder zumindest etwas sagen. Ein verbissenes Duell im Warten und Schweigen.

Es war Javier Sanz, der zuerst die Beherrschung verlor: »MITEINANDERSCHLAFEN, wann kommt die TANTE endlich wieder?«

In diesem Moment stand Alicia plötzlich vor ihnen. Sie heulte lautlos und bedeutete den beiden, daß sie nach draußen wolle. Es war die erste menschliche Regung, die Martin an ihr überzeugend vorkam.

Alicia Sanz stand vor der Abtreibungsklinik, Tränen spülten ihr durch den Puder auf den Wangen, und sie sagte: »Ich kann das nicht. Ich kriege es.«

Dann lief sie los, die Straße hinunter, während Javier Sanz ihr nachrannte, sie einholte, festhielt, auf sie einsprach und während Martin Sievers in sich zusammensank wie ein Hochhaus nach der Sprengung; er setzte sich auf den Bordstein und vergrub den Kopf in seinen Händen. Er hatte noch nie soviel Sympathie und Verständnis für Alicia Sanz empfunden wie gerade eben. Und er wußte, daß das für ihn eine Katastrophe bedeuten konnte. Dann hörte er Alicia kreischen, er sah, wie Javier auf sie einschlug. Das nächste, was er mitbekam, war, daß er auf Javier einschlug, während Alicia sich losmachte und in Richtung Castellana lief.

Als Martin sah, daß sie außer Reichweite war, ließ er von Javier ab.

Javier schrie: »MITEINANDERSCHLAFEN!« Er schrie: »MITEINANDERSCHLAFEN! MITEINANDERSCHLAFEN! MITEINANDERSCHLAFEN!«, dann boxte er Martin in den Bauch und sagte: »Hallo, Schwager!«

Alles, was Martin hervorbrachte, war ein mattes »Hä?«.

»Jetzt haben wir sozusagen eine neue Situation, eh? Jetzt müssen wir mal sehen, wie wir damit umgehen, oder? Hmm?«

Martin wollte etwas sagen. Aber Javier war schneller:

»Halt die Klappe! Ich sage dir jetzt mal was. Meine Schwester ist leider schwachsinnig. Wenigstens das wird ja wohl auch ein Idiot wie du bemerkt haben. Wenn die TANTE nicht schwachsinnig wäre, müßte sie ja auch kaum mit einem Idioten wie dir herummachen. Dann gäbe es schon genügend Jungs von hier, die sie haben könnte; ist ja schließlich keine so ganz schlechte Partie, meine Schwester. Aber leider ist sie eben ein bißchen schwachsinnig.«

Javier Sanz machte eine Kunstpause, schaute Martin angewidert an und fuhr dann fort: »Leider ist sie so schwachsinnig, mit Idioten wie dir ins Bett zu gehen, und leider ist sie so schwachsinnig, jetzt auch noch so ein schwachsinniges Kind zu kriegen.«

»Und wer sagt, daß das von mir ist?«

Daraufhin machte es zweimal kurz hintereinander peng, und Martin lief Blut aus der Nase. Er wollte sich gegen die Schläge zur Wehr setzen, aber er konnte nicht, ihm war wattig zumute. »Komm mir nicht so, ONKEL!« schrie Javier ihn an. »Willst du meine Schwester beleidigen?«

»Das tust du doch selber die ganze Zeit.«

»HALT DIE FRESSE! Das ist meine Familie. Das ist meine Mutter, die jetzt gleich von der ganzen Sache erfährt und einen Herzinfarkt kriegen wird. Heute abend erfährt es dann mein Vater. Wenn danach von Alicia noch etwas übrig sein sollte, wird sie ins Auto gepackt. Die Familie fährt am Wochenende zur Semana Santa nach Sevilla. Wegen dir DUMMSCHWANZ müssen meine Schwester und ich da nun wahrscheinlich auch mit. Dort wird sich die Familie dann Gedanken machen, wie es weitergeht. Und genau dasselbe, Deutscher, würde ich dir auch empfehlen. Und denk bitte nicht, daß du dich aus der Sache hier so einfach verabschieden kannst.«

Bei den letzten Worten hatte er den Daumen unter Martins Kinn gelegt und drückte ihm mit Zeige- und Mittelfinger so schmerzhaft auf die Unterkante der Augenhöhlen, daß Martin nicht nur den Kopf, sondern den ganzen Körper nach hinten biegen mußte.

Dann zog Javier Sanz, ganz kurz, sein Knie hoch und hämmerte es zwischen Martins Beine.

Der gab einen qualvollen Laut von sich. Javier Sanz hielt ihn am Kragen aufrecht, damit er nicht zusammensacken konnte, und hauchte ihm zum Abschied ein »Bis dann, Schwager« ins Ohr.

SECHSUNDZWANZIGSTE KRISIS
Schöne Natur

Wir standen im Boñar de León, gleich hinter der Calle de San Bernardo. Und es muß der Sonntag nach diesen Vorfällen gewesen sein, denn wir waren meistens sonntags dort. Schon an den Werktagen wurde das Wunder der Tapas hier gefeiert wie sonst nirgendwo, aber an den Sonntagen sprengte es die Grenzen zu den Bereichen hin, die den Kindern als Schlaraffenland bekannt sind. Von Montag bis Freitag bekam man zu jeder *caña de cerveza* eine ganze Schale voller Oliven, einen kleinen Teller mit *patatas bravas*, manchmal auch vier oder fünf große Garnelen, je nachdem. An den Sonntagen waren es ganze Teller. Große Teller. Tiefe Teller. Garnelen, Eintopf oder, wenn man Glück hatte, auch mal eine komplette Portion *paella*. Und eine *caña* kostete ja nur 125 Peseten – beziehungsweise »fünfundzwanzig Duros«, wie in solchen Lokalen der schönen Tradition und alten Sitten wegen gern gerechnet wurde. Man mußte das als Bestandteil einer Heilsökonomie nehmen, die über unseren Horizont hinausging, denn als Lockmittel für das Restaurant im hinteren Teil des Boñar de León taugte das überhaupt nicht. Man konnte nach den Appetizern schon kaum noch laufen, und mit jeder caña, die man eventuell zum Nachspülen brauchte, kam unbarmherzig ein neuer Teller zu dem noch längst nicht leergegessenen hinzu.

Und Martin hatte, wie alle Menschen, denen entweder die

Liebe, der Liebeskummer oder andere ernsthafte Probleme zu schaffen machen, ohnehin keinen Appetit. Es war der Ort, wo er mir die letzten Ereignisse zusammenfaßte, und ich aß dazu, trank Bier und versuchte, aufmerksam zuzuhören.

Auf den Servietten stand:

Ésta es su casa.
Restaurante Boñar de León

Todos los lunes cocido Leonés;
si usted fuera capaz de
comérselo, están invitados a
un viaje 15 días con todos
los gastos pagados a Canarias.

Vielleicht sollten wir das mal versuchen, schlug ich Martin vor: Einfach am Montag, also morgen, den Leonesischen Eintopf aufessen und zwei Wochen auf den Kanaren gewinnen, inklusive Flug, wenn ich das richtig verstanden hatte.

»Komisches Spanisch«, fand Martin, »und komische Werbestrategie, wenn man noch eine Reise drauflegen muß, damit der Eintopf aufgegessen wird.« Außerdem die Kanaren, er sage nur: Lavasteine und Uhren, danke, ohne ihn. Und damit hatte er natürlich recht.

Aber die Gegend von León schien schön zu sein. Hinter Martins Kopf hing ein verblichenes Luftbild aus der Region an der Wand. Ein Tal mit Häusern drin. Aber grün! Selbst so ausgeblichen und vergilbt und vertrocknet, wie der Druck nun einmal war, sah man, wie tiefdunkelgrün das dort sein mußte, denn das Bild verhielt sich zu seinen Farben wie Zentralspanien zu Gegenden mit echtem, dichtem Wald. Jetzt fiel mir erst auf, daß mir hier ein paar Farben fehlten. Madrid war rot und gelb, wie die spanische Fahne, mit allem, was sich an Ockertönen, Braun und Schwarz damit so anrühren läßt; was fehlte, war das Blau eines nennenswerten Gewässers, und vor allem Grün, tiefes, sattes, dichtes Grün.

»Es gibt heutzutage Stimmungen, die man nur mit dem Auto loswird«, sprach ich zu Martin.

»Ja: Wegfahren! Daran habe ich auch schon gedacht.« Er müßte mal nachdenken. Mal rauskommen hier und in sich gehen …

»Nächstes Wochenende ist Ostern …«

»Ich weiß. Familie Sanz ist zur Semana Santa in Sevilla.«

»Dann fahren wir eben in die entgegengesetzte Richtung!«

Ich mußte die Sache noch mit Liliana klären, kam aber nicht dazu, weil wir offenbar verstritten waren. Der Anlaß ist mir nicht mehr erinnerlich. Ich weiß nur noch: Anrufe wurden nicht entgegengenommen, Türen nicht geöffnet. Ich mußte ihr einen Brief schreiben, um mich abzumelden. Ihre Schwester nahm ihn schulterzuckend entgegen.

Am Mittwochmorgen fuhren wir schließlich los. Wir nahmen den Bus nach León. Meine Lehne war kaputt, der Bus war voll, und unterwegs lief »Dirty Dancing«. Wir bezeichneten das Unternehmen als Pilgerfahrt und nahmen solche Härten demütig hin. Und während es für Martin tatsächlich etwas von einer Wallfahrt zum Zweck der inneren Klärung und Orientierung hatte, war es für mich vor allem touristisch interessant: eine Fahrt in das spanische Mittelalter, in die Epochen, die kunsthistorisch vor meiner Zeit lagen. Ich hatte Martin von Anfang an gesagt, er könne, wenn es ihm helfe, unterwegs jederzeit über die Sache mit Alicia mit mir reden, er habe da einen geduldigen Zuhörer, zumal ich ja nicht wegkonnte. Er hatte aber im Gegenzug darum gebeten, nicht dauernd darüber reden zu müssen. Er wolle herausfinden, was nun für ihn das Beste wäre. Dann beeilte er sich hinzuzufügen: »und für Alicia natürlich – und für das Kind.« Dann verfiel er wieder in Schweigen, und schließlich versuchte er, eine Plauderei über die Landschaft da draußen in Gang zu bringen. Er versuchte ein bißchen zu schimpfen, so wie er das früher immer getan hatte, wenn er wußte, daß es Leute gab, die sich darüber erschrecken oder amüsieren könnten, aber es wirkte angestrengt und unschlüssig. Noch nicht einmal in León hatte er seine alte Form wiedergefunden, und das obwohl die Straße, die quer durch die Altstadt führte, immer noch nach dem »Generalísimo Franco« benannt war; kein Wutausbruch, kein Skandalgeschrei, er nahm es einfach mit einem resignierten Kopfschütteln hin.

In der Colegiata de San Isidro referierte er über das Pantheon der Leonesischen Könige als »Sixtinische Kapelle der Romanik«, als hätte er auf der Fahrt seinen Baedecker auswendig gelernt. Und als wir uns am Ende mit gerecktem Daumen an die Straße nach Oviedo stellten, bekam er erst nach mehr als einer Stunde mit, daß wir vor einer Kaserne standen. Ein Fehler, der ihm, wie er sagte, früher nicht passiert wäre. Ich selbst hatte keine Erfahrungen mit dem sogenannten Trampen. Es wurde aber auch mir klar, daß es außerhalb eines strengen und mit Waffen bewehrten Anhalteverbotes einfacher geht. Martin schimpfte auf die Autos.

Ich sagte ihm: »Man schuldet dem Auto ein Stück zeitgenössischer Seele. Es nützt nichts, über den Schmutz, den Lärm und die Rohheit zu schimpfen.«

Martin antwortete: »Du hast recht: Die Beschaulichkeit ist unproduktiv. Das Sträuben gegen notwendige Zeitformen ist immer nur die trübe Kümmernis der Leute, die nicht mitkönnen.«

Meier-Graefe bewährte sich auch hier, er war der Mann, an den wir gewissermaßen unsere Fürbitten hielten, und schließlich schickte er uns zwei Bauarbeiter aus Gijón, die sich unserer erbarmten. Beide waren eher in der zweiten Hälfte ihrer Vierziger. Der Fahrer hatte mal in Remscheid bei Thyssen gearbeitet und sprach etwas Deutsch, der andere rauchte Cannabis. Es wurde dadurch eine recht ausgelassene Fahrt, und die Landschaft nahm uns das, was uns der Kiffer von unserem Atem noch gelassen hatte.

Genau auf dem Gebirgspaß zwischen den Provinzen León und Asturien änderte sich die Stimmung jedoch radikal. Man passierte den Kamm auf etwa 1300 Meter Höhe. Dann ging es augenblicklich rasant wieder nach unten. Links der Straße brach der Boden weg, und ein mörderisches Tal hauchte einen an. Aber eben alles von einem satten, fetten grünen Filz überzogen und daher bei aller Wagneropernhaftigkeit der Landschaft insgesamt tröstlicher und lieblicher als alles südlich des Kamms. Das hatte allerdings seine Ursache und seinen Preis, und beide fielen hier prasselnd zusammen: Mit dem Überschreiten des Passes setzte der Regen ein. Ein Regen von der Geduld und Ausdauer, wie man ihn sonst nur von Ostseeurlauben kennt.

Gegen neun erreichten wir Oviedo. »Eine Stadt im Regen, ohne Licht, ist wie eine unfrisierte Frau«, sagte ich zu Martin.

Martin antwortete, daß Meier-Graefe auch da wieder nicht ganz falsch liege.

Wir hatten noch nicht einmal eine Unterkunft gefunden, da gerieten wir schon einer Prozession in die Quere. Martin – und darüber freute ich mich wie ein Arzt über Genesungsanzeichen bei einem Patienten –, Martin regte sich über die Militäreskorte auf, die den hölzernen Christus begleitete – mit Gewehren und Uniformen und im Stechschritt.

Alle anderen Teilnehmer der Prozession trugen die spitzen Kapuzen, welche den Menschen des Nordens immer so tiefsitzende Schrecken einjagen, weil sie sie an den Ku-Klux-Klan erinnern. Sogar die Musiker der Blaskapelle, die zum Takt der Schritte beunruhigend schiefe, dissonante Töne aus den Tiefen ihrer Instrumente hervorfiepten, hatten solche Henkersmasken auf, hier allerdings ohne die Zuckertütenspitze. Es war ein gespenstischer Anblick; ich war vollkommen hingerissen.

Die Pension, der wir uns dann überantworteten, war akzeptabel und nicht zu teuer. Wir machten uns frisch und gingen zur Kathedrale. Dort war inzwischen auch die Prozession angekommen, und die tonnenschweren Holzfiguren, die zur doppelten Vergegenwärtigung Christi durch die Stadt getragen worden waren, ruhten auf dem Pflaster. Ein Dominikaner, in Gestik und Mimik ein Wiedergänger Mussolinis, hielt eine Kurzpredigt vom Fenster des Erzbischöflichen Palastes aus. Er wetterte gegen Blasphemiker und Leute, die die *Semana Santa* nur als Folklore betrachteten. Tiefes religiöses Engagement sei nötig und das schonungslose öffentliche Bekenntnis des Christen in der Öffentlichkeit. Ein ausschließlich privat gehandhabter Glaube sei eine perverse Verirrung, wenn nicht sogar des Teufels. »Smells like 1545«, raunte ich Martin zu und war fasziniert: daß ich die Gegenreformation noch einmal live erleben durfte! Martin fragte unterdessen eine in inniger Andacht ausharrende Familie, was es mit den Masken auf sich habe. Das seien keine Masken, gaben sie zurück, das hier sei kein Karneval.

Na gut, dann eben Kapuzen. Was es damit nun aber auf sich habe?

Sie wußten es, wie sich zeigte, selbst nicht so recht. Dafür hatten sie um so mehr Lehren allgemeiner Art für uns, die ein gottesfürchtiges Leben betrafen. Und überall an den Konsolen der Kirchen waren sündige Tiere und geile Männlein zum ewiglichen Tragen der Dächer verdammt.

Am nächsten Morgen, ohne Regen, gefiel uns Oviedo richtig gut. Wir besichtigten die Kathedrale und stiegen dann zu den beiden Kirchen Santa María del Naranco und San Miguel de Lillo hoch, die etwas außerhalb der Stadt an einem Berghang lagen und aus dem neunten Jahrhundert stammten.

Martin erklärte mir die Architektur und die vielen byzantinischen Motive. Er kannte sich erstaunlich gut aus mit diesen Dingen, die ja immerhin wie geschichtliche Findlinge hier in den Wiesen lagen, wie Meteoriten, die aus dem Dunkel zwischen dem Ende der Westgoten und dem Beginn des Mittelalters hierhergeschleudert worden waren. Er wurde dann sogar ein bißchen pathetisch: Zusammenbruch und Aufbruch! Der Anfang nach dem Ende! Absturz, Alt+Strg+Entf, Neustart! Revolution! Der Frühling!

Ich brach, nur so aus Prinzip, eine kleine Lanze für den Spätherbst, für den Gärgeruch des Überreifen und den zarten, modrigen Schmelz der Dekadenz. Und unausgesprochen stand über alldem natürlich immer die Frage, was daraus nun für das sogenannte Leben zu lernen sei. Martin und die Familie Sanz: Da sah ich vor allem Trümmer; man konnte es natürlich auch so sehen, daß hier irgendein Neuanfang in den Beziehungen wohl fällig war, ob Martin Alicia nun den Rükken kehrte oder die Sache mit ihr durchzog … Und auch als wir hinunter zu San Julián de los Prados gelaufen waren, einer Kirche, die noch einmal ein ganzes Stück älter war als die beiden vorigen, auch da hingen immer die Analogien zu Martins Lage wie Spinnennetze unter den Gewölben. König Alfons II., dem hier gehuldigt wurde, werde auch »der Keusche« genannt, ließ unser Reiseführer wissen, und Martin lachte bitter auf, denn schon der heilige Julian, dem die Kirche geweiht war, war, wie wir erfahren duften, bekannt dafür gewesen, daß er auf alle Aktivitäten, bei denen am Ende Kinder entstehen könnten, weise zu verzichten wußte. Mein eigenes zölibatäres Leben an der Seite von Liliana ließ mich diese Haltung für edelmütig und heldenhaft erachten. Martin aber meinte, als wir nachher wieder an der Straße warteten und noch immer über das Für und Wider der Keuschheit sprachen, Martin meinte, letztlich sei so etwas doch nur Feigheit vor dem Leben.

Zwei junge Burschen, die nach Llanes wollten, nahmen uns dann bis Arrionda mit. Sie hielten das für eine vernünftige Idee, daß wir uns über die Ostertage in den Picos de Europa ein bißchen die Beine vertreten wollten. Sie waren selber Bergsteiger und empfahlen uns den Lago Enol als Einstieg.

In Arrionda fragte Martin an der Tankstelle ein blondiertes Ehepaar, ob sie uns mitnehmen könnten. Der Mann, ein Friseur mit Schnauzbart, sagte, das habe er noch nie gemacht, und Martin sagte: »Dann wird es Zeit.« So kamen wir, unter dem anhaltenden Protest des Fahrers, bis nach Cangas de Onís, wo wegen der Feiertage schon kein Hotelbett mehr zu bekommen war. Wir mußten unser Zelt nehmen.

Ich war von Anfang an gegen das Zelt gewesen; ich fand Zelten unwürdig und hätte lieber gar nicht geschlafen als in einem Zelt. Aber allein für den Weg aus der Stadt hinaus zu dem Zeltplatz hätte sich für mich die ganze Fahrt schon gelohnt. Die Abendsonne kam warm durch die Bäume gestäubt und sprenkelte das Strauchwerk golden. Verfallende Zäune warfen lange Schatten über den Feldweg, dahinter blühten Obstbäume auf ihren ungemähten Wiesen. Martin meinte, dafür hätte ich nicht nach Spanien kommen müssen, dafür hätte ich auch ins Rheintal fahren können oder in ein Museum, wo Bilder von Turner und Gainsborough hängen; ihm stand der Sinn nach Gipfeln, nach eisigen Höhen und einsamem Fels, nach Klarheit der Gedanken, nicht nach schwülem Schmelz, denn davon hatte das Leben in der Stadt für ihn schon genug. Auch darüber konnte nun lange gestritten werden. Darüber, und was das über das Leben und über uns wohl so alles sagte.

Während wir das Zelt aufbauten, redeten wir uns die Schnüre und Häringe zu Äquivalenten von Strebepfeilern und Kirchgewölben schön. Von einem nahen Wirtshaus her kam währenddessen eine spektakulär eintönige Dudelsackmusik zu uns herübergeweht, noch viel eintöniger als alles, was je aus irischen und schottischen Dudelsäcken herausgekommen war. Da so auf Dauer kein Frieden gefunden werden konnte, gingen wir schließlich rüber und luden den Dudelsackspieler, dem wir für den Grad der Eintönigkeit, den sein Spiel erlangt hatte, nur unsere Bewunderung aussprechen konnten, auf ein paar Biere ein.

Solange er trank und von den Geheimnissen der keltischen Dudelsackkunst berichtete, konnte er sie wenigstens nicht ausüben.

SIEBENUNDZWANZIGSTE KRISIS

Der Steilhang des Lebens

Den Karfreitag begannen wir in gebührender Zerschmetterung: Kälte, Nässe, wurzeliger Boden. Die Glieder schmerzten uns noch, als wir kurz nach Sonnenaufgang wieder auf der Straße waren; eine Musterfamilie aus Barcelona nahm uns mit hoch nach Covadonga. Ein freundlicher Mann, eine gutaussehende Frau, zwei aufgeweckte, aber folgsame Jungen. Wahrscheinlich verdienten sie ihr Geld mit Werbeaufnahmen, in denen sie sich selbst spielten, dachte ich, und ich bemerkte, daß Martin dieses Familienidyll mit besonders nachdenklichen Augen studierte.

Covadonga lag so hoch, daß die Familie Zeit genug hatte, uns über die Rolle von König Pelayo aufzuklären, der sich mit ein paar letzten Getreuen hier oben vor den Mauren verschanzt hatte, in einem felsigen Adlerhorst, bevor er die Rückeroberung der Halbinsel in Angriff nahm. Wir machten uns bereit, einem Nationalheiligtum entgegenzutreten.

Und es war gut, daß wir so früh schon oben waren, die Händler bauten gerade die Tische mit den Devotionalien auf, und unten im Tal konnte man bereits die ersten Reisebusse hier hinaufkriechen sehen; im harten Licht der Morgensonne glichen sie kleinen weißen Maden. Erste Pilger traten mit stolzem Schritt auf den Platz, Etappensieger auf dem Weg nach Santiago. Sie hatten die Güte der spirituell Erfüllten im Blick, gegen die alle Ironie und Vernunft so machtlos sind.

Es war Martin anzusehen, daß er große Furcht hatte und weiterwollte, höher, raus aus dem Rummel und runter von diesem Plateau der Nationalfrömmigkeit. Und nachdem wir schon ein paar Kilometer zu Fuß bergauf unterwegs waren, lud uns ein Pärchen aus dem Baskenland ins Auto. Sie hörten Punk von Los Suaves und Thrash-Metal von Soziedad Alkoholika und lachten sich tot über den Rummel von Covadonga. Was sie in der Gegend wollten, wurde nicht recht klar. Ich glaube, sie fuhren nur gerne Serpentinen, bis allen im Auto schlecht war. Und ich hatte den Eindruck, daß in Martins Kopf gerade die Frage umherging, ob die beiden Kinder haben oder bekommen würden und wie das Musikprogramm dann aussehen würde.

Es war nun schon sehr hoch, die Baumgrenze lag unter uns, und als wir die beiden Seen Enol und Ercina erreichten, sahen wir das Zentralmassiv der Picos de Europa finster durch die Wolken steigen. Es gab am See Enol einen kleinen Zeltplatz, auf dem kostenlos gehaust werden durfte. Weiter hinten stand die Berghütte, der Refugio Enol. Dort freute sich ein alter Amerikaner aus Kalifornien, der jetzt in Llanes lebte und mit seiner spanischen Ehefrau die Rente verzehrte, endlich jemanden gefunden zu haben, um sich in seiner Muttersprache einmal ganz grundsätzlich über die Spanier auszulassen, und da hatte sich etliches angesammelt. Am meisten entsetzte ihn, daß die Spanier so viel und so lange feierten und dann »in jede Tür kacken«. Wir rieten ihm, die Sache mit seiner Frau zu klären, und machten einen Spaziergang zum sogenannten Refugio de Ario.

Der aufziehende Nebel konnte uns davon nicht abhalten, im Gegenteil, lieber schritten wir energischer aus. Martin wollte beweisen, daß er Marathonläufer war; ich wollte ihm nicht gönnen, schneller zu sein als ich. Der Nebel hüllte uns inzwischen vollständig ein, und alles, worauf wir den Blick noch heften konnten, war das harte, spitze Gestein, das sich durch unsere viel zu weichen Sohlen bohrte; irgendwann hatte es keinen Sinn mehr, wir mußten umkehren, sonst hätten wir uns die Knochen gebrochen. Auf dem Rückweg kam unser Gespräch noch einmal auf die Familie aus Barcelona mit ihren wohlgeratenen Söhnen. Daß man solche Kinder immer nur bei Fremden sehe, bemerkte Martin, und die Kinder der Leute, die man persönlich kennt, schrien immerzu oder seien so häßlich, daß man weinen möge, bekämen schlechte Noten in der Schule und würden später drogensüchtig oder rechtsradikal oder beides.

»Oder so wie du«, sagte ich, und Martin schwieg betreten.

Mit klammen Klamotten saßen wir dann schon kurz vor fünf Uhr am Nachmittag mit einem Tee vor der Schutzhütte und fragten uns, was werden würde. Man mußte der Tatsache ins Auge sehen, daß wir nicht gut genug ausgerüstet waren, um bei der Kälte die Nacht im Zelt zu überstehen. Das sah nach längerem Murren auch Martin ein, und wir opferten das Geld für einen Schlafplatz im Matratzenlager der Hütte. Verfroren saßen wir nachher in der Stube und schauten der Zeit beim Stillstehen zu. Immer noch gab es kein Essen. Im Kamin wurde ausnahmslos alles verfeuert, was an Abfall anfiel, auch Plastikverpackungen, trotzdem froren wir und schauten erschüttert auf die Bergsteiger, die zum Teil in kurzen Hosen auf der Terrasse standen und rauchten.

Nach der Mahlzeit, als es eng und warm geworden war in der Klause, drängte sich ein alter Mann in unser Gespräch, der sich als Philosoph vorstellte. Er führte den dreiapsidigen Grundriß so vieler früher asturischer Kirchen auf den Kampf des Beatus von Liébana gegen gewisse herätische Meinungen über die Dreifaltigkeit zurück.

»Ja, der Beatus«, sagte ich versonnen, »Sie meinen nicht zufällig die Irrlehre des ADOPTIANISMUS? Schrieb denn nicht Beatus seinen Kommentar der Offenbarung Johannis, um Elipandus entgegenzutreten, der da glaubte, der Vater und der Heilige Geist hätten den Sohn nur ADOPTIERT?«

Martin schaute gequält in seine Tasse und bemühte sich, das Gespräch in andere Gleise zu lenken. Der Philosoph kam dadurch auf heutigere Probleme zu sprechen und beschimpfte schließlich den Prinzen von Asturien, der so wenig Ahnung von Asturien habe, daß er lieber eine Stiftung zum Schutz der Bären unterhalte, statt Fabriken bauen zu lassen.

Hier wurden nun die Naturfreunde an den Nachbartischen hellhörig. Als der Philosoph danach auch noch an dem Thema der Wölfe und Schafe rührte und an der Frage, ob die einen vom Menschen vor den anderen geschützt werden müßten, da brach in der Hütte ein wüster Tumult los. Alle im Raum sprachen, schrien und gestikulierten erbittert durcheinander. Wenn jemand auf einem frühen Parteitag der Grünen für den Bau von Kernkraftwerken geworben hätte, wäre es friedlicher zugegangen. Keiner wollte dem Alten beispringen, denn die Berge sind kein Ort, um von den Ebenen der Industrialisierung zu träumen, hier herrscht eine höhere Moral, und ein Raum voller weltentrückter Zarathustren zeterte auf ihn ein. Schließlich schmiß der Wirt alle vor die Tür, damit er auch die Bänke und Tische zum Schlafen herrichten könnte, denn die Herberge war überfüllt, und es mußten mehr Wanderer als üblich untergebracht werden. Auf der Terrasse stritten die Leute weiter, nun aber über andere Dinge, und wir legten uns auf unsere Pritschen, um ein wenig Schlaf zu finden, bevor die anderen kommen würden, um den knappen Raum mit ihrem Schnarchen, ihrem Schweiß und ihrer Darmluft zu füllen, wie das in Berghütten nun einmal so ist.

Am Morgen war dann praktisch keine genießbare Luft mehr in dem Schlafsaal. Der Boden war über die Nacht wieder gefroren und knackte unter unseren Schuhen, als wir mit einem Becher Kaffee in der Hand in den Morgen hinaustraten. Aus unseren Tassen und Mündern stieg Dampf. Und es war noch nicht sieben, da waren wir bereits über die weiten Matten davongestiegen. Unser Ziel war der Mirador von Ordiales; die Route führte über weite Strecken durch nahezu liebliche Gegenden, und die Sonne bedachte uns mit wärmenden Strahlen, dann wieder kamen lange, harsche Geröllfelder, auf denen das Gehen mühselig wurde, und aus unergründlichen Felsenlöchern zogen kalte Schwaden auf. In den Schattenreichen des Hanges lagen sogar noch Reste eines harschen Schnees.

Wo uns der Aufstieg nicht den Atem nahm, sprachen wir wieder darüber, was Martin für Möglichkeiten blieben.

Ich fragte, was passieren würde, wenn er es drauf ankommen ließe, wenn er gar nichts täte, wenn er am Ende des Semesters einfach nach Hause führe.

Er sagte, es würde dann unter Umständen eines Tages unschöne Post aus Spanien bei seiner Wohngemeinschaft ankommen.

Ich sagte, dann zahlte er eben. Erst einmal würde er natürlich etwas verdienen müssen. Und er sagte, vermutlich würde er sogar viel verdienen müssen.

Dann wieder schob Martin diese Erwägungen empört beiseite und sagte, auf das Kind komme es an. Wir kamen auf das Stichwort der Adoption zurück. Der Begriff Verantwortung fiel. »Oder ich bleibe da«, sagte Martin, er könne ja auch in Spanien bleiben, sicher nicht mit dieser Frau, aber doch in der Nähe des Kindes. »Wenn ich mir wenigstens sicher sein könnte …«, sagte Martin.

»Und was, wenn es wirklich nicht deins ist?« fragte ich.

»Und was, wenn doch?« so er.

Es war zuletzt nur noch ein Hecheln und Japsen, und dann ging uns, weil der Pfad immer steiler wurde und keiner von uns langsamer werden wollte, endgültig die Luft zum Reden aus.

In einer Hütte frühstückten wir Spiegeleier mit Chorizo und zahlten dafür ein Vermögen. Die Frau, die die Hütte mit geradezu deutscher Inbrust reinlich hielt, lebte das ganze Jahr hier oben, sie fegte und kochte und fegte wieder und schaute wie eine mythische Weissagerin, als sie uns den weiteren Weg wies, welcher direkt in einen Haufen Nebel führte. Von außen war der Nebel wie eine Wand, von innen wie ein anderer Aggregatszustand der Welt, feuchter und gedämpfter, und dann riß er mit theatralischem Effekt auf einmal auf und zeigte, daß wir keinen Schritt hätten weitergehen dürfen.

Der Mirador nahm uns die Spucke. Wir hatten unter dem Begriff eine Aussichtsplattform erwartet, einen Felsvorsprung mit kaltem eisernem Geländer, vielleicht ein Fernrohr mit Münzeinwurf. Statt dessen war es schlicht die Stelle, wo der Weg abbrach, weil es senkrecht in nicht absehbare Tiefen ging. Neben uns fiel eine Wand hinunter, die selbst Martin »viehisch« nennen mußte, unten köchelte der Nebel über dem Boden der Vergangenheit, während in der Ferne das Land sich wie die Zukunft entschleierte vor dem Seher. Leider wußten wir die Zeichen nicht zu deuten, jedenfalls nicht lebenspraktisch.

Das ist sozusagen das Kreuz mit dem Gebirge: Es ist nicht so redselig, wie man es gern hätte. Da schritten wir wieder durch die weit offenen Tore in den Frieden unseres Nebelhauses ein, wo sich die Fragen nach der Zukunft gnädig auf die Festigkeit des nächsten Fußtrittes zusammenzogen, und schon das war anspruchsvoll genug.

Der Abstieg über das Geröll geriet uns nämlich zur Härte, immer wieder knickten die Knöchel um, und auf dem feuchten

Gras rutschten wir aus, weil es so steil war. Mein rechtes Knie bekam einen Hieb und schmerzte nun bei jedem Schritt, aber ich sagte nichts, weil wir unausgesprochen wieder in unseren Wettlauf verfallen waren. Auf den letzten Kilometern glichen wir olympischen Gehern mit ihren verbissen schaukelnden Hintern, und es war nur noch die Frage, wer als erster die Unsportlichkeit begehen würde, vollends ins Rennen zu verfallen.

Vom See aus nahm uns dann ein bergbegeisterter Feuerwehrmann in seinem Geländewagen mit hinunter ins Tal. Martin ließ die, wie ich fand, ein wenig undankbare Bemerkung fallen, daß unverantwortlich viele Autos so weit hoch in die Bergwelt dürften. Statt uns, was ich nun wiederum gut verstanden hätte, sofort wieder herauszusetzen, leitete der Feuerwehrmann mit dem für diese Zwecke erstaunlichen Satz »Kein Kommentar!« einen etwa halbstündigen Monolog ein über Autos im Naturpark, Bürokratie, Spanier und den Umweltschutz, selbstgelegte Waldbrände und vieles andere mehr. Er war noch längst nicht fertig, als wir wieder aussteigen mußten.

Von Arrionda schlugen wir uns nach Llanes durch, wo uns der Wind das Zelt zerpustete. Erst bogen sich die Stangen durch, dann brachen sie, und am Ende flogen uns die Häringe um die Ohren. Seitdem habe ich nie wieder in meinem Leben in einem Campingzelt gelegen und es auch nie bereut. Wir schliefen dann in günstigen Gasthäusern und freuten uns abends an der Sauerei mit der Sidra. Hier in Asturien durfte der Gast noch selbst eingießen, und je mehr man bereits getrunken hatte, desto schwerer wurde es, aus einem Meter Höhe das Glas zu treffen, desto mehr ging daneben und desto weniger konnte man folglich weitertrinken. So klug und weise waren die Dinge eingerichtet dort. Natürlich patschte man am Ende bis zu den Knöcheln in der Brühe herum.

Es war uns fast ein Trost, daß der Wind, der uns das Zelt genommen hatte, auch an allem anderen zerrte und riß. Die ganze Küste sah aus wie ein einziger Sturmschaden, als hätten böse Böen die Buchten aus den Wiesen gebrochen und die Felsbrocken über den Strand geweht. Alles in allem war das hier das komplette Gegenteil dessen, was man sonst vor Augen hat, wenn von spanischen Stränden die Rede ist. Hier steckten keine Sonnenschirmchen im Strand, und hier schrien keine Cola-Verkäufer umher. Hier kraulte sich niemand das Brusthaar, weil es keine Bikinimädchen gab, denen man damit etwas beweisen könnte. Hier gingen nur die Härtesten schon zu Ostern ins Wasser, nämlich wir. Danach schlotterten wir noch lange in unseren Pullovern und klapperten mit den Zähnen.

Ich wollte dann ostwärts weiter über die Steilküsten, und Martin fing wieder mit Alicia an.

Das sei letztlich vermutlich doch eine ziemliche Schlampe, von wegen Jungfrau, das könne sie ihm nie im Leben erzählen, und er solle es nun ausbaden. Aber nicht mit ihm. Er haue ab aus diesem Scheißland, gleich nach Ostern schon. Das schwor er mir, den Gräsern und dem Wind.

Kurz darauf schon das genaue Gegenteil: Wenn sie doch Jungfrau war, wenn das Kind doch von ihm sein sollte, dann könnte er sich das nie im Leben verzeihen, denn er war doch nicht so einer, der einfach wegrannte. Er doch nicht. Das versicherte er mir und dem Ozean, der ungläubig zurückbrüllte.

In der Nähe der Playa de la Bellota tat sich mitten in der Wiese plötzlich ein felsiges Loch auf. Unten hörte man das Meer toben. Wir schauten gerade neugierig hinein, als unvermittelt ein Luftstoß aus dem Loch schoß, der mir den Kopf umdrehte und die Wangen schlackern ließ. Schlimmer war nur noch der Rücksog. Wenn wir uns dort nicht mit letzten Kräften ans Wurzelwerk geklammert hätten, wir wären in dem Loch verschwunden und sicher so schnell nicht wieder aufgetaucht. Eine Postkarte, die wir im nächsten Ort fanden, zeigte die Stelle mit einer vielleicht zehn Meter hohen Fontäne. Auch dieses Naturwunder schien uns zeichenhaft, aber leider unverständlich.

Unweit davon lag ein Mirador mit schönem Blick in alle Richtungen, unter anderem auch auf fünf oder sechs Waldbrandherde im Landesinneren. Martin sagte dazu nichts; er trampelte auf dem Rückweg aber ein paar zusätzliche Löcher in das Green eines Golfplatzes, was ich mißbilligen mußte, denn ich konnte mir gut vorstellen, den Sport als alter Mann einmal auszuüben. Eine kurze Diskussion über natürliche und gestaltete Landschaften war die Folge. Es zeigte sich, daß es Martin darum im Augenblick gar nicht ging. »Die Vorstellung, jetzt mit solchen Leuten verkettet zu sein, macht mich krank, krank, krank«, klagte er.

Dann hingen wir wieder unseren Gedanken nach und kamen so nach einer Weile in ein Dorf, das ich als über alle Maßen idyllisch in Erinnerung habe. Wir tranken etwas in einer Kneipe, die zugleich auch der Kramladen des Örtchens war. Dort sah es aus wie im Bilderbuch. Eine Stimmung in Sepiafarben. Der Chef und noch zwei, drei alte Männlein verfolgten, mit zahnlosen Mündern malmend, am Radio die Fußballübertragungen des Sonntagnachmittags. (Fast alle Spiele liefen unentschieden.) Die Fotos aus diesen Tagen würden mit der Beschriftung »Ostern 1997« im Album landen, und den Nimbus der wilden Schwermut, der solcherart beschriftete Bilder unweigerlich und immer umflort, den hatten sie ehrlich gesagt schon, als wir sie machten. Ich fragte mich, ob diesen Fotos dann noch anzusehen wäre, was im Inneren der Abgebildeten damals an Kummer herumwühlte. Später einmal würden sogar diese Fotos nach besseren Zeiten aussehen. Ich holte noch eine Runde Wermut. Für alle. Die alten Männlein nickten anerkennend.

Dort einfach sitzen bleiben. Für immer. Mit dem Blick über die Häuser aufs Meer. Oder ein Motorrad mieten und die herrliche Küstenstraße entlangfahren, den ganzen kurvenreichen Weg bis Santiago, die Heerscharen der Pilger unchristliche Flüche in den Auspuff murmeln lassend. Oder eben doch einfach nur hier sitzen bleiben.

Man müßte einfach hierbleiben, erklärte Martin, eine Affäre mit der Frau des Dorfpolizisten anfangen und am Ende des Sommers erschossen werden.

Auf jeden Fall wollten wir noch nicht zurück nach Madrid. Als uns zwei Punks aus Bilbao mitnahmen, dachten wir: Dann eben noch das Baskenland, warum denn eigentlich nicht?

Im übernächsten Ort gab ein *Guardia Civil* Zeichen zum Anhalten. Dann allerdings kreischte er hysterisch ins Auto hinein: »Warum ZUM HODEN hältst du?«

»Sollte ich denn nicht anhalten?«

»GEH und LASS ES DIR IN DEN HINTERN GEBEN!«

Der Polizist war knallrot im Gesicht und fingerte schon an seiner Pistole herum; er nannte den Fahrer einen »DUMMSCHWANZ« und wünschte uns die »MILCH«.

Die beiden Punks trugen es mit erstaunlicher Langmut. Sie seien das gewöhnt, sagten sie. Die Kollegen von der *Guardia Civil* freuten sich eben, wenn sie die Gelegenheit bekamen, mal ein paar Burschen aus Bilbao zusammenzubrüllen. Dann rauchten sie ein bißchen Cannabis und hörten Kortatu und Negu Gorriak und vieles andere mit K und X und Z und harten Gitarren.

Als wir das Baskenland erreichten, las ich Martin ein wenig aus dem Meier-Graefe vor:

»Die Leute aus dem Volk sind gutgewachsen und auffallend beschränkt. Die Sprache, bekanntlich die älteste Europas, steht an Umfang auf der Höhe des Idioms der Hottentotten und klingt unartikuliert. Tatsächlich sind die baskischen Provinzen der Herd aller reaktionären Umtriebe Spaniens. Ignacio de Loyola ist nicht umsonst in der Nähe von San Sebastián geboren. Die Reisebücher des siebzehnten Jahrhunderts über Spanien sind sich alle einig, daß die Basken fromme Leute, aber gefährliche Burschen seien, denen man nicht weit genug aus dem Wege gehen könne. Sie raubten und mordeten noch wie in den frühesten Epochen des Mittelalters. Der Herr, der mir das Pelotespiel erklärte, meinte, das seien alles Erfindungen der Sozialisten. Die Basken seien noch heute die Erhalter des alten, wirklichen, echten Spaniertums. Hier sei das Volk noch kindlich und treu und habe tiefen religiösen Sinn. Außerdem interessiere es sich für Stickereien.«

In bezug auf Bilbao hatte uns Jesús immer vor nicht vorstellbarer Häßlichkeit gewarnt, die Augen würden einem abfaulen an den Ufern des Nervión, und Heiko hatte am Ende seiner Arbeitswochen von monströsen Weibsbildern geraunt mit unaussprechlichen Namen und mit Haaren auf den Zähnen und den Oberlippen. Ich fand Bilbao gar nicht so übel.

Nun gut, es klebte Industrie an den Hängen. Wenn Industrie eine Gegend verschandelt, ist sie natürlich immer böse. Aber wenn sie stillgelegt wird, ist es auch wieder nicht recht. Am Ende kommt die Unesco-Weltkulturerbekommission, und wehe, dann fehlt auch nur ein Schräubchen. Also, bitte.

Der Begriff des »Bilbao-Effekts« war zu dem Zeitpunkt übrigens noch nicht geboren, aber gewissermaßen schon unterwegs: Es war eine Atmosphäre in der Stadt, wie ich sie mir auch im Cockpit eines Flugszeugs vorstelle, wenn am Ende eines langen Sinkfluges endlich jemand herausfindet, welcher Hebel umgelegt werden muß, damit es wieder nach oben geht. Die Leute freuten sich über die neue U-Bahn, die der britische Architekt Norman Foster ihnen gebaut hatte, und die sonderbaren Eingänge nannten sie liebevoll »Fosteritos«. Alle warteten auf die Eröffnung des Guggenheim-Museums, das der amerikanische Architekt Frank O. Gehry der Stadt schenken sollte – oder, wie manche auch meinten: sie ihm. Der Bau war im Grunde fertig, ein riesiger zerkochter Haufen Lasagne aus Blech.

Es war klar, daß die Welt darüber staunen würde. Es war absehbar, daß Bilbao nach dieser Eröffnung zu den Stätten zählen würde, die man bereist, wenn man Spektakuläres und Unglaubliches sehen will, in einer Reihe mit dem Grand Canyon und dem Legoland. Wir durften aber noch nicht hinein. Wir mußten uns mit dem schönen Museo de Bellas Artes begnügen, das von Martin als faschistischer Kasten gescholten wurde, aber auch nur deswegen, weil er das Gefühl hatte, daß ihn Zurbaráns Heilige mit ihren Blicken verfolgten und durchlöcherten. Vor den Zurbaráns des Museums von Bilbao kam man sich tatsächlich vor wie in einer Verlängerung des Hauses Sanz. Und diese gemarterten Mönche und Jungfrauen bilden ja tatsächlich so etwas wie das Personal einer globalen Geisterbahn: Wo immer man in einem Museum mit Alten Meistern um die Ecke biegt, muß man damit rechnen, daß sie schon dastehen mit ihrer vorwurfsvollen Moral, daß sie wie auf Schienen an der Wand vorbeifahren und im Spotlight einer unheimlichen Lichtregie ihre Palmenwedel halten, als seien das die Federkiele, mit denen dereinst unsere Kaderakten geschrieben werden. Beim Blick aus den Fenstern sah man währenddessen an den steilen grünen Hängen über der Stadt die Kühe weiden, als ob nichts wäre.

Das also war Bilbao: Die Stadt, vor der einen alle gewarnt

hatten. Die Stadt, in deren Fußballclub nur Basken spielen durften, zwar auch französische Basken, aber keine französischen Franzosen und spanische Spanier schon gar nicht und auch niemand sonst. War das nun knorrig, oder war das das allerletzte?

Gerade als Internationalist war Martin hier hin- und hergerissen. Und nur manchmal gelingt es, sich die Widersprüche vom Hals zu schaffen, indem man sie für dialektisch erklärt, so wie bei den Bayern mit ihren Laptops und Lederhosen. Der Industrie und Wirtschaftskraft der Basken stand grundsätzlich ein Habitus äußerster Urigkeit gegenüber, immer erkennbar an Kneipen, die mit einer speziell baskischen Art von Folklorebuchstaben beschriftet waren, welche sonderbarerweise aber an die Giebel von Wikingerhütten denken ließen.

Meistens stand da ARGI oder EDER oder beides.

Das wurde, als wir anderntags San Sebastián erreichten, noch extremer: auf der einen Seite diese schwelgerisch dahingeschmierte Stadt an der Bucht, dieses ganze große, nur ein kleines bißchen vom Seewind angenagte Belle-Époque-Theater, und auf der anderen Seite die Altstadtkneipen hinter der Hafenmauer: verräucherte Grotten, deren Betreiber lieber Höhlenbewohner geblieben wären; und das notwendige Fell hatten sie oft noch auf der Brust.

Dafür waren die *pinchos* köstlich, das immerhin. Ich konnte nicht glauben, daß die erbittertsten Widerstandskämpfer Europas so gerne Häppchen aus Eiern, Fischpasten und Mayonnaise naschten. Und ich konnte nicht nachvollziehen, daß Martin sich wohl fühlte, wo im Dämmerlicht die Helden der ETA an Plakatwänden hingen, mit ihren abgebissenen Ponyfrisuren.

Alles, was der Madrider Großbourgeoisie entgegenstand,

war Martin im Augenblick lieb, das war nachzuvollziehen. Dieses trotzige, separatistische Baskentum sah ja in Aufmachung und Habitus auf den ersten Blick auch gar nicht soviel anders aus als die politisierte Welt des Hamburger Schanzenviertels, in dem Martin heimisch war. Der baskische Separatismus sah durchaus ein bißchen so aus wie das, was anderswo als links und autonom galt. Aber möglicherweise lagen die Dinge hier ein bißchen anders.

Ein paar Tage später, als es endgültig Zeit geworden war, wieder heimzufahren, lernten wir auf dem Busbahnhof ein Pärchen aus Madrid kennen, das in Mode und Gehabe für einen Außenstehenden nicht zu unterscheiden gewesen wäre von den baskischen Freiheitskämpfern in den Kaschemmen der Altstadt. Den beiden hatten sie am Stadtrand aber leider soeben das Auto abgefackelt, ganz einfach, weil das große, böse M auf ihrem Nummernschild gestanden hatte.

Ein paar Jahre später wurden in Spanien dann Nummernschilder eingeführt, auf denen nicht mehr zu erkennen war, woher jemand kam. Womöglich auch, um solche Probleme in den Griff zu bekommen.

Im Bus von San Sebastián nach Madrid lief im übrigen zweimal hintereinander der Film »Dirty Dancing«. Hier nun konnte endlich auch ich nachvollziehen, wie der Haß und die Mordlust in die Welt kamen.

»Nur noch fünfzig Kilometer bis Madrid«, sagte ich irgendwann, »schon irgendwelche Entschlüsse gefaßt?«

»Was ist das denn für eine Frage?« Martin tat nun, als habe nie ein Zweifel bestanden. »Das Ding wird durchgezogen, Alter!«

ACHTUNDZWANZIGSTE KRISIS

Universale Reform

Zu Hause, in der Calle del Desengaño, hatte sich unterdessen einiges getan.

Jesús war während der Osterwoche zum ersten Mal in Deutschland gewesen, als Aussteller auf einer Souvenirmesse, und das hatte sein Leben verändert.

»Leephzikh!« seufzte er immer wieder. Das habe er ja alles nicht gewußt und nicht wissen können; nichts sei nun mehr wie zuvor. »Wunderschöne Stadt«, lobte er ein ums andere Mal. Und daß die Deutschen so ganz anders seien, als er immer geglaubt habe.

»Die sind gar nicht so QUADRATKÖPFIG«, erläuterte er gegenüber José María und der Mumie, »die sind übrigens auch gar nicht so pünktlich! Und die denken auch nicht dauernd an die Arbeit, die feiern eigentlich immer. Die sind eher… wie wir!«

»Nun, ausgerechnet Leipzig…«, wollte ich ihm zu bedenken geben, aber er fuhr mir in seiner tiefsitzenden Begeisterung über den Mund, das Beste habe er noch gar nicht erzählt. »Die Busse und die Bahnen sind komplett kostenlos dort!«

Ich brachte es nicht übers Herz, ihn in diesem Glauben zu korrigieren. Es war schwer genug für ihn, den Namen von Auerbachs Keller so auszusprechen, daß er seine Zunge nicht verschluckte dabei. Jesús bezeichnete sich nun als überzeugten Anhänger von Klößen und sächsischem Sauerbraten. Auch war ihm die Schönheit der Leipzigerinnen nicht entgangen. Er wolle einiges grundsätzlich überdenken in seinem Leben, kündigte er an, ganz grundsätzlich.

José María vernahm es mit gefalteter Stirn.

Wer Jesús kannte, wußte: Diese Liebe konnte nur eine Erwiderung sein. Nämlich die Erwiderung der Liebe, die speziell die Sachsen seinen Lavauhren entgegengebracht haben mußten. Die Souvenirmesse war ein rauschender Erfolg für ihn gewesen.

Jesús sprach nun plötzlich auch davon, die Wohnung verkaufen zu wollen. Er habe es so satt, alles. Alles gehe den Bach runter hier in dieser Gegend, er wolle fort.

Hier mußte sich nun José María nicht nur als Mensch und Partner herausgefordert fühlen, sondern auch als Experte für Immobilien. Er bat Jesús inständig, jetzt mal nicht die Nerven zu verlieren. Die Gegend sei ganz unten, richtig. Aber mit der Gegend werde es auch wieder bergauf gehen, und zwar gewaltig. »Bei der Lage!« In fünf Jahren würden sie für die Wohnung vielleicht schon das Doppelte erlösen. Aber Jesús sagte, er habe keine Lust mehr. Seine Klienten beschwerten sich über die schlechte Reputation der Adresse auf seinen Anwaltsschreiben. Kaum einer wolle noch zu ihm kommen. Und mit den Untermietern habe man auch nur Ärger. Er habe genug von Dieben, Ecuadorianern, Transvestiten … neuerdings würden in seinen Räumen sogar die Bastarde von schnöseligen *pijas* gezeugt, ihm reiche es, er wolle das alles los sein, sobald wie möglich.

Der Mumie war es gleichgültig. Sie glaubte ohnehin nicht, daß irgend jemand diese Wohnung würde kaufen wollen. Jesús versprach, es ihr zu beweisen.

Seitdem bekamen wir in unregelmäßigen Abständen Besuch von Wohnungsinteressenten. Für uns hieß das, daß hin und wieder unangekündigt die Tür aufflog, und dann schob

Jesús wehrlose Männlein, die er durch haarsträubende Versprechungen angelockt hatte, in unsere Zimmer, wo sie verschreckt durch ihre Brillengläser blinzelten, während Jesús erst den Musikalischen Faden laut stellte und dann auf den Hof hinwies, den wunderbar ruhigen.

In der zehnten Woche der Schwangerschaft von Alicia Sanz stellte sich der mutmaßliche Kindsvater Martin Sievers mannhaft der Familie Sanz.

Carlos Sanz Urrutia bat ihn herein und löste sorgfältig seine Patek Philippe vom dunkel behaarten Unterarm, bevor er Anstalten machte, Martin seine Faust ins Gesicht zu schlagen. Martin sah ihn gefaßt und ruhig an dabei. Das verblüffte und imponierte Carlos Sanz. Er legte die Patek Philippe wieder an. Dann folgte eine kleine cholerische Brüllerei, die von Almudena Abascal y Bordiú im Gebetsgestus durchlitten wurde. Als er geendet hatte, genehmigte sich Carlos Sanz einen fingerdicken Cardenal Mendoza – das Maß waren seine eigenen, sehr dicken Finger – und sagte: »Wenn schon Ausländer, dann wenigstens einer aus Deutschland, *¡salud!*«

Ob er, Martin Sjevers, übrigens verwandt sei mit Wolfram Sjevers, dem Ahnenforscher, fragte, hinter seinem Vater stehend, Javier Sanz. Er sprach den Namen so aus, wie das die Spanier auch mit der deutschen Firma Siemens machen: Sie sagen »Sjemens«.

»Sievers, mit langem i«, antwortete Martin und: »Ja, entfernt, leider.«

Martin sprach nicht gern darüber. Wolfram Sievers hatte während der Nazizeit in Spanien rassekundliche Forschungen angestellt.

»Guter Freund von 'einritsch 'immler, eh?« lachte der alte Sanz jovial, »wonach haben die hier gegraben in Spanien?

War es der Ur-Arier? Ich glaube, es war der Ur-Arier. Na ja. Jedenfalls: Meine Frau ist weitläufig mit Santa Ollala verwandt. Du weißt, wer Santa Ollala war?«

Martin verneinte.

»Der hat die Grabungen damals geleitet. Der hat auch nach dem Ur-Arier gesucht. Gefunden haben sie, glaube ich, nur die vergammelten Knochen von so ein paar *moros*. Tja ...«

Sanz wischte mit der Hand durch die Luft. Offensichtlich versuchte er, historische Bindungen zwischen den Familien zu konstruieren. Martin tat, als ob er verstünde. Und dann sagte der alte Sanz wohl noch irgend etwas Scherzhaftes in der Richtung, daß immerhin Martin an Blondheit und Blauäugigkeit ja tatsächlich wenig zu wünschen übriglasse, abgesehen vielleicht von der Länge und dem Gesamtzustand seiner Haare.

Daran müßte natürlich noch gearbeitet werden bis zur offiziellen Bekanntgabe des »Kompromisses«.

Martin wollte wissen, was genau das heißen solle: »Kompromiß.« Und wie der aussehen werde. Sorgerechtsteilung, Besuchsrecht etcetera ...?

Javier Sanz nahm ihn beiseite und machte ihm deutlich, daß das spanische Wort »*compromiso*« in diesem Fall in eine etwas andere Richtung ziele, die adäquate Übersetzung, begriff Martin, wäre nicht Kompromiß, sondern Verlobung.

»Jetzt wird es ernst«, lachte Jesús am Abend, als Martin konsterniert und überrumpelt bei uns im Wohnzimmer saß. »Solche *pijos* bringen ihre Kinder natürlich nicht in Schande auf die Welt.«

»Aber solche *pijos* wollen, daß einer wie ich deren Tochter heiratet?«

»Wer weiß, was auf dem Spiel steht für die«, warf die Mumie ein. »Vielleicht finden sie keinen Dümmeren.«

»Was soll das denn jetzt heißen?« fragte Martin.

»Kann doch sein, daß der Alte die Kleine nicht nur jahrelang mißbraucht hat, es kann doch sogar sein, daß das Kind von ihm ist. Jetzt, wo es die Kleine ihrer Mutter erzählt hat, können sie das Problem nicht mehr heimlich aus der Welt schaffen, und bevor es offiziell wird, müssen geordnete Verhältnisse her.«

»María José, du bist geschmacklos«, sagte Martin.

Jesús dagegen gefiel die Vorstellung. So etwas komme in diesen Kreisen dauernd vor. Er sah das Szenario schon genau vor sich: Ein behindertes Kind, Inzestschäden, das würde kein Spanier mitmachen; da könnte man so einen Haufen schlechtes Gewissen aus Deutschland schon ganz gut gebrauchen …

»Was sagt denn Alicia?« fragte die Mumie.

Alicia, sagte Martin, sei im Moment noch sonderbarer denn je. Einmal sei sie einfach eingeschlafen, als er gerade mit ihr darüber sprach, wie das alles weitergehen sollte. Im Gespräch auf ihrem Sofa weggedreht und eingepennt. Einfach so.

Und gleichzeitig habe er in diesen Tagen zum ersten Mal mit ihr sprechen können wie mit einem vernünftigen Menschen. Ganz rational und sachlich habe sie ihn beiseite genommen und erklärt, was sie wollte: »Spiel einfach mit, wir nehmen eine eigene Wohnung, mein Vater bezahlt das, dann bin ich hier endlich raus, und du kannst dich von mir aus verpissen.«

»Und was will sie mit dem Kind machen?« fragte die Mumie.

»Habe ich auch gefragt«, sagte Martin.

»Und was hat sie geantwortet?«

»Das werde sie schon selber wissen.«

»Hmm.« Schweigen und Kopfkratzen in der Runde.

»Die TANTE ist doch krank im Kopf, das ist immerhin auch mein Kind«, rief Martin.

»Ach, jetzt plötzlich doch?« sagte Jesús süffisant.

Und Martin sagte: »Bis zum Beweis des Gegenteils schon.«

Es verging die elfte Woche von Alicias Schwangerschaft, und in der zwölften, der letzten, in der ein Abbruch noch straffrei möglich gewesen wäre, schien Martin Sievers jedes Detail seiner Umwelt diesen Sachverhalt zu kommentieren. Wo er hinschaute, schrie ihm eine ZWÖLF entgegen. Jede Uhr zeigte ZWÖLF Zahlen, jeder Kalender ZWÖLF Monate, und die europäische Flagge zierten ZWÖLF Sterne. Es hatte auch keinen Sinn, sich davor in die Arbeit zu flüchten, in den Prado zum Beispiel, wo einen Zurbaráns ZWÖLF Heldentaten des Herkules erwarteten und die ZWÖLF Stämme Israels, die Himmlische Stadt mit ihren ZWÖLF Toren und natürlich die ZWÖLF Jünger, denn der DREIZEHNTE war einer zuviel und brachte Unglück.

Wenn man in diesen Tagen den Prado betrat, hatte man sogar den Eindruck, die ganze christliche Kunstgeschichte drehe sich um nichts anderes als das Thema des Kinderkriegens.

Sogar unser kleines Autonomes Seminar beteiligte sich nun an der Produktion von Hinweisen, Menetekeln und Zeichen: Heiner sprach über Murillos »Heilige Familie mit dem Vögelchen« und wunderte sich, daß in diesem Falle ein gütiger langhaariger Josef mit dem Kind spielte, während María im Hintergrund bei der Handarbeit saß. Insgesamt ein Gemälde, das mich immer an Grünen-Parteitage um 1980 denken ließ.

Don Aníbal Álvarez Buquel, der auch wieder mit dabeiwar, kräuselte hierzu amüsiert die Lippen und sagte: »Sie wissen hoffentlich, warum wir jemanden, der José heißt, auch Pepe nennen?«

Einige hatten es mitbekommen, aber niemand wußte, warum.

»Das ist Ihnen nie aufgefallen, daß Josef im Mittelalter immer dargestellt wird wie ein gewaltiger Idiot? Wie ein *cabrón*, wie ein Gehörnter?«

Dazu hielt er seine gichtige Hand hinter den Kopf und winkte mit Zeige- und Mittelfinger. Álvarez Buquel kicherte gehässig: »P. p.: Das ist ganz einfach die Abkürzung von *pater putativus*, VERMEINTLICHER Vater.«

Martin stand zunächst dabei, als beträfe es ihn nicht. Man konnte förmlich sehen, wie er das zu verhindern suchte, was man den Groschen fallen lassen nennt. Für Martin Sievers, Sohn eines norddeutschen Haushalts von Lehrern und ZEIT-Lesern, war es immer noch eine Frage des Anstands, nicht einfach »Ich war's nicht« zu sagen und pfeifend wegzuschlendern. Aber der Groschen war gewissermaßen schon eingeworfen; und erst als an dem gleichen Abend die Mumie mutmaßte, Alicia Sanz sei eigentlich selber noch ein hilfloses, abhängiges Kind, während Jesús die Ansicht vertrat, Alicia Sanz sei ganz im Gegenteil eine vollkommen verschlagene *hija de puta*, er kenne solche Unschuldslämmer, er müsse sie schließlich ständig verteidigen: Da erst gab Martin die Münze zögernd frei, und als sie endlich gefallen war, hatte man tatsächlich das Gefühl, daß in ihm alle Lampen angingen wie bei einem Spielautomaten.

Martin saß auf einmal ganz aufrecht und starrte Rodrigo an. Irgend etwas mußte an Rodrigo sein, das Martin zu bestimmten Überlegungen inspirierte. Er verriet uns seine Gedankengänge aber nicht. Er sagte nur, er müsse da mal einer bestimmten Sache auf den Grund gehen, und war in den folgenden Tagen von einer verbissenen Geschäftigkeit.

Was immer Martin da vorhatte, zu seiner Strategie gehörte es offenbar, sich um so widerstandsloser in die Wünsche der Familie Sanz zu fügen, die sich bemühte, den rebellisch auftretenden jungen Deutschen zu einem einigermaßen akzeptablen Schwiegersohndarsteller umzuqualifizieren. Sie hatten ihm einen richtigen Schnellkurs zusammengestellt: die richtigen Restaurants kennen, den richtigen Wein bestellen, Golf spielen können, eventuell Polo lernen, beim Herrenausstatter nicht das Falsche wählen und so weiter. Sogar zum Friseur ließ er sich nötigen. Danach sah Martin nun wirklich aus wie ein Hitlerjunge. Oder, wie Carlos Sanz es kennerschaftlich ausdrückte: wie der »Prometheus« von Josef Thorak, einem Nazi-Bildhauer, den er sehr schätzte.

Martin selbst stand lange vor dem Spiegel in unserem Flur und versuchte, sich wiederzuerkennen. In seinem Rücken zeigten unterdessen José María und Jesús Gesten einer obszönen Verzückung. Und Martin fragte José María, ob er ihm gelegentlich seine Spiegelreflexkamera ausleihen könne.

NEUNUNDZWANZIGSTE KRISIS

In Ictu Oculi

Seit Martin in seinen eigenen Geschäften unterwegs war, widmete ich meine Nachmittage nun wieder ganz Liliana. Und immerhin: Wo sich andere Paare nach vier Monaten bereits auseinandergelebt hatten, da waren wir immer noch dabei, uns körperlich näher zu kommen. Liliana achtete allerdings weiterhin darauf, daß diese Entwicklung nicht zu linear und langweilig wurde: Sie ließ an dem einen Tag Dinge zu, die sie am nächsten wieder brüsk zurückwies. Regionen, die die Hände längst erforscht hatten, wurden unvermittelt wieder zu Sperrzonen erklärt, andere dafür freigegeben. *»Que no vayas más allá«,* hieß unser Lied: Bis hierhin und nicht weiter. Das war verwirrend, das war aufregend, das war anstrengend, und manchmal wurde so ein Nachmittag auch zu einem einzigen Nagelbrett aus Zeit und Worten und unterlassenen Handlungen. Denn es war auch ein Problem der Räumlichkeiten. Entweder wir waren bei mir, wo Liliana unter dem Gekeife der Alten von oben litt, unter der Reputation der Gegend und unter der Aura von Jesús. Oder wir gingen in den Park, meistens in den Parque del Retiro. Dort setzten wir uns dann nach Art der Spanier an den Teich, aßen eine Tüte Sonnenblumenkerne leer und ließen nachher ein Häufchen ausgepulter Hülsen zurück. So machte man das. So machten das alle. Ohne Vogelfutter kein echter Parkbesuch. Daß man es in Spanien nicht den Vögeln gibt, sondern selber ißt, wird vor allem von Tauben natürlich mit Empörung zur Kenntnis genommen. Aber es war das, was man tat, wenn man Beziehungsfragen besprach, dies gehörte zwingend dazu und war eine schöne örtliche Tradition. Der Park eignete sich dafür. Und das Herumkauen auf den spelzigen Körnern verlieh einem den Ausdruck angemessener Nachdenklichkeit. Es war wie Fingernägelkauen für Leute, denen man beigebracht hatte, nicht an den Fingernägeln zu kauen. So besprachen links neben uns Paco und Conchita ihre Flaute; so erörterten rechts neben uns Alonso und Elena die Eheprobleme ihrer gemeinsamen Freundin Dolores. Und so hielten es als integrationsfreudige Ausländer natürlich auch wir. Währenddessen schossen die *moros* Fußbälle durch die Gegend und setzten sich mal da mit dazu und mal dort und zeigten, wenn das Gespräch darauf kam, auch die schönen Portionen Haschisch, die sie in ihren Taschen trugen.

Ich konnte Liliana ja schlecht in ein Gebüsch zerren dort. Nicht nur, daß ich nicht der Typ für so etwas bin – der Park war auch schlicht zu voll dafür und das Gebüsch zu schütter.

Blieb ihr Zuhause. Aber dort terrorisierte mich der geistesgestörte Kater, und einmal überraschte uns auch Lilianas Mutter.

Sie stellte erst die Einkaufstaschen ab und machte uns dann die Hölle heiß, ich kam mir vor wie ein Zwölfjähriger.

»*¡Se burlaron de mi casa!*« schloß sie mit bebender Stimme.

Sie haben sich über mein Haus lustig gemacht, übersetzte ich mir das. Und ich fragte ernsthaft empört: »Wer? Die Nachbarn?«

»Nein«, schrie Lilianas Mutter: »Sie, Sie beide!«

Verdammte lateinamerikanische Höflichkeit. Hätte sie nicht einfach sagen können: »Ich kote euch in die MILCH«, wie jeder normale Mensch hier?

Vielleicht war ich wirklich ein bißchen naiv, vielleicht war ich wirklich zu schwer von Begriff. Vielleicht hätte ich, bis die Mutter kam, schon viel weiter sein müssen: *más allá,* darüber hinaus, hinter der Mauer aus Anstand und Verboten. Nicht daß mir nicht zumindest manchmal danach gewesen wäre. Aber dann war es auch wieder so, daß ich davor zurückgeschreckt wäre, diesem feingewebten Spitzenschleier aus Sittlichkeit und Anstand, in den Liliana sich hüllte, Gewalt anzutun.

Vielleicht war ich zu altmodisch, aber für mich hieß ein Nein auch exakt das: Nein.

Und vielleicht war ich zu phantasielos oder zu dumm, daß ich nicht erkannte, wann genau sich aus wie vielen Neins ein Ja formt und wann es wieder verschwindet.

Als Liliana den Wunsch äußerte, ihren neunzehnten Geburtstag in Burgos zu feiern, nur sie und ich, allein über das Wochenende: Da glaubte ich jedenfalls das Gefühl haben zu dürfen, daß nun ein ziemlich entscheidender Schritt bevorstehe.

Weiß der Himmel, was sie ihrer Mutter erzählt hatte. Und der Himmel wird auch wissen, wieso Burgos. Sie hatte die Reise so ausgesucht, ich mußte nur noch bezahlen.

Unter diesen Umständen fand ich es zwar ein bißchen sehr zeremoniell, daß wir trotzdem zwei getrennte Zimmer buchen mußten, konnte dem Mehrwert an Romantik, den das zweifellos bedeutete, dann aber auch wieder etwas abgewinnen.

Leider war es überraschend kalt in Burgos, und die in der Wärme Madrids gepackten Koffer gaben nicht genug her, um den schlotternden Körper Lilianas zufriedenstellend warm zu halten. Und leider hielt auch das Hotel nicht ganz das, was der Prospekt versprochen hatte. Es stand da zwar ein angemessen melancholischer alter Kasten, aber stimmungsvoller wäre es schon gewesen, wenn er nicht gar so leer und verlottert gewesen wäre. So hatten die erloschenen Fenster und die langen, leeren Flure etwas Gespenstisches. Wir waren tatsächlich die einzigen Gäste im ganzen Haus.

Noch gespenstischer war es daher, am Abend in den riesigen, wirklich enorm großen Speisesaal zu treten. Liliana trug ein wollenes Kleid, das ich ihr am Nachmittag gekauft hatte, und ich hatte mir sogar eine Krawatte umgebunden. Nicht nur, daß wir die einzigen hier waren: Es war trotzdem jeder einzelne Tisch mit einem Schild bepfropft, auf dem »Reservado« stand. Und diese Schilder durfte man, wenn man hier noch ein Essen bekommen wollte, auf keinen Fall ignorieren, soviel machte der mürrische alte Kellner einem gleich von Anfang an deutlich. Er suchte lange, bis er einen freien Platz für uns gefunden hatte.

Frierend drückten wir uns auf unsere harten Stühle und schauten bang in die Halle; ich fragte, ob wir nicht besser woanders hingehen sollten; Liliana beschied aber, sie könne keinen Schritt mehr tun, schon gar nicht in der Kälte da draußen. Mit weltläufiger Eleganz ließen wir uns also die hohen, aufwendig gestalteten Speisekarten reichen, die im Inneren durch die Noblesse sparsam bedruckter Seiten bestachen. Es gab nur ein einziges Menü. Dafür entschieden wir uns.

Als erster Gang kam eine »Consommé imperial«. Das war ein Teller Wasser mit einem Brühwürfel, der sich noch nicht ganz aufgelöst hatte. Ängstlich dockte er sich an den großen Löffel aus Hotelsilber an und blieb dann daran kleben.

Für den Hauptgang hatte sich der Koch dann etwas Raffiniertes einfallen lassen: Ich weiß nicht mehr, wie das Gericht hieß, aber ich kann wiedergeben, woraus es gemacht war: Man nehme eine nicht zu dünne Scheibe Formfleischvorderschinken, bestreiche sie mit einer nicht zu sparsamen Schicht Leberwurst, streiche darauf eine ebenso dicke Schicht

Mayonaise und rolle schließlich eine warme Bockwurst darin ein. Als Beilage reiche man reichlich Mayonnaise.

Zum Desert gab es schließlich eine Eierspeise, die schon etwas länger gestanden haben mußte, umgangssprachlich: Renntertod, mit dicker Haut, wie man das von den Fernsehbildern nach Salmonellenmassakern in deutschen Altersheimen kennt.

Liliana aß nichts davon. Verbittert schaute sie zu, wie ich die Dinge zumindest mutig probierte. Dann rannte sie hoch. Durch ihre abgeschlossene Tür hörte ich sie weinen. Sie öffnete die ganze Nacht über nicht, auch nicht um Mitternacht, als ihr eigentlicher Geburtstag anbrach. Ich schob die kleine Halskette, die ich ihr gekauft hatte, schließlich in einem Umschlag unter der Tür durch.

Und am nächsten Morgen fuhren wir zurück.

Wir trennten uns an ihrer Wohnungstür. Ich stellte ihre Tasche ab und fragte, ob ich noch mit reinkommen solle, und Liliana schüttelte den Kopf, dabei weinte sie ein bißchen. Ganz leise zog sie die Tür ins Schloß, das Einrasten war kaum zu hören und hallte trotzdem heftig nach; ich ahnte schon, daß das jetzt für immer war. Liliana rief nicht mehr an und ging nicht mehr ran.

Den Rest des Tages verbrachte ich im Museum. Geschlagene zwei Stunden stand ich allein vor Caspar David Friedrichs »Ostermorgen« im Museo Thyssen Bornemisza und folgte den Frauen auf dem Bild in den deutschen Dunst.

Das Gefühl, das überhaupt die darauffolgenden Tage und Wochen bestimmte, verdiente die Bezeichnung heimwehleidig. Und darin wurde ich noch befeuert, als ich herausfand, daß sie in der Lebensmittelabteilung vom Corte Inglés deutsche Würste und Beck's Bier verkauften. Auch das »Original Russisch Brot« von Dr. Quendt aus der Kaitzer Straße in Dresden stand da, gleich neben dem guten »Hansa Keks« aus Brand-Erbisdorf. Ich schlug meine Zähne in die dunklen Krumen des Schwarzbrots von Lieken-Urkorn, das mir vorkam wie ein frischgepflügter Acker im Frühling, und ich kaute mich in eine patriotische Wehmütigkeit hinein.

Es war sogar so, daß ich mich ohne zu zögern in Volker Schlöndorffs Verfilmung von Tourniers »Erlkönig« setzte, die im Original wohl »Der Unhold« hieß und in den spanischen Kinos »El Ogro«: Ein pädophil veranlagter Franzose verlor sich darin an den Mythos des deutschen Waldes und der deutschen Wehrerziehung, er landete schließlich auf einer sogenannten nationalpolitischen Erziehungsanstalt irgendwo in den Masuren, wo ihm dann immerzu die Augen übergingen angesichts von soviel soldatisch strammstehendem deutschen Wald und natürlich auch angesichts von soviel baumstammhaft strammstehenden jungen Soldaten. Aber die Bilder hatten ihre Wirkung. Auch ich träumte mich in lichtes Laub und dunklen Tännicht.

Ich wollte heim, am liebsten sofort.

Das gab sich allerdings, als am Ende jenes Aprils der Tag kam, da Borussia Dortmund im Halbfinale der Championsleague zum Rückspiel nach Manchester mußte. Ich saß nun überhaupt häufiger beim Fußball, trank wieder mehr Bier und rauchte gelegentlich auch. Nach der Sache mit Liliana hatte ich offenbar ganz allgemein das Gefühl, ein paar männliche Verhaltensmuster stärker ausprägen zu müssen. Gut, daß Heiko wieder häufiger in Madrid war.

Wir schauten das Spiel in einem Irish Pub um die Ecke, in der Calle de Valverde. Aus welchen Gründen auch immer, wahrscheinlich aber aus denen des jahrhundertealten irischen Grolls auf die Engländer, war es die deutsche Übertragung von RTL über Satellit.

Und da waren sie alle wieder. Diese sedierten deutschen

Kommentatoren, die für ihr vieles Geld das Spiel über nicht auch nur ein Zehntel der Wörter abliefern, die die wortkargeren unter ihren spanischen Kollegen in nur einer Halbzeit auf die Frisur des Trainers aufwenden – und die es schafften, das Tor, das einzige Tor des Spiels, das Tor, das die deutsche Mannschaft ins FINALE der Championsleague brachte, das Tor, das, wenn es ein spanisches gewesen wäre, in einer spanischen Reporterkabine zu einem in Herzinfarkten mündenden Gebrülle geführt hätte, die es also hinbekamen, dieses extrem wichtige deutsche Siegtor wie ein bedauerliches außenpolitisches Malheur wegzuräuspern.

(Spanien: »GolgolgolgolgolgolgolgolgolgolgolgolgolGOOOOOOOOOOOOL!«; Deutschland: »Tr«. Sie nennen das Sachlichkeit!)

Dann in der Halbzeitpause der Kommentar von Franz Beckenbauer. Ja, äh. Und deutsche Werbung. Das ist zu Hause oft schon deprimierend genug; nach einem Dreivierteljahr in Spanien ist das aber dann so, daß man vor Scham, Pein, Ekel und Verzweiflung mit der Stirn solange auf den Eichenholztisch hämmern möchte, bis der blutend zusammenbricht. So nennen sie uns ja: *Cabezas cuadradas*. QUADRATKÖPFE. Und sie haben so abgrundtief recht: Man sah da, von Spanien aus betrachtet, tatsächlich Käsewürfel mit randlosen Brillen, oben dünne Haare und unten ein Vierknopfanzug. Und auf den Hemdkragen allen Ernstes Werbung für die Sportartikelfirma *Reusch*. Könnte hier das Goetheinstitut nicht bitte einmal eingreifen? Es ist doch auch die Außenwirkung der Bundesrepublik, die da auf dem Spiel steht.

Man mußte Angst haben, daß der irische Wirt die ohnehin bereits den Tränen nahen Engländer in seinem Pub noch dahingehend demütigen würde, daß er im Anschluß an die Übertragung ihrer Niederlage den deutschen Fernsehsender einfach weiterlaufen ließ, und im schlimmsten aller denkbaren Fälle wären dann ja womöglich sogenannte Comedians aufgetreten. Ohnehin war es ja schlimm genug, daß man überhaupt in einen Irish Pub gehen mußte, um ein Spiel zwischen Dortmund und Manchester zu sehen. Wenn es wenigstens ein englischer Pub gewesen wäre. Aber es gibt ja keine. Es gibt ja auf der ganzen Welt immer nur Irish Pubs. Wo immer auf diesem Planeten irgendwo in einer Innenstadtlage ein Laden leersteht, muß man nur zwei Sekunden mal nicht hingucken, und schon ist ein Irish Pub eingezogen, das Guiness fließt in Strömen, und auf den Barhockern lümmeln Langhaarige, die lamentierend in die Gitarre greifen.

Irland ist ein bemooster Stein im Atlantik, auf dem die Mädchen mit zwölf Jahren Kinder kriegen. Das war das, was Heiko dazu zu sagen hatte.

Ich sage bloß, daß es insgesamt erfreulichere Orte gibt, um ein Fußballspiel zu schauen als einen Irish Pub, zum Beispiel eine ganz normale räudige spanische Cervecería mit Zinktresen, Neonlicht und den immer gleichen Steckschildern, auf denen die immer gleichen Dinge angeboten werden: *Hay calamares, Hay tortilla española, Hay gambas a la plancha.* Aber in den Bars und Cervecerías Madrids brachten sie an diesem Tag, wenn überhaupt, die Übertragung des anderen Halbfinales, Juventus Turin gegen Ajax Amsterdam, sogar in unserer Bar Cafetería Eboli. Solche Dinge regten mich auf. Frauen hingegen? Pah.

Fußball und der bierselige Dunst darumherum haben sich schon immer als ein ideales Therapeutikum bei schwermütigen Verstimmungen erwiesen. Deshalb kam es auch dazu, daß ich in jenen Tagen meinen Fuß erstmals in eines der Madrider Stadien setzte, und zwar in das von Atlético. Die

Mumie hatte gewarnt, mich aus der Wohnung zu schmeißen, wenn ich zu Real ginge statt zu Atlético. Außerdem sprach für Atlético, daß der FC Barcelona zu Gast sein sollte – nicht zuletzt die Statistik, die Sportzeitung »Marca« und alle Fernsehansager immer und immer wieder. Die Statistik versprach bei dieser Begegnung wenigstens alle fünfzehn Minuten ein Tor. Eins der Prestigespiele war das, bei denen die Defensive aus Prinzip zu Hause gelassen wird und alles nach vorne geht. Das ideale Spiel für Leute, die im Grunde keine große Ahnung haben vom Fußball, aber die Erregung spüren wollen.

Die Zeitungen schrieben seit Tagen kaum etwas anderes mehr, und die Fernsehsender hatten ihr Programm schon am Vormittag der Begegnung mehr oder weniger gänzlich auf Livereportagen umgestellt. Ich mußte lernen, daß sogar die billigeren Plätze noch vierzig Mark kosteten. Ich lernte ferner, wie wichtig es war, vor und während der Begegnung mit Schinken und Käse belegte Weißbrote zu essen, jeweils eine komplette Stange. Und aus den Mündern derer, die gerade nicht in Weißbrot bissen, erfuhr ich, daß Barcelona eine Hure war, Madrid aber auch, gemeint war natürlich hier wieder Real.

Und schließlich wurde ich mit einem hasenzahnigen Jungen vertraut gemacht, der den Eindruck hervorrief, daß die Welt um ihn herum auf Zeitlupe geschaltet war, wenn er den Ball bewegte. Dieser Junge hieß Ronaldo, und nachdem er das Seine dazu beigetragen hatte, daß Barcelona mit 5:2 gewann, womit gewissermaßen die Vorgaben der Statistiker sogar übererfüllt waren, konnte sich keiner über das Gesehene so richtig beschweren, nicht einmal die Mumie und ihre Freunde von der Frente Atlético, als wir nachher heimwärts trotteten, über eine Straße, die Paseo de los Melancólicos hieß, was mir als ein guter und passender Name erschien, gerade in bezug auf meine eigene Stimmungslage.

DREISSIGSTE KRISIS

Lieben, ohne zu wissen, wen

Das war nun der Frühling in Madrid. Alles trieb Sport. Die Männer hechelten wie Köter, die man mit der Wurst lockt, den weiß und prall vor ihnen herschwebenden Trainingshöschen hinterher, sie gaben alles, überholten und waren dann tief enttäuscht, denn Sport macht ja nur die Hintern schöner, nicht aber die Gesichter, oft sogar im Gegenteil. Und wenn doch, dann ließen sie sich auf den Hinterläufen nieder und winselten und bellten.

Auch wenn man sich abends auf der Gran Vía erging: Das waren Herausforderungen, gegen die man sich nur durch Blasiertheit zur Wehr setzen konnte. Der Grund, warum auf der Gran Vía ab fünf Uhr nachmittags die Gesichter versteinerten, war in der einen Richtung die blendende Sonne, in der anderen aber waren es: Frauen, Frauen, Frauen, Frauen, Beine, Röcke, Rücken, Blusen, Haare.

Und was tat ich?

Ich sublimierte.

Ich sublimierte, ich kanalisierte, ich verpanzerte diese Art von Leidenschaften, wie das die Spanier jahrhundertelang getan hatten. Dies war nämlich meine Theorie, wenn ich mir, nur mal so zum Beispiel, die Dolorosa des Pedro de Mena im Museum der Akademie der Schönen Künste anschaute oder die Madonnen Murillos: Denn wo sollten diese Werke ihre verzweifelte Energie sonst her haben?

Auch ich lenkte also Begehren um in Kunst und Inbrunst oder wenigstens die Beschäftigung damit. Ich vergrub mich in die Arbeit.

Und manchmal ging ich ebenfalls laufen. Genau wie die anderen: immer den verlockenden Rückseiten der Joggerinnen vor mir hinterher.

Es war der letzte Samstag im April, und ich war an der Puerta de Alcalá losgelaufen, auf der inneren Seite des Parkzauns die Calle Alfonso XII hinunter, dann links herum, den Paseo de Fernán Núñez hoch, ganz einfach, weil alle sorum rannten, weil der Mensch eben am liebsten linksherum rennt, und dann wieder links bis zur Calle O'Donnell und am Zaun entlang zurück zur Puerta de Alcalá. Das war die Route. Mit dem Park an sich, mit dem großen Wasserbecken, mit den Denkmälern und Cafés kommt man dabei eigentlich nicht in Berührung. Man könnte hier wunderbar stumpf seine Runden drehen und anschließend durch den brüllenden Verkehr auf der Alcalá und der Gran Vía nach Hause laufen, damit die Lungen, wo sie schon mal so schön offen sind, auch etwas davon haben. Zwei lange Geraden und zwei kurze. Kann eigentlich nicht so schwer sein.

Ich möchte gern einmal wissen, was mich trotzdem geritten hat, an jenem Samstag einfach quer durch die Hecken zu rennen, über Schlängelpfade ins Innere, bis ich bei den Kolonnaden herauskam, die hinter dem großen Denkmal für Alfons XII. einen Halbkreis bilden.

Begriffe wie Vorsehung oder Fügung kommen mir aus Prinzip nicht über die Lippen, aber es war, als hätte ich etwas geahnt. Ich erkannte sie schon von weitem und von hinten. Sie saß da, wo sie mit mir auch oft gesessen hatte, wenn wir die Hülsen von Sonnenblumenkernen in den Staub spuckten.

Sie saß da, an der gleichen Stelle, und küßte leidenschaftlich einen Mann in blauem Hemd mit weißem Kragen.

»Hola, Liliana«, sagte ich.

Erschrocken schaute sie auf und nahm ihre Hände von ihm. Er dafür legte sofort seine um sie.

»Was will der Typ, Liliana? Verschwinde, laß die Señorita in Ruhe, oder du bekommst es mit mir zu tun«, sagte er schläfrig. Unüberhörbar ein Argentinier.

Liliana sagte: »Es ist in Ordnung, Ricardo.«

Ricardo! Ricardo schaute mit seinen blutunterlaufenen Rinderzüchteraugen an mir hoch und runter, während ich dastand und schwitzte. Ich hätte ihn auf der Stelle abkehlen können, wie das bei Sarmiento immer so schön heißt: Die Gurgel aufschneiden und ausbluten lassen.

Liliana schaute indessen so, als habe sie eher Angst, daß er das mit mir vorhatte. Sie war verlegen.

»Tja, so ist das also«, stellte ich fest.

»Tja, so ist das«, bestätigte sie.

»Und warum?« fragte ich.

Und noch während sie zu einer stotternden Antwort ansetzte, mußte ich die Augen abwenden, weil ich den Anblick einfach nicht ertragen konnte; ich blickte an Liliana vorbei und über diesen sogenannten Ricardo hinweg in den Säulenwald der Kolonnaden hinein. Und dort sah ich auf einmal etwas, das mich dermaßen gefangennahm, daß ich das, was Liliana zum Ende unserer Beziehung vorzubringen hatte, gar nicht mehr wahrnahm. Ich sah Alicia Sanz. Die kleine reiche Sanz mit einem großen, sportlichen Nordafrikaner.

Im Schatten der Säulen rieben sie sich aneinander. Sie faßte ihm an die Hose. Er hielt ihr währenddessen mit dem Zeigefinger etwas unter die Nase. Sie schnupfte es auf. Danach faßte sie ihm, wie mir schien, noch energischer an die Hose.

Es war unglaublich, aber ich hatte das alles ganz klar und scharf gesehen, ich war mit den Augen förmlich hineingekrochen in diese Szene. Und als ich sie kurz wieder herauszog, um mal woanders hinzublicken und dann noch einmal nachzusehen, ob ich da keinem Trugbild aufgesessen war: In diesem Moment sah ich noch etwas, weiter hinten im Halbrund der Kolonnaden, das mich fassungslos machte. Es war Martin.

Martin stand da und fotografierte aus dem Schutz der Säulen heraus mit José Marías Spiegelreflexkamera, der er ein Teleobjektiv aufgeschraubt hatte.

»Entschuldige bitte mal ...«, sagte ich zu Liliana, und es war mir ein Genuß, sie mitten im Satz stehenzulassen. Sie schaute konsterniert – sie konsterniert und ihr Argentinier blöde. Ich ging, ohne mich umzudrehen, fort. Gott, war das herrlich.

Währenddessen verschwanden die Sanz und der Nordafrikaner im Unterholz. Ich stürzte zu Martin, der zu beschäftigt war, um überrascht sein zu können.

»Hast du das gesehen?« rief ich aufgeregt.

»Ach, du bist es. Ja klar. Die schnieft Heroin. Das muß man sich mal vorstellen. Ich meine, die ist schwanger. Ein Wahnsinn ist das!«

Martin ließ den Film zurückspulen.

»Willst du sie nicht zur Rede stellen?«

»Die ist jetzt nicht ansprechbar«, sagte Martin, »das ist ja das Problem mit der. Die ist immer high. Oder sie pennt. Oder sie pennt mit den Dealern.«

»ICH MUSS ZU BEA UND ISA ...«, imitierte Martin den blasierten Tonfall von Alicia. »Da hätte ich auch mal eher draufkommen können.«

Er nahm den Film aus der Kamera und drohte damit in die Richtung, in der Alicia verschwunden war. »Davon werden jetzt im Fotolabor vom Corte Inglés ein paar Abzüge gemacht. Und wenn die was geworden sind, dann gibt es einen großen Auftritt morgen, im Kreise der Familie.«

Es war Sonntagmittag, und es war eine Prozession, die lärmend ostwärts durch Chueca in Richtung Recoletos zog.

Wir waren wenige, aber entschlossen, und wir stellten den Gegner, gemäß der Militärdoktrin der sozialistischen Staaten, auf seinem eigenen Territorium: Familie Sanz kam gerade aus der Kirche. Jesús stellte sich vor ihnen auf, setzte ein Bein vor und erklärte, er sei der Rechtsbeistand von Martin Sievers. Mit antikischer Gebärde forderte er Verhandlungen. Carlos Sanz, noch immer das Portemonnaie in der Hand, aus dem er eben dem Bettler in der Kirchenpforte ein Almosen in den Beutel geworfen hatte, lachte hustend.

Und Almudena Abascal y Bordiú schaute so, wie Frauen schauen, wenn sie ihren Männern sagen wollen: Da ist etwas Ekliges, mach das weg!

Jesús kündigte an, daß wir sie jetzt nach Hause begleiten würden, um dort alles einmal ganz grundsätzlich zu besprechen.

Carlos sagte: »Ihr werdet mich nirgendwohin begleiten, und jetzt verschwindet.«

»Ich wollte den Herrschaften ja nur den gesellschaftlichen Skandal ersparen; aber bitte, gut, wenn Sie wünschen, dann klären wir das eben hier«, erwiderte Jesús und lächelte maliziös.

»Wie wollen Sie eigentlich sicherstellen, daß Martin Sievers der Vater Ihres künftigen Enkelkindes ist?«

»Wie bitte?«

»Nun, da kommen doch auch eine Menge anderer Kandidaten in Frage, nicht wahr? Vielleicht nicht ganz so blonde, aber *moros* sind doch auch Menschen, hab ich recht?«

»Unterstehen Sie sich!«

Almudena Abascal y Bordiú mußte sich stützen lassen.

»Kommen Sie, Sie wollen mir doch nicht erzählen, daß Sie als einziger nicht wissen, was ganz Madrid weiß...«

»Ich warne Sie, Sie handeln sich eine Klage wegen Verleumdung ein!«

»Ein reiches Sexualleben ist doch nichts Verbotenes. Ihre Tochter wechselt eben gern die Partner. Unser Freund Rodrigo hier war auch schon dabei ...«

Rodrigo grinste überrascht.

»Ich auch«, erklärte Heiko.

»Ich nicht,« erklärte ich.

»Aber ich«, sagte die Mumie.

»Und sogar ich«, sagte Jesús. Er versuchte, sich dabei den Anschein tiefster Heterosexualität zu verpassen, was ihm zum ersten Mal, seit ich ihn kannte, tatsächlich etwas Tuntiges gab.

»Und du doch wahrscheinlich ebenfalls, alter Mann«, stieß nun auch die Mumie in das schon mundfeuchte Horn des menschlich Niederträchtigen.

Daraufhin geriet Carlos Sanz so in Rage, daß er sich auf sie stürzen wollte, ohne vorher seine Patek Philippe abzumachen.

Aber Martin stellte sich dazwischen und hielt seine Fotos hoch.

»Darum geht es aber eigentlich gar nicht«, sagte er laut und ruhig, »das größere Problem ist der Drogenkonsum Ihrer Tochter.«

Carlos Sanz schaute ihn mit großen Augen an.

»Drogenkonsum?«

»Na ja, daß Alicia mit *moros* schläft, soll mir ja recht sein. Besser als ihr Bruder, der sich mit ihnen lieber haut. Aber daß sie Heroin nimmt, obwohl sie schwanger ist: Das ist so dermaßen geistesgestört. Da kommt ihr um eine Spätabtreibung wohl nicht herum. Ich glaube, der Fötus ist jetzt schon ein Junkie.«

Entgeisterte Stille vor dem Kirchenportal. Martin warf seine Fotos in die Luft und ließ sie herabschneien auf Familie Sanz und die ihren.

Als sie die Sprache wiedergefunden hatten und das Geschrei anhob, waren wir bereits auf dem Rückzug. Triumphierend und ohne Eile. Hinter uns ein zeternder Mob in Kaschmir und Pelzen.

EINUNDDREISSIGSTE KRISIS

Die zehnfache Übermacht

Wir waren danach etwas essen gewesen, und ja: wir hatten auch etwas getrunken. Es kann sogar sein, daß wir ein ganz kleines bißchen berauscht waren; ich würde sogar soweit gehen zu sagen, wir wären nicht mehr fahrfähig gewesen, denn das physiologisch Problematische daran ist, daß sich das Gesichtsfeld dramatisch einschränkt, es kommt zum sogenannten Tunnelblick. Daran ist, solange man zu Fuß ist, eigentlich auch nichts auszusetzen. Aber wenn man schon in einen Tunnel blickt, darf man ja wohl erwarten, am Ende irgendein Licht zu sehen.

Ich aber sah am Ende meines Tunnels das Gegenteil davon.

Ich sah Javier Sanz.

Er stand da mit seinen Kumpanen, genau vor unserem Haus. Er stand da und wartete auf uns. High Noon auf der Desengaño. Wir schauten uns an, und dann passierte etwas, wofür Bacchus, der Gott des Weines, eben auch als Kriegsheld verehrt wird: Wir hatten Mut. Wir hatten Übermut. Wir zogen uns die Hosen stramm und schaukelten auf breiten Beinen los.

Es waren vielleicht sieben oder acht, und sie sahen, jedenfalls aus der Ferne, wirklich gefährlich aus: Sie trugen Glatzen, Bomberjacken, Springerstiefel, tatsächlich sogar Hakenkreuze. Aber im Vergleich zu dem, was man in dieser Hinsicht aus Deutschland gewöhnt ist, verhielten sie sich wie die Bonsaibäumchen, die der ehemalige spanische Präsident Felipe González in seiner Freizeit züchtete, gegenüber einem Wald: irgendwie niedlich, klein und hilfsbedürftig.

Heiko bellte im Ton eines Bundeswehrfeldwebels: »Was soll das denn werden? Der Hilfsvolksvolkssturm?«

Javier Sanz kramte in der Tiefe seiner Kehle nach Worten, Heiko fuhr ihm über den Mund: »Wenn du Nazi sein willst, dann sprich deutsch! Und steh gefälligst grade!«

Damit hatten die spanischen Kameraden nun nicht gerechnet. Verwirrung herrschte. Und dann traten Abläufe in Gang, die meines Erachtens nicht mehr dem menschlichen Ermessen unterlagen, sondern einer höheren Choreographie. Ein Anheben der Arme. Ein Winken mit den Händen. Dann Schubsen. Dann Ohrfeigen. Und dann kamen, praktisch von ganz alleine, die Beine dazu. Alles eine einzige fließende Bewegung. Man spricht nicht umsonst bei Schlachten von Getümmel, und man spricht vom Handgemenge. Es gibt aber auch ein Gemenge der Füße und eines der Köpfe. Aus der Schlachtenmalerei weiß man, wie schwer es ist, diese komplexen Vorgänge adäquat darzustellen. Letztlich ist das bis zur Erfindung des Abstrakten Expressionismus nie wirklich gelungen, und wenn man noch dazunimmt, was währenddessen in den beteiligten Köpfen so los war, allein die Adrenalin-Tsunamis im Stirnhöhlenbereich, dann sind die Comiczeichner, die einfach nur »Peng« schreiben und eine Rauchwolke mit Blitzen drumherum malen, der Sache vielleicht immer schon am nächsten gekommen. Das klassische Ideal sieht zwar anders aus, zum Beispiel so wie in Michelangelos Cascina-Schlacht, aber das ist eben auch nur das Ideal: athletische Körper und ein schöner, stabiler Kontur als Panzerung, während in der Wirklichkeit alles drunter und drüber geht, jede Übersicht verlorengeht und einem der Laokoon nicht weiterhilft, weder der echte noch der von Lessing, denn ob nun Körper die Handlungen andeuten oder Handlungen die Körper: Das geht ziemlich schnell ziemlich durcheinander, wenn es ernst wird; dann ist nämlich eine Hand nicht mehr zu unterscheiden von dem Schlag, den sie einem verpaßt, und ein Fuß konstituiert sich über den Tritt in die Weichteile des anderen und umgekehrt. Aber war es nicht, Theweleits »Männerphantasien« zufolge, gerade der faschistische Körper, der streng nach Geschlossenheit und Integrität strebt, weil er Angst hat, im Morast des Weibischen und Linken zu versacken? Wir jedenfalls waren so gesehen in äußerst antifaschistischer Auflösung begriffen.

Man könnte auch ganz einfach sagen: Es sah nicht gut aus für uns. Martin blutete am Kopf. Jesús quiekte wie ein Ferkel. Ich hatte mich im wesentlichen hinter dem verschanzt, was mir aus dem Sportunterricht unter dem Begriff der Doppeldeckung noch erinnerlich war. Und nur Heiko berserkerte noch immer aufrecht durch die Reihen, perfiderweise nach der Art von Bud Spencer immer auch von oben her mit der Faust auf die rasierten Köpfe hinaufhauend, so als seien unsere Kontrahenten Nägel, die er ins Pflaster hämmern könnte. Schon hingen aber von hinten auch welche an seinen Armen und auf seinem Buckel, wie tückische Rucksäcke.

In diesem prekären Augenblick kehrten nun, Allah sei es gedankt, gewissermaßen als die Preußen in unserem Waterloo, die nordafrikanischen Taschendiebe von ihres Tages Arbeit auf der Gran Vía zurück. Selbst Jesús sollte wochenlang nichts mehr gegen die »Achraber« einzuwenden haben. Sie eilten uns zu Hilfe wie eine Entsatztruppe im Historienfilm.

Danach herrschten Völkerfreundschaft und Siegesjubel auf der Calle del Desengaño. Und wenn ich mich nicht irre, haben Javier Sanz' Burschen nicht nur den Hintern vollbekommen, es fehlten ihnen anschließend auch die Portemonnaies.

Nach dieser Attacke schien es Martin angeraten, für eine Weile die Stadt zu verlassen. Er wollte es nicht als Flucht verstanden wissen. Es fand nur, seinem Spanienbild könnte es guttun, wenn darin noch ein paar mehr Dinge vorkämen als der Ärger mit Alicia Sanz.

Auch mich beschlich immer häufiger das Gefühl, daß ich mich ranhalten mußte ab jetzt, wenn ich alles noch sehen wollte, was ich auf der Liste hatte. Wenn dieses spanische Jahr ein Menschenleben gewesen wäre, dann hätte ich mich in diesem Frühjahr gewissermaßen auf das Rentenalter zubewegt. Da konnte man sich, fand ich, auch entsprechend verhalten. Als Martin fragte, ob ich ihn vielleicht begleiten würde, sagte ich deshalb: Gerne, aber diesmal in den Süden und ohne Zeltplätze! Ich sagte, ich wolle in anständigen Hotels wohnen, gut essen und spektakuläre Weine trinken. Ich wolle das Spanien sehen, von dem in den Studiosus-Katalogen die Rede ist. Ich wolle Kirchen und Museen besichtigen und überhaupt nur Dinge tun, die auch Meier-Graefe getan hätte. Ich wollte eine spanische Reise, meine spanische Reise. Am ersten Mai fuhren wir los.

Diese Reise hätte eigentlich der Höhepunkt des ganzen Aufenthaltes werden sollen. Und, wer weiß, vermutlich war sie das auch. Seltsam ist nur, daß nicht mehr davon übrigblieb als Schlaglichter, einzelne Bilder, wie herausgefallen aus einem Fotoalbum, und die Erinnerung an einen einzigen gleißenden Film aus Licht und Hitze, der in jenem Mai vor meinen Augen abrollte: Da verschwammen die ausgebrannten, unwirklichen Landschaften der Extremadura mit der Pracht von Sevillas Kirchen, die Fatamorganahaftigkeit von Cádiz mit der von Granada, die Alhambra mit der Mezquita von Córdoba, und alle Gemälde von Zurbarán und Murillo und Cano und sogar Valdés Leal, die wir uns ansahen, gingen ineinander über und formten eine einzige dramatische Erzählung.

Vielleicht spricht es ja für die Qualität und die kulturelle Hochwertigkeit der Eindrücke, wenn einem das Dissonante nach Jahren noch präsenter ist – so wie sich Meier-Graefe auch eigentlich dann immer am interessantesten liest, wo er nicht vor El Greco in die Knie geht, sondern über das Essen und die Engländer sinniert.

So habe ich von Salamanca bis heute weniger die Pracht der Kirchen und der Universität vor Augen, die der Stadt ihren Ruhm eingetragen haben, als die Heerscharen von Sprachschülern, für die sie berüchtigt ist. Oder Cáceres: stolze, schweigsame Stadt im Herzen der Extremadura – für mich jedoch auf ewig verbunden mit trunkenen Jugendlichen. Sie feierten gerade ein *Botellón*, als wir ankamen, die sogenannte »große Flasche«: Vier- oder fünftausend Jugendliche hatten sich vor dem Stadttor versammelt und betranken sich. Man müsse sich das wie einen Wettbewerb vorstellen, erklärte uns einer: Welche Stadt schafft mehr – mehr Jugendliche und also mehr leergetrunkene Flaschen. Eine ernste Sache sei das, wenn auch sehr lustig.

Wir lächelten milde über diese Jugend, denn wir wußten ja, daß Trunkenheit aller Übel Urquell ist, Labung aller Laster, Sickergrund für jeden Frevel, Born aller Abscheulichkeiten, und endlich Kupplerin jeglicher Verruchtheit: Man sah bereits die ersten Pärchen durch die kalkigen Dornenbüsche rollen und Mädchen, die den Jungs von hinten an die Hose gingen, während sie auf ihren Motorrollern davonschlingerten. Und ich hatte den Eindruck, die exakt gleichen Leute in Sevilla auf dem Platz vor San Salvador wieder auftauchen zu sehen, wo nun jede Nacht die Flasche kreiste, nicht nur an den Wochenenden. Hier, vor den flachen Stufen der Kirche, die dem Hintern nachts zurückgaben, was sie tagsüber der Sonne entnommen hatten, parkten die stoppelhaarigen Jungs ihre Roller ein, und ihre Mädchen schüttelten die unglaublichsten Locken aus dem Helm. Es waren schwarze Reiterhelme modern bei den minderjährigen Andalusierinnen in jenem Frühjahr – und untenherum engstmögliche Jeans, die in Bergstiefeln mündeten. So standen sie wie festzementiert in ihren Schuhen und wiegten sich in den Hüften, die nicht bei allen die schlankesten waren.

Von dort aus schlichen wir einem deutschen Ehepaar hinterher, das sich auf der Suche nach einem Restaurant befand; gemütlich, gut und günstig sollte es sein, alles drei auf einmal.

»Du, von mir aus können wir auch gerne zurückgehen in das alte Judenviertel, Renate, wenn dir das dort gefallen hat.«

»Ich werde bestimmt nicht in ein Restaurant zurückgehen, in dem du bereits die Karte studiert hast und dann fluchend rausgerannt bist, Heiner, das kannst du von mir nicht verlangen.«

»Das sind reine Touristenschuppen, Renate, REINE Touristenschuppen. Klar sitzt man da schön. Mit Innenhof und Palmen und Musik und allem. Aber das bezahlst du auch mit.«

»Na und?«

»Aber DU willst doch ›authentisch‹ essen! Du liegst MIR doch immer in den Ohren … *›das kleine Restaurant, wo auch die Einheimischen essen‹*.«

»Und deswegen müssen wir jetzt in ein Industriegebiet, oder wie?«

»Renate, dort in der Karte waren FOTOS von dem Essen. Das sah aus wie Schürfwunden!«

»Komm, laß gut sein. Ich habe schon gar keinen Hunger mehr.«

»Ich wollte sowieso nur irgendwo eine Kleinigkeit ...«

»Da muß man doch nicht so ein Theater ...«

»DU hast doch ...«

»Nein ... Heiner ... DU, aber so ist das immer ...«

Am Ende sahen wir sie dann im Neonlicht von McDonald's sitzen, traurig und jeder für sich, in Hopperscher Einsamkeit.

In Sevilla gingen wir endlich auch zu unserem ersten Stierkampf. Wir setzten uns in die Real Maestranza, und das Ambiente kam uns durchaus stimmungsvoll vor, die Musik angemessen erregend. Aber als es dann endlich losging, da fanden wir es, wie Meier-Graefe und so viele andere Ausländer vor uns, in erster Linie – tja: langweilig. »Man ertrüge vielleicht die Grausamkeit des einzelnen, nicht das Stupide der ganzen Sache«, sprach ich zu Martin.

»Man käme über alles hinweg, selbst über die unglücklichen Gäule«, erwiderte er, »aber es fehlt das Tempo.«

»So ein Stierkampf ähnelt einer Mensur, bei der einer der Komparenten festgehalten wird«, sagte ich. Und darauf weiter er, abwinkend: »Kraft gegen Hinterlist. Zugestanden, daß Geschicklichkeit dazugehört. Sie ist nicht sporthaft, nicht wirksam, unplastisch, unrhythmisch. Ameisen, die den Knochen eines Kadavers bloßlegen, tun ungefähr dasselbe.«

Auf der Fahrt in Richtung Tarifa lief »Flipper«, und in Gibraltar sahen wir Afrika nicht.

Dafür faßten die Affen auf dem Felsen einem noch unverfrorener in die Hosentaschen als die Marokkaner auf der Gran Vía. Und je größer der Union Jack über einem Laden, desto Pérez hieß der Besitzer.

Torremolinos war im Vergleich dazu viel britischer: Gelbhaarige alte Schachteln rauchten »Silk Cut« und nannten uns »Luv«, während ihre Männer mit tätowierten Armen *Pork Pies* servierten und chemische Erbsen. Vom Strand kamen selbst zu dieser Jahreszeit schon Briten, die aussahen, als hätten sie »Fleisch ohne Haut unter der hellen Jacke«, wie Meier-Graefe das auszudrücken gewußt hatte. Martin überlegte, ob Handzettelverteilen vor Stranddiskotheken für ihn eine Option sein könnte; ich war mehr für ein Dasein als Scheich in Marbella, wo sich am Jachthafen von Puerto Banús die Frauen mit gefletschten Zähnen links und rechts und noch mal links (oder umgekehrt) ihre Küßchen gaben, daß es aussah, als wollten sie sich gegenseitig die Nähte vor den Ohren aufbeißen.

ZWEIUNDDREISSIGSTE KRISIS

Die Insel der Unsterblichkeit

Aus Übermut fuhren wir von Valencia aus mit der Fähre sogar noch bis Mallorca. Warum nicht mal nach Mallorca, hatten wir gedacht, als wir das Schiff am Hafen sahen, jeder Deutsche war schon dort, außer uns beiden. Von so vielem hatten wir ja gar keine Ahnung gehabt: von der Pracht Palmas, von der Schönheit der Landschaft wie der Landeskinder, vor allem aber von den deutschen Rentnern.

So saßen endlich auch wir einmal am Strand von El Arenal und hatten den berüchtigten Ballermann im Blick. Es kann am Schlummer der Vorsaison gelegen haben oder daran, daß neben uns eine Apotheke war. Was an uns vorbeizog, waren jedenfalls nicht die Kohorten der Arbeiterjugend, mit denen wir gerechnet hatten, sondern ein Fries von Grisaillen. Grau in allen Arten, von silbern bis meliert. Die Blousons und Bequemschuhe falbten herbstlich; es kann sein, daß die Verkäuferinnen vornehm von Sand- und Champagnerfarben geredet hatten oder sogar von Elfenbein, aber es waren die Farben von Kreide, Schlamm und Schnee von gestern. Käsekuchenfarben, Kartoffelkloßfarben, Bechamelsoßenfarben, Gouda, ranzige Butter; es waren die Farben dessen, was man ißt und was man ist: Sperma, Eiter, Rauch und Asche. Isabellfarben wie das im Ursprung weiße Gewand, das die Tochter Philipps II. nicht wechselte, bis Albrecht von Österreich die Stadt Oostende niedergerungen hatte – nach drei Jahren, drei Monaten und drei Tagen. Naturhaft und hell, neutral und pflegeleicht: Tarnfarben für die Überlebenskämpfe im Beton der Fußgängerzonen. Das dünne Haar zur Zwiebel frisiert, der wärmende Bund der Freizeithose hoch über den empfindlichen Nieren. Und dazu das Knistern der Kunstfasern, wenn die Anorakärmel an den Hüftwülsten schabten. Keine Schnitte, nur kaschierendes Gewölk, die Kleidung als Brei. So schoben sie mit muffigen Gesichtern ihre Gehhilfen vor sich her, meckernd und maulend, sogar noch über das Wetter und das rheumalindernde Klima, dessentwegen ihnen die Krankenkasse den Aufenthalt zahlte. Und wenn man sie so sah mit der gleichen verbitterten Bosheit, mit der sie ihre Rolltaschen auch durch Recklinghausen oder Cottbus zerrten, dann erblickte man zwangsläufig auch die Kümmernis von Leuten, die zu ahnen begannen, daß es falsch gewesen sein könnte, das Sparen ausgerechnet an der Kirchensteuer begonnen zu haben. Dann konnte es einem das Herz zusammenziehen.

Man darf bitte nie, nie, nie, nie und nimmer ein deutscher Rentner werden, sagte ich zu Martin.

Und Martin erwidert sanft: »Ja. Und nun laß bitte meinen Arm wieder los, es tut mir weh.«

»In Wahrheit ist Alter allein schon traurig genug«, sagte er dann, »doch wird das Übel gewöhnlich vervielfacht: Schmähung und Bosheit sind meist nicht weit.«

Man sollte, sagte ich, wenn überhaupt, dann bitte ein spanischer Opa werden, und zeigte auf ein Paar, das man so eher abends auf der Gran Vía von Madrid erwartet hätte als im Umfeld von »Schinkenstraße« und »Oberbayern«. Aber Mallorca gehörte, obwohl das in Deutschland nicht unbedingt durchgängig bewußt ist, immer noch zu Spanien, und warum sollte der Strand von El Arenal nicht genausogut auch Auslaufgebiet für spanische Senioren sein, für die Señoras und

Señores des Dritten Alters, wie man in Spanien so schön sagt, für Herren, die auch das schütter gewordene Haupthaar noch sorgsam zum Scheitel frisierten und ihren Schnurbart einem Barbier anvertrauten, die Weste und Sakko trugen, Schuhe mit Ledersohlen, Rasierwasser sowie eine Haltung, über die sie nicht mit sich diskutieren ließen. Und Damen, die sich immer noch zurechtmachten, bevor sie aus dem Haus gingen, obwohl sie das Alter, in dem die deutsche Frau im allgemeinen zur geschlechtsneutralen Kurzhaarfrisur übergeht, oft bereits um das Doppelte überschritten hatten; Damen, die auch dann noch nicht bereit waren, auf den Lippenstift zu verzichten, wenn ihnen die Jahre kaum noch Flächen zum Draufmalen gelassen hatten; Damen, die sich Unterröcke und Kostüme anzogen, den dünn gewordenen Hals mit Pashminas wärmten und ihre Frisuren mit Spray zementierten, damit nichts zusammenfallen konnte, falls sie, was wir in spanischen Städten oft genug gesehen haben, auf öffentlichen Plätzen plötzlich zum Tanzen aufgefordert wurden von den Herren mit den parfümierten Schnäuzern.

-Du meinst solche wie den reizenden älteren Herrn, der uns auf der Fahrt nach Granada die Familienbilder gezeigt hat in seiner Brieftasche?«

-Ja, zum Beispiel.

-Darunter auch die von Francisco Franco und Adolfo Hitler?

-Na gut, schlechtes Beispiel.

Ich sagte dann nichts mehr.

Wir schwiegen ein Weilchen und schauten dem Meer beim Anstranden zu.

Die Sonnenschirme warfen Schattenmuster in den Sand. Eine bunte Bimmelbahn rollte auf leisen Reifen die Promenade entlang, und man konnte denen, die darin saßen, ansehen, wie peinlich ihnen das war. Durch angestrengtes Wegschauen versuchten sie als optische Täuschung der anderen durchzugehen.

Erwachsene in Jugendmode. Ein erbärmliches Bild.

»Willst gesund und lang du leben, mußt du früh zum Alter streben!« riefen wir ihnen hinterher: »Und verhindern, daß eine liederliche Jugend den Körper in geschwächtem Zustand an das Alter übergebe.« Denn dann marodierte tatsächlich noch ein Trupp echter Jugendlicher an uns vorbei. Die Jugendlichen beschwerten sich in rheinischem Tonfall, daß im »Mega-Park« nichts los sei, und zogen in Richtung Ballermann von dannen.

»Es kommt der Tag«, so hob nun Martin wieder an, »da werden in den Altersheimen Menschen mit blondierten Strähnchen sitzen. Die Pfleger, die diese Leute einst zu waschen haben, werden aufpassen müssen, daß sie sich nicht in dem Metall verhaken, das von den welken Brüsten und Schamlippen baumelt. Und die Jungs dort drüben werden sich die auftätowierten Stacheldrähte dann zweimal um die verdorrten Oberarme wickeln können.«

Dann schwieg er pathetisch.

Am Abend aßen wir eine grandiose Paella im »El Parlament«, und am nächsten Morgen nahmen wir die Fähre nach Barcelona.

In Ehrfurcht und Demut lagen wir zu Füßen des heiligen Montserrat und bereuten bitterlich, je nach Madrid gegangen zu sein und nicht hierher. Die Stadt war und lag um so vieles schöner, daß man fast weinen mußte. Vielleicht war ein bißchen weniger los hier, und die Allgegenwart von DESIGN – und noch schlimmer: DESIGNERN – konnte einem auch mächtig auf die Nerven gehen. Aber die Stadt an sich war und lag schöner. Punkt. Schon wegen des Meeres. Und der Berge. Und überhaupt. Ach: Barcelona.

Was uns gewissermaßen wieder auf die Beine brachte, war aber die sprachenpolitische Stumpfsinnigkeit der katalanischen Nationalisten. An den Katalanen merkte man dann wieder, warum man eben doch gut daran getan hatte, ins sonnenverbrannte, karge Kastilien zu gehen. Einem, den er auf spanisch nach dem Weg gefragt hatte, woraufhin der Mann erst auf katalanisch antworten zu müssen der sturen Ansicht gewesen war, rief Martin wütende Verwünschungen nach: Wenn es ihn, den verbohrten Katalanen, jemals nach Lübeck verschlage, werde er, Martin, ihn zwingen, nichts als Plattdeutsch zu sprechen, und wehe, wehe, wenn sich dann auch nur ein einziges hochdeutsches Wörtchen einschleiche …

Das war alles im Grunde so jammerschade, denn die Sprache gefiel uns ja. Sie klang sehr schön. Und sie sah auch sehr unterhaltsam aus mit ihren Punkten zwischen dem Doppel-L und diesen ganzen Extravaganzen. Unter anderen Umständen hätte man sie sofort lernen wollen. Aber das bornierte und fremdenfeindliche Theater, das sie in Barcelona um das Katalanische veranstalten, machte einem die Sprache dermaßen unsympathisch, daß es einem schließlich die ganze Stadt irgendwie vergällte.

Am Ende dann, als alles besucht und besichtigt war, Picasso und Miró, Tàpies und Sert, die Kathedrale, die dunklen Viertel seitlich der Ramblas und die reinliche Kunsthalle des Architekten Richard Meier, als wir den Heiligtümern des Gaudí und des Mies van der Rohe gehuldigt hatten und sowohl in der Sagrada Familia als auch sogar im Park Güell herumgestiegen waren (Meier-Graefe: »Die letzte Silbe bestreitet alles, was die erste versprechen könnte.«): Da hatten wir uns südlich der Stadt noch ein wenig an einem Strand niedergelassen, wo bereits Badebetrieb herrschte. Das hieß: Die Mädchen lagen, und die Jungs standen. Das hieß auch: Die Mädchen lagen mit harten Bäuchen wie von Mantegna gemalt. Und die Jungs standen wie von Praxiteles gemeißelt. Standbein, Spielbein. Specksteinkörper.

Wir saßen abseits und hielten mit den Armen unsere Knie fest. Martin starrte in die Brandung, als ob die ihm mehr zu sagen hätte als ich. Dann ging ein Ruck durch seinen Körper, er sprang auf, schlug sich den Sand von der Hose – und erklärte feierlich: »Hiermit verzeihe ich diesem Land sogar die Existenz von Alicia Sanz.«

Und auf der Rückfahrt nach Madrid sahen wir Jennifer Grey und Patrick Swayze noch einmal den Mambo zu »(I've had) The Time of my Life« tanzen, ein letztes Mal für den Rest dieses Lebens.

DREIUNDDREISSIGSTE KRISIS

Die geflickte Tugend

Wir erreichten Madrid rechtzeitig, um an der Seite von Heiko Keunecke dabei sein zu können, wie seine Borussia Dortmund die Championsleague gewann. Er war dafür extra aus Bilbao angereist, er wollte einen würdigen Rahmen für dieses Ereignis, er wollte ein paar Leute dabeihaben, zur Not eben sogar mich, Martin und die Mumie, und er war rasend vor Wut, als er feststellen mußte, daß kein einziger Wirt in unserer Gegend das Spiel auf seinem Fernseher zeigen wollte. Beleidigt darüber, daß keine spanische Mannschaft mehr im Turnier war, ließen sie lieber Stierkampf laufen oder sonstwas. Nur wenn man sie nach Fußball fragte, reagierten sie, als hätten sie noch nie den Namen gehört. Heiko tobte, Heiko zeterte, aber er scheiterte an der Charakterstärke der Kneipiers. Wir waren schon auf dem Weg nach Hause, als durch die Türen der schäbigsten aller Tavernen in der Calle de la Ballesta der Name »Chhriedle« aus dem Fernseher auf den Gehweg schallte. Heiko hechtete mitten in den Torjubel hinein und durfte gleich darauf mit ansehen, wie Karl-Heinz Riedle das zweite Tor schoß. Heiko gab Saalrunden aus. Zwei ältere Prostituierte, die dort bei einem Brandy ausgeruht hatten, waren von diesem Moment an ebenfalls lautstarke Fans von Heikos Team. Als Ricken schließlich sein sagenhaftes Siegtor geschossen hatte, geriet Heiko dermaßen aus dem Häuschen, daß die beiden alten Prostituierten glaubten, »Ricken« sei ein deutsches Tätigkeitswort, und sich schon bei ihm einhakten. Aber Heiko hatte die Mumie dabei – und die umarmte und küßte er nun in einer Leidenschaftlichkeit, daß uns und vor allem natürlich ihr das Hören und das Sehen sowie alle Gewißheiten über den kalten deutschen Ingenieur Heiko Keunecke vergingen.

Auch an solchen Dingen merkt man, wie so ein Jahr eigentlich nicht zum Winter, sondern zum Sommer hin zu Ende geht. Bald darauf beendete auch Real Madrid die Saison als Meister – ausgerechnet gegen Atlético – und löste damit, obwohl das ja nun nicht zum ersten Mal passierte, einen Jubel aus, der denjenigen Heikos noch einmal potenzierte. Hunderttausende *madridistas* zogen nachher zum Brunnen der Cibeles und versuchten nach alter Sitte, darin herumzuplanschen, um den Sieg zu feiern. Es seien möglicherweise sogar mehr als eine Million Menschen da auf dem Platz, hörte ich aus dem Fernseher einer Bar den Reporter staunen. Und ich brauchte eine Weile, um zu begreifen – und ein weiteres Bier, um zu verarbeiten –, wo ich diese kastanienschalenartigen Augendeckel schon einmal gesehen hatte. Es war tatsächlich Naelio, die mexikanische ELSTER! Er war im Grunde nicht wiederzuerkennen, und er sprach sein Spanisch jetzt mit spanischem Akzent.

José María las es wenig später in »¡Hola!«, als er beim Friseur saß und sich seinen Helm richten ließ: Ebenfalls bei irgendeiner Party von Madrider Celebrities vor Ort gewesen war nämlich, so wurde vermeldet: »der Fernsehstar Naelio Fernández mit seiner reizenden Frau Celia«.

José María erschrak darüber derart, daß der Friseur, der gerade beim Säubern der Ränder war, ihm eine schlimme Furche in den Hinterkopf rasierte.

Unter diesen Umständen konnte man im Interesse seines

restlichen Haares von Glück sagen, daß er die Zeitschrift danach nicht noch weiterlas, sondern nur mitbrachte. Denn wir fanden beim Blättern nach Naelio darin noch eine viel interessantere Nachricht: die Anzeige einer Hochzeit zwischen Alicia Sanz Abascal und einem gewissen Cayetano Garcés de Marsilla auf einem Landgut irgendwo in Andalusien.

Wir waren sprachlos, nur Martin nicht. Martin war außer sich. Alicia, das konnten die Fotos nur notdürftig kaschieren, war immer noch schwanger, nun bereits in der 22. Woche. Carlos und Javier Sanz hatten also tatsächlich noch jemanden gefunden für die Rolle, die sie ursprünglich Martin zugedacht hatten. Dieser geriet durch die Nachricht wieder völlig aus der Balance. Was, wenn es nun doch sein Kind war … Das Gezitter ging also weiter.

Wir anderen hatten allerdings gar keine Zeit, an diesem Drama gebührend Anteil zu nehmen, denn praktisch direkt in diesen Schock hinein plazierte Jesús mit dramatischem Gespür gleich den nächsten: »Ich werde übrigens ebenfalls heiraten.«

Die Braut hieß Antonia und gehörte zu denjenigen aus dem Kreis um Jesús und die Mumie, die schon seit längerem nicht mehr so häufig dabei waren, wenn gefeiert wurde. Ich hatte sie überhaupt nur ein- oder zweimal gesehen, eine schattenhafte, zusammengesunkene Frau, von der es hieß, sie habe für den Rest des Lebens vorgefeiert, und zwar für andere gleich mit, damals in den Achtzigern, zu den Zeiten der sogenannten *Movida Madrileña*, von der die, die dabei waren, sagten, daß sie sich kaum noch daran erinnern könnten, so rund sei es gegangen, als nach dem Ende des Franquismus das Leben losbrach, welches vor allem eben ein Nachtleben gewesen sei. Danach war es ruhiger geworden um Antonia, und jetzt mußte man sich schon Sonntag morgens auf den Rastro bemühen, um sie zu treffen, wo sie einen kleinen Schmuckstand hatte, denn Antonia war krank. Sie war sehr krank. Und zuletzt war ihr Zustand dramatisch schlimmer geworden.

Die Ärzte gaben ihr nicht mehr besonders lange, und das war der Grund, weshalb sie schließlich Jesús ins Vertrauen gezogen hatte. Sie habe von seinen Lavauhren gehört, eröffnete sie das Gespräch, es könnte sein, daß sie etwas für ihn tun könne: Ihr Stand auf dem Rastro sei zu vererben.

Dafür hatte sie aber eine Bedingung. Sie wollte geheiratet werden. Unter den vielen Dingen, die sie gehabt, genommen, genossen, verbraucht, durchgemacht, erlebt und erlitten hatte in ihrem 38 Jahre langen Leben, fehlte ihr etwas, auf das sie immer geglaubt hatte, gerne und dankend verzichten zu können, und jetzt, wo es zu Ende ging, merkte sie, daß sie eben nicht darauf verzichten konnte. Sie wollte nun eventuell doch sehr gerne einmal Kinder zur Welt gebracht haben, und sie wollte geheiratet worden sein. Das eine hatte sie sich schon aus dem Kopf geschlagen, das andere ging noch. Sie wollte nicht als lediges Partyhuhn in die Kiste kommen. Sie wollte diese Welt als ehrbar verheiratete Señora verlassen. Schließlich und endlich konnte man in seiner jugendlichen Hoffahrt getan und gesagt haben, was man wollte, man blieb am Ende doch Katholikin, und die Ehe gehörte nun einmal zu den Sakramenten. Denn nein, sie wollte nicht nur den Zettel vom Standesamt, sie wollte die Kirche, den Priester, die Glocken, die Kutsche und das weiße Kleid mit der Schleppe; sie wollte das ganze Programm, von dem die kleinen Mädchen träumen.

Sie wollte, sie wollte, sie wollte. Und sie sagte ganz leise und eindringlich: »Bitte!«

Es muß eine Zumutung gewesen sein für Jesús. An einen

Stand auf dem Rastro war anders als durch eine Erbschaft so gut wie nicht zu kommen, das war schon richtig. Aber der Preis dafür war, daß sich Jesús freiwillig an den Ort begeben mußte, den er am meisten haßte, fürchtete und verachtete in der Welt, und Jesús haßte und verachtete und ekelte sich vor der Kirche und ihrem Personal mit einer Leidenschaft, zu der außer spanischen Republikanern nur mißbrauchte Ministranten noch fähig sein können, und nicht so ganz selten fällt beides ja auch zusammen.

Daß Jesús tatsächlich über einen derart breiten Schatten springen würde, hätten ihm nicht viele zugetraut, und ein Stand auf dem Rastro reichte dafür sicher nicht aus, auch wenn er den natürlich dankbar einstrich. Am Ende tat er es wohl vor allem doch für Antonia, und sie war ihm dankbar dafür, denn man konnte sehen, wie es in ihm riß und rumorte, als das bucklichte Pfarrerlein dem Brautpaar genüßlich die Wangen tätschelte, von der Heimkehr des verlorenen Sohnes erzählte und Gott für die Gnade pries, die er auch den entlaufenen und den schwarzen und sogar den ganz besonders schwarzen Schäfchen zuteil werden lasse.

Abgesehen davon war es eine außerordentlich stimmungsvolle Feier, fand ich. Wir hatten die Kapelle von San Antonio de los Alemanes an der Calle de la Puebla bekommen, an die Decke über uns hatten Francisco Rizi und Juan Carreño 1668 die Apotheose des heiligen Antonius gemalt, der von hier unten aus gesehen, da waren wir uns alle einig, genausogut auch eine Antonia sein konnte. Alle hatten sich in ihre besten Anzüge geworfen, und wenn sie keine hatten, bei Zara oder Cortefiel noch schnell welche gekauft. Und die Frauen trugen ihre festlichsten Kleider. Der Priester gab der Sache mit seiner Liturgie, ein bißchen Weihrauch und ein wenig Latein die Art von Würdigkeit, die sie verdiente, und die Braut stand blaß und schwach in einem Berg aus Tüll, aber sie schaute so, als sei sie glücklich.

Im Anschluß gab es einen spektakulären Hochzeitszug durch die Calle de la Ballesta. Die Damen von der Ecke warfen Rosenblüten und sahen zu, daß sie auf ihre alten Tage nicht noch vom Brautstrauß getroffen wurden.

Zu meiner grenzenlosen Verblüffung stand da auch, in hellblau, gelb und flieder, kurz Don Aníbal Álvarez Buquel unter den Gratulanten.

»Der? Ach, den kenn ich aus meiner Loge«, erklärte Jesús nachher völlig unbefangen.

»Sag nicht, daß du jetzt auch noch Freimaurer bist.«

»Bin ich immer schon.«

»Aber wenn man das ist, erzählt man das doch nicht... dachte ich.«

»Wirklich? Ich schon.«

Wenigstens wurde so nun halbwegs klar, wo Don Aníbal seinen französischen Akzent herhatte. Die Loge von Madrid war, wenn ich das richtig verstanden habe, eine Art Satellit derjenigen von Paris, wo Álvarez Buquel unter Franco im Exil gelebt hatte und sein Deutsch gelernt haben mußte.

Dann hatte sich Antonia natürlich auch eine ordnungsgemäß ausschweifende Feier gewünscht – und es wurde eine ausschweifende Feier; es wurde sogar mit Sicherheit die ausschweifendste und lauteste Feier, die unsere Wohnung je erleben durfte. Es brauchte noch nicht einmal besonders viel Alkohol, um die Dinge zügellos werden zu lassen. Schon früh hatten ein paar Mädchen begonnen, auf den Tischen zu tanzen (auf wirklich allen Tischen, die wir hatten); und junge, gut gebaute Diskotypen, die Jesús aus dem »Why not?« und dem »Rick's« herbeigeschafft hatte, taten es ihnen nach.

Von der Straße her wurde fortwährend frisches Feiervolk hereingesaugt, verdichtet und zur Explosion gebracht, denn die Sache hatte sich herumgesprochen. Es kann auch sein und ist sogar wahrscheinlich, daß eine Verwechslung vorlag, daß die Leute eigentlich zu einer ganz anderen Party in der Nachbarschaft wollten: Jedenfalls wollte der Zustrom junger, beinahe noch unverdorbener Menschen mit viel Energie und Neugier nicht aufhören.

Ein chinesischer Austauschstudent verlor noch auf der Treppe seine Unschuld. Eine Amerikanerin machte sich obenherum frei, ein Argentinier aus Jesús' Freundeskreis versuchte das gleiche, mit etwas weniger Zustimmung, untenherum. María José wurde eng umschlungen mit Heiko gesehen, was beide nachher abstritten. Martin tanzte mit bestürzend ernstem Gesichtsausdruck und machte unvermittelt Ausfallschritte. Und als später mit gerüschten Röcken und stampfenden Beinen im Wohnzimmer Sevillanas getanzt wurden, flogen unter uns in der Pension der Zamoranas zwei kristallene Lampen von der Decke.

Gegen fünf standen zwei Polizisten vor der Tür. Mit verschränkten Armen, kaugummikauend, besahen sie sich den Tumult.

Jesús fragte: »Wer seid ihr zwei Süßen denn?«

Und der Alpacinohaftere von den beiden sagte, ziemlich cool: »Wir sind die Stripper.«

Dann zog er einen Mann mit blutendem Kopf hinter sich hervor, der Arme hatte nämlich eine der abgestürzten Lampen abbekommen und wimmerte verwirrt. Noch weiter im Hintergrund gifteten die beiden Zamoranas. »Wer war das?« fragte nun der andere Polizist streng.

Und Jesús erwiderte: »Keine Ahnung, aber nur soviel: Die beiden irren Alten von da unten haben auch schon jemandem siedendes Öl auf den Kopf gegossen, die sind lebensgefährlich, das weiß jeder.«

Nun machten die beiden Pensionswirtinnen Anstalten, ihm an die Gurgel zu springen, der andere Polizist mußte sie zurückhalten, und Al Pacino erklärte die Party für beendet.

Jesús aber sagte, sehr freundlich: Nein.

»Was soll das denn heißen?«

»Das soll heißen: Wir feiern noch ein bißchen. Adíos, die Herren.«

Nun war Al Pacino gar nicht mehr cool. »Ich werde Sie festnehmen!« schrie er. »Alle!«

»Aber nicht in dieser Wohnung«, erklärte Jesús, und dann kam er ihnen mit seinen Gesetzesbüchern: »Die Wohnung ist, wie Sie wissen, unverletzlich. Wenn Sie jetzt diese Schwelle überschreiten, könnte ICH wiederum gegen SIE vorgehen.«

»Dann werden wir jeden einzelnen verhaften, sobald er diese Wohnung verläßt«, erklärte kategorisch der, der nicht Al Pacino war.

Und diese, womöglich etwas unbedachte Ansage gab der Party dann für die folgenden fünf bis sechs Stunden noch einmal einen ganz neuen Auftrieb, denn natürlich ging nun niemand, und andere kamen noch dazu, mit noch mehr Getränken und wer weiß, was sonst noch. Man hat bei solchen Feiern ja immer nur einen recht begrenzten Überblick darüber, was wirklich alles so passiert um einen herum.

Die glücklich verheiratete Doña Antonia hatte sich in ihrer Hochzeitsnacht jedenfalls schon früh zurückgezogen, um sich in den nunmehr geregelten Verhältnissen auf ihr Sterben vorzubereiten.

Man fand sie dann feierlich aufgebahrt auf ihrem Bett, da hatte sie ihr Hochzeitskleid noch an und eine angemessene Portion Heroin der besseren Sorte in ihrem Blut.

In einer der nächsten Ausgaben von »¡Hola!« fanden wir tatsächlich ein paar Bilder von der Hochzeit der Sanz und, was uns alle am meisten interessierte, von ihrem Bräutigam. Cayetano Garcés de Marsilla war ein spektakulär kümmerlicher, von einem Leberleiden braungetönter Landadliger von vielleicht 45 Jahren, der mit gutmütigem Gesichtsausdruck durch zwei Aschenbecher schaute, die ihm ein grausamer Optiker auf die Nase geschnallt hatte; ein Mann, der das Glück sichtlich noch gar nicht fassen konnte, auf einen Schlag zu junger Frau und sogar fast fertigem Kind zu kommen.

VIERUNDDREISSIGSTE KRISIS
Glück und Ruhm

Währenddessen war mit großer Unerbittlichkeit der Sommer in die Stadt gekommen und trieb die Leute fort. Die Mitglieder unseres autonomen Seminars baten nacheinander zu Abschiedsfeiern im Park oder in schwermütigen Weinbars. So löste sich dieser Kreis unter dem festen Versprechen, auch zu Hause weiterhin voneinander hören zu lassen, für immer auf, und ich widmete mich wieder auf eigene Faust meinen Studien. Meistens im CSIC, oft auch in der Biblioteca Nacional, in die ich mich im Winter vor dem Frost verkrochen hatte und die ich jetzt, von den Büchern mal ganz abgesehen, ihrer schattigen Räume wegen schätzte.

Auch zur Universität fuhr ich noch einmal. Ich fand, ich müßte mich wenigstens verabschieden von den paar Leuten, mit denen ich dort ins Gespräch gekommen war. Es war aber kaum noch jemand da. Ich trank unter den Neonröhren der Cafetería im Keller einen letzten *café solo,* und als ich in seltsamen Zuständen von Melancholie und Erleichterung schon die Treppe wieder hochstieg, rannte mich ein flatterndes Huhn über den Haufen.

Ich hatte sie zuerst gar nicht erkannt. Dann aber sehr schnell doch: schwarzes Haar, schwarze Garderobe, roter Lippenstift, und nur die Haut war nicht mehr ganz so weiß wie damals, als ich Inés an meinem ersten Tag hier begegnet war. Ihre Wangen glühten, als hätte jemand rote Lämpchen hineingeschraubt. Sie winkte mit einem Papier, das ihr offenbar gerade ausgestellt worden war und von hoher Wichtigkeit für sie sein mußte, und sie war froh, jemanden gefunden zu haben, mit dem sie das feiern konnte. Inés bestellte mit großer Geste Sekt, der von dem Kantinenpersonal für solche Anlässe offenbar jederzeit bereitgehalten wurde, und dann tranken wir.

Ich hatte immer noch ein schlechtes Gewissen wegen der verwechselten Wörter, die vor knapp einem Jahr dazu geführt hatten, daß wir uns seitdem nie wieder zusammengesetzt hatten. Aber das ließ sich nun endlich einmal aufklären. Sie lachte sich halbtot und fing dann an, Deutsch zu sprechen. Das war zwar mindestens ebenfalls zum Halbtotlachen, aber gleichzeitig war ich wie vom Donner gerührt: Sie hatte in der Zeit, in der wir hier in Madrid nichts miteinander zu tun gehabt hatten, Deutsch gelernt. Was weiß ich, bei wem. Jedenfalls hatte sie es aber sofort anwenden wollen – auf Kant und Schopenhauer im Original. Die Grammatik war noch ein unbestelltes Feld, aber aus dem Wortschatz sprossen bereits die »Urteilskraft«, die »Beistimmung« und das »Wohlgefallen«. Es war der helle Wahnsinn.

Wir wollten dann eigentlich nur gemeinsam bis zur Haltestelle gehen, hatten aber auf einmal schon die Ciudad Universitaria hinter uns. Dann Francos Siegestor. Das Luftfahrtministerium. Die Calle Princesa ... Auf einmal standen wir auf der Plaza de España vor dem Cervantes-Denkmal und fanden, daß der Weg bis hierher so aberwitzig weit gewesen war, daß man jetzt auch gemeinsam weitergehen könnte.

Wir tranken Liköre im Barrio de los Austrias und aßen einen Teller vom guten Ibérico im Museo del Jamón. Letztlich war das Museo del Jamón ja mein Lieblingsmuseum in Madrid. Daß prachtvolle Schinken an den Wänden hingen, machte es im Prinzip dem Prado vergleichbar, dazu konnte man aber eine *caña de cerveza* trinken, und das Personal trug Uniformen, die aussahen wie aus blauem und rotem Kreppapier. Ich weiß, daß das Museo del Jamón eine Kette ist, und oft genug ist mir deutlich gemacht worden, daß echte Schinkenkenner wenig davon halten, aber für mich ist das Museo del Jamón an der Carrera de San Jerónimo ein Ort der *guilty pleasures*, und ich habe es trotz der Touristenströme, die da hindurchspülen, eifrig frequentiert.

Es hatte erst Inés kommen müssen, um mir zu zeigen, daß direkt daneben »LHARDY« lag.

»LHARDY«! Der älteste, schönste und anrührendste Laden von Madrid. Für sentimentale Gemüter: das Paradies. Ich hatte »LHARDY« ein Jahr lang übersehen. Inés bewegte sich wie eine Stammkundin in dem uralten Feinkostgeschäft. Wir aßen Marzipanbällchen mit Pinienkernen, die wir bei einem Verkäufer in Bestellung geben mußten, von einem anderen ausgehändigt bekamen und bei einem dritten bezahlen mußten, während weiter hinten in dem kleinen Raum noch weitere Verkaufskräfte mit heiligem Ernst uns unverständlichen Aufgaben nachgingen. Wir aßen Marzipan, wir tranken Schokolade, und wir stritten uns, wie der Name auszusprechen sei – mit Pause zwischen L und H oder ohne. Was man eben – seit 1839 – so macht bei »LHARDY«.

Danach aßen wir im Café Central auf der Plaza del Ángel zu Abend, und dann ging das alles immer so weiter.

Wie genau und was speziell da weiterging, geht im übrigen niemanden etwas an – ich heiße weder Jesús noch Heiko. Nur soviel: Die Wörter »Wohlgefallen« und »Beistimmung« waren schon mal kein schlechtes Fundament, darauf konnte und mußte aufgebaut werden, denn das, worüber sich Inés den ganzen Tag schon so gefreut hatte, das war nichts anderes als die Bewilligung eines Studienstipendiums für ein Auslandsjahr in Deutschland. Und das, was mich so freuen sollte in der Zeit, die mit diesem Tag anbrach, das war die großartige Idee, sich zu einem »Tandem« zusammenzutun. So nannte man das damals, wenn der eine dem anderen seine Sprache näherbrachte – und, wie es schon in der Bibel geschrieben steht, das Wort ist ja immer nur der Anfang.

FÜNFUNDDREISSIGSTE KRISIS

Goldene Worte und freundliche Sanftmut

Am Samstag, dem 12.7.1997, gegen 16 Uhr 30 wurden Miguel Ángel Blanco, einem 29 Jahre alten Stadtverordneten des Partido Popular von Ermua im Baskenland von der ETA drei Kugeln in den Nacken geschossen. Sie hatten ihn am Donnerstag, den 10.7. entführt, und ihre Forderung war die Verlegung von ETA-Häftlingen aus Gefängnissen des Südens ins Baskenland, damit die Angehörigen nicht so weite Besuchswege haben, aber wohl auch, um die Leute besser unter Kontrolle zu halten. Der Staat ließ sich darauf nicht ein, er versuchte, soweit das den Medien zu entnehmen war, vielmehr den Einfluß der Führung auf die Gefangenen abzubauen, um sie zur Kollaboration zu bewegen. Blanco wurde gegen 17 Uhr von zwei Jägern aufgefunden. Er lebte noch, lag aber im Koma, bis er am Sonntag gegen fünf Uhr morgens starb.

Schon seit dem Freitag hatte es Demonstrationen und Mahnwachen gegeben. Auf der Puerta del Sol gerieten dabei auch die beiden Spaniens wieder einmal aneinander. Auf der einen Seite standen Javier Sanz und die Seinen in Polohemden mit rot-gelb-roten Streifen am Kragen und forderten gemeinsam mit vielen Älteren die »*pena de muerte*«, die Todesstrafe.

Von der anderen Seite des Platzes her skandierte die Menge: »*ETA mata, nosotros no*«, Die ETA tötet, wir nicht.

Als ich am folgenden Montag aus der Biblioteca Nacional trat, konnte man sich auf der Plaza de Colón kaum noch umdrehen vor Menschen. Ich schaffte es nur mit Mühe in die Metro hinunter, weil mir unentwegt die Massen entgegenströmten. Zu Hause sah ich dann im Fernsehen, was da für eine Demonstration im Anrollen war: Es war eine der gewaltigsten, die es in Spanien überhaupt je gegeben hat. Die Chefs aller Parteien marschierten in erster Reihe, abgesehen natürlich von der baskischen Separatistenpartei Herri Batasuna, die sich angesichts dieser Massenaufwallung über eine »Hexenjagd« empörte. Auf der gesamten Strecke von der Plaza de Colón zur Puerta del Sol standen aber bereits Menschen, und es kamen aus allen Richtungen immer neue dazu, so daß sich eigentlich keiner wirklich in Bewegung setzen konnte, denn wo man hintrat, war schon wer.

Und dann rückte tatsächlich, live vom Schauplatz des Geschehens, unser Reporter Naelio Fernández ins Bild. Gut sah er aus, unser ehemaliger Mexikaner, und so seriös. Er trug eine schmale, dunkle Krawatte, in seinem Gesichtsausdruck lag tiefer, anteilnehmender Ernst, und seine Worte klangen sonor. Es war unglaublich, daß dieser Mensch vor einem dreiviertel Jahr noch mit Federboas durch unsere Wohnung gehüpft sein sollte.

Als er ein nächstes Mal hinzugeschaltet und nach seinen Einschätzungen befragt wurde, wirkte Naelio jedoch deutlich unsouveräner, zerstreuter; irgendetwas schien ihn aus dem Konzept zu bringen. Die Moderatorin fragte geduldig nach.

»Naelio, wie weit ist die Demonstration bisher gekommen?«

»Wir, hier … Äh, nun«, stammelte Naelio, und dann stürzte er in einer Art von Panik seitwärts aus dem Bild. Und in den unendlich langen Bruchteilen von Sekunden, die es dann noch brauchte, bis die Regie im Sendezentrum dieser Peinlichkeit ein Ende bereitete, war, wenn mich nicht alles täuschte, mein Vermieter zu sehen, Jesús, wie er mit züngelndem Mund und obszönen Gesten dem armen Moderator auf den Pelz rückte, den er nun ja nicht mehr trug.

So rundeten sich die Dinge in den Sommer hinein, und das meiste wurde doch noch gut: Heiko war seit der entgleisten Hochzeitsfeier nicht mehr mit Ana zusammen, hatte dafür aber ein irgendwie neuartiges Verhältnis zu María José, über das sich jedoch wiederum beide nicht näher mitteilen wollten, und er mußte auch nicht mehr nach Bilbao, denn eine Firma in Madrid wollte es ab September mit ihm versuchen.

José María brachte einen weiteren Englischkurs zu Ende, und Jesús betrieb mit gutem Erfolg jeden Sonntag seinen Stand auf dem Rastro, weshalb in den Samstagnächten eine ungewohnte Ruhe und Zurückhaltung einkehrte. Ohnehin war Madrid inzwischen so entleert, daß man mitten auf der Gran Vía Karten spielen konnte, ohne überfahren zu werden.

Seit das Thermometer die Vierziggradmarke durchbrochen hatte, verbrachte ich die Tage überwiegend im Wasser des Freibades an der Casa de Campo, wo ich auch Liliana gelegentlich sah. Von ihrem Argentinier war offensichtlich keine Rede mehr; sie trieb sich da mit ihren Freundinnen aus der Touristikfachschule herum, und wir grüßten uns so kühl und distanziert, als wären wir nur entfernte Bekannte. Einmal kam Inés sogar mit. Heikler Moment, wenn man so das erste Mal nebeneinander in Badesachen Selbstverständlichkeit demonstrieren geht. Liliana war an dem Tag auch da. Ich glaube, es war ein Wirkungstreffer; sie verließ das Bad umgehend.

An den Abenden saß ich mit Inés in Sichtweite des Teatro Real, in dem immer noch, seit Ewigkeiten schon, die Bauarbeiter wüteten, und träumte von den Opern, die ich dort nie hatte sehen können. Statt dessen ließen wir uns in kleinen Spelunken mit Rotwein abfüllen, während im Hintergrund immer irgendwer rauchige Coplas und Chansons zum besten gab, und nur manchmal kam ein Wichtigtuer und stanzte ohne Sinn und Verstand Brecht/Weill-Songs in das Klavier. Uns konnte selbst das nichts anhaben.

Gegen Ende des Monats setzte ich schließlich eine Anzeige in die Segundamano und pries mein Zimmer an als *muy céntrico, zona Gran Vía, con calefacción e hilo musical, se busca gente agradable* ... usw.

Meine Nachmieterin hieß Fabrizia und kam aus Norditalien. Sie schien ein bißchen erschrocken über die Gegend, gab sich aber abenteuerlustig genug, es einmal darauf ankommen zu lassen. Im Grunde schien sie mir zu zart und wohlerzogen für die Desengaño. Aber das dachte ich am Anfang von mir selber auch. María José war mit ihr einverstanden, und Jesús weilte bereits im Sommerurlaub auf den Kanaren.

Wir vereinbarten, daß ich bis zum endgültigen Heimflug noch etwas Gepäck dalassen durfte. Und dann fuhr ich mit Inés für fast einen Monat in das Ferienhaus ihrer Eltern.

Ja, das ging schnell jetzt. Und: nein, die Eltern waren nicht dabei. Die Eltern hatten die Nordküste vorgezogen und uns den Schlüssel für die Hütte überlassen. Sie stand in der Gegend von Alicante fast direkt am Strand. Da stand ich dann, machte tiefe Fußstapfen in den Sand und ließ den Wind darüber hinweggehen, als glücklicher Mensch voll eitlem Dünkel, während ich hinter mir auf der Veranda Inés wußte, die sich an Novalis versuchte, auf deutsch, was bei dem Wetter natürlich auch schon wieder ein Wahnsinn eigener Güte war.

Von mir aus hätte das sehr, sehr gerne das Schlußbild dieser Geschichte sein können.

LETZTE KRISIS

Unergründlichkeit der Fähigkeiten

War es aber nicht.

Als ich Anfang September zurückkam in die Calle del Desengaño, war nichts mehr so wie zuvor. Wenn selbst in den derbsten Anzüglichkeiten von Jesús immer noch so etwas wie ein doppelter Boden dagewesen war, dann war der jetzt brutal herausgerissen worden, und alles fiel auf den Grund einer rohen und ekelhaften Tatsächlichkeit.

Die Berichte, die nachher davon gegeben wurden, setzten ungefähr folgendes Bild zusammen:

Jesús und José María waren noch auf den Kanaren gewesen. Heiko war mit María José unterwegs. Und Rodrigo stand auf einmal im Zimmer von Fabrizia, meiner Nachmieterin.

Es ist nicht ganz klar, ob er nur versucht hat, sie zu vergewaltigen, oder ob er schon dabei war.

Sicher ist nur, daß die Italienerin schrie, wie noch nie jemand in der Calle del Desengaño je geschrien hatte. Sicher ist, daß sich daraufhin die Frauen des gesamten Hauses mit Kochgeschirr, Fleischklopfern und Bratengabeln bewaffneten.

Nicht sicher ist, ob sie die Tür zur Wohnung aufbrachen oder ob eine von ihnen heimlich einen Nachschlüssel besaß.

Sehr sicher wiederum ist, daß sie sich daraufhin auf Rodrigo stürzten, der, in seiner heruntergelassenen Hose, manövrierunfähig war, und ihn mit ihrem Kochgeschirr einmal durch die gesamte Wohnung prügelten – die beiden Zamoranas, die »*puta de enfrente*«, die Frau aus der Conciergewohnung sowie eine, die im dritten Stock links wohnte und von der ich noch gar nichts wußte. Rodrigo konnte von Glück sagen, daß die dicke Alte von oben, die auch von anderen im Hause an jenem Tag überhaupt zum allerersten Mal leibhaftig erblickt wurde, nicht, wie ich mir in meinen Alpträumen oft genug ausgemalt hatte, in Wirklichkeit vollkommen schlank und agil war, sondern tatsächlich aufgrund einer Körpermasse, die sogar noch viel grotesker war, als alle geglaubt hatten, leider zu lange brauchte, um rechtzeitig mitwirken zu können. Sie kam schlicht zu spät. Die Delle, die sie daraufhin vor Ärger in die Wand des Treppenhauses geboxt hatte, existiert bis heute.

Rodrigo war zu diesem Zeitpunkt aber schon die Treppe hinuntergestoßen worden und lag nun, grün und blau gehauen, auf dem Zwischenabsatz und regte sich nicht mehr.

Die Frauen bekamen es dadurch mit der Angst; sie fürchteten, sie könnten es ein wenig übertrieben haben. Daher kümmerten sie sich zwar um die traumatisiert in der Ecke hockende Italienerin, vermieden es aber vorerst, die Polizei zu alarmieren.

Es war dann eine von den beiden Zamoranas, die eine Flasche Brandy, von der auch keiner so recht wußte, was nun gerade sie damit anfangen wollte, aus ihrer Küche holte und dem blutig vor sich hinhustenden Rodrigo zur Hälfte über die Kleidung und zur anderen Hälfte mittels eines Trichters in den Rachen flößte.

Die Polizisten, denen in den frühen Morgenstunden dann der Betrunkene präsentiert wurde, der, wie es aussah, auf den glattgetretenen Stufen des Treppenhauses ausgerutscht war, machten nicht einmal Anstalten, Fragen nach dem genauen Hergang dieses Sturzes zu stellen.

Sie erwiesen sich ganz im Gegenteil als sehr, sehr froh und

dankten herzlich für die Mithilfe. Der nun doch noch zur Sprache kommende Vorwurf der Vergewaltigung schien die Beamten eher noch in etwas zu bestätigen, als zu entsetzen.

Es stellte sich nämlich heraus, daß nach meinem Mitbewohner Rodrigo Torres Maldonado bereits seit Monaten mit einem internationalen Haftbefehl gesucht wurde. Die portugiesische Polizei hatte seine Freundin mit eingeschlagenem Schädel neben einem Bahndamm gefunden. Die Frau, deren Bild er mir in seinem Portemonnaie einmal gezeigt hatte.

Mich riß das vollkommen unvorbereitet aus meinem Bad in den Glückshormonen, es war eine dieser Pointen, die alles von hinten her in ein dämonischeres Licht tauchen. Mein ganzes spanisches Jahr kam mir nun vor wie das, was ich während meiner Studien unter dem Begriff des »invertierten Stillebens« kennengelernt hatte. Bei Velázquez gibt es das, und der hatte es von den Niederländern: Über neunzig Prozent des Bildes wird einem pralles, deftiges Leben in der Küche vorgeführt, und erst ganz oben rechts sieht man durch Fensterchen das, worum es eigentlich geht – Jesus im Haus von Martha und Maria zum Beispiel – also die Moral von der Geschichte.

Wann immer im Fernsehen Werbung für Telefonsexnummern läuft, entsetzt mich der Gedanken daran, wie oft ich mir so etwas ansehen mußte, während ich neben einem saß, der zu diesem Zeitpunkt bereits ein Mörder war.

Das war das Ende der Desengaño 14, zweite rechts. Es war wie das Aufwachen nach einer sehr langen und heftigen Feier. Ein gewaltiger Kater. Schlechte Gewissen. Getrennte Wege.

Rodrigo kam in eine geschlossene Anstalt. Fabrizia, die Italienerin, die in Madrid ein vergnügtes Jahr hatte haben wollen, wurde von ihren Eltern, denen wir dabei alle nicht ins Gesicht schauen konnten, heimgeholt.

Und Jesús bemühte sich, die Wohnung nun um beinahe jeden Preis zu verkaufen. José María wollte ihn weiterhin davon abbringen, denn er hatte bei seinen eigenen kleinen Immobiliengeschäftchen bereits mitbekommen, warum Leute wie Carlos Sanz begannen, sich für die Gegend zu interessieren, er hatte schon eine Ahnung, daß Leute wie María Elena Molinos früher oder später ihre Hand (oder jedenfalls das TippEx-Pinselchen) auch an die Calle del Desengaño, den dunklen Strich im Schatten der Gran Vía, legen würden. Diese Entwicklung hat nun doch ein paar Jahre länger gedauert. Aber inzwischen haben sich in den alten Bordellen der Gegend die ersten Modeboutiquen eingenistet. Noch zehren sie von der ruchlosen Legende und der legendären Ruchlosigkeit. Aber man weiß ja, wie so etwas weitergehen wird. Diese kleinen Boutiquen fliegen wieder raus, und Stefanel zieht ein, oder Sisley oder vielleicht, wer weiß, auch die gute Purificación García. Und irgendwann klappern dann die Alicia Sanzens dieser Welt mit ihren Papptüten durch die Calle del Desengaño, und der Rechtsanwalt, der dann in Jesús' altem Büro sitzt, wird schon erfolgreicher sein müssen als ein Pflichtverteidiger, damit er sich das leisten kann.

Aber Jesús hatte keine Lust, sich an diesen Spekulationen zu beteiligen, er wollte das alles los sein. Er fand schließlich auch einen Käufer, einen Orchestermusiker, der angab, in erster Linie viel Ruhe zum Üben zu brauchen. Dafür sei die Wohnung ideal, erzählte ihm Jesús – und legte die Begehung auf einen Tag, von dem er wußte, daß die Alte von oben verreist sein würde.

Aber das alles geschah schon nach meiner Rückkehr nach Deutschland. Ich mußte Ende August zurück, schon um Inés, die im September ankommen würde, den roten Teppich auszurollen.

Auch Martin kehrte am Ende des Sommers zurück, flog aber im Oktober noch einmal hin. Es ließ ihm keine Ruhe, er wollte nun doch letzte Gewißheit über das Kind, das Alicia Sanz gegen Mitte des Monats zur Welt bringen mußte. Als er ankam, war das Kind allerdings schon einen Monat alt, und es war keine Frühgeburt. Aníbal Álvarez Buquel erzählte es ihm. Der Alte hatte die Geschichte mit Genuß verfolgt und lachte sich nun in sein knochiges Fäustchen: Das Kind war einen Monat älter, als Martin geglaubt hatte, und die Schwangerschaft war es auch. Martin ging auf, daß an jenem Vormittag in der Klinik von Chamartín nicht Alicias Gewissen entschieden hatte, sondern der Kalender: Die Ärzte hatten sie schlicht wieder weggeschickt, denn Alicia war längst über die legale Frist hinaus gewesen. Daher also die Tränen, dachte Martin. Er war nicht einmal wütend, er war nur verblüfft.

Er fuhr dann sogar nach Andalusien, wo Alicia jetzt an der Seite ihres Landadligen wohnen mußte, und er schaffte es schließlich auch, sie zu sehen.

Sie habe ganz stabil gewirkt, erzählte er, ihre Eltern hatten sie offenbar in eine Therapie gezwungen. Und auch das Kind schien leidlich gesund. Es hatte auch keineswegs die Inzestschäden, auf die die Mumie bis zuletzt gewettet hatte. Es war sogar ein recht hübsches Kind, so Martin, dies aber vor allem deshalb, weil es sehr ausgeprägt die Hauttönung und Züge eines Nordafrikaners gehabt habe. Ihn freute das natürlich für die ganze Familie, vor allem aber für Javier, der beinahe sein Schwager geworden wäre.

Ich bin mit fast allen außer der Familie Sanz noch gelegentlich in gutem Kontakt.

Mit Jesús schon deswegen, weil bis heute regelmäßig Souvenirhändler aus Schneeberg oder Grimma bei mir anrufen und Lavauhren bestellen. Jesús hatte mich ihnen als Vertriebsleiter Nord vorgestellt. Am Anfang wußte ich davon nur noch nichts.

Als ich ihn fragte, ob es nicht Zeit würde, die ganze Geschichte einmal aufzuschreiben, war er sofort einverstanden. Er würde natürlich sofort gegen die Lügen dieses Buches klagen.

Aber von dem Schmerzensgeld, das ihm der Verlag dann zu zahlen hätte, wollte er mich wiederum auf einen schönen Urlaub einladen, zum Beispiel auf den kanarischen Inseln.

Darauf freue ich mich nun.

Danksagung

Danken möchte ich:

Ophelia Abeler für die heldenhafte Hilfe, Matthias Landwehr für die Anregung, Georg Reuchlein und Claudia Negele für das Vertrauen und die Geduld, Lorena Jaume Palasí für die Hinweise und Korrekturen, Niklas Maak fürs Lesen und Ermuntern, Kat Menschik für das feine Schreibquartier, Johannes Barner für die zwei Wochen auf seinem Harzer Zauberberg, meinen Professoren und Dozenten für die große Madrid-Exkursion zum Beginn des Wintersemesters 1996, meinen Kollegen bei der Frankfurter Allgemeinen Sonntagszeitung für die Nachsicht - sowie allen meinen Madrider Bekanntschaften und Freunden, die selber schon am besten wissen werden, wofür. Gracias.